HEYNE

Das Buch

Molly Wright verbringt mit ihrem Verlobten romantische Tage in Paris und ist sich sicher: Jeden Moment wird er ihr einen Heiratsantrag machen. Doch beim Dinner im Mondschein an der Seine tut er stattdessen etwas ganz anderes – er trennt sich von ihr! Zum Glück kommt Molly gar nicht dazu, sich lange zu grämen, denn ihre Schwester Caitlin ruft sie mit einem dringenden Auftrag an. Molly soll Caitlins Hochzeitskleid beim Designer in Paris abholen und nach Venedig bringen, wo Caitlin in zwei Tagen heiraten wird. Doch kaum hält sie das Kleid in den Händen, geht alles schief. Als sie dann auch noch den attraktiven Simon Foss kennenlernt, ist er zunächst nur ein weiteres Problem, das sie so gar nicht gebrauchen kann. Doch das soll sich ändern …

Eine romantische Komödie zwischen Herzschmerz und Hochzeitschaos!

Die Autorin

Lucy Hepburn kann nie an einem Schuhladen vorbeigehen, ohne wenigstens einen kurzen Blick hineinzuwerfen. Sie schrieb unterhaltsame Kurzgeschichten, um ihre Freunde bei der Arbeit zu amüsieren, bevor sie sich entschied, dass es an der Zeit war, sie stattdessen abendfüllend zu unterhalten. Ihre Inspiration sind die Dinge, ohne die keine Frau leben kann – ob es nun Schuhe sind, Handtaschen oder schicke Designerkleider. *Kleider machen Bräute* ist Lucy Hepburns vierter Roman.

LUCY HEPBURN

Kleider machen Bräute

ROMAN

Aus dem Englischen
von Silvia Kinkel

WILHELM HEYNE VERLAG
MÜNCHEN

Titel der Originalausgabe ALL DRESSED UP

MIX
Papier aus verantwortungsvollen Quellen
FSC® C014496

Verlagsgruppe Random House FSC-DEU-0100
Das für dieses Buch verwendete
FSC®-zertifizierte Papier *Holmen Book Cream*
liefert Holmen Paper, Hallstavik, Schweden.

Vollständige deutsche Erstausgabe 05/2013

Printed in Germany 2013
Umschlaggestaltung: Eisele Grafik·Design, München
unter Verwendung von Abbildungen
von © Masterfile Royalty Free;
Fotosmurf/Crestock/MasterfileSatz:
Satz: Leingärtner, Nabburg
Druck und Bindung: GGP Media GmbH, Pößneck
ISBN: 978-3-453-41025-1

www.heyne.de

1. Kapitel

Du siehst toll aus, Mol.«

»Es ist dir also aufgefallen.« Molly lächelte und spürte, wie ihre Wangen zu glühen begannen.

Das Restaurant war elegant, luxuriös, sehr pariserisch und lag weit über ihrem üblichen Preisniveau. Ein junger Pianist spielte langsamen Jazz, der unaufdringlich durch den Raum plätscherte, perfekt und unheimlich französisch. Er sah gut aus in seinem schwarzen Anzug im Stil der 1960er, den Molly für einen frühen Christian Lacroix hielt.

»Dieses Restaurant hier aber auch«, sagte sie.

Reggie schwoll ein wenig die Brust, während er ihrem staunenden Blick folgte. »Nicht schlecht, was?«

»Danke, dass du mich hierhergebracht hast«, hauchte Molly. »Ich muss schon sagen, du bist heute echt gut darin, meine Träume wahr werden zu lassen.«

Reggie winkte ab und versteckte sein Gesicht hinter der Speisekarte. Wieder musste Molly lächeln und nagte an ihrer Unterlippe.

Sie fragte sich, wo er den Ring versteckt hatte.

Die Gourmetgerichte, die geschniegelte Kellner auf erhobenen Armen balancierten, waren lukullische Kunstwerke und dufteten köstlich. Reggie hatte ihr gesagt, sie solle nicht auf die Preise achten, aber das war einfach nicht möglich. Allerdings, murmelte er, würde er durchaus begrüßen, wenn sie nicht gerade den Hummer Thermidor bestellte. Sein Preis entsprach ihrem gemeinsamen wöchentlichen Lebensmittelbudget daheim in Yorkshire – auch unter Berücksichtigung des Wechselkurses.

»Wünschen Sie Wein zum Essen, Mademoiselle? Monsieur?« Der Oberkellner – Smoking, Schnurrbart und wie einem Film entsprungen – lächelte sie zuvorkommend an und sprach Englisch mit starkem französischem Akzent.

Molly sah Reggie an. »Wie du magst«, flüsterte sie.

»Ähm, vielleicht eine Flasche … Rotwein?« Reggie stockte und zuckte hilflos mit den Schultern.

Der Oberkellner nickte. »Wir hätten da einen sehr schönen Bordeaux, den Sie vielleicht probieren möchten?«

Molly registrierte dankbar, dass er auf den zweiten Wein von oben auf der Liste tippte, dessen Preis einem nicht ganz so das Wasser in die Augen trieb wie einige der anderen weiter unten.

»Das ist ein interessanter Malbec-Verschnitt«, fuhr der Kellner fort. »Unser Sommelier empfiehlt ihn sehr.«

»Oh, ein *Malbec*-Verschnitt?«, wiederholte Reggie. »Ausgezeichnet. Davon nehmen wir eine Flasche.«

Der Oberkellner verneigte sich und eilte davon. Molly kicherte und berührte Reggies Hand. »Netter Bluff, Kumpel.«

Reggie erwiderte ihr Lächeln nicht. Molly wusste, dass er nervös war. Genau wie sie. Ihr Magen hatte sich vor

Erwartung zusammengezogen, aber für Reggie musste es bestimmt zehnmal schlimmer sein. Schließlich war er derjenige, der die Frage stellen musste.

Draußen floss träge die Seine dahin, vom Mondschein Ende August gespenstisch erleuchtet. Hin und wieder tuckerte eines dieser großen Boote vorbei, auf denen sich die Touristen tummelten. Wenn sie Notre-Dame passierten, gab es ein regelrechtes Blitzlichtgewitter. Die Kathedrale mit ihren Türmen und Spitzen lag am Ufer direkt gegenüber dem Restaurant und erhob sich majestätisch aus der Dunkelheit – was für ein Anblick! Molly wusste, dass echte Pariser auf diese unansehnlichen Touristenboote herabsahen, aber für sie machten sie diesen Ort für einen besonderen Anlass nur noch perfekter – wer würde nicht gern im Mondschein die Seine entlangschippern?

Molly spürte, wie ihr Gesicht rot anlief und sich höchstwahrscheinlich mit ihrem Kleid biss. Es war ein knielanges, bräunlich-rotes Satinballkleid aus den 1950er-Jahren, auf dessen Korsage sie liebevoll Perlen und Strasssteine in Form einer Lilie – ihrer Lieblingsblume – gestickt hatte. Die Farbe harmonierte wunderbar mit ihren langen, kastanienfarbenen Haar und den grünen Augen. Glühendrote Wangen hatte sie jedoch nicht einkalkuliert.

»Wie bist du denn auf dieses Restaurant gekommen?«, fragte sie in der Hoffnung, Reggie damit hinter der Speisekarte hervorzulocken und in die Gegenwart zurückzuholen.

»Google«, antwortete er und zuckte verlegen mit den Schultern.

Molly lächelte. »Und was hast du eingegeben, damit dieses Restaurant angezeigt wurde?«

Jetzt aber! Romantische Orte für einen Heiratsantrag …?

Endlich legte er die Speisekarte weg und umfasste ihre Hände. »Ich wollte es anständig machen, Molly.«

»Aha.«

Ihr Herz schlug bis zum Hals. Sie wünschte, er hätte es sofort hinter sich gebracht, gleich als sie sich setzten. Er hätte gefragt, sie hätte Ja gesagt, und das wär's gewesen. Natürlich wäre es das gewesen. Welchen anderen Weg sollte ihre Beziehung denn nehmen? Nach vier gemeinsamen Jahren ohne nennenswerten Streit, abgerundet durch einen überraschenden Zwischenstopp in einer der romantischsten Städte dieser Welt? Sie würde sagen: »Ja, Reggie, ich will dich heiraten.«

Da gab es nicht viel zu überlegen.

Sie versuchte sich auf die Speisekarte zu konzentrieren und die günstigeren Gerichte zu übersetzen, um eine Vorstellung davon zu bekommen, was sie bestellen könnte. Dabei war Essen im Moment das Letzte, wonach ihr der Sinn stand, und die komplizierten Beschreibungen der Speisen verschwammen zu einem einzigen undeutlichen Irgendwas. *Jus* von diesem, *Kompott* von jenem …

»Guten Abend, Mademoiselle, Monsieur. Möchten Sie vielleicht den Wein probieren?« Der Oberkellner war durch einen jugendlich frisch aussehenden Nachwuchskellner in einem Anzug ersetzt worden, der ihm gut eine Nummer zu groß war. Nervös hielt er ihnen die Flasche zur Begutachtung hin.

»Sicher«, antwortete Reggie mit einer schnellen Grimasse in Mollys Richtung.

Reggie hatte keinen Schimmer, ob der Wein in Ordnung war oder nicht; er tat nur so. Molly kam es so vor, als würden sie beide Erwachsene spielen, und hob zur Ermutigung verstohlen den Daumen. Irgendwann einmal würden sie über diesen Abend lachen …

»Oh!«

Molly schrie leise auf. Der Kellner hatte sich mitsamt der Flasche vorgebeugt, das Glas verfehlt und eine Ladung Malbec auf das Revers von Reggies Jackett gespritzt.

»Pardon, Monsieur, ich bitte vielmals um Verzeihung!«, stammelte der junge Kellner entsetzt.

»Mein bestes Jackett!«

Genau genommen war es Reggies *einziges* Jackett. Molly lehnte sich zu ihm hinüber und tupfte mit einer Serviette darauf herum. »Das war ein Versehen, Reggie.«

»Mit dem man an einem Ort wie diesem nicht unbedingt rechnet, oder?«, flüsterte er ihr zu. »Schon gut, ich schenke selber ein.« Er entließ den sich immer noch entschuldigenden jungen Kellner mit einem Lächeln. »Das ist sicherer.«

Molly schwieg, während Reggie ihr Glas füllte. »Ich dachte, in Paris müssten die Kellner mindestens fünf Jahre lang die Kellnerschule besuchen, um zu lernen, wie man Gäste nicht mit Wein bekleckert.«

»Ist doch nicht so schlimm. So etwas passiert schon mal«, antwortete sie. Aber sie seufzte und nahm sein Jackett genauer in Augenschein. Von seinen Sachen war es ihr Lieblingsstück; schmal geschnitten, aus handgewebtem Harris-Tweed. Sie hatten es im Jahr zuvor bei einem Besuch des Edinburgh Festival gemeinsam gekauft. Und obwohl sie wusste, dass die Reinigung die Flecken wieder herausbekommen würde, konnte sie seine Verärgerung ein wenig nachvollziehen. Das Jackett war ein Stück *Handwerkskunst,* dafür gemacht, ein Leben lang zu halten, *solange man es pfleglich behandelte.*

Armer Reggie. Normalerweise war er nicht so empfindlich, aber der heutige Abend war nun mal eine große Sache.

Molly holte tief Luft und versuchte sich zu entspannen. Theoretisch sollte dieser Abend einer der prickelndsten, aufregendsten ihres Lebens sein. Aber als sie jetzt sah, wie Reggie verärgerte Blicke über die Schulter warf und an der Stelle mit den winzigen Tropfen des – für sie – kostspieligen Weins herumtupfte, zog sich ihr Magen noch mehr zusammen.

Im Nu war der Oberkellner wieder an ihrem Tisch, entschuldigte sich überschwänglich und bot an, das Jackett auf Kosten des Hauses reinigen zu lassen. Auch der junge Kellner tauchte mit hochroten Wangen wieder auf, stammelte seinerseits eine Entschuldigung, bevor er wieder fluchtartig in Richtung Küche entschwand. Als der Oberkellner dem Fliehenden eine Kopfnuss verpassen wollte, zuckten Molly und Reggie zusammen.

»Lassen Sie nur«, sagte Reggie. »Ich kümmere mich auf der Herrentoilette selbst darum.« Er sprang auf, stieß mit dem Knie gegen den Tisch und hätte um Haaresbreite die ohnehin schon angespannte Situation noch hundertmal schlimmer gemacht. Dann fasste er sich und zwang sich zu lächeln. »Ich bin gleich wieder da, Molly. Lass mir was vom Wein übrig, ja?«

»Ich werd's versuchen«, antwortete Molly trocken und verdrehte die Augen.

Reggie schoss davon wie ein Blitz. Molly sah ihm nach und wusste, dass er lediglich eine Atempause brauchte, um seine Gedanken zu ordnen. So ging er immer mit stressigen Situationen um. Er entfernte sich vom Schauplatz, um eine andere Perspektive zu bekommen. Reggie war eben mit Leib und Seele Fotojournalist, eine Gabe, die ihm ganz sicher eines Tages den Ruhm und die Anerkennung einbringen würde, nach der er sich so sehnte.

Zu Beginn ihrer Beziehung fand sie es aufregend, mit diesem dynamischen, medienerfahrenen Mann zusammenzusein, der das Leben in Bildern sah, in Blickwinkeln und Stillleben. Ständig hielt er Ausschau nach der einen großen Aufnahme, dem einen Foto, das sein Leben verändern und die ganze Welt erschüttern würde, das Preise gewann und über das man sprach.

Er würde es gar nicht schätzen, wenn seine sorgfältig arrangierte Szene in einem Pariser Restaurant zum Slapstick eines »schusseligen Kellners« und »wütenden Restaurantbesuchers« verkamen, sondern sich schwarz ärgern über dieses Klischee. Ausgerechnet heute, am Abend aller Abende!

Molly trank einen Schluck Wein. Er war vermutlich köstlich, aber sie war viel zu nervös, um wirklich etwas zu schmecken. Noch einmal ließ sie den Blick durch den Raum schweifen und fühlte sich mehr als je zuvor in ihrem Leben als Außenseiterin.

All das hier war ein bisschen erdrückend. Reggie war kühl und reizbar. Sie konnte es nicht ausstehen, wenn er so war. Und besonders nicht an dem Abend, an dem er sie bitten würde, seine Ehefrau zu werden.

Ehefrau! Was für ein erwachsenes Wort. Ihre Kleinmädchenträume von diesem Abend, an dem sie in Freudentränen ausbrechen und sich ihrem Liebsten in die Arme werfen würde, entpuppten sich als genau das – Träume. Kindische Fantasien. In Wahrheit konnte sie sich nicht erinnern, wann sie sich das letzte Mal leidenschaftlich in Reggies Arme geworfen hatte.

Die ganz große Leidenschaft konnte aber vermutlich sowieso nicht von Dauer sein. Das hier war schließlich das echte Leben und kein Disney-Film. Menschen gewöhnen sich aneinander. Beziehungen verändern sich. Und nur weil sich bei ihr und Reggie eine Routine eingestellt hatte, sie nicht mehr so oft ausgingen, nicht mehr so viel miteinander *lachten*, hieß das ja nicht, dass sie nicht die Richtigen für einander waren. Stimmte doch, oder? Ihnen lag viel aneinander, und nur das zählte.

Sie glaubte wirklich daran, dass ihre Beziehung trotz zunehmender Routine stimmte. Sie wusste jedoch auch, sich nicht eingestehen zu wollen, dass der Druck in ihrem Magen nicht von der Aufregung oder freudiger Erwartung stammte.

Sie hatte Angst.

Wenn sie sich die anderen Gäste im Restaurant ansah, bestand kein Zweifel – sie waren in Paris. Hauptsächlich Paare, die Eleganz und unaufdringliche Raffinesse ausstrahlten und sich ununterbrochen miteinander unterhielten, begleitet von lebhaften Gesten und einem Mienenspiel, das so typisch europäisch war. Die Damen trugen alle tolle Frisuren von scheinbar unangestrengter Einfachheit, die für Molly von einem Lebensstil rührten, bei dem sorgfältige und kostspielige Schönheitspflege so normal war wie atmen.

Weitaus mehr interessierte sich Molly jedoch für die Garderobe der Damen. Mode war ihre Leidenschaft, ihre Berufung und der Hauptgrund, weshalb Reggies unerwarteter Vorschlag, auf dem Weg zur Hochzeit ihrer Schwester in Italien hier einen Zwischenstopp einzulegen, sie in schiere Ekstase versetzt hatte.

Und so starrte sie schamlos. Dort drüben in der Ecke saß eine Frau, die vom Alter her alles zwischen vierzig und achtzig sein konnte und ein Chanel-Kostüm trug – aus der *aktuellen Kollektion!* Molly hatte dieses Kostüm bisher nur einmal gesehen, auf einem Schwarz-Weiß-Foto in der britischen *Vogue*. Aber hier, in natura, versetzte seine Schönheit sie in entzücktes Schaudern. Dieser Schnitt! Dieser klare, knappe Saum und die Bordierungen – es war so unglaublich vollkommen! Und direkt dahinter eine stockdürre Dame in austerngrauem Balenciaga, das ihren Körper umspielte wie ein zärtliches Streicheln. Der Anblick erinnerte an die Marmorstatue einer griechischen Göttin. Mollys Herz schmolz dahin und am liebsten wäre sie hinübergelaufen, um die seidigen Falten zu berühren. So absonderlich wäre das doch nicht, oder? Die Trägerin würde es sicher verstehen.

Während Mollys Blick weiter durch den Raum wanderte, spulte sie im Kopf Namen von Modeschöpfern ab und vergaß, umgeben von diesem berauschenden Ansturm an Ikonen der Branche, unauffällig zu schauen. Der Hermès-Schal dort drüben, als Turban getragen – genial! Das graue, schmal geschnittene Kleid von Delametri Chevalier, perfekt wie immer. Wunderbar, Chevalier hatte es in dieser Saison wieder einmal geschafft, seit Jahren spielte er jetzt schon in der obersten Liga mit. Es war auch ein klassisches Yves-Saint-Laurent-Kostüm vertreten, vollendet getragen von einer Dame, die mindestens einsachtzig groß war. Molly kniff die Augen zusammen und fuhr mit ihrem Blick seine Konturen ab.

So hat er also die Abnäher an der Taille gearbeitet, dachte sie und war versucht, ihr Notizbuch zu zücken und sich eine Skizze zu machen. *Ich könnte eine vereinfachte Version davon übernehmen. Jeder sollte die Möglichkeit haben, diesen Look zu tragen …*

»Die Flecken sind weg.« Reggies Stimme holte sie zurück in die Realität … sofern man diese vergoldete Umgebung so bezeichnen konnte.

Für ein paar Augenblicke hatte sie sich so im Wiedererkennen dieser Kultlabels verloren, dass sie praktisch alles um sich herum vergessen hatte. Heute Nachmittag, als sie staunend vor den Schaufenstern der bekannten Modeboutiquen gestanden hatte und viel zu schüchtern gewesen war, um hineinzugehen, hatte sie sich wie ein Fan gefühlt, der hinter der Absperrung am roten Teppich steht und seine Idole aus der Ferne anhimmelt. Viele davon heute Abend tatsächlich vor sich zu haben, war so, als hätte sie eine VIP-Einladung zur Backstage-Party ihrer Träume erhalten.

»Denen schicke ich trotzdem eine saftige Reinigungsrechnung«, sagte er. »Wieso auch nicht?«

Der Knoten in ihrem Magen war wieder da. Fester noch als zuvor.

»Bitte, Reggie, lass das. Sie waren doch so nett zu uns. Sobald wir wieder zu Hause sind, bringen wir die Jacke zu dieser Spezialreinigung in Harrogate. Beim Smoking deines Vaters für meinen Abschlussball haben sie reine Wunder vollbracht, erinnerst du dich?«

»Hm, ja sicher. Also gut.« Reggie nahm sein Glas und trank es auf einen Zug halb leer. Dabei wich er ihrem Blick aus.

Molly schüttelte den Kopf und kämpfte gegen die aufsteigende Wut an. Er war hier nicht der Einzige, der sich abstrampelte!

Der Oberkellner kehrte zurück und füllte schweigend Reggies Glas so vorsichtig nach, als hätte er es mit einem Neugeborenen zu tun.

»Ich bitte nochmals um Entschuldigung, Monsieur. Diese Flasche Wein geht aufs Haus.«

Reggie nickte dem Mann gnädig zu, aber Molly konnte sehen, wie er unter dem Tisch die Faust zu einer Siegerpose ballte. Ihre Wangen wurden noch heißer.

»Möchten Sie jetzt bestellen?«

»Später«, erwiderte Reggie. Der Oberkellner deutete einen Diener an und ging.

»Sei bitte nicht so«, konnte es sich Molly nicht verkneifen. Sie griff nach Reggies Hand. Warm fühlte sie sich an und vertraut und schien sich unter ihrer Berührung allmählich zu entspannen.

»Tut mir leid«, sagte er und senkte den Kopf. »Du hast ja recht.« Dann richtete er sich kerzengerade auf und war wieder genauso nervös wie zuvor.

Jetzt vielleicht?, dachte Molly. Aber Reggie machte weder Anstalten, vom Stuhl zu rutschen und vor ihr auf die Knie zu fallen, noch griff er in die Tasche, um den Ring herauszuholen.

Vielleicht hatte er aber auch am Nachmittag, als er für eine Stunde verschwand, um »ein bisschen zu shoppen«, nicht den richtigen gefunden?

Sie war sicher, dass er wegen eines Rings unterwegs gewesen war. Reggie ging nie shoppen. Es war eine lästige Pflicht, der er nur selten nachkam, und wenn, dann gewöhnlich per Internet. Aber heute Nachmittag war er so gut gelaunt gewesen, hatte sie auf die Wange geküsst und gesagt, er müsse ein paar Kleinigkeiten an der Place Vendôme besorgen. Und er wollte allein losziehen. Das hatte er natürlich anders verpackt. Angeblich wollte er ihr ein bisschen Zeit für ihr »Fashion Stalking« geben, wie er es nannte, aber sein Verhalten hatte alles gesagt. Und ihr Verdacht wurde nur noch mehr bestärkt, weil er zur Place Vendôme wollte – dieser Platz war schließlich berühmt für seine Juweliere.

Nachdem er weg war, hatte sie in den Reiseunterlagen nach ihrer Metrokarte gesucht und einen Kontoauszug gefunden. Eine lange Reihe von Nullen fiel ihr ins Auge. Reggie hatte am Vortag über eintausend Euro abgehoben und damit seinen Kontostand in die Miesen gebracht. Eintausend Euro! Was für einen Diamanten konnte man mit so viel Geld wohl kaufen? Wahrscheinlich keinen sehr großen. Außerdem hatte er immer gewollt, dass sie sich ihren Ring selbst aussuchte. Sie wäre zu gern bereit gewesen zu warten. Zu gern …

»Ich wollte dich heute Abend an einen besonderen Ort ausführen …«

»Und das war sehr aufmerksam von dir!«, fiel Molly ihm ins Wort, plötzlich von dem Drang überwältigt, Zeit zu schinden. Das Herz schlug ihr bis zum Hals. »Alle reden bloß noch über Caitlins Hochzeit. Deshalb ist es echt süß von dir, dass du das für mich tust.«

Ein feiner Schweißfilm schimmerte auf seiner Stirn. Er nagte an der Unterlippe und sein Blick irrte nervös durch den Raum.

Dann nahm er einen großen Schluck Wein. »Ja, also, ich muss …«

»Das perfekte Timing! Ich meine, ist doch schön, dass wir uns mal was gönnen, nicht wahr? Denn wenn wir in Venedig ankommen, wird die Hochzeit in vollem Gange sein, wie ich meine Schwester kenne …«

»Molly …«

»Drei Tage!« Reggie sah sie stirnrunzelnd an, aber Molly hörte nicht auf. »Caitlin erwartet tatsächlich, dass alle zu einer Hochzeit kommen, die drei Tage dauert! Allerdings braucht sie vermutlich mindestens drei Tage, um all die affektierten Italiener zu begrüßen, die Francesco eingeladen hat.« Sie stieß ein übertriebenes Lachen aus. Was war nur los mit ihr? »Vierhundertachtzig seiner engsten Freunde! Von denen vermutlich keiner weniger als eine Milliarde schwer ist, auch …«

»Molly?«

»Promis, Bankiers, unbedeutendere Mitglieder von Königshäusern – was genau ist das eigentlich? Weniger als ein Prinz? Oder jemand aus einem kleinen Land wie Liechtenstein oder Monaco?«

Reggie schüttelte den Kopf. Molly war bewusst, dass er ihr gar nicht zuhörte, aber sie redete weiter.

»Egal. Das werden wir Montag ja rausfinden. Caitlin will wohl unbedingt Kate Middleton spielen. Sie hat behauptet, dass ihr Paparazzi auflauern – kannst du dir das vorstellen?«

»Nein.« Er wich ihrem Blick aus.

»Weißt du, Reggie, ich habe jedes winzige, qualvolle Detail der Vorbereitungen für diese Veranstaltung miterlebt. Manchmal denke ich, wir bräuchten gar nicht hin, ich habe alles Dutzende Male mit meiner Schwester am Telefon durchgesprochen – abgesehen vom Kleid natürlich.«

»Das Kleid …«, sagte er und seufzte.

»Ach, darüber bin ich weg«, erklärte sie und setzte ihr überzeugendstes »Alles in Ordnung«-Gesicht auf. »Über das Kleid, meine ich. *Natürlich* bin ich drüber weg. Aber es kommt mir so vor, als hätte die Hochzeit schon stattgefunden. Sie ist jetzt schon so lange ein großer Teil unseres Lebens. Diese ganzen Einzelheiten! Wer hätte gedacht, dass eine spezielle Auswahl an kandierten Mandeln so wichtig sein kann?«

Ihr war klar, dass sie im Schnellsprechmodus war, aber irgendwie hatte sie das Gefühl, Zeit gewinnen zu müssen. Sie hatte all das zuvor schon einmal gesagt, und noch sehr viel mehr über das bevorstehende große Ereignis, das sie beide sarkastisch als »Die Promi-Hochzeit des Jahrhunderts« bezeichneten. Aber sie musste einfach weiterreden. Bis wie durch Zauber irgendetwas geschah, das sie davon überzeugte, das Richtige zu tun, wenn Reggie es endlich schaffte, sie zu fragen.

Wie lange es auch dauern würde.

Reggie räusperte sich. Laut und deutlich.

Molly entspannte sich. »Also, ja, jedenfalls ... Paris ... ist toll ... nicht wahr? Es ist wirklich toll, Reggie. Ich danke dir.«

Das war's. Sie steckte fest.

»Ich muss dir etwas sagen, Mol.«

»Tatsächlich?« Das war ihr so rausgerutscht, bevor sie sich zurückhalten konnte. »Heute Abend?«

»Ja«, antwortete er und biss sich auf die Lippe. »Ja, heute Abend.«

»Okay. Schieß los.«

Sie sah in seine rauchgrauen Augen, suchte darin nach einem Anhaltspunkt für die Antwort, die sie geben könnte.

»Du bist ein tolles Mädchen, Molly.« Sein Blick wanderte zum Boden. »Und ...«

»Und du ein toller Junge, Reggie.«

»Und ...« Er verstummte, blickte überall hin, nur nicht in ihre Augen.

»Ja?« Molly hielt den Atem an.

»Und das ist ein tolles Kleid. Wirklich hübsche ... Träger.« Hilflos zuckte er mit den Schultern.

Mollys Herz schmolz dahin. Was Modebegriffe anging, war er hoffnungslos verloren, aber er bemühte sich. Sie berührte seine Hand. »Mir gefallen auch vor allem die Träger.«

Molly wusste, dass es für ihn genauso schwierig war wie für sie.

»Es ist ein Klassiker«, sagte sie leise.

»Wie bitte?« Reggie sah sie verwirrt an.

»Das Kleid. Alexander MacQueen. Ein Vorführmodell. Habe ich über ebay gekauft.«

Warum sprach sie über das Kleid? Aber vor allem: Warum tat *er* es?

»Hast du gut gemacht. Es ist … toll. Steht dir.«

Der Pianist hatte aufgehört zu spielen. Flüchtiger Applaus erfüllte den Raum. Reggie blickte sich verlegen um und applaudierte ebenfalls, wobei seine Hände keinerlei Geräusch verursachten.

Er zögert es hinaus, dachte Molly.

Als er sich ihr wieder zuwandte, sah sie, dass er tief Luft holte. »Paris ist dein Heiliger Gral, stimmt's?«

Molly runzelte die Stirn. »Wie bitte?«

»Hier sind alle bekannten lebenden Modeschöpfer.«

»Und die toten auch«, korrigierte sie ihn.

»Natürlich. Die auch.«

Molly lachte künstlich. Reggie stimmte nicht mit ein. Natürlich war ihre Bemerkung nicht lustig gewesen, aber trotzdem.

»Das ist für dich, Molly«, flüsterte er.

Sie sog hörbar die Luft ein und blickte auf seine Hände. Aber da war kein Ring. Jetzt war sie verwirrt. »Wie meinst du das?«

Er beugte sich vor. »Paris. Paris ist für dich.«

»Ach so. Stimmt.« Das war ein verdammt komplizierter Heiratsantrag.

»Eines Tages wirst auch du hier sein. Genauso berühmt wie die Besten von ihnen. Das weiß ich einfach.«

»Nun ja … so sieht zumindest die Planung aus.«

»Ich hatte mir versprochen, dich eines Tages herzubringen, damit du dir ein Bild machen kannst.« Die Worte sprudelten nur so aus ihm heraus. »Und das ist jetzt der Moment.«

Das war's.

»Meine letzte Chance.«

Jetzt kam es.

»Die Sache ist die …«

»Reggie Pine, würdest du mir bitte sagen, worauf du hinaus willst?« Und dann durchfuhr sie ein schrecklicher Gedanke. »Was meinst du mit ›letzte Chance‹? Du bist doch nicht etwa krank?« Sie hielt die Luft an.

Endlich sah er ihr in die Augen und erkannte die panische Angst darin. »Nein, ich bin nicht krank.«

»Was ist denn dann los, um Himmels willen?« Fingen etwa alle Verlobungen so an?

»Ich werde weggehen, Mol.«

Für einen Moment herrschte im ganzen Restaurant Totenstille. Kein Gläserklirren, kein Geplauder, keine Klaviermusik, kein Lufthauch.

»Wie bitte?«

»Ich gehe nach L. A.«, sagte er mit heiserer Stimme. »Hollywood, um genau zu sein.«

»Oh.« *Was?*

»Ich habe es gerade erst erfahren.«

Wie bitte?

Molly zerbrach sich den Kopf, aber ihr Gehirn funktionierte nicht. Sie erinnerte sich vage daran, dass Reggie in den kommenden Wochen ein paar Aufträge für Fotoreportagen in verschiedenen Ländern hatte. Aber soweit sie wusste, hatte L.A. nicht auf der Liste gestanden.

»Warum?«, flüsterte sie. In ihrer Kehle formte sich ein Kloß.

Winzige Schweißperlen hatten sich auf Reggies Stirn gebildet. Er rieb sich den Nacken.

»Du weißt, dass ich seit Ewigkeiten auf meine große Chance warte.«

»Natürlich weiß ich das.« Reggie war seit Jahren frustriert, weil sich seine Karriere nicht wie erhofft entwickelte. Molly wusste das nur allzu gut.

»Nun ja«, sagte er und sah ihr in die Augen. »Jetzt ist es passiert.«

»Es ist was?« In ihrem Kopf drehte sich alles.

»Du erinnerst dich an Hughie?«

»Ja.«

»Er braucht mich für ein Projekt.«

»Tut er das?« Warum sprach sie nur noch in Sätzen, die aus maximal drei Wörtern bestanden? Aber zu mehr war ihr Gehirn momentan nicht in der Lage.

Reggie nickte. »Kennst du Howard Schulz, den Avantgarde-Künstler?«

»Nein.« Sie sah ihn stirnrunzelnd an und wünschte, er würde endlich deutlich werden. »Tut mir ja leid, Reggie, aber du weißt doch, Namen wie Lanvin sagen dir auch nichts.«

Er nickte.

»Für mich ist Howard Schulz vermutlich das, was Lanvin für dich ist. Können wir uns darauf einigen?« Sie lachte kurz.

»Unser Interesse am Beruf des anderen ist irgendwie nicht besonders ausgeprägt, wie?«

Reggie lächelte und zuckte mit den Schultern. »Vermutlich nicht.« Er beugte sich vor. »Nun ja, Howard Schulz wird bald hundert und hat zum ersten Mal grünes Licht für eine Fotoretrospektive über sein Leben und seine Arbeit gegeben.« Reggies Lächeln wurde zusehends breiter und ungekünstelter. »Und Hughie möchte, dass ich bei dieser Sache mit ihm zusammenarbeite!«

Mollys Stirnrunzeln verstärkte sich. »Reggie, seit wann weißt du das schon?« Sie war zutiefst verwirrt.

Jetzt fing Reggie damit an, seine Gabel genauer in Augenschein zu nehmen. »Noch nicht lange. Es ist alles, na ja, ziemlich plötzlich gekommen. Ehrlich gesagt hatte ich noch gar keine Gelegenheit, meine Gedanken zu ordnen. Ich dachte, ich würde einfach nach Paris fahren und …«

»Und?«, drängte Molly. Irgendetwas lief hier fürchterlich schief.

Aber er zuckte nur mit den Schultern und sah sich im Restaurant um, als würde er nach Fluchtwegen Ausschau halten.

»Reggie? Hast du vor, irgendwann in nächster Zeit wegzugehen?«

Er lehnte sich in seinen Stuhl zurück und schloss die Augen.

»Noch heute Nacht.«

Molly verspürte einen Stich in der Herzgegend. Es war so heftig, dass sie sich fragte, ob ihr jemand ein Messer hineingestoßen hatte.

»Mein Flug geht um Mitternacht vom Charles de Gaulle«, sagte er, und die Heiserkeit war in seine Stimme zurückgekehrt. »Hughie hat mir ein Zimmer organisiert.«

Einen Moment lang hätte Molly schwören können, Reggie habe ihr gerade erzählt, er werde noch diese Nacht nach Los Angeles aufbrechen. Er würde ihr keinen Antrag machen und auch nicht zu Caitlins Hochzeit gehen. *Caitlins Hochzeit!* Die Tischordnung! Caitlin würde …

»Möchten Sie jetzt bestellen?« Wie aus dem Nichts war der Oberkellner wieder aufgetaucht.

»Nein!«, erwiderten sie im Chor.

»Danke«, fügte Molly hinzu, als der Kellner auf dem Absatz kehrtmachte, vermutlich, um seine Irritation zu verbergen, und davonstolzierte.

»Es tut mir so leid, Molly«, sagte Reggie und umklammerte ihre Hände.

»Was ist mit der Hochzeit?«, war alles, woran sie denken konnte. Sie zog ihre Hände weg.

»Ich kann da nicht hin«, murmelte er.

»Was?«, schrie Molly. »Caitlin wird ausflippen! Sie hat Platzkarten mit Goldprägung! Vierhundertachtzig Stück, und deine steht auf dem Tisch mit dem Brautpaar!«

»Es ist alles so schnell gegangen«, stotterte Reggie herum. »Es hat nicht den richtigen Zeitpunkt gegeben, es dir zu sagen. Ich wusste, dass ich nicht mit dir zu der Hochzeit gehen kann, aber ich dachte, ich könnte wenigstens … das hier …« Er breitete die Arme aus, als wolle er das Restaurant, ihre Beziehung und ganz Paris auf einen Streich umfassen.

»Für … wie lange?«, stammelte Molly. Allmählich sickerte es in ihr Bewusstsein. Reggie würde sie tatsächlich verlassen, um einen Job in L.A. anzunehmen. Und er ließ sie in Paris zurück …

Reggie seufzte und streckte sich. Dann beugte er sich vor und ergriff wieder Mollys Hände. Seine Finger waren klamm.

»Genau das ist es ja, Mol.«

»Es gibt noch etwas?«

Er nickte und fuhr mit gequälter Stimme fort. »Ich muss diese Chance ergreifen, und es ist endgültig. Ich werde mir einen Agenten suchen und mir da drüben einen Namen machen.«

Molly konnte es einfach nicht glauben.

»Ich bin neunundzwanzig, und ich werde nicht jünger.«

Dieses Gespräch wurde immer unwirklicher.

»Wenn ich sowieso schon mal da drüben bin, werde ich mir ein Netzwerk aufbauen und dafür sorgen, dass meine Arbeiten gezeigt werden. Ich werde eine Arbeitserlaubnis beantragen …«

»Wie lange, Reggie?«, wiederholte Molly. Ihre Stimme klang sonderbar fremd.

»Ich weiß es nicht.« Reggie zuckte mit den Schultern. »So lange, wie es eben dauert.«

Sie lächelte ihn an und wunderte sich, dass sie so ruhig blieb. Vermutlich stand sie unter Schock. »Mannomann! Du verlässt mich also. Du trennst dich von mir.«

»Es tut mir leid, Mol, aber du und ich, wir brauchen mal etwas Abstand …«

»Du trennst dich von mir«, wiederholte sie.

Sein Schweigen sagte alles. Molly ließ die Schultern hängen und lehnte sich zurück. Sie versuchte zu verarbeiten, was er gerade gesagt hatte, und wartete darauf, in hemmungsloses Schluchzen auszubrechen oder einen hysterischen Anfall zu bekommen. Vielleicht sollte sie einfach aufstehen und ihm Schimpfworte an den Kopf werfen. Oder würde sie jeden Moment ohnmächtig werden?

Wie sich herausstellte, geschah nichts davon.

»Mir ist klar, dass ich dir früher davon hätte erzählen müssen«, murmelte Reggie.

Molly stieß ein verächtliches Lachen aus. »Das ist die Untertreibung des Jahres.«

»Aber in letzter Zeit lief es mit uns auch nicht mehr so prima, stimmt doch, oder?« Er sah ihr fragend in die Augen, ganz offensichtlich wollte er, dass sie ihm zustimmte und sein Verhalten absegnete. »Zwischen uns ist es nicht mehr so wie am Anfang. Ich meine, du bist ein tolles Mädchen und alles …«

»Das ist dir also nicht entgangen.« Molly wusste nicht, wo dieser sarkastische Tonfall plötzlich herkam. Aber sie hatte auch keine Ahnung, ob sie wütend oder verzweifelt sein sollte.

»Natürlich ist mir das nicht entgangen!«, erwiderte er.

»Aber wir wollen unterschiedliche Dinge vom Leben … und das an unterschiedlichen Orten.«

Zwischen Los Angeles und Yorkshire zu pendeln war kein Pappenstiel, das stand mal fest. Plötzlich beschäftigte sich Molly mit der albernen Frage, was er nun mit dem Ring anfangen würde. Es dauerte ein bisschen, bis ihr dämmerte, dass es gar keinen Ring gab. Es hatte nie einen gegeben.

»Wo warst du heute Nachmittag?« Sie war wirklich gespannt auf die Antwort.

Der plötzliche Themenwechsel überraschte ihn offensichtlich. »Oh … ich … ähm … ich habe ein Teleobjektiv gekauft.«

Ein Teleobjektiv. *Ich wette, diese Dinger sind ziemlich teuer,* dachte Molly.

»Ich werde da drüben ein richtig gutes brauchen, und hinter der Place Vendôme gibt es dieses Fachgeschäft, das mir ein Superangebot gemacht hat.«

»Lass mich raten. Etwas über tausend Euro?«

Reggie sah sie verdutzt an.

»Ich habe den Kontoauszug gesehen.«

»Oh.«

Bleiernes Schweigen senkte sich über sie. Reggie leerte sein Weinglas. Er wirkte am Boden zerstört, und seltsamerweise verspürte Molly Mitleid mit ihm.

»Heute Nacht?«, flüsterte sie.

»Molly …«

Aber jetzt war sie an der Reihe mit Reden. »Hör zu, Reggie, ich weiß nicht, wie ich darauf reagieren soll. Ich bin geschockt.«

»Ich bin so …«

»Ich wünschte, du hättest früher mit mir gesprochen … aber, weißt du was? Streich das. Für so etwas gibt es nie den richtigen Moment.«

»Wir hatten eine schöne Zeit.« Reggie war ein Häufchen Elend, schlimmer noch, als es der Kellner gewesen war, nachdem er den Wein verschüttet hatte. Reggie schien genauso zu leiden wie sie.

Molly spürte ihre Miene sanfter werden. Es war sinnlos, das zu bestreiten. »Ja, die hatten wir.« Dann verfiel sie in Schweigen.

Der Oberkellner tauchte hinter Reggie auf, den Bestellblock demonstrativ in der Hand und seine Miene eine starre Maske geduldigen Wartens.

»Sollen wir jetzt essen?«, fragte Reggie mit matter Stimme.

»Essen?«

»Du weißt schon, das, was Menschen normalerweise in Restaurants tun.«

Molly schüttelte den Kopf, und Reggie nickte nach kurzem Zögern zustimmend.

»Tut mir leid«, sagte er zu dem Oberkellner. »Aber ich fürchte, wir müssen gehen. Die Rechnung für den Wein, bitte. Nein, warten Sie. Der geht aufs Haus, nicht wahr?«

Von einem Moment auf den anderen verwandelte sich die ruhige Unterwürfigkeit im Gesicht des Kellners in flammende Empörung. »Sie, Monsieur, verursachen nichts als Ärger! Wenn Sie in meinem Restaurant einen Tisch reservieren, erwarte ich, dass Sie auch dafür bezahlen!«

»Lauf!« Reggie packte Molly an der Hand und zog sie in Richtung Ausgang.

»Reggie!«, keuchte Molly, schnappte sich ihre Handtasche und flitzte hinter ihm her zum Ausgang, vorbei an den Reihen schicker Pariser, die sich besser zu benehmen wussten als sie beide.

Sie rannten aus dem Restaurant und die Stufen hinunter auf die Straße. Der Kellner kam ihnen nach draußen hinterhergelaufen, und Molly war froh, dass sie nicht genügend französische Schimpfwörter kannte, um zu verstehen, was er ihnen nachrief. Sie blieben erst stehen, als sie um die Ecke gebogen waren und sicher sein konnten, dass ihnen niemand folgte.

Atemlos sah Molly Reggie an und merkte, dass sie lächelte. »Du bist mir vielleicht einer, Reggie.«

Er schüttelte den Kopf. Seine Lippen zitterten, als würde er jeden Moment anfangen zu weinen. »Ich fühle mich schrecklich.«

Sie strich über die vertrauten Stoppeln auf seiner Wange. »Ich kann nicht fassen, was du mir gerade angetan hast.«

»Es tut mir leid.«

»Das weiß ich.« Sie atmete hörbar aus und blickte zurück in Richtung Restaurant. »Aber jetzt sollten wir ein bisschen Abstand zwischen uns und diesen Ort bringen. Nur für den Fall, dass der Manager die Polizei ruft.«

Sie gingen zu Fuß das kurze Stück bis zum Seine-Ufer. Die warme Luft des Frühherbstes, erfüllt von den Geräuschen und Düften von Paris, umhüllte sie. Einen Moment lang sahen sie genauso aus wie die Dutzende, Hunderte verliebter Paare, die in Zweisamkeit versunken am Ufer entlangspazierten. Molly hakte sich bei Reggie ein und wollte in Richtung des Apartments abbiegen, das sie gemietet hatten.

Aber Reggie machte sich behutsam von ihr los und sah sie an.

»Ich gehe hier lang«, sagte er und deutete in die entgegensetzte Richtung. »Der Flug …«

Seine Worte hatten den schrecklichen Beigeschmack von Endgültigkeit. Molly spürte einen Stich in der Magengegend. »Oh«, sagte sie dumpf. »Sicher, in Ordnung.« Dann fiel ihr etwas ein. »Was ist mit deinen Sachen?«

»Die habe ich zum Flughafen geschickt, bevor wir losgegangen sind«, gestand er und betrachtete seine Schuhe.

Dieses simple Detail schmerzte aus irgendeinem Grund mehr als alles, was er zuvor gesagt hatte. Molly blinzelte angestrengt, um die Tränen zurückzuhalten. »Kein Wunder, dass das Zimmer so aufgeräumt war!«, entfuhr es ihr spitz. »Offensichtlich hast du alles schon seit Ewigkeiten geplant. Du hast ganz schön Nerven, mir das hier und auf diese Weise zu sagen und …«

Er zog sie an sich und küsste sie auf den Mund, langsam und zärtlich. Mollys erster Reflex war, ihn wegzustoßen. Doch dann erinnerte sie sich daran, dass sie sich nie wieder küssen würden. Daraufhin erwiderte sie seinen Kuss und kostete den Moment bis ins Letzte aus.

»Pass gut auf dich auf, Molly«, sagte Reggie mit erstickter Stimme. »Danke für vier wundervolle Jahre.«

Sie konnte nur nicken.

»Ach, und Caitlins Hochzeit«, fuhr er fort. »Sag ihr

bitte, dass es mir leid tut. Und wünsch ihr von mir, du weißt schon, das Übliche.« Das feuchte Glitzern in seinen Augen war unverkennbar.

»Sicher.« Molly nickte.

»Mach's gut«, sagte er, und jetzt liefen ihm die Tränen über die Wangen. Dann wandte er sich ab und ging mit schnellen Schritten zur Metrostation am Seine-Ufer.

Ich dachte, ich würde diesen Abend mit einem Verlobten beenden, dachte Molly. *Stattdessen bin ich Single.* Zitternd atmete sie tief ein. *Und was jetzt?*

2. Kapitel

Die Liebespaare, die im Mondschein am Seine-Ufer entlangspazierten, hatten für Molly nichts Romantisches mehr. Als sie zusah, wie Reggie die Stufen zur Metro hinablief, ohne sich noch einmal umzudrehen, kamen sie ihr sogar vor wie der blanke Hohn. Sie drehte sich um, ging in Richtung ihres Apartments und kam sich auffallend und lächerlich allein vor.

Wie aufs Stichwort blieb das Pärchen unmittelbar vor ihr stehen und küsste sich. Molly musste ausweichen, um nicht mit ihnen zusammenzustoßen, dabei wäre sie mit ihren hohen Absätzen beinahe umgeknickt.

Ein älteres Paar, das Arm in Arm einen winzigen Hund spazierenführte, der aussah wie ein flauschiges Knäuel, bot ein solches Abbild lebenslanger Zufriedenheit, dass Molly die beiden finster anstarrte.

Ein Straßenhändler, die Arme voller Rosen, bot seine Ware inmitten dieser Schau der Liebenden feil. Er hielt eine Rose in der ausgestreckten Hand und signalisierte den Männern mit anzüglichem Zwinkern, allein der Erwerb einer Rose werde ihnen Bettfreuden für diese Nacht garantieren. Als Molly an ihm vorbeiging, trat er einen Schritt zurück und ließ sie passieren.

In ihrem Kopf wirbelten die Gedanken durcheinander.

Wer verjagt jetzt die Spinnen aus meiner Badewanne?

Ich muss die Wohnung aufgeben – für mich allein ist die Miete zu hoch.

Caitlin wird ausflippen. Ihre Tischordnung ist Makulatur.

Was wird Mom dazu sagen?

Wer zieht den Reißverschluss an meinem Brautjungfernkleid hoch?

Wer wird mit mir tanzen?

Reggie war soeben aus ihrem Leben verschwunden. Noch immer wartete sie darauf, dass sie zusammenbrach. Vermutlich war sie noch zu betäubt.

Mit seinen 29 Jahren war Reggie fünf Jahre älter als sie, in vielerlei Hinsicht aber um einiges unreifer. Seine angeberische Zurschaustellung von Gegensätzen hatte sie oft wahnsinnig gemacht. Er mochte Röhrenjeans zu Großvaterhemden. Gepflegte Kurzhaarschnitte zu struppigen Bartstoppeln. Champagner und Fischfinger. Sonntags Mittagessen im Pub auf dem Land und ein Penthouse in New York – er hatte geschworen, irgendwann mal eines zu besitzen –, wenn er erst einmal reich wäre.

Molly lächelte bei dem Gedanken, bis ihr klar wurde, dass sie das nicht miterleben würde.

»Reggie?«, rief sie und wirbelte herum.

Die Metrostation war bereits außer Sichtweite und von Reggie weit und breit keine Spur.

Sie stolperte zurück in Richtung Metro. Fragen stürmten auf sie ein. Sie musste ihn unbedingt noch erwischen. Wieso konnte sie nicht mit ihm nach L. A. gehen? Oder ihn wenigstens besuchen, sobald er sich eingelebt hatte? Vielleicht würde ihre Beziehung in der neuen Umgebung wieder etwas von der Frische zurückgewinnen, die er in den letzten Monaten vermisst hatte. Oder im letzten Jahr? In den letzten zwei Jahren?

Und wenn sie sich heute Abend zum ersten Mal eingestanden hatten, dass alles eintönige Gewohnheit geworden war, dann sollten sie vielleicht daran arbeiten. Warum hatte sie nicht um ihn gekämpft? Wie hatte sie vier Jahre so einfach abschreiben können?

Wenn er nun *der Richtige* war und sie zu selbstgefällig, um es zu merken?

Ihre silbernen Riemchensandaletten mochten es gar nicht, wie schnell sie am Seine-Ufer entlanglief. Nach fünfzig Metern musste sie dem Bogen eines Geigenspielers ausweichen, der den Liebespaaren ein Ständchen brachte. Dabei stolperte sie, stürzte zu Boden und zerriss sich den Saum ihres Kleids.

»Argh!«

Das weiche Gras zwischen Gehweg und Straße dämpfte zum Glück ihren Fall. Es wäre typisch für sie, wenn sie sich in dieser Nacht der Nächte auch noch den Kopf aufgeschlagen hätte.

»Mademoiselle!«

Der Geiger und mehrere Passanten kamen herbeigeeilt.

Sie halfen ihr so behutsam und freundlich auf, dass Molly zu weinen begann. »Tut mir leid, alles in Ordnung, *merci beaucoup,* vielen Dank …«

Verlegen und voller Grashalme versicherte sie den

freundlichen Parisern, dass sie unverletzt sei, und ließ sich auf eine Bank ganz in der Nähe fallen. Schluchzend untersuchte sie den Schaden. Sie dachte daran, wie sie das Kleid an diesem Abend angezogen hatte, den Rock glattgestrichen und sich gefragt hatte, ob es in Tulpenform vielleicht noch besser aussähe als bauschig. Wie es aussah, war der gerissene Saum leicht zu reparieren. Schön, jetzt hatte sie die perfekte Entschuldigung, es umzuschneidern. Obwohl sie sich im Moment nicht vorstellen konnte, es jemals wieder auch nur anzusehen. Ihr Trennungskleid.

Molly wischte sich die Tränen von den Wangen und sah sich um.

Sie wollte nicht mehr rennen.

Zur Metrostation ging es da lang. Zur ihrem einsamen Apartment in die andere Richtung. Molly blickte über die Schulter und entdeckte in einem abgedunkelten Schaufenster ihr Spiegelbild. Sie runzelte die Stirn.

Mir wird nicht das Herz brechen.

Ich bin traurig. Ich bin allein.

Aber mein Herz ist nicht gebrochen, nur … ein bisschen zerrissen, so wie mein Kleid.

Und diese Dinge kann man flicken, oder?

Ohne sich bewusst dazu entschieden zu haben, befand sie sich plötzlich auf dem Rückweg zu ihrem Apartment. Sie hielt den zerfetzten Saum von den Schuhen fern und ließ ihren Gedanken freien Lauf. Noch vor einer Stunde hatte sie gedacht, sie würde sich verloben, und jetzt kam es ihr so vor, als wäre dies der Traum einer anderen jungen Frau gewesen.

Stattdessen hatte Reggie den Wirt auf spektakuläre Weise um die Zeche geprellt, und sie war allein und nicht verlobt. Sie hatte nicht einmal mehr einen Freund.

Seltsam, dachte sie. »Ich bin frei.« Was fange ich jetzt damit an?

Sie hatte absolut keine Vorstellung, abgesehen davon, in ihr Apartment zurückzukehren und hemmungslos zu weinen. Und danach? Nun, sie würde erhobenen Hauptes dastehen und alleine zu Caitlins Hochzeit gehen müssen, sich für ihre Schwester bemühen, fröhlich zu sein. Und *danach?* Ihr Leben allein weiterleben. Denn Reggie war weg.

Sie musste ins Apartment zurück. Sie würde sich auf das große Bett werfen und hoffen, dass das Karussell in ihrem Kopf endlich aufhörte, sich zu drehen. Und dann mit ein bisschen Glück zehn Stunden schlafen.

Sie dachte an den letzten zärtlichen Kuss. In diesem Moment klingelte ihr Handy und sie wäre vor Schreck beinahe ohnmächtig geworden.

Reggie! Ihm war klar geworden, dass er einen Riesenfehler begangen hatte, er suchte verzweifelt nach ihr und wollte alles rückgängig machen.

Hektisch wühlte sie in ihrer Handtasche. Ihre Finger waren so unbeholfen, als hätten sie sich allesamt in Daumen verwandelt. Endlich fand sie das Handy, zog es heraus und …

… er war es nicht.

Stattdessen leuchteten ihr Caitlins Name und ihr bescheuert grinsendes Gesicht entgegen. Molly dachte, ihr würde das Herz stehenbleiben. Sie holte tief Luft, um sich darauf vorzubereiten, den Anruf entgegenzunehmen. Es war heute bereits der vierte. Zweifellos gab es irgendeine Krise, weil die Rosen nicht die richtige Farbnuance hatten oder auf den Fotos die Sonne in die falsche Richtung schien.

Wenn sie das mit Reggie erzählte, würde Caitlin sofort in Tränen ausbrechen.

Seufzend meldete sie sich. »Hallo, Cait, wie läuft's denn so?« Molly war überrascht, wie normal ihre Stimme klang. Das war ein vielversprechender Anfang. »Hör mal, ich muss dir was sagen …«

»Molliiii!«, heulte ihre Schwester so laut los, dass Molly das Telefon ein Stück vom Ohr weghalten musste.

»Brr!«, rief Molly und zuckte zusammen. »Bist du betrunken?«

»Molliiii, alles läuft schief!«

Zu ihrem Entsetzen erkannte Molly, dass Caitlin keineswegs betrunken war, sondern hysterisch weinte.

»Cait … was um Himmels willen ist denn passiert?«

»Alles läuft schief! Der schlimmste Albtraum ist wahr geworden! Ich kann es nicht ertragen!«

Caitlins Schluchzen wurde schwächer. Offenbar hatte sie den Arm mit dem Telefon sinken lassen, um sich ganz aufs Weinen konzentrieren zu können. Molly war bestürzt. Der schlimmste Albtraum? Hatten etwa beide Wright-Mädchen am selben Abend von ihren Männern den Laufpass bekommen?

»Was hat er dir angetan?«, knurrte Molly. Sie kannte Francesco kaum und hatte noch nicht entschieden, ob er gut genug war für ihre Schwester – abgesehen davon, dass er unglaublich reich war und umwerfend aussah.

Statt einer Antwort schluchzte Caitlin nur.

Die kleine Schwester eilte sofort zu Hilfe. »Ohne ihn bist du besser dran, Cait«, sagte sie und dachte an die Worte, die sie sich selbst in den nächsten Monaten immer wieder sagen würde. »Ich weiß, dass du dir deine Zukunft schon ausgemalt hast, aber wir kriegen das hin und es wird eine noch viel bessere Zukunft. Selbst wenn er reicher ist als Gates, na wenn schon …« Beim Gedanken an den Verlobten ihrer Schwester machte Molly ein grimmiges Gesicht. Sie hatte ihn nie persönlich kennengelernt, aber genügend Fotos in Tageszeitungen und Promi-Magazinen gesehen, um sich ein Bild zu machen. »Was er auch getan hat, wir kriegen das schon wieder hin. Davon abgesehen, wer braucht schon einen Multimillionär?«

»Mir angetan?«, erwiderte Caitlin, und ihr Schluchzen wurde ruhiger. »Sei nicht albern, Molly!«

»Aber du hast doch gesagt …«

»*Francesco* hat mir gar nichts angetan!« Caitlin lachte laut. »Er ist der perfekte Verlobte wie eh und je. Und ohne ihn wäre ich ganz sicher nicht besser dran.« Jetzt klang sie eingeschnappt.

»Ups, entschuldige.« Molly hoffte inständig, dass ihre Schwester zu durcheinander war, um sich morgen noch daran erinnern zu können, was sie gerade über die Liebe ihres Lebens vom Stapel gelassen hatte.

»Es ist mein …« Caitlin unterdrückte einen Schluchzer, bevor sie erneut losheulte: »Es ist mein … mein … Kleid! Es ist nicht da!«

»Was?«, kreischte Molly. Das war wirklich ernst.

Furchtbar. Eine Katastrophe. »Warum zum Teufel nicht? Wo ist es?«

»Der Kurier, der es abholen sollte, hat angerufen und gesagt, dass …« Unterdrückte Schluchzer brachten ihre Schwester wieder ins Stocken.

»Caitlin?« Molly musste sich gegen einen Laternenpfahl stützen. »Wurde es gestohlen?« Das Kleid war mehrere tausend Euro wert. Es war, sofern man sich auf Caitlins atemlose Berichte irgendwie verlassen konnte, das Werk eines Genies. Und damit die perfekte Zielscheibe. Vielleicht gäbe es ja eine Lösegeldforderung. Natürlich würden sie zahlen.

»N…ein, nicht gestohlen.«

Puh! Wenigstens das nicht.

»In Delametri Chevaliers Geschäft haben sie es dem Kurier nicht ausgehändigt!«

Molly konnte sich nicht vorstellen, aus welchem Grund. »Hat er ausgesehen wie ein Ganove oder hatte er dreckige Hände? Dann wäre es zumindest verständlich …«

»Nein! Weil … weil … es nicht fertig war!« Caitlin brach sofort wieder in heftiges Schluchzen aus.

»Du machst Witze«, stieß Molly atemlos hervor.

»Ich wünschte, es wäre so! Sie kannten den Termin und haben gewusst, wie wichtig es ist. Letzte Woche hatte ich die letzte Anprobe, und da sah noch alles gut aus!« Caitlins Stimme hatte eine Frequenz erreicht, die ausschließlich Hunde wahrnehmen. »All diese wichtigen Leute werden da sein, und ich habe kein Scheiß-Kleid! Da kann ich mich genauso gut gleich umbringen!«

»Das tust du nicht«, fuhr Molly sie harscher als beabsichtigt an. Sie wollte sich nicht von Caitlins blinder Panik mitreißen lassen, aber das war nicht ganz einfach. »Zumindest *jetzt* noch nicht. Weißt du Genaueres? Wie *fast fertig* ist es denn? Es bleiben doch noch vier Tage …«

Caitlin antwortete nicht sofort. Molly hörte sie schniefen. »Sie haben gesagt, dass es jetzt fertig ist, aber ich habe mein Zeitfenster für den Kurier verpasst.«

Okay. Damit konnten sie arbeiten.

Aber Caitlin schimpfte wütend weiter. »Der Kurier sagt, dass sie es erst morgen Nachmittag abholen können. Und geliefert wird es dann am Montag!«

»Montag!«, schrie Molly. »Aber das ist …«

»Der Tag der Hochzeit!«, sagten sie gleichzeitig.

»Sind die übergeschnappt?«, fragte Molly.

Caitlin hörte ihr gar nicht zu, sondern redete einfach weiter. »Bilden die sich etwa ein, ich würde mich zurücklehnen und sagen: Kein Problem, bringen Sie mir das Kleid einfach, wann es Ihnen passt, am Tag der Hochzeit ist prima …« Caitlin brach in den nächsten Schwall mitleiderregender Seufzer aus.

»Ich hätte von denen mehr Professionalität erwartet«, stimmte Molly zu. Sie wollte eine schnippische Bemerkung loslassen, dass das niemals passiert wäre, wenn Caitlin sie gebeten hätte, das Kleid zu entwerfen und zu nähen, aber sie verkniff es sich. Das Thema hatten sie ein für alle Mal hinter sich. Der Zug war abgefahren.

Und bis zu diesem Moment hatte Molly auch zugestimmt, dass Caitlins Entscheidung, Delametri Chevalier für Entwurf und Ausführung ihres Brautkleids zu wählen, verdammt gut war. Schließlich hatte er eines der weltweit berühmtesten Ateliers. Und auch wenn er Molly im Kampf um den begehrten Job ausgestochen hatte, so gehörte er doch immer noch zu ihren großen Vorbildern. Molly hatte sogar im letzten Jahr ihres Modedesign-Studiums in Newcastle ihre Abschlussarbeit über ihn geschrieben. Und wenn Francesco es sich leisten konnte, ein Chevalier-Modellkleid für seine Braut schneidern zu lassen, na, dann wünschte sie allen viel Glück. Sie war *vollkommen* darüber hinweg. *Vollkommen. Darüber. Hinweg.*

Molly fröstelte. Vom Fluss her wehte eine kühle Brise. Die Leute um sie herum begannen schneller zu gehen, die Mäntel zugeknöpft und die Hände in die Taschen gesteckt. Es wurde allmählich spät. Aber sie hatte jetzt auch die schmale Straße erreicht, in der sich ihr Apartmentgebäude befand. Sie beschleunigte ihren Schritt und eilte darauf zu.

»Weißt du was, Molly?«, schniefte Caitlin.

»Sag's mir.«

»Gegenüber der Kapelle haben sie bereits alles abgesperrt, um am Montag die Schaulustigen und die Presse fernzuhalten!«

»Wie bitte? Du machst Witze! Das ist ja beängstigend.«

Caitlin hatte ihr zwar erzählt, dass Francesco Marino in seinem Heimatland Italien eine Berühmtheit war, über das Ausmaß war sich Molly jedoch nicht im Klaren gewesen. Trotz ihrer Vorliebe für alles, was mit Mode zu tun hatte, war sie kein großer Fan von Klatschmagazinen und Promi-Zeitschriften. Offenbar war Francesco Marino in den Kreisen der feinen europäischen Gesellschaft bestens bekannt, was vermutlich an seinem hochrangigen Job in den italienischen Medien lag. Ansonsten wusste Molly eigentlich nichts über ihn; und bis zu diesem Moment und der Katastrophe mit dem Kleid hatte sie genau das an dieser Hochzeit am meisten beunruhigt.

»Beängstigend ist nicht das richtige Wort!« Die Panik ließ Caitlins Stimme wieder schrill werden. »Und wenn es nicht rechtzeitig hier ist? Der Kurier könnte einen Unfall bauen. Oder wenn es nicht richtig sitzt? Es bleibt dann keine Zeit, um es zu ändern! Beängstigend? Von wegen! Das ist *apokalyptisch!* Vierhundertachtzig Freunde und Familienangehörige von Francesco, Molly – die meisten von denen reisen im Hubschrauber oder im Privatjet an. Und ich kenne so gut wie niemanden …«

»Okay, wir werden das Problem bestimmt nicht lösen, indem wir durchdrehen.« Endlich hatte Molly die Stufen zu ihrem Apartment erreicht und schloss die Wohnungstür auf. »Jetzt beruhige dich erst einmal und …«

»Ich kann mich nicht beruhigen!«, heulte Caitlin. »Mein Leben ist vorbei. Was wird Francesco sagen? Wenn mein Kleid nicht passt oder gar nicht da ist, werde ich zur internationalen Witzfigur!«

Insgeheim dachte Molly, dass Francesco ihre Schwester hoffentlich für das liebte, was sie war, und nicht dafür, was die Presse über ihr Kleid dachte.

»Was soll ich denn jetzt machen? In Jeans und T-Shirt zum Altar schreiten?«

Molly schloss für diese Nacht die Tür zur Stadt ihrer

Träume hinter sich und seufzte erleichtert. »Okay, Caitlin, wir werden Folgendes tun …«

»Uns umbringen?«, jammerte Caitlin.

»Noch nicht, sagte ich das nicht bereits?« Molly gestattete sich ein Lächeln. Jetzt war Handeln angesagt. »Soll ich das Kleid abholen und mit nach Venedig bringen?«, fragte sie und warf sich auf das Doppelbett, das ihr plötzlich geradezu höhnisch riesig vorkam.

»Wie in aller Welt willst du das machen?« Mollys unerwarteter Vorschlag hatte Caitlin offenbar so überrascht, dass sie das Schluchzen für einen Moment einstellte.

»Na ja … ich bin in Paris.« Jetzt herrschte am anderen Ende der Leitung verblüfftes Schweigen. Molly schüttelte den Kopf. Caitlin war anscheinend so mit ihren Hochzeitsvorbereitungen beschäftigt, dass sie Mollys und Reggies Zwischenstopp in Paris ganz vergessen hatte. *Quelle surprise!*

»Das weiß ich doch«, antwortete Caitlin mit schwacher Stimme.

»Natürlich weißt du das.« Wieder musste Molly lächeln. »Wäre das eine Hilfe? Ich könnte das Kleid abholen und mitbringen, wenn ich morgen nach Venedig fliege. Dann kannst du es am Nachmittag in die Arme schließen. Problem gelöst!«

Die jetzt einsetzende Stille war anders. Molly konnte es förmlich hören, und eine Welle altbekannter Traurigkeit überkam sie.

»Ich … denke, das wäre okay …«

Molly seufzte. »Du vertraust mir nicht …«

Dieses Mal seufzte Caitlin. »Es ist ja nicht, dass …«

»Natürlich nicht.« Molly rieb sich über die Stirn und presste die Zähne zusammen. Dass Caitlin ihr nach all den Jahren immer noch nicht traute.

»Es ist nur«, begann Caitlin. »Du und ich haben mit Kleidern unsere Geschichte, oder?«

Jetzt wurde Molly wütend. »Das? Wie viele Jahre muss ich mir das noch anhören? Vielleicht solltest du auch noch Spieldosen erwähnen, da haben wir auch unsere Vorgeschichte!«

»Molly …«

»Uralte Geschichten! Vergiss einfach meinen Vorschlag, okay?«

Damit hatte sie ihre Schwester. Caitlin war aus dem Konzept gebracht. »Tut mir leid, Kleines, ehrlich. Gib meinem Zustand als Braut die Schuld.«

»Brautzilla-Zustand«, murmelte Molly.

»Das habe ich gehört.«

Das sollte sie auch. »Also. Möchtest du, dass ich dein Kleid mitbringe, oder nicht? Wenn, dann muss ich es noch heute Abend abholen, mein Flug geht morgen ganz früh. Würde das helfen?«

»Ja, ja, bitte. Es würde helfen. Ja.«

Die Erleichterung in Caitlins Stimme besänftigte Molly. Was für eine Nacht! Eine gescheiterte Verlobung. Eine unerwartete Trennung. Und von ihrer Schwester für nicht vertrauenswürdig gehalten – na toll!

»Danke Molly. Vielen Dank.« Man konnte förmlich hören, dass Caitlin strahlte. »Ich rufe Delametri an und sage, dass du unterwegs bist. Einverstanden? Du kannst doch jetzt sofort hinfahren, oder?«

Eigentlich wollte sich Molly nur noch unter der Bettdecke verkriechen und in den Schlaf weinen.

»Du brauchst die Adresse …«

Molly seufzte und setzte sich mühsam wieder auf. »Ich weiß, wo es ist. Heute Nachmittag habe ich mir die Nase an der Schaufensterscheibe platt gedrückt und beim Anblick der tollen Klamotten gesabbert.«

»Nette Vorstellung, Schwesterherz.« Caitlin lachte.

Molly fühlte sich sonderbar. Sie war erschöpft und wie durch die Mangel gedreht, aber allmählich wurde ihr klar, dass sie die paradiesische Welt der Haute Couture betreten und den Meister persönlich kennenlernen würde! Den großen *Delametri Chevalier!*

»Ach, und Molly?«

Jetzt wird sie mir sagen, dass ich das Kleid mit meinem Leben verteidigen muss.

»Ja, Caitlin?«

»Du wirst dieses Kleid doch mit deinem Leben verteidigen, oder?

Molly verdrehte die Augen. »Ich werde das Kleid im Flugzeug auf meinen Sitzplatz anschnallen und selber mit meinen Koffern im Gepäckraum mitfliegen … nur für dich.«

»Ausgezeichnet. Oh, und Molly?«

Molly schüttelte den Kopf und lächelte. »Gern geschehen.«

Sie wischte schnell den Straßenstaub von den Schuhen, kontrollierte, dass die Tränen von vorhin keine verräterischen Wimperntuschespuren in ihrem Gesicht hinterlassen hatten, und machte sich auf den Weg. Sie war unterwegs zu Delametri Chevalier! Allein der Gedanke ließ sie vor Aufregung schwindelig werden.

Ich sollte mich eigentlich nicht so freuen – schließlich habe ich gerade erst den Laufpass bekommen …

Sie fragte sich, ob ihr Gehirn ihren Kummer auf Eis gelegt hatte, während sie sich auf den aktuellen Notfall konzentrierte. Vielleicht war es auch eine Art Selbstschutzmechanismus. Morgen im Flugzeug hatte sie noch reichlich Zeit zum Weinen.

Vielleicht lag es auch an Paris. In der Stadt ihrer Träume zu sein, so nah bei ihren großen Vorbildern. Dior! Chanel! Chevalier …

Als sie jetzt den Weg vom Nachmittag noch einmal ging, waren die Boulevards, die vor wenigen Stunden voller Menschen, Romantik und Pariser Charme gewesen waren, unbelebt und still. Molly versuchte, sich ganz auf ihre Aufgabe zu konzentrieren.

Delametri Chavalier war ein großer, gutgebauter Mann mit kurzem grau meliertem Haar, das er auf altmodische Weise mit Pomade glatt nach hinten gekämmt trug, kleinen, mandelförmigen Augen und einem stets perfekten schmalen Oberlippenbart. So viel wusste Molly von Fotos in der *Vogue* und im *Tatler*. Sie wusste auch, dass er ausschließlich seine eigenen maßgeschneiderten Anzüge trug und vier Sprachen beherrschte.

Glücklicherweise war Englisch eine davon. Molly verzog vor Aufregung das Gesicht und überlegte, was sie ihm sagen sollte.

Also, Mr. Chavalier – nein, das war nicht richtig – *also, Monsieur Chevalier, als studierte Modedesignerin, die da-*

von träumt, eines Tages ein Atelier wie das Ihre zu besitzen, dürfte ich Ihnen da ein paar Fragen stellen? Ich bin seit Jahren eine leidenschaftliche – nein – eine hingebungsvolle Bewundererin Ihrer Arbeit. Würden Sie den Kritikern – nein – Bewunderern zustimmen, die sagen, dass Ihre Kreationen von Jahr zu Jahr immer erfolgreicher wurden? Die Kollektionen der letzten zehn Jahre waren die überragendsten von allen! Und dürfte ich Ihnen meine Sichtweise zur derzeitigen Entwicklung des Chevalier Signature Looks erläutern? Und Ihnen bitte meinen Lebenslauf und ein paar Skizzen schicken?

Und … und … Sie sind umwerfend.

Hm. Zu viel? Vor ein paar Jahren hatte sie eine komplette Abschlussarbeit über ihn geschrieben. Wenn sie doch nur ihre Mappe dabei hätte! Doch die hatte nun nicht gerade ganz oben auf der Liste gestanden, als sie packte, um zur Hochzeit ihrer Schwester zu fahren.

Als sie das Geschäft von Chevalier – sein *Atelier* – erreichte, wuchs ihre Aufregung. Sogar die Fassade des Jugendstilgebäudes wirkte mit seinen eleganten Linien und den um die erleuchteten Fenster drapierten herrlichen Vorhängen wie ein geschmackvolles Kunstwerk.

Ihr Handy piepte. Molly zuckte zusammen. War das jetzt Reggie?

Los! Los! Los!

Die Nachricht stammte von Caitlin. Molly brachte ein Lächeln zustande und steckte das Handy in die Manteltasche zurück. Dann stieg sie die Stufen hinauf zu der gewaltigen hölzernen Doppeltür, sammelte allen Mut, den sie aufbringen konnte, und drückte auf die Klingel.

Gib dich selbstbewusst. Lächle. Wirke elegant und professionell. Mach dich nicht zum Idioten.

Die Tür wurde von einer zierlichen weißhaarigen Dame in einem schlichten schwarzen Kleid geöffnet. »Miss Wright?«, fragte sie mit starkem französischem Akzent.

Molly nickte. »Molly.«

»Treten Sie bitte ein.«

»Danke. Sie haben eine wunderschöne Eingangstür.« *Was für eine dämliche Bemerkung!* Molly kam sich schon jetzt wie ein Trottel vor, dabei hatte sie bisher nur mit Chevaliers Assistentin gesprochen.

Drinnen *roch* es sogar gut, nach Duftkerzen, frischem Leinen, Marmorböden und etwas Unbeschreiblichem, das mit Schönheit und Erfolg und mit Schere, Nadeln und Faden zu tun hatte. Diesen Duft würde sie am liebsten bis in alle Ewigkeit atmen. Sie verspürte eine geradezu körperliche Sehnsucht, zu dieser Welt zu gehören. Sie wollte über die auf Kleiderständern aufgereihten Modelle streichen – nur wenige an der Zahl –, sie herausziehen, genau betrachten und betasten. Dürfte sie doch nur eine einzige Stunde hier allein verbringen! Oder einen Tag! Oder ihr ganzes Leben!

Sie reichte der alten Dame die Hand. »Mein Name ist Molly.« *Das hast du schon gesagt.* Sie hätte sich ohrfeigen können.

»Annabelle, *ma petite chère«,* erwiderte die Dame und drückte Mollys Hand für den Hauch einer Sekunde.

»Ähm, Monsieur Chevalier holt wahrscheinlich gerade das Kleid für meine Schwester?«

Die Frau schüttelte den Kopf und zuckte mit den Schultern. »Monsieur ist bereits vor Stunden gegangen, Mademoiselle. Sein Assistent wird sich um Sie kümmern.«

»Oh …« Natürlich würde ein Mann seines Formats nicht ungeduldig darauf warten, einem Niemand wie ihr zu begegnen. Aber sie konnte die Enttäuschung in ihrer Stimme nicht verbergen. »Ich hatte gehofft, ihn kennenzulernen.«

Ruckartig schossen Annabelles Augenbrauen in die Höhe, als wundere sie sich über dieses Ansinnen. Molly hingegen überlegte, wie viele Nackenschläge sie an diesem Abend wohl noch einstecken musste. Bestürzt sah sie Annabelle an, besann sich dann jedoch ihrer guten Manieren. »Oh, natürlich, tut mir leid – danke, dass Sie hier sind.« Eine Stimme aus dem hinteren Teil des Raums ersparte ihr, darüber nachdenken zu müssen, was sie noch sagen könnte.

»Ah! Da ist sie ja. Die wunderbare Schwester der wunderbaren Caitlin Wright!« Molly wirbelte herum und sah einen tadellos gekleideten, athletisch gebauten Mann mit ausgestreckten Armen auf sie zuwirbeln. »Verlobt mit dem wunderbaren Francesco Marino! Herzlich willkommen, meine kleine Blume!« Ehe Molly sich versah, waren seine Hände auf ihren Schultern und sie wurde auf beide Wangen geküsst. »Pascal Lafayette, *a votre service,* Mademoiselle. Sie sehen Ihrer Schwester so unglaublich ähnlich. So wunderschön auf diese frische englische Weise. So natürlich und unverdorben.«

Molly verengte die Augen. *Natürlich*, häh? Wollte er

etwa andeuten, dass sie schlampig aussah? Nur weil sie nicht so geschniegelt herumlief wie er und gerade die schlimmste aller Nächte durchzustehen hatte?

Andererseits sah er verboten gut aus, mit seinem gebräunten Teint, dem zurückgekämmten schwarzen Haar und den herzerweichend braunen Augen. Sie schätzte ihn auf Ende dreißig oder Anfang vierzig – es war so schwierig, das Alter der Pariser zu schätzen.

»Ich bin Pascal Lafayette, Monsieur Chevaliers … Assistent«, erklärte er und betonte das letzte Wort auf seltsame Weise.

Und hatte Molly es sich nur eingebildet, oder hatten er und Annabelle gerade einen Blick gewechselt? Wieder kniff sie misstrauisch die Augen zusammen.

»Ich hatte das große Vergnügen und Privileg, Monsieur Chevalier beim Brautkleid der Verlobten von Signor Francesco Marino assistieren zu dürfen. Ein wunderbarer Mann!«

»Wunderbar, ja … das sagten Sie bereits«, murmelte Molly. Sie war nicht gerade in der Stimmung, sich von Delametri Chevaliers Assistenten Schleimereien über ihren zukünftigen Schwager anzuhören. Francesco war ja so ein großes Tier, in ganz Europa bekannt … ja, ja. Molly wollte nur, dass ihre Schwester mit dem richtigen Mann glücklich wurde. Je häufiger sie jedoch die Lobgesänge über Francesco Marino hörte, desto stärker beschlich sie der Verdacht, dass er keine Person, sondern eine Institution war.

»Danke, dass Sie auf mich gewartet haben«, sagte Molly und zwang sich zu einem Lächeln. Innerlich war es ihr peinlich, auch nur im Traum daran gedacht zu haben, Delametri Chevalier würde höchstpersönlich herbeieilen, um ihr Caitlins Brautkleid auszuhändigen. Wie konnte sie nur so naiv sein!

»Ist mir ein Vergnügen. Dann hole ich jetzt mal das Kleid. Einen kleinen Moment, bitte.«

Er schlenderte davon und verschwand durch eine Tür mit der Aufschrift »Privé«. Molly und Annabelle sahen sich an. Die unbehagliche Stille wog schwer – vielleicht war der Raum schallisoliert, um den Verkehrslärm von draußen abzuschotten, ein cleverer Trick, um den Kunden das Gefühl zu geben, sie wären in die luxuriöse Welt von Chevalier eingewebt wie in einen Kokon.

»Entwerfen Sie auch Mode?«, fragte Molly, um die erdrückende Stille zu beenden.

»Ich?« Annabelle zeigte auf sich. »*Nein*, ich bin die Putzfrau, *ma petite chère.*«

»Ah.« Molly nickte. Bei ihr daheim in Yorkshire trugen die Putzfrauen im Allgemeinen keine Etuikleider aus schwarzem Seidenkrepp, teure Seidenstrümpfe, Perlen und Wildlederpumps. »Es muss schön sein, hier zu arbeiten.«

Annabelle lächelte freundlich und nickte. Molly fuhr mit dem Blick über die Kleidungsstücke auf dem Garderobenständer, die alle in schützenden Zellophanhüllen steckten. Wenn sie die Kleider doch nur aus der Nähe betrachten könnte. Annabelle beobachtete sie, immer noch lächelnd. »Meinen Sie, ich könnte vielleicht …«

»Nein«, erklärte Annabelle ziemlich nachdrücklich. »Tut mir leid, aber fassen Sie bitte nichts an. Jedes dieser

Stücke ist sehr teuer und darf keinesfalls Flecken bekommen.«

»Einen Versuch war es wert.« Molly seufzte.

»Es sind besondere Stücke«, sagte Annabelle.

»Verstehe.«

»Ich Sie aber auch.«

»Welches sind seine Lieblingsstücke?«, konnte sich Molly nicht verkneifen zu fragen.

»Jedes Teil dieser Kollektion ist für Monsieur Chevalier von gleicher Wichtigkeit, *ma petite chère.*«

Das stillte keineswegs Mollys Hunger auf ein paar wertvolle Insider-Informationen. »An welchen Stücken wurde denn am längsten gearbeitet, bis sie perfekt waren? Diese Seidenfransen, zum Beispiel? Der Stoff ist so fein gewebt …«

»Das Haus Chevalier hat viele Jahre Erfahrung im Umgang mit den edelsten Stoffen«, schnitt Annabelle ihr ungeduldig das Wort ab.

Molly zuckte zustimmend mit den Schultern. »Natürlich.«

»Lieben Sie Mode?«, fragte Annabelle besänftigt.

»Ich liebe *Qualität*«, antwortete Molly und merkte, dass ihre Entgegnung ungewollt versnobt klang. Aber sie hätte ihre Einstellung nicht anders beschreiben können.

Schließlich kehrte Pascal zurück. Sein exaltiertes Gehabe und der triefende Charme waren verschwunden. An ihrer Stelle war schiere pariserischer Panik. »Kein Grund zur Aufregung!«, wies er die beiden Frauen mit starrem Lächeln und seltsam hoher Stimme an.

»Wo liegt das Problem?«, fragte Molly, obwohl sie eine dunkle Vorahnung beschlich.

»Ich habe überall gesucht.« Pascal rieb sich mit beiden Händen durchs Gesicht. »Ich kann das Kleid nicht finden.«

3. Kapitel

Wie bitte?« Molly holte tief Luft. »Es muss doch irgendwo hier sein!« Sie ging auf den Kleiderständer mit den Zellophanhüllen zu.

Pascal und Annabelle waren mit raschen Schritten bei ihr und offenbar bereit, sie zu Boden zu werfen, falls sie es wagen sollte, die Kleidungsstücke zu berühren.

»Bitte, Mademoiselle!«, schrie Annabelle.

»Signor Marinos Hochzeitskleid hängt doch nicht im Verkaufsraum!«, rief Pascal. »Das wäre ja verrückt!«

»Woher wollen Sie das wissen?«, schrie Molly zurück. »Es ist nicht da, wo Sie vermutet haben, dann suchen wir eben an abwegigen Stellen. Und nebenbei bemerkt, ist es nicht Signor Marinos Hochzeitskleid, sondern das meiner Schwester!«

Sie zog sämtliche Kleidungsstücke in Pastelltönen heraus und prüfte, ob es sich um ein Hochzeitskleid handelte. Aus den Augenwinkeln sah sie, wie Pascal jedes Mal zusammenzuckte, wenn sie eine der Hüllen anfasste. Aber das war Molly egal. Zu ihrer großen Verärgerung hatte sie nie Entwürfe von Caitlins Hochzeitskleid sehen dürfen, war sich jedoch ziemlich sicher, dass es sich um ein traditionelles Brautkleid handelte. Sie sah Mantelkleider aus cremefarbener Seide, herrliche Cocktailkleider aus fließendem Satin in Sorbet-Farben, sogar eine Reihe weißer Skianzüge, allesamt in Zellonphanhüllen verpackt, damit sie makellos blieben. Und dann entdeckte sie die elfenbeinfarbene Robe im Empire-Stil, von überwältigender Schönheit, genau das gleiche Kleid, das die Frau im Restaurant getragen hatte. Es war allerdings nicht Caitlins Kleid – ihres war eine Sonderanfertigung, wie sie oft genug erwähnt hatte.

Molly warf einen kurzen Blick auf das Preisschild und sog hörbar die Luft ein. *Dreitausend Euro …*

Sie musste es einfach genauer in Augenschein nehmen. Wie hatte es bei der Frau im Restaurant so perfekt am Ausschnitt sitzen können? Vorsichtig zog sie den Reißverschluss auf, und es verschlug ihr den Atem, wie fein alles gearbeitet war. Die einzige Verzierung bestand in den winzigen Rüschen am Ausschnitt, handgenäht mit Seidenfaden. Es war ein Meisterstück an Schlichtheit.

»Es ist wunderschön«, sagte eine sanfte Stimme neben ihr und ließ sie zusammenzucken. Annabelle war neben sie getreten. Behutsam begann sie, die Kleidungsstücke am anderen Ende des Ständers durchzugehen. »Wenn ich Sie jetzt bitten dürfte? Wir haben festgestellt, dass es sich hierbei nicht um das Brautkleid Ihrer Schwester handelt, oder?«

Molly zog den Reißverschluss wieder hoch und erwiderte Annabelles verständnisvolles Lächeln.

In diesem Moment rasselte Pascal mit einem Schlüsselbund. »Ich werde im Lager nachsehen«, sagte er. »Warten Sie bitte hier. Das Lager befindet sich direkt hinter dem Geschäft.«

»Okay.«

Molly wurde plötzlich von dem Bedürfnis überwältigt, mit ihrer Mutter zu sprechen. Als Pascal sah, dass sie ihr Handy aus der Tasche holte, erstarrte er.

»Bitte«, rief er. »Sagen Sie Signor Marino nichts! Ich bringe das in Ordnung!«

»Keine Sorge«, beruhigte Molly ihn knapp. Sie war zunehmend skeptischer, was diesen Mann anging, mit seinem perfekten Äußeren und seiner überzogenen Bewunderung von Caitlins reichem Verlobten. Sie wandte sich ab, drückte die Kurzwahltaste für die Nummer ihrer Mutter und wartete.

»Hallo?« Die Stimme klang schläfrig und weit entfernt.

»Entschuldige, Mum, habe ich dich geweckt?«

»Du bist es, Molly! Nein, ich freue mich immer, wenn du anrufst.«

Vanessa Wright, die Mutter von Molly und Caitlin, war Halbitalienerin. Vor drei Jahren war sie in das italienische Städtchen Assisi gezogen. Den Vater der Mädchen hatte sie vor vielen Jahren rausgeworfen, weil sie herausgefunden hatte, dass er sie betrog. Es war eine scheußliche Zeit gewesen. Molly hatte ihrem schwierigen Vater nie sehr nah gestanden und sie hatten seither nur wenig Kontakt, aber mit ihrer Mutter stand sie über Skype in Verbindung und sie sahen einander, so oft es ging.

»Geht es dir gut? Du klingst erschöpft!« Molly kniete gerade auf dem Boden und sah unter dem goldfarbenen Sofa nach. Möglicherweise war das Kleid ja aus Versehen darunter geschoben worden.

Es herrschte kurzes Schweigen am anderen Ende der Leitung, bis ihre Mutter antwortete. »Ich bin ziemlich müde. Aber es geht mir gut. Ich habe viel zu tun, du weißt ja, wie das ist.«

»Mmm«, stimmte Molly zu. »Caitlin hält uns in den letzten Wochen ganz schön auf Trab, wie?« Sie hörte nur mit einem Ohr zu, denn plötzlich musste sie an Reggie denken. Ihre Mutter ahnte ja nicht, dass er die Beziehung beendet hatte. Ob sie es ihr erzählen sollte?

Nein, entschied Molly, nicht jetzt. Die nächsten Tage gehörten allein Caitlin. Außerdem wollte Molly noch einmal darüber schlafen. Vielleicht würde sie es ihrer Mutter erzählen, wenn sie leibhaftig vor ihr stand und Molly sicher sein konnte, ihre ungeteilte Aufmerksamkeit zu haben. Molly würde so tun, als sei alles in schönster Ordnung. Außerdem würden alle so mit Caitlin und der Hochzeit beschäftigt sein, dass ihr ohnehin niemand viel Beachtung schenkte. Und wenn alles vorbei war, konnte sie still und leise zusammenbrechen. Das schien ein guter Plan zu sein.

»Wie ist es in Paris?«, fragte ihre Mutter.

»Wenigstens du erinnerst dich daran, dass ich hier bin«, konnte sich Molly nicht verkneifen. »Caitlin ist momentan so mit sich selbst beschäftigt, dass sie es ganz vergessen hatte.«

»Du musst ihr das nachsehen.« Ihre Mutter seufzte. »Sie heiratet in vier Tagen und ist mit den Gedanken woanders.«

Mollys Laune sank auf den Nullpunkt. Da war es wieder, ihre Mutter ergriff Partei für Caitlin. Molly ließ sich auf das goldene Sofa fallen und rieb sich über die Stirn.

»Vermutlich.« Tief Luft holen und dann los. »Hör zu Mum, hier ist etwas Schreckliches passiert.«

»O nein, was denn?«

»Es geht um das Kleid«, antwortete Molly und wartete auf die explosionsartige Reaktion.

»Aha?«

»Als der Kurier es abholen wollte, war es noch nicht fertig. Caitlin ist ausgeflippt, sie dachte schon, sie müsste in Jeans heiraten!«

»Nun, das wird wohl kaum passieren, oder?« Die Stimme ihrer Mutter klang geduldig, beinahe gelangweilt.

»Jedenfalls war sie in ziemlicher Panik, aber ich habe angeboten, das Kleid abzuholen und morgen mit nach Venedig zu bringen.«

»Na, wenn das kein Glücksfall ist. Das ist sicher die beste Lösung.« Ihre Mutter schien nicht sonderlich beeindruckt von Mollys Heldentat. »Wie gut, dass du mit Reggie gerade dort bist. Wie geht es ihm übrigens? Hast du ihn mit deinem Sightseeing in Sachen Mode schon zu Tode gelangweilt?«, neckte sie Molly.

Getroffen vom mangelnden Interesse ihrer Mutter, wollte Molly schon ihre Meinung ändern und erzählen, dass sie den Laufpass bekommen hatte und dies eine Menge Unannehmlichkeiten für ihre Schwester bedeutete …

»Paris ist wunderschön«, sagte sie stattdessen und tat so, als hätte sie die Frage überhört. »Aber du errätst nie, wo ich gerade bin.«

Die Antwort kam prompt. »Auf dem Eiffelturm?«

»Nein!«

Molly wartete darauf, dass ihre Mutter es noch einmal versuchte, aber sie war offensichtlich nicht in der Stimmung. »Ich bin in Delametri Chevaliers Geschäft!«

Sie schwieg, um ihrer Mutter Zeit zu geben, darauf zu reagieren. Aber nichts passierte. Ernüchtert fuhr Molly fort: »Sein Assistent sucht gerade nach dem Kleid.«

Immer noch keine Reaktion.

»Es ist anscheinend verschwunden. Und ich weiß nicht, was ich machen soll.«

Nichts.

»Sie können es nirgendwo finden. Caitlin wird einen Anfall bekommen.«

»Ich bin sicher, dass es wieder auftaucht.«

»Mum! Und wenn nicht? Es ist eine Katastrophe!«

Sie hörte, wie ihre Mutter verächtlich schnaubte. »Das wäre nicht das Ende der Welt, oder? Falls es verloren gegangen ist, was ich nicht glaube, kann Caitlin sich morgen in Venedig bestimmt ein neues Kleid kaufen. Irgendwo werden wir schon ein hübsches weißes Kleid auftreiben.«

»Mum!« Genauso gut hätte ihre Mutter vorschlagen können, junge Hunde zu töten, um sich aus deren Fell ein neues Kleid zu schneidern. »Wie kannst du so etwas sagen?«

»Es ist nur ein Kleid, Liebes.«

»Nur ein Kleid?! Mum! Es ist ein Modell…«

»Es gibt weitaus Wichtigeres im Leben als Mode, Molly!«

Das hatte gesessen. Wenn sich ihre Mutter abfällig über

das äußerte, womit Molly Karriere machen wollte, war das wie ein Messerstich ins Herz. Sie wagte nicht zu sprechen. Und als ihre Mutter schließlich das Schweigen brach, war ihr Tonfall versöhnlich.

»Molly, Liebes, das habe ich nicht so gemeint. Ich bin eben … nervös wegen der Hochzeit. Das ist alles.«

Das war Molly neu. »Tatsächlich? Das sieht dir gar nicht ähnlich. Wann fährst du nach Venedig?«

»Morgen, hoffentlich.«

Hoffentlich? Als hätte sie erst noch etwas Wichtigeres vor? Aber Molly ließ das unkommentiert durchgehen, denn in diesem Moment kehrte Delametris Assistent aus dem Lager zurück – mit leeren Händen.

»Gut, dann rufe ich dich morgen wieder an …« Molly schluckte. »Mum?«

»Auf Wiederhören, Liebes.«

»Tschüss.«

Pascals Gesicht sagte alles. Annabelle, die neben der Tür gewartet hatte, durchquerte den Raum, griff nach dem Telefon und reichte es ihm.

Pascal seufzte schwer, sah Molly an und sagte: »Ich werde Delametri anrufen müssen.«

»Gott sei Dank!«, entfuhr es Molly, aber Pascal hörte gar nicht zu.

»Merde!« Unter dem Druck löste sich Pascals forsche Perfektion zunehmend in Luft auf. »Er ist zu Besuch zu seiner Mutter nach Marseille gefahren. Die Störung wird ihn nicht begeistern. Er ist ein Mann, der – wie soll ich sagen – keine Probleme damit hat, Verantwortung zu delegieren.«

»Ein Zeichen für Führungsfähigkeit«, merkte Molly versonnen an. Pascal zuzuhören, wie er von ihrem Helden erzählte, ließ sie die Gleichgültigkeit ihrer Mutter vergessen. Sie stellte sich vor, sie würde hier arbeiten, mit Talent und Humor jeden Krümel Verantwortung aufheben, auf den sie stieß, immer mehr kreative Freiheit bekommen, befördert werden und schließend den bewundernd applaudierenden Pascal in ihrem Fahrwasser zurücklassen, wenn sie Elemente ihrer eigenen Entwürfe in die märchenhaften Kreationen von Chevalier einbrachte. Und schließlich – endlich – würde sie ihr eigenes Label auf den Markt bringen, mit dem Segen ihres Freundes und Mentors Delametri Chevalier …

Pascal sah sie sonderbar an. »Wenn Sie das sagen.«

Er wirkte zerknirscht angesichts der Perspektive, Chevalier anrufen zu müssen, und starrte widerwillig auf das Telefon, bevor er über die Kurzwahltasten eine Nummer anwählte. Molly wunderte sich, warum es für ihn eine so große Sache war, seinen Chef anzurufen. Delametri Chevalier war doch kein solcher Tyrann, der sauer wurde, wenn man ihn in einem Notfall wie diesem anrief. Er würde sich verpflichtet fühlen, Hilfestellung zu leisten!

Während sie darauf warteten, dass Delametri abhob, stieß es Molly auf, dass Pascal sie schamlos musterte. Unbehaglich rutschte sie auf dem Sofa hin und her, schlug die Beine übereinander und drehte sich in die andere Richtung, sodass ihr Körper ihm abgewandt war. Pascal winkte Annabelle zu und zischte etwas, das sich anhörte wie: *»Ma couture cas s'il vous plaît.«*

Annabelle nickte, ging zu einem verzierten, intarsierten Sekretär, der in einer Ecke des Raums stand, öffnete eine der winzigen Schubladen und nahm etwas heraus, das aussah wie ein Kulturbeutel aus Wildleder. Annabelle schloss die Schublade wieder und brachte Pascal den Beutel.

Der nickte dankbar. »Delametri? *Allô?*«

Eindringlich begann Pascal ins Telefon zu sprechen. Mollys Französisch war nicht besonders. In dem angstbesetzten Stakkato von Pascals Stimme konnte sie lediglich ein paar Namen wie »Marino« und »Italien« ausmachen.

»C'est pas ici – es ist nicht hier.«

Fasziniert stellte Molly sich vor, dass am anderen Ende der Leitung der unvergleichliche Delametri Chevalier war. Er würde das Problem im Handumdrehn lösen. Sie war nur einen Schritt entfernt von ihrem Helden, nur durch einen nervösen Franzosen namens Pascal Lafayette von ihm getrennt, der, das Telefon zwischen Kinn und Schulter geklemmt, offenbar versuchte … *einen Faden einzufädeln?*

Und zwar in Dunkelorange.

Was auch immer Delametri sagte, es schien bei Pascal nicht gut anzukommen. Molly versuchte, ruhig zu bleiben, aber dieses ungute Gefühl in ihrem Magen war plötzlich wieder da. Auch wenn ihre Mutter dies anders sah – es *war* eine Katastrophe, wenn das Kleid tatsächlich verloren gegangen war. Jedes von Delametri geschneiderte Kleidungsstück war ein Kunstwerk, aber dieses hier war noch mehr – Caitlin war von Anfang an in die

Planung mit einbezogen worden, und Molly wollte dieses Kleid trotz ihrer Enttäuschung, dass sie es nicht hatte entwerfen dürfen, unbedingt sehen. Davon abgesehen wäre Caitlin untröstlich, und wenn Molly in ihrem Leben Platz für ihre eigenen Probleme haben wollte, wäre das mit einer untröstlichen Caitlin ausgeschlossen.

Immer noch telefonierend durchquerte Pascal den Raum und setzte sich neben Molly, sodass sich ihre Schenkel berührten. Ein höchst eigenartiges Gefühl. Doch bevor Molly höflich abrücken konnte, hob Pascal den gerissenen Saum ihres Kleids an, schlug ihn um und begann zu nähen.

Molly war sprachlos. Das war zweifellos ein Eindringen in ihre Privatsphäre, zugleich aber auch unglaublich nett von ihm. Mit einem Mal fühlte sie sich sehr englisch.

»C'est impossible«, sagte Pascal schließlich und setzte sich wieder auf. *»En Anglais, s'il vous plaît«,* fügte er hinzu, bevor er Molly das Telefon reichte. Überrascht nahm sie es entgegen. »Würden Sie bitte seine Anweisungen entgegennehmen? Ich kann nicht gleichzeitig das Telefon halten und nähen.«

Er überließ Molly das Telefon, rutschte vom Sofa, hockte sich vor sie und nähte weiter an dem Saum.

Huch!

Zitternd presste Molly das Handy ans Ohr. »M…onsieur Chevalier?«, stotterte sie. »Ich bin Caitlins Schwester … und Ihr absolut größer Fan …«

Hör auf zu schleimen, ermahnte sie sich. *Hör. Auf. Zu. Schleimen.*

»Mademoiselle. Sehr angenehm. Es war mir eine Freude, mit Ihrer Schwester zu arbeiten, ihr Hochzeitskleid wird weltweit eine Sensation sein!«

Mollys Hände zitterten. Seine Stimme war voll und tief, voll honigsüßem Charme – genau, wie sie es sich vorgestellt hatte.

Aufgeregt packte sie die Gelegenheit beim Schopf und schwärmte: »Ich … bewundere Ihre Arbeit! Sie ist handwerklich absolut perfekt. Wie aufregend, dass meine Schwester Sie als Designer ihres Kleids gewählt hat!«

»Vielen Dank«, lautete die Antwort, während Pascal zu ihren Füßen die Augen verdrehte.

»Sie sind eine solche Inspiration!«, fuhr sie fort. »Ich … ich muss Sie einfach fragen… «

»Und ich darf nicht zu viel von Ihrer kostbaren Zeit verschwenden. Ich hörte von dem kleinen Missverständnis wegen des Hochzeitskleids Ihrer Schwester.«

»Oh. Ja.« Da war es. Das unmissverständliche Gefühl, abgespeist zu werden. Molly hätte sich für ihre Dummheit in den Hintern treten können. Wieso musste sie so euphorisch schwärmen? Damit hatte sie ihren Helden bloß verärgert.

»Wie ich Pascal bereits sagte«, fuhr Delametri ruhig fort, »befindet sich das Kleid sicher aufbewahrt in meinem Apartment.«

»Oh!« Molly war erleichtert. »Das sind gute Neuigkeiten! Ich konnte mir auch nicht vorstellen, dass es ein Problem gibt, Monsieur Chevalier. Danke für Ihre Hilfe.«

Sie hörte am anderen Ende der Leitung ein zufriedenes

Schnaufen. »Ich wollte kein Risiko eingehen, müssen Sie wissen. Der Hochzeitstag eines Mannes wie Francesco Marino ist von großer Bedeutung. Nichts darf schiefgehen.«

Trotz ihrer Begeisterung, mit diesem großartigen Mann zu telefonieren, zog Molly die Stirn kraus. Sie war es allmählich leid, sich ständig anhören zu müssen, wie überaus bedeutend ihr zukünftiger Schwager war.

Pascal, der geschickt mit der Nadel hantierte, blickte zu ihr hinauf und sah sie mit undurchdringlicher Miene an. »Würden Sie ihn bitte fragen, wo der Schlüssel zu seinem Apartment ist?«

Delametri hatte die Frage mitbekommen. »In der obersten Schublade des Sekretärs. Und sagen Sie ihm, er soll bitte Mimi füttern, wenn er ohnehin in meinem Apartment ist.«

Molly freute sich, diesem großartigen Mann einen kleinen Dienst erweisen zu können. Sie strahlte Pascal an. »In der obersten Schublade des Sekretärs. Und könnten Sie bitte Mimi füttern, wenn Sie im Apartment sind?«

Pascal schwieg.

»Ach, und Mademoiselle?«

»Ja?«, fragte Molly atemlos.

»Sagen Sie meinem Assistenten, dass er Sie nach Venedig begleiten und die letzte Anprobe mit der Braut übernehmen soll.«

»Wie bitte?« Hatte sie richtig verstanden? War Caitlin so wichtig, dass sie ihr Kleid am Hochzeitstag persönlich angepasst bekam? Erstaunlich! Sie gab die Information an Pascal weiter.

»Unmöglich«, erwiderte dieser augenblicklich, knotete die Enden des Fadens zusammen und strich den perfekt ausgebesserten Saum glatt.

»Es weiß doch genau, dass ich dieses Wochenende in Bologna gebraucht werde. Das habe ich bereits vor Monaten arrangiert, und seit Wochen rede ich davon. Ich kann unmöglich nach Venedig fliegen.«

Molly wollte es an Delametri weitergeben, aber wieder hatte er mitgehört. »Das Haus Chevalier erhebt stets den Anspruch auf Perfektion. Ich täte nichts lieber, als selbst nach Venedig zu fliegen, aber es geht nicht. Pascal wird diesen Auftrag übernehmen müssen, wenn ihm sein Job lieb ist.«

Bedrückt gab Molly die Drohung weiter. Pascal sprang auf, öffnete und schloss den Mund wie ein Fisch und war unverkennbar wütend, während Delametri mit zuckersüßer Stimme fortfuhr: »Jedes Stück aus dem Haus Chevalier muss perfekt sein. Darauf bestehe ich.«

»Er sagt, jedes Stück muss perfekt sein«, murmelte Molly und rutschte unbehaglich hin und her.

»Jedes Stück *ist* perfekt«, zischte Pascal. »Wie wir beide wissen.«

»Mademoiselle«, sagte Delamtri Chevalier mit betont tieferem Timbre, »mein Assistent wird Sie auf diese Reise begleiten. Für Francesco Marino und seine Braut gehe ich keine Kompromisse ein.«

Was für ein Anspruch! Es haute Molly förmlich um, dass einer der berühmtesten Modeschöpfer alles Erdenkliche dafür tat, dass ihre Schwester am Hochzeitstag perfekt aussah.

Pascal nahm Molly das Telefon behutsam aus der Hand, schlich ans andere Ende des Raums und begann in lautem Flüsterton mit seinem Arbeitgeber zu streiten. Molly und Annabelle sahen sich verlegen an.

Das Ergebnis war offensichtlich. Pascal knallte das Telefon auf den Tisch, marschierte zum Mantelständer und riss einen kleinen Filzhut sowie einen Regenschirm von einem der Haken.

»Ich gehe«, sagte er steif.

Annabelle hatte den Schlüssel aus dem Sekretär geholt und reichte ihn ihm.

Pascal wandte sich an Molly. »Ich kann mich nur entschuldigen für die Szene, die Sie soeben miterleben mussten.«

»Keine Sorge«, erwiderte sie. »Ich freue mich einfach nur, hier zu sein – und danke, dass Sie mein Kleid repariert haben. Das war sehr nett von Ihnen.«

»Nicht der Rede wert. Ich werde nicht lange brauchen.«

Er ging zur Tür. Molly trat einen Schritt vor. »Dürfte ich vielleicht mitkommen?«

Er sah sie überrascht, aber nicht unfreundlich an. »Mademoiselle, ich halte es für besser, wenn Sie das nicht tun. Ich habe gemerkt, dass Sie ein großer Bewunderer … dieses Labels sind und …«

Verlegen brach er ab und wandte sich der Tür zu. Mollys Gesicht begann zu glühen. Was er gemeint hatte, war: *Auf keinen Fall biete ich einer verrückten kleinen Verehrerin wie Ihnen eine Privatführung durch Delametri Chevaliers Wohnung – lassen Sie mich in Ruhe!*

»Sie fliegen morgen nach Venedig?«

Molly nickte.

»Morgens?«

Wieder nickte sie und kam sich unerklärlicherweise so vor, als hätte sie etwas verbrochen.

»Würden Sie Annabelle bitte Ihre genauen Flugdaten geben? Wir treffen uns am Flughafen Charles de Gaulle.«

»Okay.« Molly fühlte sich mehr als nur ein bisschen verunsichert durch seinen berufsmäßigen Umgang mit ihr. Die Aussicht, den ganzen Tag in Gesellschaft dieses seltsamen, wütenden Mannes zu verbringen, war deprimierend. Währenddessen rasselte Pascal Anweisungen für Annabelle herunter, die dastand wie eine geduldige alte Kinderfrau in Gesellschaft zweier launischer und übermüdeter Kinder, und alles auf ihren teuer aussehenden Notizblock schrieb.

Und dann, mit theatralischem Zusammenknallen der Hacken und einer leichten Verbeugung in Richtung der Damen, stolzierte Pascal durch die Tür.

»Vergessen Sie nicht, seine kleine Mimi zu füttern«, rief Molly ihm nach, bevor sie sich wieder Annabelle zuwandte und niedergeschlagen mit den Schultern zuckte.

»Wer ist eigentlich Mimi?«, fragte sie und dachte, was für ein wunderbares Detail das in ihrer Abschlussarbeit gewesen wäre.

»Sein Sittich«, antwortete Annabelle. »Ein schmutzstarrender, unflätiger Vogel.« Sie reichte Molly Stift und Papier. »Ihre Flugdaten, wenn Sie so nett wären?«

Während Molly für Annabelle die Einzelheiten aufschrieb, spürte sie Nervosität in sich aufsteigen. Morgen würde sie mehr als 1000 Kilometer weit reisen und in weniger als drei Tagen konnte sie bei einer professionellen Anprobe zusehen. Was für eine Erfahrung für eine angehende Modeschöpferin!

4. Kapitel

Stunden bis zur Hochzeit: 54
Kilometer bis zur Hochzeit: 1140

»Sind Sie sicher? Unter dem Namen Reggie Pine? R-e-g-g…«

Die Angestellte hinter dem Flugschalter verzog genervt den Mund. Ihre perfekt gestylte, weißblonde Frisur bewegte sich kein bisschen, als sie energisch den Kopf schüttelte.

»Mademoiselle, ein Irrtum ist ausgeschlossen. Unter diesem Namen wurde kein Ticket gebucht. Und wir hatten in den letzten Tagen auch keine Stornierungen für diesen Flug.«

»Verstehe. Danke.«

Obwohl es noch früh am Morgen war, füllte sich der Flughafen bereits. Die Schlange hinter Molly wurde länger. Sie warf einen Blick über die Schulter und seufzte. Schweren Herzens checkte sie ein und verließ den Schalter. Sie fühlte sich wie ausgehöhlt. Reggie hatte nie ein Flugticket nach Venedig erstanden. Wie lange hatte er schon vorgehabt, sie in Paris abzuhängen und in die Staaten zu verschwinden? Sie kam sich vor wie eine Idiotin.

Um sie herum pulsierte der beeindruckende Flughafen

Charles de Gaulle mit all den geschäftigen Reisenden. Molly kämpfte sich in die Mitte der Flughafenhalle, um nach ihrem neuen Reisegefährten Ausschau zu halten. Sie flog nicht mit ihrem Verlobten oder Freund Reggie, sondern mit dem unwilligen und übellaunigen Pascal. Reglos stand sie da, umklammerte ihre Handtasche und den Griff ihres Koffers, während Rollkoffer, Kinderwagen, Geschäftsleute und Urlauber dicht an ihr vorbeidrängten, manchmal mit nur wenigen Zentimetern Abstand.

Sie hatte eine schlaflose Nacht hinter sich, allein in ihrem Apartment. Während sie wach lag, hatte sie sich vorgestellt, wie sich Reggie in einem Jumbojet über dem Atlantik zurücklehnte und jede Sekunde ihn weiter von ihr und ihrem gemeinsamen Leben entfernte. War er wenigstens ein bisschen traurig? Oder (und irgendwie schien ihr das am wahrscheinlichsten) fühlte er sich wie ein Gangster in einem Film, dem die Flucht geglückt war und der jetzt erwartungsvoll seine glänzende Zukunft plante, in der es für sie offenbar keinen Platz gab? Der über sie lachte, weil sie sich so leicht hatte täuschen lassen?

Sie hatte geglaubt, ihn gut zu kennen. Schließlich sind vier Jahre eine lange Zeit. Seinen immensen Ehrgeiz, irgendwann einmal zu den Besten in seiner Branche zu zählen und den damit verbundenen Ruhm und Reichtum zu ernten, hatte sie nachvollziehen können. Sie hätte jedoch nie gedacht, dass er zu einer derart spektakulären Flucht fähig gewesen wäre, ohne dass sie das Geringste ahnte.

Reggie brauchte manchmal etwas Abstand. Ihr war jedoch nie klar gewesen, wie viel.

Bisher hatte sie noch gar nicht richtig geweint. Und als sie lächelnd die Entschuldigung einer eleganten jungen Frau annahm, deren Sohn ihr mit dem Rollkoffer über den Fuß gefahren war, fragte sie sich, ob es an der Zeit sei zuzugeben, was sie in Wahrheit seit der Trennung gestern Abend spürte: *Erleichterung*.

»Mademoiselle.«

Molly drehte sich um. Pascal, angespannt, mit steinerner Miene und auf altmodische Weise geradezu lächerlich gut aussehend. Über die Schulter trug er einen riesigen, weißen Kleidersack, der herabhing wie ein tosender Wasserfall.

»Bitte«, sagte sie. »Sie müssen mich Molly nennen.« Aus ihrem aufwühlenden Tagtraum gerissen, hatte sie ganz vergessen, Ehrfurcht vor ihm zu haben.

»Gern. Dann musst du mich aber auch Pascal nennen.«

»Abgemacht.« Sie sahen sich einen Moment lang an, unsicher, was sie voneinander halten sollten, bis sich ein neugieriger Spürhund zwischen ihnen hindurchdrängte und der Moment vorüber war. Molly liebte Hunde und ging in die Hocke, um ihn hinter den Ohren zu kraulen, wurde jedoch mit einem missbilligenden Zischen seitens des Hundeführers davon abgehalten.

Pascal zog einen Koffer hinter sich her, den Molly sofort als handgearbeitete Maßanfertigung aus Delametri Chevaliers Cruise Collection vom Sommer erkannte. Der Koffer kostete ungefähr so viel wie ein Kleinwagen. An Pascals Handgelenk baumelte eine Männerhandtasche aus butterweichem Leder in Marineblau. Sowohl Koffer als auch Handtasche trugen das dezente Markenzeichen in Form eines verschlungen D und C, handgestickt mit einem 22-karätigen Goldfaden.

»Die Cruise Collection«, war alles, was Molly über die Lippen brachte. »Wie ... stilvoll.«

Pascal nickte schroff, und Mollys Stimmung sank. Er war offenbar schlecht gelaunt. Der Tag kam ihr jetzt schon endlos vor.

Pascal fasste sie am Arm und beugte sich dicht an ihr Ohr.

»Hast du dieses *Wetter* gesehen?«, flüsterte er. »Diesen *Sturm!*«

Molly spähte durch die riesige Fensterscheibe nach draußen. Es sah tatsächlich so aus, als würden die Leute, die dort aus Privatwagen und Taxis stiegen, von peitschenden Windböen umtost. Eine ältere Dame lief ihrem extravaganten Strohhut hinterher, der vom Wind erfasst worden war. Ein galanter Taxifahrer stürzte aus seinem Wagen und rettete den Hut. Molly lächelte über die Szene, während der Taxifahrer abwinkte, als sich die alte Dame bei ihm bedanken wollte.

»Unter solchen Bedingungen werden die doch wohl kein Flugzeug starten lassen? Das wäre Wahnsinn!«

Molly blickte durch ein anderes Fenster und sah, wie eine Maschine anmutig und geschmeidig in Richtung Startbahn rollte.

»Du fliegst nicht oft, stimmt's?«, fragte sie lächelnd.

Sein kreidebleiches Gesicht war Antwort genug. Er tätschelte die Hülle von Caitlins Kleid. »Für das hier«, sagte er, »tue ich es.«

Dafür begann Molly ihn zu mögen.

»Das ist sehr anständig von dir, Pascal. Vor allem, nachdem du andere Pläne hattest.«

»Tut mir leid, dass ich gesagt habe, ich wollte nicht mitkommen«, fuhr er fort. »Ich habe – ich *hatte* – eine Verabredung in Bologna, die für mich sehr wichtig war. Dass ich den Termin nun nicht einhalten kann, war ein ziemlicher Schock. Aber denk bitte nicht, dass mir das Kleid deiner Schwester nicht genauso wichtig sei.«

»Schon gut.« Molly lächelte.

»Ich dachte, Delametri wäre bei der Hochzeit zu Gast und würde auch bei der letzten Anprobe dabei sein. Die Sache ist zu wichtig, um sie dem Glück zu überlassen. Das Kleid muss perfekt sitzen.«

Molly spähte begehrlich auf die Verpackung. »Ob ich mal einen Blick darauf werfen könnte?« Bei der Vorstellung, endlich dieses Kleid zu sehen, lief ihr buchstäblich das Wasser im Mund zusammen.

Pascal wirkte entsetzt. »Hier? An diesem verdreckten Ort?«

Sein Einwand war berechtigt. Es herrschte ziemliches Gedränge.

»Die kleinen Hunde! Die kleinen Kinder! Die schmutzigen Schuhe!«

»Natürlich! Wie dumm von mir.« Molly nickte und beugte sich verschwörerisch zu ihm. »Aber gibst du mir wenigstens einen Tipp, wie es aussieht?«

»Ah.« Pascal tippe sich an die Seite seiner Nase. »Glaub ja nicht, du würdest mich dazu bringen, die Geheimnisse des Hauses Chevalier zu verraten!«

»Spielverderber.« Zufrieden stellte Molly fest, dass er seine Flugangst offenbar vergessen hatte.

»Ich verrate nur eines. Du wirst vermutlich nichts damit anfangen können, aber mich macht es glücklich: Das Kleid deiner Schwester greift Kernelemente des House of Worth auf.«

»Das gibt's doch nicht!« Molly sog hörbar die Luft ein. »Charles Worth?«

»Du kennst den Designer?« Pascal sah sie misstrauisch an.

»Kennen? Ich liebe ihn!« Manche englische Mädchen sind verrückt nach Take That oder One Direction – bei mir war es schon immer Mr Worth.

»Ein englisches Mädchen, das seine Modemacher kennt – ich bin beeindruckt.« Pascal lächelte.

»Machst du Witze? Charles Frederick Worth war Engländer, wie du sehr wohl weißt – er wurde in der Grafschaft geboren, die direkt an die angrenzt, in der Caitlin und ich aufgewachsen sind. Wag es ja nicht, ihn zu einem Franzosen zu machen, nur weil er in Paris berühmt wurde.«

Pascal lachte. »Ohne Paris wäre er ein Nichts gewesen!«

Insgeheim war Molly auch der Ansicht, dass Charles Worth wohl niemals den Ritterschlag »Vater der Haute Couture« erhalten hätte, wäre er daheim in Lincolnshire geblieben. Sie war jedoch nicht bereit, in dieser Angelegenheit auch nur einen Zentimeter nachzugeben. »Ich wünschte, ich könnte hundertfünzig Jahre zurückreisen, um ihn bei der Arbeit zu beobachten und ein paar seiner Kreationen in natura zu sehen.« Molly seufzte.

»Du hast seine Arbeiten nie gesehen?« Pascal betrachtete sie mitleidig.

»Nur wenige, und nur in Museen und alten Filmen. Kennst du das Sage in Gateshead?«

Pascal sah sie verständnislos an.

»Das ist ein riesiges Veranstaltungszentrum, und dort gab es vor ein paar Jahren eine sagenhafte Retrospektive seiner Arbeiten – ich bin viermal dort gewesen! Diese Kleider waren der absolute Hammer. Er war seiner Zeit so weit voraus, dass er für seine Zeitgenossen unsichtbar war.« Dann wurde sie wehmütig. »Davon abgesehen kenne ich seine Arbeiten nur von Fotos. Weißt du was? Ich hätte umsonst für ihn gearbeitet, Nadeln vom Boden aufgesammelt, was auch immer.«

Pascal lächelte und nickte bedächtig. Dann trafen sich ihre Blicke. »Ich glaube, ich werde diesen Tag mit dir genießen, Mademoiselle Molly Wright.«

Er fasste ihre Hand, führte sie an seine Lippen und hauchte einen Kuss darauf. Molly war derartige Galanterie nicht gewohnt und errötete.

»Lass uns ins Flugzeug steigen. Musst du noch einchecken?«, fragte sie.

»Alles erledigt. Online. Aber bist du sicher, dass der Flug nicht doch gestrichen wird wegen des Hurrikans da draußen?«

»Komm schon.« Molly kicherte. »Es ist nur ein bisschen windig. Ich pass schon auf dich auf.«

Das ließ Pascals Ängste plötzlich sichtlich wieder wachsen. »Müssen wir? Glaubst du nicht, dass bei diesem Wetter das Risiko besonders hoch ist? Die Maschine könnte in einem riesigen Feuerball abstürzen!«

Molly, die Fliegen romantisch fand – zumindest bis

Reggie ihr am Vorabend den Laufpass gegeben hatte –, lachte. »Hör mal, die Wahrscheinlichkeit, in einem Flugzeug seinen zukünftigen Ehepartner kennenzulernen, ist weitaus größer als die, in einem umzukommen.«

Während sie zum Sicherheitscheck gingen, schaute sie auf seine linke Hand hinunter und überlegte, ihn etwas zu fragen, was vielleicht als Flirtversuch aufgefasst werden konnte. Schließlich hatte sie sich schon genug blamiert, als sie Delametri am Telefon anhimmelte. Aber sie war nun mal neugierig. »Bist du verheiratet?«

»Nein«, antwortete er und betrachtete den Kabinengang, der ins Flugzeug führte, mit einer Mischung aus Abscheu und nacktem Entsetzen.

Molly hoffte, dass dies die Reise nicht verkomplizierte. In romantischer Hinsicht.

Sie stellten sich ans Ende der Schlange vor dem Sicherheitscheck und bewegten sich zentimeterweise vorwärts. Ganz vorn stand ein umwerfend gut aussehender Steward, der die Reisenden abfertigte und ihnen sagte, zu welchem Gate sie mussten, mit Passagieren plauderte und Kinder zum Lachen brachte, indem er sich zu ihnen hinunterbeugte und komische Grimassen schnitt. Auf der anderen Seite der Sicherheitsschleuse wartete ungeduldig seine Kollegin, eine steife ältere Dame in einer Uniform, die einen Tick zu eng war.

»Sascha, wir müssen an Bord!«, rief sie auf Englisch, was Molly überraschte. Bis ihr klar wurde, dass es sich um eine italienische Fluggesellschaft handelte, bei der Englisch vermutlich Verkehrssprache war.

Sascha hatte jedoch weiter die Schlange entlanggeschaut und Pascal entdeckt. Und Pascal Sascha.

Ihr unmittelbares Zueinanderhingezogensein war so unübersehbar und elektrisierend, dass Molly der Unterkiefer herunterklappte. Sie war manchmal aber auch wirklich schwer von Begriff – *natürlich,* Pascal war schwul! Alle Anzeichen waren da gewesen, aber sie hatte sie ignoriert, weil sie zu sehr mit ihrem eigenen Mini-Drama beschäftigt war …

Sascha, blond, mit Bräune aus der Tube und Muskeln, die vermutlich auf eine tägliche Stunde im Fitnessstudio zurückzuführen waren, stand plötzlich neben ihnen. »Brauchen Sie vielleicht Hilfe? Monsieur, was kann ich für Sie tun?«

»Ich … ich …«

Dem armen Pascal hatte es anscheinend die Sprache verschlagen. Sascha hatte sich so dicht neben ihn gestellt, dass sich ihre Oberkörper fast berührten. Sogar Molly, die einen guten Meter entfernt stand, konnte sein teures Rasierwasser riechen, Aqua di Parma. Sie lächelte.

»Sehr freundlich von Ihnen«, versicherte sie rasch. »Aber ich denke, wir kommen zurecht.«

»*Sie* beide schon«, meinte Sascha vielsagend zu Pascal. »Aber ich fürchte«, er deutete auf den Kleidersack, »das hier nicht.«

»Dies ist das Hochzeitskleid meiner Schwester …«

Sascha spähte auf das Logo, das den Kleidersack schmückte. »Ein Delametri Chevalier? Hoppla!«

»Genau.« Molly lächelte geziert. »Es ist sehr kostbar.«

»Allerdings«, bestätigte Sascha, während Pascal feuerrot anlief. »Ich befürchte, es ist ein bisschen zu groß, um als Handgepäck durchzugehen. Sie werden es im Laderaum unterbringen müssen, wenn …«

»Nein!« Pascal hatte seine Stimme wiedergefunden.

»Nein, bitte«, sagte auch Molly.

Sascha betrachtete die Hülle begehrlich und zog dann die Augenbraue hoch. »Ich mache Ihnen einen Vorschlag. Ich nehme das Kleid während des Flugs an mich. Meine Fluggesellschaft wird es beschützen wie eine Königliche Hoheit – dafür garantiere ich persönlich.«

Molly neigte den Kopf Pascal zu, der leicht schwitzte. »Mein Freund Pascal ist persönlicher Assistent, leitender Manager und Chefdesigner von Delametri Chevalier!«

Was die Titel anging, riet sie einfach ins Blaue hinein und hoffte, dass Pascal ihr vergeben würde. Sascha wirkte ungemein beeindruckt und betrachtete Pascal noch interessierter. Der wiederum schien alle möglichen Höllenqualen auszustehen. Wieso konnte er nicht etwas Charmantes sagen?

»Wo…woher kommen Sie?«, stammelte er schließlich.

»Moskau«, antwortete Sascha mit tiefer Stimme, die sogar Molly ziemlich sexy fand.

Aber Pascal war am Ende.

»Pascal ist ein bisschen beunruhigt wegen des Wetters.« Molly lächelte und kam sich immer spitzbübischer vor. »Könnten Sie vielleicht irgendetwas tun, um ihn zu beruhigen?«

Der Ausdruck, der auf Saschas Gesicht trat, verriet Molly, dass er nichts lieber täte. »Monsieur, ich würde Sie gern …«

»Sascha! Wir müssen los! Sofort!« Der Tonfall seiner Kollegin legte nahe, sich besser nicht mit ihr anzulegen.

Sascha zog Stift und Papier aus der Hosentasche und notierte rasch seine Telefonnummer. »Ich komme schon, Consuela!«, brummte er und steckte den Zettel in die Brusttasche von Pascals Kaschmirblazer.

Pascal, nun im glücklichen Besitz von Saschas Nummer, sah aus, als würde er jeden Moment vor Seligkeit ohnmächtig werden, obwohl er sich mit aller Kraft bemühte, Haltung zu wahren. Molly hatte Mühe, nicht laut loszukichern.

»Darf ich?« Behutsam nahm Sascha das Kleid entgegen, als wäre es ein Neugeborenes.

Molly schrie auf. »Sie werden …«

»… als wäre es mein Chihuahua.« Im Weggehen warf er Pascal einen langen Blick zu, und seine wunderschönen Augen glühten vor Verlangen.

Als sich Sascha schließlich abwandte und durch eine Tür in den abgesperrten Bereich hinter der Sicherheitskontrolle verschwand, boxte Molly Pascal in die Rippen. »Also – was war das denn gerade?«

»Ich habe keine Ahnung, wovon du sprichst«, antwortete Pascal mit Roboterstimme, die Molly zum Kichern brachte.

»Einen derartigen Hormoneinsatz hab ich noch nie erlebt. Bitte sag mir, dass du nicht schon einen Partner hast.«

Pascal rang um Fassung. Er riss seinen Blick von der Tür los, durch die Sascha verschwunden war, und sah Molly an, während sie sich wieder ein paar Zentimeter weiterschoben.

»Was sagtest du noch über Statistiken?«, fragte er leise und mit verzerrter Stimme.

»Dass es wahrscheinlicher ist, im Flugzeug seinen Ehepartner kennenzulernen, als darin zu sterben – oh …«

»Genau!« Pascal kniff die Augen zusammen. »Statistik? Oder vielleicht *Prophezeiung*?« Pascal schlug die Hand vor den Mund. »Ich habe ein ungutes Gefühl, was diesen Flug angeht«, murmelte er. »Du etwa nicht?«

»Nein, eigentlich nicht«, beharrte Molly, aber Pascal hörte ihr gar nicht zu.

»Weißt du, was das bedeutet? Wir werden abstürzen, nicht wahr?«

»Moment mal!«, rief Molly. »Das ist doch nur eine Redensart.«

»Ich lerne jemanden im Flugzeug kennen, wir stürzen ab, ganz einfach.«

Die beruhigende Wirkung, die Sascha auf ihn ausgeübt hatte, verflüchtigte sich rapide, während sie die Sicherheitsschleuse passierten und den Kabinengang betraten, der ins Flugzeug führte. Pascal zitterte wie ein Verurteilter auf dem Weg zum Galgen. Nicht einmal, dass Saschas Hand beim Einsteigen auf seinem Arm verweilte, konnte ihn beruhigen.

Sascha zwinkerte Molly verständnisvoll zu. »Er schafft das«, flüsterte er.

»Du nimmst den Platz am Gang«, sagte Molly und zwängte sich auf den mittleren Sitz neben einen Mann, der bereits am Fenster saß. »Da hast du mehr Platz für die Beine.«

Consuela näherte sich. Sie marschierte durch den Gang und knallte die Türen der Gepäckfächer über den Sitzen zu. Pascal setzte sich aufrecht hin und schnipste mit den Fingern in ihre Richtung.

»Brandy, schnell«, blaffte er sie an. Molly musterte ihn überrascht wegen des barschen Tons.

Consuela bedachte Pascal mit einem vernichtenden Blick, der offenbar Wirkung zeigte.

»Bitte«, fügte er kleinlaut hinzu. »Madame. Wenn Sie eine Minute Zeit haben.«

Einen Moment lang saß er reglos da, starrte vor sich hin und umklammerte die Armlehnen so fest, dass die Knöchel weiß hervortraten. Molly nahm eine Zeitschrift aus ihrer Tasche und versuchte sich zu entspannen.

Obwohl der Start unspektakulär und sanft über die Bühne ging, konnte Pascal ihn nicht genießen. Er griff in seine Brieftasche, holte eine Tablette heraus und schluckte sie ohne Wasser hinunter. Dann wandte er sich Molly zu und sagte: »Diese Pillen sind rein pflanzlich, sie entspannen die Muskeln. Ich bestelle sie online zu einem sehr guten Preis bei einem seriösen Händler in Japan. Möchtest du auch eine?«

»Nein, danke.« Molly lächelte. »Mir geht's prima.«

»Wie du meinst.« Pascal zuckte mit den Schultern. »Aber ich möchte nicht bei vollem Bewusstsein sein, wenn sich die Katastrophe ereignet.«

Offenbar schätzte er seine Überlebenschancen noch einmal ab, war nicht glücklich über das Ergebnis und schluckte noch eine Pille. Molly tätschelte ihm den Arm. Kaum zu glauben, dass dieser Mann sie mit Pariser

Hochnäsigkeit taxiert hatte, als sie am Vorabend in Delametri Chevaliers Atelier gestolpert kam. Die heutige Version von ihm gefiel ihr sehr viel besser.

Endlich brachte Consuela den Brandy und knallte ihn in dem Moment vor Pascal auf den Klapptisch, als das Flugzeug stark ruckelte, woraufhin Pascal die Armlehnen seines Sitzes wie einen Schraubstock umklammerte.

Consuela ging wieder. »Ich bitte um Entschuldigung für die Verzögerung, Monsieur«, sagte sie über die Schulter hinweg, bedauerte dies offensichtlich allerdings nicht im Geringsten.

Pascal leerte das Glas in einem Zug.

»Besser?«, fragte Molly.

Pascal nickte. »O ja. Viel besser.«

Und nickte weiter, bis sein Kopf zur Seite auf Mollys Schulter sackte. Dort fiel Pascal in einen tiefen und geräuschvollen Schlaf.

»Okay«, murmelte Molly und überlegte, wie sie sich bequem hinsetzen sollte. Sie rutschte ein wenig auf ihrem Platz hin und her und stieß unabsichtlich gegen den Arm des Mannes auf ihrer anderen Seite.

»Sorry – ich meine *pardon*, äh, *scusi* …«, versuchte sie es hastig in allen ihr bekannten Sprachen.

»Schon gut«, erwiderte der Mann und wandte sich lächelnd zu ihr um. »Man hat nicht gerade viel Platz auf diesen Dingern hier, stimmt's?«

Er hatte eine nette Stimme, dieser Engländer zu ihrer Linken. Und ein nettes *Lächeln.* Obwohl er seit etwa einer halben Stunde nur wenige Zentimeter von ihr entfernt saß, war Molly so mit Pascal beschäftigt gewesen und in

Sorge, das Hochzeitskleid werde in einen schmuddeligen Frachtraum zwischen Kofferberge gequetscht, dass sie ihn gar nicht bemerkt hatte.

»Hat man wirklich nicht. Ich sitze praktisch auf Ihrem Schoß – tut mir leid.«

Alles, was sie bisher von ihm wahrgenommen hatte, war seine Armbanduhr: eine atemberaubende Cartier Tank, blassgold und rechteckig, ein Klassiker mit einem edel gealterten Perlmuttzifferblatt, den charakteristischen Zeigern in Schwertform und den legendären, mit Saphiren besetzten Kronen. Ein Modell aus den frühen 1930er-Jahren, vermutete Molly. Während ihres Designstudiums hatte sie einen Kurs über Goldschmiedekunst belegt, und Cartier gehörte zu den Namen, die sie am meisten bewunderte. Cartier besaß in ihren Augen eine Eleganz, an der es vielen ebenso renommierten Marken mangelte.

Leider wurde die schnittige, klassische Schönheit dieses Uhrenklassikers durch den scheußlichen grünen Strickpullover zunichtegemacht, den der Mann trug. Ein Weihnachtsgeschenk, wie es im Buche stand. Warum um Himmels Willen trugen Männer solche Dinger? Taten das nur Engländer? Wobei dieser spezielle Engländer nicht einmal eine Entschuldigung hatte – er reiste offensichtlich allein, wer also immer dieses Teil gestrickt hatte, konnte nicht einmal sehen, dass er es anhatte. Warum also tat er es?

Hatte er ihn etwa selbst gestrickt? Molly grinste und riskierte einen zweiten Blick auf das Gesicht des Mannes. *Oder schlimmer noch – er gefiel ihm wirklich!*

Der Mann musste etwa in ihrem Alter sein, vielleicht ein wenig älter, und war sehr attraktiv. Als sich ihre Blicke kreuzten, lächelte er wieder und hielt ihr die Hand hin.

»Simon Foss«, sagte er.

»Molly Wright«, erwiderte sie. Sie schüttelten sich die Hände.

»Freut mich, Sie kennenzulernen, Molly.«

»Ebenso«, sagte Molly. In diesem Augenblick geriet das Flugzeug in Turbulenzen und begann zu ruckeln. Molly umklammerte die Armlehnen ihres Sitzes. Pascal schlief zum Glück tief und fest mit dem Kopf auf ihrer Schulter. »Ganz schön holprig!«

Ein weiteres Ruckeln der Maschine. »Langweilig wird's einem hier ja nicht«, sagte Simon. »Was führt Sie nach Venedig?«

»Wir sind auf dem Weg zur Hochzeit meiner Schwester.«

»Wie schön«, erwiderte Simon. »Eine ruhige Trauung im Kreis der Familie?«

Molly verdrehte die Augen. »Nicht ganz«, sagte sie. »Ihr Verlobter ist die italienische Antwort auf Richard Branson, und soweit ich weiß, wird diese Hochzeit gigantisch.«

»Und das sagt Ihnen nicht zu?« Er lächelte und fügte hinzu: »Sorry, was für eine neugierige Frage.«

»Schon gut«, beruhigte ihn Molly. »Ich ... kenne den Verlobten meiner Schwester nicht, es ist also vermutlich nicht fair, über ihn zu urteilen. Einfach nur ... eine ganz andere Welt, denke ich. Er ist mit seinen geschäftlichen Unternehmungen allem Anschein nach ständig in den

Medien und düst durch die Gegend, um sich mit Präsidenten und Königen und Königinnen zu treffen …«

»Das denken Sie sich doch nicht aus, oder?«, fragte er in neckendem Ton.

»Schön wär's.« Molly kicherte. »Pass auf, was du dir wünschst, sage ich immer. Wer will schon einen Millionär heiraten, wenn man dafür vierhundertachtzig Fremde auf einem dreitägigen Hochzeitsspektakel empfangen muss?«

»Verstehe.« Simon nickte. Dann zeigte er auf Pascal, der an Mollys Schulter schnarchte. »Er fliegt wohl nicht gern?«

»Ich fürchte, nein«, erwiderte Molly. »Ist besser so, dass er schläft.« Sie mochte gar nicht daran denken, wie peinlich es Pascal sein würde, wenn er aufwachte. Sie zeigte auf Simons Handgelenk. »Sie haben eine sehr schöne Uhr.«

»Finden Sie? Vielen Dank. Ich muss gestehen, ich liebe sie. Ist ein Familienerbstück. Sie gehörte meinem Großonkel, der keine eigenen Kinder hatte. Und da ich der älteste männliche Nachkomme in der Familie bin, hatte ich das Glück, sie zu bekommen.«

Er hatte diese durchdringenden blauen Augen, die ein Gesicht kalt wirken lassen können, in seinem Fall machten sie sein markantes, offenes Gesicht jedoch strahlend und interessant. Dunkelblondes Haar fiel ihm in die Stirn, und als er lächelte, zeigte er leicht schiefe, aber strahlendweiße Zähne.

Molly liebte schiefe Zähne; sie fand sie viel interessanter als ein langweiliges perfektes Gebiss. Dieser abscheuliche Pulli war wirklich eine Schande, denn eigentlich war dieser Simon Foss gar nicht so übel.

Sie biss sich auf die Lippe, weil ihr klar wurde, dass sie

vor noch nicht einmal vierzehn Stunden in der Beziehung mit einem anderen Mann gesteckt hatte. Und jetzt flirtete sie bereits! Doch dann seufzte sie und besann sich – warum eigentlich nicht? Sie war schließlich Single. *Single*. Ein komplett neues Lebenskonzept.

»Ihr Großonkel wäre bestimmt sehr glücklich darüber, dass Sie sie tragen.«

Er lächelte und nickte. »Der alte Knabe war in Ordnung. Er besaß nicht viel. Diese Uhr war vermutlich so ziemlich alles.« Liebevoll strich er über das Uhrglas.

»Woher kommen Sie?«, fragte Molly.

»Ursprünglich aus Wiltshire. Aber ich lebe seit einigen Jahren in London.«

»Wiltshire kenne ich nicht«, sagte Molly. Tatsächlich war sie in England nie viel gereist. Bei den wenigen Urlaubsreisen als Kind mit ihrer Schwester und ihrer Mum war es mit Billigfliegern nach Italien zu den Großeltern gegangen, die mittlerweile schon lange tot waren. Oder sie hatten sich einen dieser beengten Wohnwagen an der Küste von East Yorkshire gemietet, wo sie die Ferien mit Sandeimer und Schaufel am Strand verbrachte.

»Und was hat Sie nach London geführt?«, fragte sie.

»Ich bin Filmemacher und muss dorthin, wo es Arbeit gibt. London bietet einfach mehr Möglichkeiten«, fuhr er fort, als wolle er sich dafür entschuldigen, dass er seine Heimatregion verlassen hatte.

»Sie müssen sich mir gegenüber doch nicht rechtfertigen!«, schalt Molly ihn sanft, war insgeheim jedoch ernüchtert. Bloß nicht schon wieder so ein ehrgeiziger, ruhmsüchtiger Mann! Noch so ein Reggie.

»Das tue ich ja gar nicht.« In gespielter Überraschung strahlte er sie an. »Aber mal im Ernst, in Wiltshire gibt es nicht viel zu filmen. Wir haben Stonehenge und … das war's auch schon.« Er schmunzelte.

»Ich weiß, was Sie meinen«, antwortete Molly, während Pascal im Schlaf schnarchte, ihre Schulter knetete, als wäre sie ein unbequemes Kopfkissen, und es sich dann wieder gemütlich machte. »Gegen Tatsachen kann man nicht angehen.«

Sie schwiegen einen Moment. Molly überlegte und fragte dann: »Aber es ereignet sich doch nicht alles nur in London?«

»Natürlich nicht«, stimmte Simon zu. »Spannende Stoffe findet man im ganzen Land. Allerdings befinde ich mich jetzt an einem Punkt, an dem es wichtig ist, dass meine Arbeiten auch gesehen werden. Und das ist in London der Fall.«

»Natürlich.«

Molly seufzte. Als würde sie Reggie zuhören, sie musste L. A. nur durch London ersetzen. Jeder, außer ihr, schien nach Straßen zu suchen, die mit Gold gepflastert waren.

»Momentan habe ich sogar ein großes Projekt«, fuhr Simon fort.

Molly zwang sich zu einem interessierten Lächeln. »Tatsächlich? Im Sinne von großem Budget?«

Simon runzelte die Stirn und schien überlegen zu müssen. »Na ja, in dem Fall wäre manches sehr viel einfacher gewesen, so viel steht fest.«

»Ein Riesending, also?« Molly zog die Augenbrauen hoch.

»Das ist es immer«, stimmte Simon zu.

Molly wandte sich ab. All das hatte sie schon mal gehört. Wie oft hatte Reggie über »wichtige, innovative Projekte« gesprochen, obwohl ihrer Meinung nach einige seiner schönsten Arbeiten entstanden waren, wenn er auf die Bremse trat und sich auf etwas Winziges, wie eine Blume oder einen Fingernagel, konzentrierte ...

»Was ist das nur mit euch Jungs und dem großen Wurf?«

»Wie meinen Sie das?«

»Es geht doch nicht ständig nur darum, was ganz Großartiges zu machen, oder? Im Leben sollte man Erfolg an Qualität und Zufriedenheit im Job messen.« Simon runzelte die Stirn, doch bevor er etwas sagen konnte, fuhr Molly fort. »So wie in der Mode.«

»Mode?« Simon bemühte sich nicht, seine Überraschung zu verbergen.

»Ja! Modetrends kommen und gehen und verändern sich ständig. Entscheidend ist jedoch, worauf sie basieren – nämlich sich weiterzuentwickeln und dabei hohe Standards und Integrität zu wahren.«

»Sie sehen die *Mode*-Branche als Beispiel für Integrität?«

Molly lächelte. »Nun, ich kenne ein... «

»Diese eitle, launische, überteuerte Modebranche?«

»Wie bitte?« Molly starrte demonstrativ auf seinen Strickpulli, was ihm aber nicht aufzufallen schien.

Das Flugzeug ruckelte wieder.

»Bizarre Klamotten für verhätschelte, spindeldürre Frauen?«

Molly überlegte, was sie darauf entgegnen sollte, während die Luft zwischen ihnen immer dicker wurde. Sie versuchte, sich nicht anmerken zu lassen, wie sehr seine Worte sie kränkten. Manche Leute waren wirklich so was von kleinkariert! Nur weil er offenkundig keine Ahnung von Mode hatte, hieß das noch lange nicht, dass Mode nichts wert war. Ganz im Gegenteil – für sie bedeutete Mode alles!

»Mal abgesehen von den Tausenden von Arbeitsplätzen, die sie schafft, dem Geld, das die Wirtschaft belebt, der eingesetzten Technologie, dem Einfluss auf das moderne Leben und …«

»Ich bin sicher, dass es Ausnahmen gibt …« Simons Miene wechselte von Verächtlichkeit zu der sich anbahnenden Erkenntnis, dass er wohl ins Fettnäpfchen getreten war.

»… den künstlerischen Herausforderungen!«, fuhr Molly fort. »All die kleinen Produzenten von Seide und Tweed, die Aufträge von tapferen Modeschöpfern erhalten, die genauso gut in Übersee kaufen könnten, ihren Prinzipien jedoch treu bleiben, weil …«

»Sie arbeiten in der Mode, stimmt's?«, fragte er kleinlaut.

»… die Kunst des Schneiderhandwerks, über viele Jahre erlernt, seine positive Auswirkung auf das Selbstwertgefühl … ja, Simon, ja, ich arbeite in der Mode.« Sie deutete mit dem Kinn auf den schnarchenden Pascal. »Wir beide tun es.«

Es fühlte sich gut an, von Pascal und sich selbst so zu sprechen, als wären sie quasi Kollegen.

»Ich mache ein Teilzeitpraktikum bei einer Bekleidungsfirma in Yorkshire und versuche gleichzeitig eine Website ans Laufen zu kriegen, um meine eigenen Entwürfe zu verkaufen.«

»Das freut mich für Sie.«

Molly ignorierte den lahmen Kommentar. »Und eines Tages möchte ich in Paris arbeiten.«

»Tut mir leid«, sagte Simon aufrichtig. »Mein Fehler.«

»Vergessen Sie's«, erwiderte Molly leichthin, nachdem sie ihn etwa zwanzig Sekunden auf diese Entgegnung hatte warten lassen.

Sie fragte sich, warum sie zuließ, dass ein Fremder so viel über sie erfuhr, und beschloss, dass es am besten wäre, aus dem Gespräch auszusteigen. Physisch konnte sie zwar nicht zu ihm auf Distanz gehen, ihm aber mit ihrer Körpersprache die klare Botschaft vermitteln, dass er keine Ahnung hatte und es deshalb nicht wert war, sich mit ihm zu streiten.

»Geht klar«, sagte er und rückte etwas von ihr ab. »Ich lasse Sie in Ruhe.«

Sie saßen nun so weit auseinander, wie es unter den gegebenen Umständen möglich war – also nicht sonderlich weit.

Molly lenkte ein. »Um die Wahrheit zu sagen, habe ich mit Männern und Kameras auch so meine Probleme«, bekannte sie.

»Oh, könnten Sie das erklären?« Er lehnte sich wieder ein wenig näher zu ihr. »Wir sind nicht alle üble Kerle.«

Molly geriet tatsächlich in Versuchung. Doch obwohl sie ein starkes Bedürfnis verspürte, bei irgendwem über ihren Kummer wegen Reggie Dampf abzulassen, entschied sie, nicht dem Erstbesten, der ihr über den Weg lief, alles anzuvertrauen. »Ach nichts. Vergessen Sie's.«

»Sie möchten also in Paris leben, ja?«, fragte er und war offensichtlich erleichtert, aus dem Schneider zu sein. »Schöne Stadt.«

»Allerdings.« Molly nickte. »Eines Tages, irgendwann … aber derzeit lebe ich in Yorkshire, in einer Kleinstadt bei Ripon. Ich habe gerade erst meinen Abschluss in Modedesign gemacht.«

Simon tat so, als würde er sich eine Pistole an die Schläfe halten und abdrücken. Molly kicherte.

»Keine Sorge, wir fangen nicht wieder davon an.«

»Waffenstillstand«, stimmte Simon zu. »Gut.«

»Hin und wieder entwerfe ich Kleidungsstücke für Freunde, um ein bisschen Erfahrung zu sammeln. Aber Paris habe ich fest eingeplant. Für ein Praktikum bei einem der großen Labels würde ich einen Mord begehen.«

Er versetzte ihr einen freundschaftlichen Stups. »Ruhm und Reichtum, stimmt's?«

Sie schüttelte den Kopf. »Wissen Sie was? Ich will nicht überheblich klingen, aber ich möchte wirklich bloß schöne Kleidung entwerfen, und das wirklich gut. Ich mache mir nichts aus diesem Wirbel und Glamour, um all die *Modeschöpfer*. Ich vergöttere lediglich den kreativen Prozess.« Ihr Blick ruhte seltsam verloren auf Simons Pulli, der alles andere als schön war. Dann schnitt sie eine Grimasse. »O Gott, ich fass es nicht, dass ich gerade allen Ernstes ›der kreative Prozess‹ gesagt habe! Was ist nur in mich gefahren?«

»Ich bin sicher, ich kann Ihre pathetischen Phrasen mit ein paar über das Filmemachen von mir noch toppen.«

Er sieht wirklich gut aus, dachte Molly, und gestattete sich die Frage, ob er wohl eine Freundin hatte. Die Glückliche …

Das Flugzeug wurde heftig durchgeschüttelt und ging in einen beängstigenden Sinkflug über. Die »Fasten Seat Belts«-Anzeigen leuchteten auf, und Molly umklammerte instinktiv die Armlehnen ihres Sitzes. Dieses Mal hatte sie tatsächlich Angst.

»Über den Alpen ist es immer ein bisschen böig«, sagte Simon beruhigend und schnallte sich an.

»Hmm.« Angesichts dieses heftigen Geruckels gelang es Molly jedoch nicht, so cool zu bleiben wie er.

»Kabinenpersonal bitte ins Cockpit, Kabinenpersonal bitte ins Cockpit.« Molly spitzte die Ohren, um auch noch das kleinste Anzeichen von Panik herauszuhören, entspannte sich dann aber. Die Stimme des Kapitäns klang völlig unaufgeregt.

»Was ist mit Ihnen? Warum fliegen Sie nach Venedig?«, fragte sie, während sich Pascal zu regen begann.

»Aufregende Zeiten. Ich zeige einen meiner Filme auf dem Filmfestival in Venedig.«

»Wirklich? Toll!«, rief Molly. »Wie bei einer Premiere?«

»In der Art«, antwortete er bescheiden. »Es geht vor allem darum, meinen Namen dort bekannt zu machen. Filmemacher bringen es leider nicht weit, wenn sie nicht die richtigen Leute kennen. Also werde ich viele Hände schütteln und mir wie ein Profi den Mund fusselig quatschen – was auch immer nötig ist.«

»Und Sie haben natürlich schon den perfekten Anzug für die Party parat?« Nach seinem Pulli zu urteilen, vermutete Molly amüsiert, dass dem nicht so war.

Sein vernichtender Blick bestätigte ihren Verdacht.

»War nur ein Scherz.« Sie lächelte. »Viel Glück.«

»Danke.«

Die Maschine setzte ihren holprigen Flug über die Alpen fort, während das Kabinenpersonal aus dem Cockpit zurückkehrte und ziemlich beschäftigt wirkte.

»Hoffentlich ist mit dem Hochzeitskleid alles in Ordnung«, sagte Molly mehr zu sich selbst.

Simon sah sie verwirrt an.

»Das Kleid konnte nicht wie geplant beim Designer abgeholt werden.« Sie deutete auf den schlafenden Pascal. »Deshalb haben wir es jetzt dabei. Meine Schwester hat Herzrasen vor Angst, dass es rechtzeitig bei ihr ankommt.«

»Deshalb waren Sie in Paris?«

Das Kabinenpersonal bereitete sich anscheinend auf eine Ansage vor.

Molly fragte sich, ob sie Simon zu Tode langweilen sollte mit ihrer Geschichte von Reggie und Paris. Doch dann sagte sie sich: *Warum eigentlich nicht?*

»Mein Freund hatte in Paris einen Zwischenstopp für uns organisiert«, begann sie. »Es ist die Stadt meiner Träume.«

Simon betrachtete den sich regenden Pascal. »Nett von ihm«, sagte er.

»Ich dachte, er wollte mir einen Heiratsantrag machen«, fuhr sie fort und verzog das Gesicht.

»Logisch.«

»Aber leider lief es nicht nach Plan …«

»Ladies and Gentlemen, dürfte ich um Ihre Aufmerksamkeit bitten? Dies ist eine dringende Ankündigung. Eine dringende Ankündigung …«

Das Flugzeug ruckelte bedenklich und sackte plötzlich ab. Sie schienen schnell an Höhe zu verlieren. Molly sah auf ihre Armbanduhr. Erst in frühestens einer halben Stunde sollten sie in Venedig landen. Eine ungute Vorahnung beschlich sie.

»Das Flugzeug hat leider einen Maschinenschaden.«

Ein erschrecktes Keuchen ging durch die Kabine.

»Wir müssen deshalb auf dem Flughafen von Sion in der Schweiz notlanden.«

Molly drehte sich buchstäblich der Magen um. Der Flughafen von Sion? Von dem hatte sie noch nie gehört.

Draußen ragte die unverwechselbare Silhouette des Matterhorns majestätisch aus den Wolken auf – ein wenig zu nah für Mollys Geschmack. Pascals Ellbogen, der einen gut platzierten Treffer in ihre Rippen landete, bewahrte sie jedoch davor, weiter darüber nachzudenken.

»Au!«

»Mon Dieu! Wir werden alle sterben!« Pascal war plötzlich hellwach, gurtete sich los und machte Anstalten aufzustehen. Der Lärmpegel in der Kabine stieg. Die Leute redeten durcheinander und schrien sich an. Molly hatte das Gefühl, in Chaos zu ertrinken.

»Pascal!«, schrie sie und kämpfte verzweifelt gegen

ihre eigene Panik an, indem sie ihn am Arm packte und festhielt. »Du darfst nicht aufstehen. Das ist verboten!«

»Kein Grund zur Beunruhigung, dies ist lediglich eine Vorsichtsmaßnahme.«

»Wir sind verloren!« Pascal versuchte, seinen Arm aus Mollys Umklammerung zu befreien.

»Das hilft doch nichts!«, schrie Molly, aber Pascal war völlig außer sich.

»Es ist lediglich eine Vorsichtsmaßnahme. Bitte bleiben Sie auf Ihren Plätzen. In Kürze werden wir Ihnen weitere Informationen geben.«

»Habe ich es nicht gesagt? Habe ich nicht gesagt, dass wir alle in diesem Flugzeug sterben werden? Dass wir in einem riesigen Feuerball an einem Berg zerschellen?«

»Ruhig Blut, Kumpel«, sagte Simon, beugte sich über Molly und tätschelte Pascals Schulter. »Sie haben gesagt, es ist eine reine Vorsichtsmaßnahme!«

Aber Pascal konnte sich nicht beruhigen. Trotz Mollys Bemühungen und der wütenden Proteste anderer Passagiere gelang es ihm schließlich aufzustehen.

»He! Setz dich hin, du Idiot!« Der ruppige Engländer in der Reihe vor ihnen versuchte, Pascal zu packen, der ihn jedoch abschüttelte. Und dann rannte er, gefolgt von einer wütend dreinblickenden Consuela, wie ein Besessener den Gang entlang zum vorderen Ausgang.

»Ich muss hier raus! Wo sind die Fallschirme?«

»Sir, wir haben keine Fallschirme! Und jetzt setzen Sie sich bitte wieder hin!«, schrie Consuela ihn an.

»Sie haben keine Fallschirme?«, kreischte Pascal. »Wir

werden sterben!« Panisch schlug er gegen die Tür und brabbelte wirres Zeug. Für Molly hörte es sich an, als sänge er sein Mantra »Wir werden alle sterben« in sämtlichen Sprachen, die ihm einfielen.

»Jemand muss etwas tun!«, schrie eine Frau, die weit vorne saß. »Er bringt uns noch alle um!«

Dutzende von Händen fuhren nach oben, um den Alarmknopf zu drücken, doch niemand schien bereit, sich abzuschnallen und Pascal zu bändigen. Von ihrem Platz aus konnte Molly erkennen, dass Pascals Gefuchtel und Gehämmere nichts weiter bewirkte, als die anderen Passagiere zu verärgern. Trotzdem musste er aufgehalten werden.

Glücklicherweise hatte Consuela ihn jetzt erreicht und von hinten gepackt. Erfolglos versuchte sie, ihn von der Tür wegzuziehen.

Molly realisierte, dass sie ebenfalls aufgestanden war und mit vor den Mund geschlagenen Händen wie angewurzelt dastand.

»Ich lasse Sie verhaften«, zeterte Consulea, während sie Pascal noch fester um die Mitte packte und mit aller Kraft an ihm zerrte.

Pascal indes schien ihre Anwesenheit gar nicht zu bemerken. Er war wie von Sinnen. Andere Passagiere waren ebenfalls aufgesprungen, manche versuchten, mit ihren Handys zu telefonieren, aber niemand bewegte sich nach vorn.

Dann stand Simon auf, schob Molly energisch zur Seite und marschierte durch die Kabine zu Pascal.

»Okay, Kumpel, das reicht«, sagte er mit fester Stimme.

»Niemand wird aus diesem Flugzeug springen. Und jetzt kommen Sie zu Ihrem Platz zurück und lassen die Crew ihre Arbeit machen.«

Wie durch ein Wunder schien Simons tiefe, ruhige Stimme zu Pascal durchzudringen. Geduckt wie eine in die Ecke getriebene Maus drehte er sich um und wimmerte: »Aber wir werden … sterben, sehen Sie das denn nicht? Es hat eine Prophezeiung gegeben … wir hätten niemals in dieses Flugzeug steigen dürfen …«

Trotz allen Schreckens tat er Molly leid, als Simon jetzt nah genug an ihn herangekommen war, um ihn daran zu hindern, die Tür zu öffnen und das Flugzeug wie einen Pfeil in unkontrolliertem Trudeln zum Absturz zu bringen. Pascal wirkte so jämmerlich und völlig außer Kontrolle geraten, von Panik gebeutelt und längst jenseits allen guten Benehmens, logischen Denkens und Vernunft.

»Keiner wird heute sterben, verstanden?« Simon legte den Arm um Pascals Schulter und wandte sich an Consuela: »Entschuldigen Sie uns bitte, Madam.«

Auf Consuelas Gesicht zeichnete sich ungeheure Erleichterung ab, als Simon sie behutsam zur Seite schob.

»Wenn Sie nichts dagegen haben«, fuhr Simon fort, »bringe ich diesen Gentleman jetzt besser zurück an seinen Platz.«

Mit der Zärtlichkeit eines Elternteils, das ein Kind zu überzeugen versucht, sein Lieblingsspielzeug loszulassen, löste er Pascals Hände vom Türgriff, drehte ihn an den Schultern herum und begleitete ihn zurück an seinen Platz.

Eine Welle des Applauses begleitete die beiden, durchsetzt von ein paar barschen Kommentaren über Pascals Idiotie.

Den ganzen Weg redete Simon beruhigend auf ihn ein.

»Na los, Kumpel, wir wollen Sie wieder angurten. Ich weiß, es ist beunruhigend, aber diese Burschen wissen, was sie tun. So etwas passiert eben ab und zu, machen wir es nicht schlimmer, indem wir der Crew noch mehr Arbeit aufhalsen, was meinen Sie?«

Pascal schob die Unterlippe vor und nickte. In diesem Moment kam Sascha aus dem hinteren Teil des Flugzeugs und bot seine Unterstützung an.

»Ich konnte nicht schneller hier sein.« Er ging neben Pascals Sitz in die Hocke, fasste ihn bei den Schultern und fragte ihn: »Kann ich Ihnen behilflich sein, Monsieur?«

Saschas Anblick hatte eine beruhigende Wirkung auf Pascal. Wie von Zauberhand richtete er sich auf, wischte sich über die Brauen und versuchte mit aller Gewalt, sich zusammenzureißen. »Danke ... es ... geht mir gut.«

»Sind Sie sicher?«

Er nickte. »Es tut mir leid ...«

Sascha zwinkerte ihm zu. »Alles wird gut. Flugangst ist was Schreckliches, aber die Angst, Gefühle zu zeigen, ist noch viel schlimmer.«

Pascal reagierte auf Saschas weise Bemerkung mit einem hingebungsvollen Hundeblick.

»Kein Grund, sich zu schämen, mein neuer Freund«, fuhr Sascha fort, nahm Pascals Hand und drückte sie behutsam. »Versuchen Sie, sich zu entspannen, und wir sehen uns nach der Landung wieder, okay?«

Dann war er verschwunden. Pascal blieb zurück und starrte mit verschleiertem Blick ehrfürchtig auf die Hand, die Sascha gedrückt hatte.

»Was ist passiert?«, stammelte er.

»Alles wird gut.« Molly lächelte und strich ihm beruhigend über den Arm, obwohl sie insgeheim fand, dass das Flugzeug auf alarmierende Weise ruckelte und wieder absackte. Pascal umklammerte die Sitzlehnen so fest, dass seine Arme vor Anstrengung zitterten. »Atmen, Pascal, tief durchatmen. Na los, ein … und wieder aus … genau so …«

Langsam beruhigte er sich ein wenig. Erleichtert wandte sich Molly an Simon. »Danke. Vielen Dank, dass Sie ihm geholfen haben.«

Simon winkte ab. »Schon gut. Ich habe wohl genügend Katastrophenfilme gesehen, um zu wissen, was man in solchen Situationen sagen muss. Reines Glück.«

Molly lächelte. »Sie waren großartig. Tut mir leid, dass ich keine große Hilfe war, ich war ehrlich gesagt selber total erschrocken.«

»Deshalb ist es in solchen Momenten für einen Fremden manchmal leichter, die Initiative zu ergreifen. Sie stehen ihm zu nah.«

Molly wollte erwähnen, dass Pascal praktisch ein Fremder für sie war, aber in dem Moment neigte sich das Flugzeug dramatisch auf die linke Seite und beschrieb eine scharfe Kurve. Dann ging es mit ungesund dröhnenden Triebwerken steil nach unten. Draußen rückten die Alpen bedrohlich immer näher, bis sie plötzlich in dichte graue Wolken eintauchten, woraufhin das Flugzeug noch stärker ruckelte und sich zur Seite neigte.

Mollys Handflächen waren feucht, und das Herz schlug ihr bis zum Hals. Sie bemühte sich, ihre Angst vor Pascal zu verbergen, kniff die Augen zusammen und wünschte sich inständig, dass das Flugzeug sicher landete – und zwar so schnell wie möglich.

»Ladies and Gentlemen, wir werden bei Nebel landen. Es besteht kein Grund zur Beunruhigung, unser Radar und die Crew sind bestens darauf eingestellt, mit einer solchen Situation umzugehen …«

Der Rest der Mitteilung ging in Knistern und Knacken unter. Dann rumpelte es laut, als das Fahrgestell ausgefahren wurde. Molly konnte in der dichten Nebelsuppe vor dem Fenster nichts erkennen. Beängstigend schaukelten sie von einer Seite zur anderen, sackten immer wieder durch, wenn die Maschine an Höhe verlor. Von Radar hatte sie keine Ahnung. Wie in aller Welt sollte der Pilot in diesem Nebel landen? Simon blickte starr nach vorn und nagte an seiner Unterlippe.

Und dann sah Molly plötzlich rote und grüne Landungslichter, nur wenige Meter unter ihnen. Die Motoren kreischten, als die Landeklappen ausfuhren, und es hörte sich an, als würde das Flugzeug auseinandergerissen.

Es traf die Landebahn wie eine Rakete, die Triebwerke kreischten noch lauter, als die Bremsen griffen und sie langsam an Geschwindigkeit verloren. Aus den Tragflächen wuchsen weitere riesige Landeklappen, durch deren kom-pliziertes Metallgewirr Tageslicht drang. Die Passagiere klatschten und jubelten, scheinbar angeführt von Pascal, der die Arme hochriss und die französische Nationalhymne anstimmte. Consuela und Sascha sprangen unverzüglich auf und stürmten nach vorn zum Cockpit. Und Molly war so erleichtert, dass sie sich wieder erlaubte zu atmen.

»Nochmals danke«, sagte sie zu Simon und reichte ihm die Hand, während sie mit der anderen den Sicherheitsgurt löste.

Er sah ihr in die Augen und ergriff die Hand. »War mir ein Vergnügen.«

Molly spürte, wie ein Schauer der Erregung ihren Körper durchfuhr.

Und dann hörte Pascal auf zu singen, vergrub das Gesicht in den Händen und weinte.

5. Kapitel

Stunden bis zur Hochzeit: 50
Kilometer bis zur Hochzeit: 550

Molly hatte zwar noch nie etwas vom Flughafen Sion gehört, war allerdings dankbar, dass es ihn gab. Letzten Endes ermöglichte er es ihren Piloten, die defekte Maschine unbeschadet zu Boden zu bringen. Während sie zusammen mit den anderen lärmenden und erleichterten Passagieren über das Rollfeld Richtung Terminal marschierte, fragte sie sich jedoch, wie es nun weitergehen sollte.

Seit Pascal nach der Landung seine Tränen getrocknet hatte, schwieg er. Molly vermutete, dass ihm sein panisches Verhalten peinlich war. Sie versuchte ihn aufzumuntern, doch er starrte wie ein ungezogener Schuljunge auf seine Schuhe und sagte kein einziges Wort.

»Wir müssen sofort den nächsten Flug nach Venedig buchen. Da drin wird vermutlich ein ziemliches Gedränge sein«, sagte Molly.

Hinter ihr erklang ein prustendes Lachen. Als sie sich umdrehte, sah sie, dass Simon direkt hinter ihr ging.

»Was denn, lachen Sie etwa über mich?«, wollte sie wissen.

»Schauen Sie sich doch mal um«, erwiderte er freundlich. »Das hier ist nicht gerade Heathrow.«

Molly tat es. Das Flughafengebäude vor ihnen wirkte in der Tat ziemlich klein. Die einzige Start- und Landebahn war von schneebedeckten Bergen umrahmt. Bei ihrem haarsträubenden Sinkflug hatte Molly einen Blick auf die verschneiten Wipfel erhascht, bevor sie in die Nebelwand eintauchten. Von hier aus konnte sie nur die Gebirgsausläufer sehen, aber sogar die wirkten steil. Es gab keinen Zweifel: Sie befanden sich mitten in den Alpen.

Ein winziger Doppeldecker surrte heran und setzte zur Landung an. Auf dem Gras zu beiden Seiten der Landebahn parkten schwungvoll durcheinander einige Kleinflugzeuge. Der einzige Flugzeughangar, den sie ausmachen konnte, war ein großer Schuppen in einiger Entfernung. Wie aus dem Nichts fielen plötzlich dicke Schneeflocken, wirbelten herum wie kleine Tornados und schmolzen auf Mollys Gesicht. Sie schlug den Kragen hoch und ging schneller.

Molly erinnerte sich vage an den Namen Sion. Der Flughafen war bei ihren skifahrenden Freunden sehr beliebt, da ganz in der Nähe etliche Wintersportgebiete lagen. Davon abgesehen war »irgendwo in den Alpen« die genaueste Vorstellung, die sie davon hatte, wo sie sich gerade befand. Skifahren war in ihrem Leben schließlich nicht vorgekommen, dafür hatte ihre Familie nie Geld gehabt.

»Hm«, dachte sie laut. Sie fühlte sich unsicher und überfordert. »Ich bin sicher, die Fluggesellschaft hat das für uns geregelt.«

»Formidable«, murmelte Pascal. »Ein anderes Flugzeug. Wahrscheinlich so eine kleine Todesfalle wie die da drüben …« Er machte eine Handbewegung in Richtung der winzigen Maschinen, die neben der Landebahn parkten. »So oder so: Heute werden wir sterben.«

»Einen Moment bitte.« Sascha, mit einer Wahnsinns-Retro-Sonnenbrille auf der Nase, stand direkt vor ihnen und stemmte die Hände in die Hüften. Er sah umwerfend aus, wie Tom Cruise an einem besonders guten Tag.

»Monsieur Lafayette …«

»Pascal, bitte«, murmelte Pascal.

»Pascal«, wiederholte Sascha, »ich fürchte, ich muss Sie bitten, mich zu begleiten.«

Der Blick, den Pascal ihm zuwarf, war eine Mischung aus Verwirrung und nervöser Hoffnung.

»Die Sicherheitsbeamten des Flughafens würden sich gern kurz mit Ihnen unterhalten.«

»Worüber?«, fragte Molly.

Sascha wurde verlegen. »Wegen des, wie soll ich sagen, *Zwischenfalls* während des Flugs …«

»Aber das war doch nur Panik«, erklärte Molly. »Es ist vorbei.«

Pascal wandte sich ihr zu, sah sie streng an und war offensichtlich bemüht, die Situation unter Kontrolle zu bekommen. »Bitte«, erklärte er mit fester Stimme, »ich werde das hier regeln.«

»Jemand hat sich beschwert«, sagte Sascha. »In der Schweiz gibt es da anscheinend Bestimmungen«, mokierte er sich und fügte leise hinzu: »In Moskau regen wir uns wegen solcher Kleinigkeiten nicht auf. Schusswaffen – ja. Bomben – ja. Drogen – gelegentlich. Aber ein Gentleman wie Sie, der einfach nur Flugangst hat? Pah!«

»Muss er mitkommen?«, fragte Simon.

»Entweder freiwillig oder er wird verhaftet.« Sascha zuckte mit den Schultern.

Pascal schluckte.

Sascha legte ihm die Hand auf die Schulter. »Ich komme mit und werde darauf achten, dass man Sie nachsichtig behandelt. Und die Beamten davon überzeugen, aus einer Mücke keinen Elefanten zu machen, wie wir zu Russen sagen.«

Molly sah Sascha an. »Das sagen die Russen auch?«

»Da…anke.« Pascals Versuche, souverän zu wirken, gerieten ins Wanken. Er zitterte inzwischen am ganzen Körper. Molly fragte sich, ob das vielleicht an den Pillen lag, die er geschluckt hatte. Seine geweiteten Pupillen und sein sprunghaftes Verhalten sprachen jedenfalls Bände.

Hilflos sah sie zu, wie Sascha Pascal am Arm fasste und wegführte.

»Wir sollten besser unser Gepäck holen«, sagte Simon.

»Was wird wohl als Nächstes schiefgehen?« Molly seufzte und blickte Pascal nach.

»Ihm passiert schon nichts«, meinte Simon. »Sie werden ihn vermutlich nur befragen, ihm ein bisschen Angst machen, und ihn dann gehen lassen. Dann können Sie beide in den Sonnenuntergang davonreiten.«

»Hoffentlich«, sagte Molly.

Gedankenversunken trotteten sie und Simon bis zu der Halle, in der sich das untätige Gepäckförderband befand, und schlossen sich einer großen Gruppe anderer Reisender mit langen Gesichtern an.

An der Wand hing eine Karte von Europa. Molly trat davor, um herauszufinden, wo genau sie sich befanden. Ein roter Pfeil markierte ihren Standort inmitten der tief violett gefärbten Schweizer Alpen. Mit dem Finger fuhr sie von dort aus nach unten und dann nach rechts in Richtung Venedig, sah auf den Maßstab links unten auf der Karte und rechnete.

So weit war es gar nicht. Nur ein kleiner Hüpfer über die Alpen. Von hier aus musste es eigentlich jede Menge Flüge nach Italien geben.

In diesem Moment ertönte eine Ansage über die Lautsprecheranlage. Knapp und klar und mit auch nicht annähernd ausreichendem Bedauern wurde bekanntgegeben, dass aufgrund der Wetterverhältnisse an diesem Tag von Sion Airport keine Flüge mehr abgehen würden.

»Oh, bitte nicht«, stöhnte Molly.

Damit war sie nicht die Einzige. Auch alle anderen Passagiere taten ihren Unmut kund, bis ein lautes »shhht!« durch die Halle ging, damit man auch noch den Rest der Ansage hören konnte.

Die blecherne Stimme erklärte, aus Sicherheitsgründen könne man noch keine Angaben zu Flügen für den nächsten Tag machen. Man müsse abwarten, wie sich das, ungewöhnlich unruhige Wetter entwickle.

»Das ist ja wirklich ein ganzer Sack an guten Neuigkeiten«, übertönte Molly wütend das Gemurmel der anderen

Reisenden. »Höhere Gewalt ist für Caitlin keine Entschuldigung. Sie bringt mich um, wenn ich nicht rechtzeitig in Venedig bin. Zum Glück haben wir noch ein paar Tage Luft.« Sie runzelte die Stirn. »Ich dachte, die Fluggesellschaften würden sich ein Bein ausreißen, um Passagieren zu helfen, wenn so etwas passiert?«

Simon drückte wie wild auf den Tasten seines Handys herum.

»Ungewöhnliches Wetter?«, fuhr Molly fort. »Was ist denn daran ungewöhnlich? Ich meine, klar, wir haben August, und da sollte es nicht unbedingt schneien – in den Alpen aber vielleicht doch, wer weiß? Und wenn unsere defekte Maschine hier landen konnte, bei Sturm, Nebel, Schnee und mit einem lahmen Flügel oder was auch immer, dann werden sie doch wohl eine andere auftreiben können, die ohne größere Schwierigkeiten startet? Also ehrlich!«

Simon nickte geistesabwesend. »Die sollten sich besser was einfallen lassen – Yvonne wird am Boden zerstört sein, wenn ich nicht rechtzeitig da bin.«

Molly spürte ein Ziehen im Magen.

Yvonne.

Da war sie also: die Frau in seinem Leben. Ein Irrtum war ausgeschlossen. Als er ihren Namen aussprach, veränderte sich sein Gesichtsausdruck schlagartig. Seine blauen Augen verrieten, wie sehr ihm der Gedanke zusetzte, sie im Stich zu lassen. Die feinen Linien um seine Mundwinkel waren weicher geworden und zuckten leicht. Molly war bisher nie klar gewesen, wie viel Gesichter verraten können.

Sie beobachtete ihn, während er eine SMS eintippte, und ihr entging nicht, dass er sie mit drei Küssen beendete.

»Das wäre erledigt«, sagte er und starrte in Erwartung einer Antwort auf sein Handy.

Sie folgte unverzüglich. Er las sie und lächelte. »Sie ist einfach nur froh, dass mir nichts passiert ist«, murmelte er.

Molly musste an Reggie denken. Sie hatte keine Ahnung, ob er mittlerweile sicher in Los Angeles gelandet war. Er hatte ihr keine Nachricht geschickt.

Tja, dachte sie, *es ist wohl echt vorbei.*

Sie beschloss, an etwas anderes zu denken, bevor irgendwelche unerwünschten Gefühle hochkamen – jetzt war nicht der Moment, um in Tränen auszubrechen.

»Und wenn sie Pascal ins Gefängnis stecken?«

»Das halte ich für sehr unwahrscheinlich«, erwiderte Simon. »Er hat schließlich kein Verbrechen begangen.«

»Er hat die Stewardess praktisch zu Boden gerungen und versucht, mitten in der Luft aus einem Flugzeug zu springen. Das hier ist die Schweiz, Simon! Die Leute hier sind ... streng! Sie halten sich genau an die Regeln!«

»Und woher haben Sie dieses auch nicht im Mindesten stereotype Vorurteil?«

Molly fühlte sich ertappt und zuckte grinsend mit den Schultern. »Ich sehe eben fern – die Schweiz ist sauber und setzt, was Aufsässigkeit angeht, auf Nulltoleranzpolitik, oder etwa nicht?«

»Schokolade? Kuckucksuhren?«, neckte er sie.

»Okay, okay.« Jetzt musste Molly doch lachen. »Ich

habe keine Ahnung. Ich bin einfach nur … weit weg von zu Hause, und allmählich läuft alles aus dem Ruder.«

Simon seufzte. »Von hier fahren leider keine Züge.«

»Nicht mal so etwas wie eine Seilbahn runter ins Tal?«

»Sie haben wirklich eine umfassende Vorstellung von der Schweiz, stimmt's?«

»Haben Sie vielleicht eine Idee, wie wir von hier nach Venedig kommen?«

»Ich werde eine Landkarte besorgen und schaue nach«, antwortete er geduldig. »Aber vermutlich ist das überflüssig. Das mit dem Flug wird sich von selbst regeln.«

»Sind Sie sicher?«

Er blickte sich in der Halle um. Molly entdeckte einen Flughafenmitarbeiter, der gerade herzhaft gähnte. »Nicht im Geringsten.«

Pascal befand sich am anderen Ende des Gebäudes und wurde von zwei uniformierten Sicherheitskräften befragt. Vielleicht waren es auch Polizeibeamte, Molly konnte das aus der Entfernung nicht erkennen. Sie sah, dass die beiden in Halftern an der Hüfte Schusswaffen trugen, außerdem noch Gummiknüppel und Handschellen. Molly schauderte. Pascals übertriebenes Gestikulieren schien bei den Beamten mit den ernsten Mienen nichts zu bewirken. Sascha stand dicht neben ihm und legte immer wieder beruhigend die Hand auf Pascals Schulter oder unterbrach dessen melodramatische Erklärungen mit kurzen Bemerkungen. Die einzige Reaktion, die seine Ausführungen bei den Beamten hervorrief, war jedoch Kopfschütteln.

»Der arme Pascal«, sagte Molly. »Wie kann ich ihn da nur rausholen?«

»Es muss hart für Sie sein«, erwiderte Simon. »Vermutlich wären Sie lieber dabei.«

Molly warf ihm einen schrägen Blick zu. »Ehrlich gesagt glaube ich nicht, dass ich eine große Hilfe wäre.«

Ihre Antwort schien Simon zu überraschen, aber Molly dachte nicht weiter darüber nach, denn endlich tauchten auf dem Förderband, von unsichtbaren Händen hinter einem Plastikvorhang daraufgelegt, widerstrebend die ersten Gepäckstücke auf. Unter den Reisenden brach mattes Gejubel aus.

Gleichgültig sahen Simon und Molly zu, wie die ersten Passagiere ans Band traten, Koffer herunterwuchteten und sie auf Gepäckwagen stellten. Anschließend bewegten sie sich eilig zur Haupthalle des Flughafengebäudes.

»Wozu die Hast?«, zischte Molly.

Simon sah sie stirnrunzelnd an.

»Ah …« Allmählich dämmerte es ihr. »Wenn alle die Hoffnung auf einen Weiterflug aufgegeben haben …«

Simon nickte ermunternd.

»Dann versucht jeder, einen Mietwagen zu ergattern!« Molly schlug die Hand vor den Mund.

»Und wie groß sind wohl die Chancen, dass es genügend Mietwagen gibt?« Simon war zu dem gleichen Schluss gekommen. »Soll ich hier auf Ihr Gepäck warten, damit wenigstens Sie beide einen Wagen bekommen und von hier weg können?«

Molly sah ihn überrascht an. »Das würden Sie tun?«

»Sicher.«

»Toll, danke.« Molly war überwältigt. »Aber ich warte lieber auf das Hochzeitskleid«, erwiderte sie seufzend. »Soll ich stattdessen Ihr Gepäck einsammeln?«

Simon deutete mit dem Kopf in Richtung Pascal. »Sie haben genug um die Ohren. Ich werde schon eine Lösung finden.«

Schweigend behielten sie das quietschende Förderband im Auge. Zwanzig Minuten später dünnte die Menge davor langsam aus. Nur eine Handvoll Passagiere warteten noch. Und noch immer hatte Molly kein vertrautes Gepäckstück entdeckt.

Das Förderband ächzte gequält, als noch ein fremder Koffer durch den Plastikvorhang herausbefördert wurde.

»Ist Yvonne schon in Venedig?«, fragte Molly so unschuldig wie möglich.

»Ja, sie ist in unserem Hotel«, antwortete Simon.

»Wie schön. Ich nehme an, sie spielt in dem Film mit?«

Er schien überrascht, dass sie etwas derart Naheliegendes fragte. »Natürlich! Yvonne ist der Star. In jeder Hinsicht.«

»Großartig.«

»Ich bin so froh, dass ich sie gefunden habe«, sagt Simon mit sehnsüchtigem Lächeln. »Sie hat mein gesamtes Weltbild verändert.«

Molly musste schlucken. »Großartig«, sagte sie noch einmal.

Simon war jetzt in Fahrt. »Ich weiß, es ist ein Klischee, aber kennen Sie den Spruch ›Jemand bringt einen Raum zum Strahlen‹?«

»Was Sie nicht sagen! Das tut Yvonne?« Molly spürte,

wie ihre Mundwinkel im Bemühen, ihr charmantes Lächeln aufrechtzuhalten, zitterten.

»Das tut sie.«

»Nun, sie ist eine glückliche Frau.«

»O nein, glauben Sie mir, ich bin der Glückliche«, widersprach Simon. »Meine Güte! Sieh sich einer das an! Welcher Lackaffe wirft denn für einen Koffer so viel Geld zum Fenster raus?!«

Der unverwechselbare, dunkelblaue Saffianlederkoffer mit Monogramm aus der Delametri-Chevalier-Cruise-Kollektion war soeben verkehrt herum und unsanft auf das Laufband gepoltert.

Molly warf Simon ihren besten Killerblick zu und eilte nach vorn, um sich den Koffer zu schnappen, bevor es sich die Gepäckabfertiger anders überlegten und das gute Stück wieder zurückholten.

»Ups«, sagte Simon.

»Er gehört Pascal.« Molly lächelte. »Diese Qualität hält ein Leben lang. Die ist jeden Penny wert.«

Unmittelbar dahinter folgten Mollys weitaus weniger glamouröser roter Rollenkoffer und Simons machomäßiger, khakifarbener Leinenrucksack, der schon reichlich mitgenommen wirkte und von einem Gummiband zusammengehalten wurde. Molly erinnerte sich an etwas, das ihre Großmutter immer gesagt hatte: Kaufe billig und du musst es doppelt kaufen. Sie war versucht, Simon das als Retourkutsche für seine Bemerkung über Pascals Koffer ins Ohr zu flüstern. Aber sie hielt sich im letzten Moment zurück.

Das Laufband wurde langsamer.

»Unsere waren wohl die Letzten.« Simon seufzte. »Das war wohl die Rache für den Krawall im Flugzeug.« Er wuchtete sich den Rucksack über die Schulter. »Das war's dann.«

Bestürzt wurde Molly klar, dass der Moment gekommen war, sich von ihm zu verabschieden. Sie kannten sich erst seit wenigen Stunden, und trotzdem war sie unschlüssig, was sie sagen sollte.

»Sieht so aus.« Sie lächelte, und schon wieder schoss ihr die Röte in die Wangen.

»Erwarten Sie noch mehr Gepäckstücke?«

Molly schüttelte den Kopf. »Nur noch eins. Das Hochzeitkleid meiner Schwester.«

»Gut.« Simon wandte sich zum Gehen. »Falls morgen ein Flug geht, sehen wir uns vielleicht. Wenn nicht, war es jedenfalls nett, Sie kennengelernt zu haben, Molly.«

Ein wenig hilflos streckte er die Hand aus, und Molly ergriff sie verlegen. »Ebenso, Simon.«

Und dann schlenderte er in Richtung Wartelounge davon.

»Tschüss«, sagte Molly leise, als er aus ihrem Blickfeld verschwand.

Dann bemerkte sie, dass das Förderband so langsam geworden war, als wolle es jeden Moment anhalten, und musste gegen eine aufsteigende Angst in sich ankämpfen.

Und dann kam das Band tatsächlich zum Stehen.

Ich bin nicht beunruhigt, sagte sie sich. *Kein bisschen.* Aber sie spürte, dass ihr Herz schneller schlug.

Die Gepäckluke schlug zu.

»Neeeiiiin!«, ertönte irgendwo im Gebäude ein Schrei,

bis Molly begriff, dass sie es war, die ihn ausgestoßen hatte. »Ich hab's geahnt! Ich hab's doch gewusst!«, brüllte sie niemand Besonderen an. »Diese verdammte Fluggesellschaft! Wenn innerhalb der nächsten zehn Sekunden nicht jemand hier auftaucht und mir das Hochzeitskleid meiner Schwester auf dem Silbertablett serviert, dann werde ich *echt* ungemütlich!« Sie wurde so laut, dass die Leute in ihrer Nähe anfingen, einen Bogen um sie zu machen. Allein und hilflos stand Molly neben dem reglosen Förderband. Während sich die Panik wellenartig in ihrem Körper ausbreitete, blickte sie sich suchend um. Es sah fast so aus, als würde man hier jeden Moment Feierabend machen, sogar Pascal und seine Kidnapper waren verschwunden. Vermutlich setzten sie das Verhör irgendwo an einem weniger öffentlichen Ort fort.

Wenig später war die Gepäckausgabe wie ausgestorben.

»Hallo?«, rief Molly in die Leere hinein. »Kann mir hier jemand helfen? Bitte?«

Sie ließ die Koffer stehen und lief vom einen Ende des Raums zum anderen, auf der Suche nach jemandem, den sie mit einer Tirade überziehen konnte. Gerade wollte sie noch einmal rufen – diesmal so laut sie nur konnte –, als ein kleingewachsener, älterer Gepäckabfertiger die Tür neben dem Förderband aufstieß und in Richtung Cafeteria schlurfte.

»Gott sei Dank!« Molly lief los und kam knapp hinter ihm zum Stehen. »Sprechen Sie Englisch?«

Der Mann hob die Hand und signalisierte durch ihr abwägendes Hin- und Herwackeln: »Ein bisschen.«

Die Worte sprudelten nur so aus Molly heraus. »Ich warte auf ein Hochzeitskleid, das in der Maschine aus Venedig war, die hierher umgeleitet wurde. Aber das Förderband ist stehen geblieben, und alle sind verschwunden, und die Klappe ist zugefallen, und ich weiß nicht, ob noch mehr Gepäckstücke kommen, aber danach sieht es nicht aus …«

»Stopp!« Der Mann hob die Hand, um den Wortschwall einzudämmen. »Langsam, bitte.«

»Ich muss ein Hochzeitskleid finden. Es hätte durch diese Klappe kommen müssen.« Sie zeigte mit dem Finger auf die Gepäckluke und wiederholte: »Hochzeitskleid!« Dann zeichnete sie in der Luft die Konturen eines langen, voluminösen Kleides mit Schleier nach und summte den Hochzeitsmarsch.

Der Mann schüttelte den Kopf und zuckte mit den Schultern.

»Alles fertig«, sagte er nur. Dann wandte er sich ab und schlurfte davon.

»Wie bitte?« Molly spürte, wie etwas in ihr »Klick« machte. »O nein, keineswegs!« Sie lief hinter dem Mann her, ergriff seinen Arm und hielt ihn fest. Er drehte sich zu ihr um.

»Ein Hochzeitskleid!«, schrie sie. »Ein großer weißer Kleidersack? Bitte! Es ist wirklich wichtig!«

Der Mann starrte auf die Hand an seinem Arm. »Bitte, nicht schreien«, sagte er.

»Ich schreie nicht!«, brüllte Molly. Dann holte sie tief Luft. »Dies ist ein Notfall.«

»Mademoiselle, bitte beruhigen«, sagte der Mann steif

und hob abwehrend die Hände. »Ist alles fertig«, wiederholte er. »Koffer sind weg. Sie gehen müssen.«

»Nein!«

»Doch!« Er zeigte zum Ausgang. »Verlorenes Gepäck Sie müssen sagen da!«

»Verlorenes Gepäck? Der Flughafen ist gar nicht groß genug, um hier etwas zu verlieren.« Sie starrten einander an. Molly atmete schwer und fühlte sich wütender und hilfloser als je zuvor in ihrem Leben. »Sie werden nicht … werden nicht … werden nicht …« Zu ihrem Entsetzen merkte sie, dass sie keinen Satz mehr herausbekam. Sie konnte nicht einmal weinen. Offensichtlich hatte sie jegliche Kontrolle über ihren Körper verloren. Sie ruderte mit den Armen, versuchte mit windmühlenartigen Bewegungen Luft in ihr Gehirn zu pumpen, damit sie einen vernünftigen Satz zustande brachte. Der Gepäckabfertiger sah sie beunruhigt an. Und zeigte nicht mehr länger Richtung Ausgang.

»Ich … Sie … ich …« Noch immer wollten die Worte nicht kommen. Molly wirbelte herum, ihr Blick richtete sich auf die Tür neben dem Förderband, und ohne über die Konsequenzen nachzudenken, marschierte sie darauf zu.

»Mademoiselle!«

Molly blieb stehen und wandte sich zu ihm um. »Ich verspreche, dass ich nichts stehlen werde.«

Der Gepäckabfertiger seufzte. »Bitte nicht!« Er hob warnend den Zeigefinger.

»Nur ein kurzer Blick?«, flehte Molly. Langsam näherte sie sich der Tür, durch die der Mann gekommen war und drückte verstohlen die Klinke.

»Zutritt verboten!«, rief der Gepäckabfertiger.

Aber die Tür war ohnehin abgeschlossen. Verzweifelt sah Molly sich um. Jetzt gab es nur noch eine Möglichkeit.

Das Förderband.

»Tut mir leid«, sagte Molly schulterzuckend. »Aber anscheinend bleibt mir keine andere Wahl.«

Bevor der Gepäckabfertiger auch nur Gelegenheit hatte, etwas zu unternehmen, kletterte Molly auf das leere Band und balancierte in Richtung Luke.

»Mademoiselle! Zwingen Sie mich nicht, auch hinaufzukommen! Das ist gegen Vorschriften! Ich rufen Polizei!«

Molly bekam das Gezeter des Gepäckabfertigers und seine Rufe nach dem Sicherheitsdienst nur undeutlich mit. Mit einem letzten, verzweifelten Blick über die Schulter ließ sie sich vor der Luke auf die Knie fallen, klappte den Plastikvorhang zur Seite und schob sich mit dem Kopf voran hindurch.

Sie brauchte einen Moment, um sich zurechtzufinden. Sie lag zusammengerollt auf dem staubigen, schmutzigen Betonboden einer zugigen Lagerhalle, vollgestellt mit Rollkoffern, Kisten und einzelnen traurig aussehenden Gepäckstücken.

Benommen rappelte sie sich auf und nahm ihre Umgebung genauer in Augenschein. Die riesigen Schiebetüren, die nach draußen führten, standen offen. Unter normalen Umständen hätte Molly der Blick über die Rollbahn zu den dahinter majestätisch aufragenden Bergen überwältigt. Der Nebel hatte sich gelichtet, und es war bitterkalt. Molly zitterte und klapperte mit den Zähnen. Aber im Moment galt nur eines – sie musste dieses Kleid finden.

Dabei verdrängte sie die Möglichkeit, dass das Kleid nie im Flugzeug gewesen war. Es konnte sich immer noch in Paris befinden oder neben ein paar Ziegen im Laderaum eines Frachtfliegers in den Kongo. Caitlin würde ihr *nie im Leben* verzeihen, wenn sie ihre Hochzeit ruinierte. Das würde das Fass endgültig zum Überlaufen bringen.

Ziellos wanderte Molly umher, schaute von rechts nach links, hoffte – und fürchtete gleichzeitig – irgendwo in diesem wahllosen Durcheinander den Kleidersack zu entdecken. Dann fiel ihr Sascha ein. Er hatte gesagt, er würde auf das Kleid achten, und er wirkte wie ein Mann, der zu seinem Wort stand. Oder etwa nicht? Sie hatte ihm einfach vertrauen müssen.

Der Gepäckabfertiger steckte den Kopf durch die Klappe.

»Sie sein in großen Schwierigkeiten, Mademoiselle. Hier Sie nichts finden.«

Molly erstarrte. Normalerweise verhielt sie sich nicht wie eine Kriminelle. Aber sie musste sich vergewissern, dass das Kleid nicht hier war. Sie lief zu dem Mann hinüber. »Bitte«, beschwor sie ihn, »geben Sie mir nur eine Minute?«

Der Mann verengte die Augen zu schmalen Schlitzen. »Nein.«

Wortlos starrten sie einander an. Dann rannte Molly los. Sie stolperte durch die Lagerhalle und suchte hektisch nach dem Kleid. Es musste doch irgendwo sein!

Der Mann kletterte durch die Luke und rannte hinter ihr her, aber zum Glück war Molly schneller. Das musste am Adrenalin liegen.

Komm schon! Es kann doch nicht so schwer zu finden sein … dieser große weiße Sack, ein bisschen so wie dieses zerknüllte Ding da vorn unter den verstaubten Rioja-Kisten.

Dieses zerknüllte Ding unter den verstaubten Weinkisten?!

»Neeeiiin!«

Molly schlug einen Haken, um dem Gepäckabfertiger zu entkommen, und lief in die Ecke der Lagerhalle. Der Gepäckabfertiger folgte ihr wie ein Jagdhund dem Hasen. Ihm auf den Fersen war ein korpulenter Mann vom Sicherheitsdienst, der vermutlich den Lärm gehört hatte. In der einen Hand hielt er den gezückten Schlagstock, in der anderen die Überreste eines Sandwichs. Die Handschellen baumelten an seiner Hüfte, und das Visier seines Helms war hochgeklappt. Das verlieh ihm ein cartoonmäßiges, zugleich jedoch bedrohliches Aussehen.

Was auf Molly jedoch keinerlei Eindruck machte. »Was … was haben sie bloß angerichtet?«, schluchzte sie, ignorierte die sich nähernden Verfolger und zerrte den zerknitterten Kleidersack unter den Kisten hervor. »Dieses … dieses traurige Gebilde ist eine Maßanfertigung von Delametri Chevalier und gehört meiner Schwester!«

Sie presste den Kleidersack an sich, drehte sich um und starrte die beiden Männer an. Die starrten zurück. Keiner von ihnen wusste, was zu tun war. Das Sandwich des Wachmanns fiel zu Boden. Molly betrachtete es, und ihr Gehirn setzte sich langsam in Bewegung. Käse. Vermutlich Emmentaler. Oder Gruyère. Bestimmt kein Cheddar. Nicht in der Schweiz.

»Mademoiselle? Sie jetzt mit diesem Mann gehen.«

»Sehen Sie?« Molly bemühte sich, ruhig zu bleiben. »Was habe ich Ihnen gesagt? Hier ist es! Und wahrscheinlich ist es ruiniert.«

Ohne Molly aus den Augen zu lassen, hob der Sicherheitsmann langsam sein Funksprechgerät an den Mund und forderte mit leiser Stimme Unterstützung an.

Mollys Blick wanderte nach unten, sie sah die Schusswaffe im Halfter an seiner Hüfte, und plötzlich wurde ihr die Situation bewusst, in der sie sich befand. Sie war in den Sperrbereich eines Flughafens eingedrungen. Eines *Flughafens!*

»Bitte schießen Sie mich nicht in den Kopf!« Kapitulierend ließ sie auf die Knie sinken. »Ich würde ja gern die Hände heben, aber ich darf das Kleid nicht loslassen.«

Der Wachmann starrte sie bloß an. Vermutlich hielt er sie für eine durchgedrehte Kriminelle oder eine illegale Einwanderin oder einfach nur eine Wahnsinnige, die aus der Anstalt entflohen war.

»Hier. Sehen Sie.« Sie hielt das Kleid hoch. »Das gehört mir. Ich bin ein bischen ausgetickt, weil ich wusste, dass es hier irgendwo sein muss, denn der nette Steward – wie hieß er noch gleich …?«

Der Ausdruck auf den Gesichtern der Männer verriet, dass die Lage ernst war.

»Sascha! Sascha sagte, er würde auf das Kleid aufpassen. Und da ich es jetzt wiederhabe, würde ich einfach gerne gehen.« Langsam erhob sie sich und ging vorsichtig in Richtung Tür.

»Einfach so«, sagte der Wachmann.

»Einfach?«, wiederholte Molly. »Ja. Es ist einfach. Ich möchte einfach nur hier raus. Hören Sie, ich habe mein Kleid, und ich werde mich auch nicht beschweren, dass Sie nicht ordentlich darauf aufgepasst haben und es auch nicht aufs Laufband gelegt haben, was Sie eigentlich hätten tun sollen. Wenn Sie mich jetzt also bitte entschuldigen würden …«

»Keine Bewegung!«, blaffte der Wachmann, nahm Haltung an und richtete den Gummiknüppel auf sie. »Bleiben Sie, wo Sie sind!«

»Aber ich muss nach Venedig!« Molly beschlich die böse Ahnung, dass sie stattdessen auf direktem Weg ins Gefängnis wandern würde. Was vermutlich immer noch besser war, als der Wut ihrer Schwester ausgesetzt zu sein.

6. Kapitel

Stunden bis zur Hochzeit: 49
Kilometer bis zur Hochzeit: 550

»Machen Sie Witze?«

Der Gepäckabfertiger wirkte verlegen, als der Wachmann erneut sein Funkgerät zückte, nachfragte, wo die Verstärkung blieb, und dann drohend auf die großen roten Warnschilder über der Tür zeigte.

»Zu diesem Bereich ist der Zutritt verboten!«

»Ich hatte keine Wahl – mir wollte ja keiner helfen! *Sie!*« Molly sah den Gepäckabfertiger flehentlich an, der jedoch alles dafür zu tun schien, um ihrem Blick auszuweichen. »Ich meine, Sie haben mir vorhin doch nicht geholfen. Sondern gesagt, alle Gepäckstücke wären durch …«

Der Wachmann verengte die Augen. Seine Miene verriet, dass ihm die unbehagliche Erkenntnis dämmerte, es nicht mit einer gewöhnlichen Verbrecherin zu tun zu haben. Molly sah, wie sein Blick zur Tür huschte. Dann starrte er auf sein Funkgerät. Offensichtlich wartete er auf eine Anweisung, eine Vorgabe, an die er sich halten konnte. Der Gepäckabfertiger wechselte nervös von einem Bein aufs andere und warf einen Blick auf seine Uhr.

Und dann konnte Molly buchstäblich sehen, wie dem Wachmann eine Erleuchtung kam. Jedenfalls zog er etwas aus einer seiner vielen Taschen, das aussah wie ein Handbuch mit Vorschriften, schlug es auf, fuhr mit dem Finger über die Seite und las in stockendem Englisch: »Miss. Haben Sie heute irgendwelche illegalen Substanzen zu sich genommen?«

»Wie bitte?«, fragte Molly entgeistert.

Über sein Handbuch hinweg sah der Wachmann sie prüfend an, wiederholte die Frage und fügte hinzu: »Drogen?«

Ihre Überraschung wich Wut. »Nichts wünschte ich mir mehr, als festzustellen, dass das Ganze hier nur ein Marihuana-Trip ist! Aber nein, ich habe keine Drogen genommen. Kann ich jetzt bitte gehen?«

»Nein.«

Der Gepäckabfertiger zuckte resigniert mit den Schultern, murmelte dem Wachmann etwas zu und wollte gehen, aber der Wachmann blaffte ihn an, gefälligst dazubleiben.

Dann wandte er sich wieder Molly zu und deutete mit dem Schlagstock auf den Kleidersack.

»Was ist das?«, fragte er.

»Das Hochzeitskleid meiner Schwester.«

»Ach, wirklich?«

»Allerdings!« Was sollte denn sonst in einem riesigen weißen Kleidersack sein?

Als sich die Antwort einen Weg in ihr Gehirn bahnte, wurde ihr heiß und kalt.

»Jetzt mal langsam – da drin ist nichts Verdächtiges!«, schrie sie, »sondern ein Modellkleid von Delametri Chevalier!«

Die verständnislose Stille, die auf Mollys Enthüllung folgte, war erdrückend.

Die Miene des Wachmanns war ausdruckslos. Mollys Namedropping hatte nicht das Geringste bewirkt.

»Öffnen Sie es, bitte.«

»Hier?« Molly musterte die schmutzige Lagerhalle mit ihrem staubigen Boden und den verölten Gepäckkisten. Sie erinnerte sich an Pascals Reaktion, als sie ihn am Flughafen Charles de Gaulle gebeten hatte, das Kleid sehen zu dürfen. »Das geht nicht, sonst wird es ruiniert – wenn es nicht sowieso schon hinüber ist!«

Sie presste den Kleidersack fest an sich.

Der Wachmann überlegte angestrengt. »Ein Designer-Kleid, sagen Sie?«

Molly nickte und versuchte es noch einmal: »Ein Delametri Chevalier.«

Doch er verstand wieder nicht.

»Viel Platz, großes Kleid, ja? Viele Falten, viele Taschen …«

»Keine Ahnung«, gestand Molly. »Ich habe es noch nicht gesehen, allerdings geht der Trend diese Saison eher zu schmalen, gerade geschnittenen Kleidern. Taschen waren letztes Jahr angesagt …« Sie verstummte, weil sie merkte, worauf er hinauswollte.

»Sie glauben, ich hätte etwas dazwischen versteckt?«

Er zog eine Augenbraue hoch.

»Hören Sie, in diesem Kleidersack befindet sich nichts außer einem Modellkleid, das mehrere tausend Euro wert ist.«

»Zeigen Sie es mir.«

»Nein!«

»Dann konfiszieren wir es.«

»Das können Sie nicht tun!«

»Und zerschneiden es.«

Trotz ihrer Angst musste Molly laut lachen. Dann sah sie sich den Mann genauer an. Es schien sein Ernst zu sein. »Das können Sie nicht tun.«

Wieder hob er eine Braue, als wüsste er, dass er sie endlich hatte.

»Ein Chevalier zerschneiden! Das ist, als würde man die Mona Lisa aufschlitzen!«

Fassungslos stellte sich Molly das Telefongespräch vor, das sie mit Caitlin würde führen müssen. »Tut mir echt leid, Cait, aber ich bin am Flughafen in den Sicherheitsbereich eingedrungen, habe mich den Beamten widersetzt, wurde für einen Drogenkurier gehalten … das Übliche eben. Jedenfalls haben sie dein Kleid geschreddert …«

»Tun Sie das bitte nicht«, sagte sie mit schwacher Stimme. »Sie dürfen es sich ansehen, aber könnten wir dafür an einen sauberen Ort gehen?«

Der Wachmann schien nicht sonderlich viel auf Mollys Kritik an seinem Arbeitsplatz zu geben.

»Es ist doch nur so, dass es nicht mir gehört«, fuhr Molly weinerlich fort. »Und ich möchte nicht, dass es schmutzig wird.«

»Sie transportieren ein Gepäckstück für jemand anderen?«, fragte der Wachmann streng.

O nein! Das war eins der Zehn Gebote des Flugverkehrs, und sie hatte dagegen verstoßen.

»Nein, nun, ja. Es gehört meiner Schwester.«

»Und Sie haben es eingepackt?«

»Genaugenommen nicht. Es kam direkt vom Designer.« Molly verlor endgültig den Mut, als sie merkte, dass sie sich auf dem falschen Fuß hatte erwischen lassen.

»Sie haben Ihre Koffer nicht selbst gepackt?«

Sie starrte auf den Riss im Boden vor ihr. Dem Wachmann konnte sie keinen Vorwurf machen. Diese Leute wurden vom Flughafen eingestellt, um solche Typen wie sie abzufangen.

»Dann ist dieser Gegenstand also auf Ihre Schwester registriert?

»Registriert?«

»Sie hat dafür bezahlt?«

»Wahrscheinlich nicht – noch nicht jedenfalls.«

»Es ist nicht bezahlt?«

Molly streckte verzweifelt die Hände gen Himmel. »Irgendwie kommt das alles ganz falsch an.«

»Die Polizei wird sich sehr für Sie interessieren, Mademoiselle. Ich glaube, Sie handeln mit Diebesgut.«

Molly traute ihren Ohren nicht. »Das ist ein Albtraum!«

Der Wachmann hatte aus einer seiner Uniformtaschen ein Handy gezogen und tippte mit dem Daumen eine Nummer ein. Dabei ließ er Molly keine Sekunde aus den Augen.

»Francesco Marino hat das Kleid bezahlt, oder vermutlich war es einer seiner Mitarbeiter, aber …«

Der Daumen hielt inne und verharrte, was Molly völlig unzweckmäßig erschien, als Zeichen einer etwas seltsamen Billigung über der Tastatur. Mit offenem Mund sah der Wachmann sie an.

»Francesco Marino?«, wiederholte er.

»Ja«, bestätigte Molly zögernd, während sich die Mienen der beiden Männer anerkennend erhellten.

»Es ist sein Hochzeitsgeschenk an sie«, fuhr Molly fort, unsicher, wohin diese Information sie nun bringen würde. Aber zweifellos hatte sich die Stimmung irgendwie geändert. »Na ja, ein Teil des Hochzeitsgeschenks. Sie hat auch etwas von einem Ferienhaus auf den Malediven gesagt …«

»Aus Venedig? *Der* Francesco Marino? Der Geschäftsmann?«

Molly nickte.

Caitlin hatte ihr einmal leicht verlegen erzählt, dass Francesco in weiten Teilen Europas eine bekannte Persönlichkeit sei. Aber Molly, die noch nie etwas von ihm gehört hatte, hatte dem nicht sonderlich viel Beachtung geschenkt. Berühmtheit hatte sie noch nie beeindruckt, das änderte sich jedoch gerade. Allein die Erwähnung von Francescos Namen schien die Spielregeln komplett zu verändern.

»Warum haben Sie das nicht gleich gesagt?« Der Wachmann schien verärgert über ihre Langsamkeit. »Kommen Sie! Folgen Sie mir, wir werden das anderswo klären.«

Einen Moment lang dachte Molly, der Wachmann würde sie umarmen, als er jetzt mit ausgestreckten Armen auf sie zukam. Stattdessen fasste er sie nur höflich am Arm und führte sie zurück in den Hauptbereich des Terminals.

Dann blieb er jedoch stehen und warf ihr einen misstrauischen Blick zu, der fast komisch wirkte. Wie aus einer Kriminalkomödie.

»Ja?«, fragte Molly.

»Sie können doch beweisen, dass Sie Signor Marino kennen?«, fragte er mit finsterer Miene.

»Soll ich ihn anrufen?«

Kaum hatte sie es ausgesprochen, wusste Molly, dass das eine ganz schlechte Idee war.

»Nein, warten Sie.« Francesco durfte nichts hiervon erfahren, das wäre zu peinlich. Und Caitlin würde sie umbringen.

»Streichen Sie das – Pascal kann es bestätigen.« Sie sah sich im Gebäude um und entdeckte Pascal, der hinter einer Glasfront in eine lebhafte Diskussion mit zwei anderen Wachmännern vertieft war. »Der Mann da drüben! Er arbeitet für Delametri, den Designer des Kleids. Er muss den Kaufvertrag in seinem Gepäck haben.«

Der Wachmann stöhnte. »Der verrückte Franzose?«

»Genau der!«

Erst jetzt merkte Molly, dass sich noch jemand in der Halle befand. Sie drehte sich um und stellte verwundert fest, dass Simon an einer Wand lehnte, den Rucksack zu seinen Füßen.

»Oh!«, rief Molly. »Hallo!«

Er salutierte zum Spaß und lächelte. Die Sicherheitstür öffnete sich, und Pascal kam samt den Wachleuten heraus. Er hüpfte förmlich auf und ab, während die Wachen so unauffällig wie möglich versuchten, ihn im Zaum zu halten. »Das erklärt wohl, warum Ihre Verstärkung nicht aufgetaucht ist«, murmelte Molly. »Die sind zu sehr mit Pascal beschäftigt.«

Der Wachmann verdrehte die Augen.

»Tut mir übrigens leid. All das … hier.«

Er sah sie an.

Molly verzog das Gesicht. »Ich bin ein bisschen in Panik geraten.«

»Das tun Kriminelle für gewöhnlich immer.«

Dem konnte Molly nicht widersprechen. »Schwestern von Bräuten auch.«

Darüber musste er lachen. »Einen Moment, bitte.«

Als der Wachmann sie allein ließ, um sich des Tumults um Pascal anzunehmen, kam Simon zu ihr herüber.

»Alles in Ordnung mit Ihnen?«, fragte er.

»Wie viel Zeit haben Sie für die Geschichte?« Molly verdrehte die Augen. »Ich musste mich durch die Gepäckluke stürzen, um an das Kleid zu kommen – die haben Stein und Bein geschworen, es wäre nicht da. Aber Moment mal, wieso sind Sie nicht auf dem Weg nach Venedig?«

Simon zuckte mit den Schultern. »Ich dachte, ich sollte ihn nicht einfach im Stich lassen.« Mit einer Kopfbewegung deutete er auf Pascal. »Und Sie waren so damit beschäftigt, das Kleid zurückzubekommen.«

Er war in der Nähe geblieben, um auf Pascal aufzupassen. Super. »Das war sehr nett von Ihnen.«

»ICH MUSS UNBEDINGT NACH BOLOGNA!«

Pascals Geschrei ließ jedermann im Gebäude herumfahren und in seine Richtung starren.

»Pascal!«, rief Molly, aber er schien sie nicht zu hören.

»Sie verstehen nicht! Ich habe einen dringenden Termin in Bologna.«

»Bologna?«, zischte Simon. »Ich dachte, Sie beide wollen nach Venedig?«

»Er ist durchgedreht«, antwortete Molly. »Er lallt wirres Zeug.« Sie dachte an die Pillen, die Pascal zusammen mit dem Brandy im Flugzeug zu sich genommen hatte. »Haben Sie gesehen, wie viele Pillen er im Flugzeug geschluckt hat?«

»Aha«, mischte sich der Wachmann ein, der unbemerkt zurückgekehrt war. »Sie hatten also doch Drogen dabei.«

Molly war zu erschöpft, um schon wieder in Panik zu verfallen. »Nein, es war irgendein pflanzliches Präparat.« In der Ferne entdeckte sie ihren Retter. »Da ist Sascha, fragen Sie ihn!«

Wie die Flughafenbehörde in Person kam Sascha mit ausgebreiteten Armen auf sie zugeeilt, als wolle er ihnen den Segen erteilen.

»Gentlemen! Lassen Sie diese armen, erschöpften Passagiere in Ruhe!«

»Er steht unter Verdacht«, blaffte ihn einer der Wachleute an.

»Er ist völlig verängstigt!«, sagte Sascha. »Pascal, Monsieur, mein Freund, was haben sie mit Ihnen angestellt?«

»Lassen Sie uns bitte unsere Arbeit machen.« Der Wachmann ging auf Sascha zu, der ihn mit seinem durchtrainierten Körper jedoch bedrohlich überragte.

»Auf keinen Fall. Gentlemen, dieser Mann leidet unter Flugangst. Sein Verhalten war lediglich eine Reaktion auf die Medikamente, die er genommen hat. Sie haben in Ihrer Ausbildung doch sicher gelernt, was die auslösen können. Lassen Sie ihn auf der Stelle gehen.«

Der leitende Wachmann sah Sascha an und hob eine Augenbraue. Dann wandte er sich seinem Kollegen zu, und sie wechselten einen einzigen, entschlossenen Blick.

Schließlich richtete er seine Aufmerksamkeit wieder auf Pascal. »Monsieur, Sie sind verhaftet.«

Entsetzt sah Molly mit an, wie sich Handschellen um Pascals Handgelenke schlossen.

»Nein!«, schrie sie.

»In Moskau regeln wir so etwas anders! Das letzte Wort ist noch nicht gesprochen!« Mit einem empörten Blick auf die Wachleute stürzte Sascha davon.

»Nimm mein Handy!« Ein wild dreinblickender Pascal deutete mit dem Kopf auf die Brusttasche seines Blazers. Molly griff hinein und zog das Handy heraus, bevor die Wachleute sie davon abhalten konnten.

»Mein Anwalt«, rief Pascal Molly zu. »Seine Nummer ist gespeichert.« Dann knurrte er die Wachleuten an: »Das ist ein Skandal! Das Haus Chevalier wird der Schweiz diesen Vorfall niemals verzeihen! Das wird ein Nachspiel haben!«

Dann war er verschwunden, von den drei Wachleuten durch die Sicherheitstür in die Innereien des Flughafengebäudes gezerrt.

Molly und Simon blieben allein zurück. Noch immer presste sie das Kleid an sich und versuchte zu begreifen, was gerade passiert war.

»Die waren kurz davor, das Kleid in Fetzen zu schneiden, um nach Drogen zu suchen«, murmelte sie. »Aber dank des Umstands, dass Pascal den Verstand verloren hat, sind das Kleid und ich für die Schweizer Behörden anscheinend nicht länger von Interesse.«

Simon warf ihr einen skeptischen Blick zu.

»Wie kann man sich nur so bescheuert aufführen«, fuhr Molly fort.

»Und das sagt eine Frau, die sich gerade erst kopfüber durch eine Gepäckluke gestürzt hat«, gab Simon mit hochgezogenen Brauen zurück. »Sie passen zueinander.«

»Ein Punkt für Sie.« Jetzt musste Molly doch lachen.

»Geht es Ihnen gut?«

Sie nickte. »Danke, dass Sie geblieben sind.«

»Das hätte ich um nichts in der Welt verpassen wollen«, erwiderte Simon.

Gedankenverloren starrten sie vor sich hin.

»Ist er früher schon einmal so ausgeflippt?«, fragte Simon.

Molly zuckte mit den Schultern. Woher sollte sie das wissen?

»Jedenfalls«, fuhr Simon fort und strahlte sie an, »können zumindest Sie sich jetzt auf den Weg machen.«

Molly sah ihn überrascht an. »Und was ist mit Pascal?«

»Verständlich, dass Sie sich Sorgen machen, aber er ist erwachsen, lassen Sie ihn allein klarkommen. Sie müssen das Kleid zu Ihrer Schwester nach Venedig bringen Er weiß doch, dass es ein familiärer Notfall ist, oder?«

Molly nickte.

»Dann mal los. Machen Sie sich auf den Weg. Er wird

Sie schon einholen und es verstehen. Sie dürfen auf keinen Fall die Hochzeit Ihrer Schwester verpassen.«

Molly brachte es nicht fertig, ihm zu sagen, dass das nicht der Punkt war. Wenn Caitlin ihre Plätze tauschen könnte, also Molly ins Gefängnis schicken und Pascal mit dem Kleid nach Venedig fahren lassen, würde sie keine Sekunde zögern. Davon war Molly überzeugt. Nein, sie musste mit dem Kleid hierbleiben, bis alles geklärt war.

7. Kapitel

Stunden bis zur Hochzeit: 45
Kilometer bis zur Hochzeit: 550

»Was meinst du mit ›kleines Problemchen‹?« Caitlin klang eiskalt und bedrohlich. »Was für eine Art Problemchen?«

Niedergeschlagen blickte sich Molly in dem kleinen Fughafengebäude um und presste das Handy fest ans Ohr.

»Meine Maschine musste notlanden. Ich bin heilfroh, dass ich noch am Leben bin …«

Caitlin fiel ihr mit einem verärgerten Schnaufen ins Wort. »Irgendetwas ist mit dem Kleid, stimmt's?«

Danke für deine Fürsorge, Schwesterherz. »Die Leute haben geschrien und alles …«

»Ist es zerrissen?«, krächzte Caitlin. »Nicht fertig geworden? Delametri hat mir doch versichert, das wäre es! Ich glaub's einfach nicht! Das ist eine Katastrophe!«

»Es ist keine Katastrophe! Hör zu, dem Kleid geht's prima, ich habe es hier bei mir.«

Während Molly dies sagte, versetzte es ihr einen unbehaglichen Stich. Eigentlich hatte sie den Kleidersack bis jetzt noch gar nicht geöffnet, um nachzusehen, ob mit dem Kleid alles in Ordnung war. Sie hatte ja gar keine Gelegenheit dazu gehabt. Aber sie vertraute Pascal.

»Caitlin, Pascal Lafayette ist mit mir geflogen. Er wird das Kleid noch mal persönlich bei dir anpassen.«

Es folgte langes Schweigen. Molly spürte, wie das Blut in ihren Ohren pochte.

»Könntest du das bitte wiederholen?«

Molly seufzte. Ihr war nicht entgangen, dass Caitlin keine Nachfragen zu dem Beinahe-Flugzeugabsturz hatte. »Es sollte eine Überraschung werden. Delametri hat Pascal mitgeschickt, damit das Kleid wirklich perfekt sitzt.«

Sofort änderte sich Caitlins Tonfall. Sie gab ein seliges Quieksen von sich. »Oooh. Muss man Haute Couture nicht einfach lieben? Diese Aufmerksamkeit für Details! Genial! Wenn ich das Francescos Mum erzähle!«

»Hmm.« Molly fürchtete sich schon davor, was unweigerlich kommen würde.

Sie musste nicht lange warten. »Ist er nicht ein Schatz? Und so, so … *elegant!* Kann ich bitte mit ihm sprechen? Pascal und ich kennen uns ziemlich gut. Delametri hat das Kleid offenbar zwar entworfen, aber Pascal war bei sämtlichen Anproben dabei und hat die Plackerei übernommen.«

»Offenbar.« Molly hatte nichts anderes erwartet.

»Delametri hat ihn sehr gut ausgebildet. Er wird bestimmt für den letzten Schliff sorgen, für den das Haus Delametri bekannt ist. Erstaunlich! Weißt du, selbst das tollste Kleid verliert an Wirkung, wenn es nicht einwandfrei sitzt. Ich hatte selber schon überlegt, Delametri zu fragen, aber wie immer ist er mir einen Schritt voraus!«

»Fantastisch.« Molly seufzte.

»Gib mir Pascal! Ich muss mit ihm reden!«

Dann mal los ... Molly wappnete sich innerlich. »Caitlin, ich würde ihn dir ja gern geben ... aber genau das ist das Problemchen.«

»Spuck's aus.« Der drohende Tonfall war wieder da. »Sofort!«

Molly hielt das Handy ein Stück vom Ohr weg und sagte: »Pascal wurde verhaftet.«

»Wie bitte?« Pavarottis tiefe Stimme war nichts im Vergleich zu Caitlins.

»Sie haben ihn mitgenommen«, antwortete Molly. »Ich weiß nicht, wohin und für wie lange.«

»Das wirst du mir erklären müssen, Molly, meine Liebe.« Wieder ein anderer Tonfall, dieses Mal erinnerte er auf unheimliche Weise an die böse Cruella de Vil aus dem Film *101 Dalmatiner*.

Es gab keine Möglichkeit, die Situation zu beschönigen, also sprang Molly ins kalte Wasser und erzählte die ganze Geschichte. »Also, Pascal leidet unter Flugangst. Als das Flugzeug Probleme bekam, ging es bei ihm auch los.« Suchend sah sich sich im Terminal um und hoffte auf eine Eingebung, wie man die Geschichte irgendwie besser klingen lassen könnte. »Er hat versucht, die Tür zu öffnen, um rauszuspringen. Als die Stewardess ihn davon abhalten wollte, hat er sie zu Boden gerungen.«

»Du willst mich auf den Arm nehmen, oder? Das hat Pascal getan?«

»Cait, ich wünschte, es wäre nur ein Scherz.« Molly

ließ sich mit dem Rücken gegen die Wand fallen, während vor ihrem geistigen Auge alles noch einmal ablief. »Er hat etwas zur Beruhigung genommen, irgendwelche Pillen, zwei oder so, vielleicht auch mehr. Jedenfalls zu viele, und er ist einfach *ausgerastet*. Er hat wirres Zeug geredet, musste für den Rest des Flugs festgehalten werden und wurde nach der Landung sofort von den Sicherheitsbeamten in Empfang genommen. Und mittlerweile ist er offiziell verhaftet und von drei Schweizer Sicherheitsbeamten abgeführt worden, vermutlich aufs Revier, obwohl ich mir da nicht sicher bin.« Sie wünschte, es gäbe jemanden, den sie fragen könnte. »Ich bin noch im Flughafen, habe aber keine Ahnung, wo er jetzt steckt. Ich versuche es herauszufinden.«

»Warum hast du nichts unternommen?«, schrie Caitlin.

»Ich konnte nicht.« Molly fühlte sich in der Defensive. »Ich wurde von anderen Sicherheitsleuten in der Gepäckaufbewahrung festgehalten.«

Schweigen. Dann: »Wie bitte?«

»Ähm, was ich meine, ist …« Molly verstummte und hätte sich selbst in den Hintern treten können. Diesen Teil der Geschichte hatte sie eigentlich unterschlagen wollen. Warum verwandelte sie sich bei jedem Gespräch mit Caitlin wieder in die zehnjährige kleine Schwester, die immer unrecht hat?

Ein bebendes Atmen drang durch den Hörer. »Ich. Glaube. Es. Einfach. Nicht.«

»Hör zu Caitlin, vergiss das alles«, sagte Molly. »Wichtig ist nur, dass ich in der Schweiz und nicht bei einem schrecklichen Flugzeugabsturz ums Leben gekommen bin.« Für Molly war das ziemlich wichtig, für Caitlin dagegen anscheinend nicht. »Und ich habe dein Kleid. Es ist also alles in bester Ordnung.«

»In Ordnung?«, wetterte Caitlin. »Nichts ist in Ordnung!«

»Schrei bitte nicht so, Caitlin, okay?« Molly war froh, dass außer den Staubmäusen und Gepäckwagen niemand dieses Gespräch mitanhörte. »Mein Tag war schon schlimm genug, auch ohne dass du mich anpflaumst!«

»Was hast du denn erwartet?«, fauchte Caitlin. »Ich kann nicht glauben, dass du das zugelassen hast, nein streich das. Ich glaube es nur allzu sehr.« Jetzt kam es. »Also ehrlich, Mol. Du hast es mal wieder geschafft.«

Da war es. Molly spürte, wie sie innerlich schrumpfte, ein Gefühl, das sie ihre gesamte Kindheit über gekannt hatte. Eine Welle der Hilflosigkeit stieg aus ihrer Magengrube auf und weckte den Wunsch, sich im Schneidersitz auf den Boden zu hocken und zu loszuheulen.

»Ich kann doch nichts dafür«, flüsterte sie, erschrocken, wie dünn ihre Stimme klang.

»Natürlich nicht. Hast du das nicht auch am Abend meines Abschlussballs gesagt? Das war auch wichtig für mich, ach … was soll ich denn jetzt machen?«

»Es tut mir leid, Cait«, war alles, was Molly einfiel. »Cait? Hallo?«

Sie konnte nicht fassen, dass Caitlin einfach aufgelegt hatte. Wütend drückte Molly auf Wahlwiederholung, überlegte es sich dann aber anders und unterbrach die Verbindung. Bei Streitereien mit ihrer großen Schwester zog sie immer den Kürzeren; die Chancen, ihre Seite der

Geschichte verständlich zu machen, waren im Augenblick gleich Null.

Molly ließ sich auf einen orangefarbenen Plastikstuhl fallen und fühlte sich noch jämmerlicher als nach dem Desaster mit Reggie. Du meine Güte! War das tatsächlich erst gestern gewesen?

Fast auf den Tag genau vor vierzehn Jahren hatte Caitlin aufgeregt ihrem Abschlussball an der Highschool entgegengesehen. Molly, damals erst zehn Jahre alt, war fast genauso aufgeregt gewesen wie ihre große Schwester, nur dass ihre Aufregung nichts mit Tanzen, Makeup oder Jungs zu tun hatte.

Caitlins neues Kleid war das Schönste gewesen, was Molly je in ihrem Leben gesehen hatte. Das kirschrote Seidenkorsett war mit winzigen Pailletten verziert, und der Seidenrock wurde von mehreren pinkfarbenen Tüllschichten getragen, die ihm »Stand« verliehen, wie Molly es von den Kleidern aus ihren Märchenbüchern kannte.

Molly hatte immer gern Modenschau mit ihren Puppen und Teddys gespielt, sie in Bräute und Supermodels verwandelte, aber dieses Kleid war etwas völlig anderes. Molly war davon überzeugt, dass es der Anblick dieses Kleids gewesen war, der sie darauf brachte, ihr Leben mit Mode verbringen zu wollen.

Die großgewachsene, strohblonde Caitlin sah wunderbar darin aus. Aber Molly, wie berauscht von der Schönheit des Kleids und geradezu davon *besessen*, behilflich zu sein, hatte beschlossen, ihre Schwester damit zu überraschen, indem sie dieses Kleid noch ein bisschen besonderer machte. Also stand sie mitten in der Nacht auf und arbeitete stundenlang im gespenstischen Schein der Schreibtischlampe. Mit einer dicken Stopfnadel und grüner Wolle aus dem Strickkorb ihrer Mutter verband sie die Pailletten miteinander.

Wie eine ganz besondere Halskette, hatte sie gedacht.

Damit der märchenhafte Tüllunterrock besser zur Geltung kam, hatte sie einen breiten Streifen vom Saum abgeschnitten, ihn zu einer großen Rosette geformt und an die Taille geheftet, und dies schlauerweise – wie sie fand – mit dem schweren Tacker, den sie in der Schreibtischschublade gefunden hatte. Als krönenden Abschluss sozusagen hatte sie mit ihrem Klebestift aus dem Kunstunterricht Längsstreifen auf dem Rock gezogen und diese mit Glitter bestreut. Dann hatte sie das Kleid in den Schrank zurückgehängt, war wieder ins Bett geschlichen und so zufrieden mit sich gewesen, dass sie in dieser Nacht vor Aufregung kein Auge mehr zutat.

Molly hielt sich für die gute Fee, und Caitlin war Cinderella.

Am nächsten Morgen jedoch hatte Caitlin, als sie das Ergebnis sah, unter Tränen geschworen, dies ihrer Schwester niemals zu verzeihen. Und so wie es aussah, hielt sie Wort.

Molly zuckte zusammen, als ihr Handy klingelte. Sie sah auf die Anzeige und seufzte. Es war wieder Caitlin.

»Molly? Was ist passiert?«

Es war nicht Caitlin. Sondern eine Männerstimme. Francesco.

Er klang nicht wütend. Eher *enttäuscht*, so wie ein

Lehrer von einer Schülerin, die ihre Hausaufgaben nicht rechtzeitig abgegeben hat.

Molly hatte keine Ahnung, wie sie mit Caitlins Verlobtem reden sollte.

»Francesco«, begann sie und bemühte sich, locker zu klingen, »das Ganze ist leider ein wenig abenteuerlich. Aber wir werden es schon schaffen. Wie geht es dir? Schon aufgeregt wegen des großen Tags?«

»Caitlin ist sehr unglücklich«, erwiderte Francesco. »Sie sagt, die Hochzeit wäre ruiniert. Was hast du getan?«

Da war es wieder. Alles Mollys Schuld.

»Was ich getan habe?«, wiederholte sie. »Nun, Francesco, ich bin nicht sicher, ob ich beschuldigt werden möchte, deine Hochzeit zu ruinieren, wenn alles, was ich bisher getan habe, darin besteht, einen Beinahe-Flugzeugabsturz zu überleben und als Dank für meine Kurierdienste beinah eingekerkert zu werden. Wärst du so nett, meiner Schwester auszurichten, dass ihr Kleid in der nächsten Maschine nach Venedig sein wird?«

Warum hatte sie das gesagt? Es gab keine Flüge. Aber Molly war zu erschöpft, um ihm all das jetzt aufzudröseln. Sie wollte Francesco einfach nur loswerden.

»Wo bist du jetzt?«, fragte er.

»Das Flugzeug musste in den Alpen notlanden und wir hatten ein paar Probleme mit dem Zoll. Pascal wurde verhaftet, aber nur wegen seiner Panikattacke im Flugzeug. Abgesehen davon, würde ich sagen, ist alles mehr oder weniger unter Kontrolle.«

Molly wollte nicht sarkastisch klingen. Sie wollte Francesco lediglich den Eindruck vermitteln, dass sie in der Lage war, mit allem zurechtzukommen. Sie spürte jedoch, dass ihre Worte irgendwie anders herausgekommen waren. Im Hintergrund hörte sie ihre Schwester murmeln und herumstampfen und hatte sofort wieder dieses ungute Gefühl in der Magengegend.

»Sag das mit Pascal noch mal. *Verhaftet?*« Francesco klang immer noch ruhig, aber man hörte ihm die Verwirrung an.

»Ja, aber du musst dir keine Sorgen machen.« Molly wurde zunehmend klar, wie jämmerlich sie klingen musste.

»Hmm …«

»Hör zu, Francesco.« Sie ließ sich nicht anhören, dass sie drauf und dran war, sich bäuchlings auf den Boden zu werfen und in Tränen auszubrechen. »Wenn ich Pascal nicht hier rauskriege, werde ich ihr das Kleid höchstpersönlich anpassen. Würdest du ihr das bitte sagen? Und sie daran erinnern, dass ich meine Abschlussprüfung in Modedesign mit Auszeichnung bestanden habe und meine Schneiderkünste seit damals, als ich zehn war, einige Fortschritte gemacht haben.«

Francesco schien zu überlegen und sagte dann: »Einen Moment, bitte.« Molly hörte, wie er das Telefon zuhielt und ihrer Schwester alles berichtete. Deren Antwort auf Mollys Angebot musste er jedoch nicht wiederholen. Das »Nur über meine Leiche!« der schluchzenden Caitlin war laut genug, dass Molly es auch gehört hätte, wenn unmittelbar neben ihr ein Jumbojet gestartet wäre.

Um nicht noch mehr verhaltene Enttäuschung seitens Francescos über sich ergehen zu lassen, sagte sie einfach: »Ich melde mich, wenn wir unterwegs sind«, und legte auf.

»Es läuft wohl nicht gut, wie?«

Simon setzte sich auf den Sitz neben ihr, fasste sie behutsam beim Handgelenk und zog ihr eine Hand vom Gesicht. Er musste sich nah zu ihr beugen, um ihr in die Augen sehen zu können. Molly war auf lächerliche Weise dankbar für die Anwesenheit eines anderen menschlichen Wesens, und Simons freundliches Gesicht war voller Anteilnahme und ohne den Hauch eines Vorwurfs.

»Es ist Murmeltiertag«, stöhnte Molly. »Ich werde nie von hier wegkommen, Pascal wird in einer Zelle verrotten, meine Schwester hasst mich abgrundtief, und dieses verflixte Kleid ist vermutlich ruiniert, nachdem es unter den Kisten eingequetscht war. Was rege ich mich also auf?«

»Was für ein Horrortrip«, meinte Simon und sah sie mitfühlend an.

»Sie sagen es.«

Molly blickte auf. »Ach, übrigens, Simon?«

»Ja?«

»Warum sind Sie immer noch hier?«

Er zuckte mit den Schultern. »Ich konnte keinen Wagen auftreiben. Außerdem habe ich mir Sorgen um Sie gemacht.«

»Oh!« Die Antwort war so unerwartet und voller Wärme, dass Molly spürte, wie ihr die Tränen kamen.

»Danke, aber ich komme schon klar. Sie sollten gehen – Yvonne wird sich sonst Sorgen machen.«

»Ihr geht es momentan gut«, erwiderte er. »Was haben Sie jetzt vor?«

»Nun, ich habe Pascals Handy und warte auf den Rückruf seines Anwalts. Hoffentlich spricht er gut genug Englisch, denn ich weiß nicht, was ›Panikattacke über den Wolken, möglicherweise durch Drogen verursacht, zuzüglich tätlicher Angriff‹ auf Französisch heißt.«

»Ich auch nicht.« Simon schmunzelte. »Kann da nicht jemand vom Flugpersonal aushelfen?«

Molly schüttelte den Kopf. »Das bezweifle ich. Nach all dem Ärger, den wir verursacht haben, ist es wohl besser, sich möglichst unauffällig zu verhalten.« Dann kam Molly eine Idee. »Ich werde Delametri anrufen!«, rief sie. »Er wird alles in Ordnung bringen.«

Simon sah sie einen Moment lang verständnislos an. »Der Modeschöpfer?«, riet er.

Molly rief im Menü Pascals Kontakte auf und ging die Namen durch. Ein freudiger Schauer durchfuhr sie, als sie auf Delametris private Handynummer stieß.

Molly nickte. »Er ist Franzose. Er wird alles in Ordnung bringen!«

»Das ist nicht zwangsläufig die logische Konsequenz«, bemerkte Simon.

Molly warf ihm einen vernichtenden Blick zu und scrollte zurück zu Delametris Nummer. »Er besucht seine Mutter in Marseille«, informierte sie ihn und sonnte sich in dem Gefühl, eingeweiht zu sein in den Aufenthaltsort ihres Helden. »Aber das hier ist ein Notfall, und er wird seinem Assistenten aus der Klemme helfen wollen. Immer noch besser als ein Anwalt. Und wesentlich preiswerter.«

Simon sah sie seltsam an.

Sie erwiderte seinen Blick. »Ich komme aus Yorkshire. Wir gehen sorgsam mit unserem Geld um.«

Als sie die Wähltaste drückte, zitterten ihre Hände.

Delametri ging sofort ran. »Pascal?«

Molly musste ihre ganze Konzentration aufwenden, um der Situation gewachsen zu sein. Sie drehte sich zu Simon, zeigte auf das Handy an ihrem Ohr und grinste wie ein Idiot, wobei sie mit den Lippen die Worte »Er ist es! Er ist es!« formte. Simon hob jedoch nur ratlos die Hände und zuckte mit den Schultern.

»Monsieur Chevalier«, sagte Molly. Sie bemühte sich, offiziell zu klingen und nicht wie ein Teenager, der den Star einer Boygroup anruft. »Hier ist nicht Pascal, sondern Molly Wright. Caitlins Schwester.«

»Allo? Wer? Wer ist da?« Im Hintergrund herrschte ein unglaublicher Lärm. Entweder hatte Delametris alte Mutter den Fernseher zu laut aufgedreht oder sie schmiss gerade eine Riesenparty.

»Molly Wright!«, schrie sie »Caitlins Schwester. Wir haben gestern wegen des Hochzeitskleids miteinander gesprochen.«

»Wer?«, schrie Delametri zurück.

Molly seufzte, verdrehte die Augen und sagte: »Francesco Marinos zukünftige Schwägerin.«

»Ah, ja! Mademoiselle!« Molly war begeistert. Er erinnerte sich an sie. Delametri Chevalier erinnerte sich an *sie.* »Sie müssen mir verzeihen. Ich bin auf einer Party und es ist sehr laut … einen Moment bitte.«

Molly hörte, wie er mit einem dämpfenden Geräusch den Hörer zuhielt und sehr schnell auf jemanden in seiner Nähe einsprach. Es klang jedoch nicht Französisch, sondern eher Italienisch.

»Sorry, sorry, was ist denn passiert?«, fragte er sie dann. »Ich konnte nicht … ah! *Cameriere, altro champagne per i miei amici!*«

»Entschuldigung …? Monsieur Chevalier? Sind Sie noch dran? Hallo?«

Molly konnte Schritte hören, während die Partygeräusche leiser wurden. Als er sich wieder meldete, war er wesentlich besser zu verstehen.

»Gibt es ein Problem, Mademoiselle? Gefällt Monsieur Marino das Kleid?«

»Eh? Monsieur Marino? Francesco? Er hat es noch gar nicht gesehen. Es gibt ein Problem. Unsere Maschine wurde umgeleitet zum Flughafen Sion …«

»Wohin?«

»Ich hatte auch noch nie davon gehört. Das ist in der Schweiz, irgendwo in den Alpen.« Sie holte tief Luft. »Aber Pascal wurde verhaftet und ins Gefängnis gesteckt. Könnten Sie mir helfen, ihn da wieder herauszubekommen?«

Jetzt war er ganz Ohr. Also erzählte Molly ihm die ganze Geschichte, wiederholte das meiste mehrmals, da er sich anscheinend Notizen machte, und gab ihm so viele Informationen, wie sie konnte. Sie schaffte es sogar, recht heldenhaft zu klingen, als sie die Rettung des Kleids aus den Tiefen des Gepäcklagers schilderte.

Delametri hörte die meiste Zeit schweigend zu und warf nur gelegentlich ein »Ja« ein, um sie zum Weiterreden zu ermuntern.

»Der liebe Pascal ist noch nie gern geflogen«, sagte er schließlich, nachdem Molly geendet hatte. »Ich werde ein paar Anrufe tätigen.«

»Vielen Dank!« Er war einfach großartig: genialer Modeschöpfer und Menschenfreund.

»Ach, und Mademoiselle?«

»Ja?« Molly lächelte und wartete auf seinen Dank.

»Monsieur Marino muss nicht unbedingt von Pascals … kleiner Schwäche erfahren.«

»Ne…ein, natürlich nicht.« Mollys Gesicht war feuerrot. Schließlich hatte sie es Francesco schon erzählt … Aber mit der herumbrüllenden Caitlin im Hintergrund hatte er es womöglich gar nicht mitbekommen. »Warum sollte ich das tun?«

»Und, Mademoiselle?«

»Ja?« Sie hielt den Atem an. Wenn sie alles gut über die Bühne bekam, war vielleicht immer noch ein Praktikum für sie drin.

»Halten Sie das Kleid immer in einer aufrechten Position, ja?«

»Äh, unbedingt. Wie sollte ich es sonst aufbewahren?«

»Ich bin froh, das zu hören. Ach, und noch eine Sache …«

Jetzt kam es …

»Ich weiß zu schätzen, dass Sie alle erdenklichen, ja

sogar kriminellen Anstrengungen unternommen haben, um das Kleid zu finden.«

»Tja, danke!« Molly war unsicher, ob das nun ein Kompliment gewesen war oder nicht. Aber mehr würde sie wohl nicht bekommen. »Für ein so wunderbares Kleid würde ich …«

Aber er hatte aufgelegt. Reglos saß Molly da, starrte das Telefon an und hielt es so vorsichtig, als befände sich ein kleiner Delametri Chevalier darin, der nicht gestört werden durfte. Sie hatte mit ihm gesprochen. Jetzt schon zweimal! Quasi Geschäfte mit ihm gemacht – und es überlebt. Eines stand fest: Er würde wohl kaum das Mädchen vergessen, das Gesetze brach, um ein Delametri-Chevalier-Kleid zu retten. Es war demnach bestimmt nur eine Frage der Zeit, wann sie ein Praktikum bei ihm anfing.

»Alles geklärt?« Simon hatte sich etwas entfernt, damit sie ungestört telefonieren konnte, und stand geduldig wartend an der Kaffeebar.

Molly atmete erleichtert aus. »Ich denke schon.« Als sie das Handy wieder einsteckte, zitterten ihre Hände immer noch. »Was für ein Tag!«

Der Kleidersack lag – nicht im Mindesten aufrecht – zusammengesackt über drei Stühle verteilt und schien sie zu verspotten. Delametris Anweisungen im Ohr, eilte Molly hinüber und strich das Kleid so gut es ging glatt.

»Delametri kümmert sich um die Angelegenheit. Er ist ein einflussreicher Mann. Wie eigentlich alle Top-Modedesigner, wissen Sie.«

»Wusste ich nicht.« Sein Tonfall war neckend. »Bis ich dieses Flugzeug bestieg und neben dieser verrückten Frau saß.«

Molly schaffte es zu lächeln. »Das sind sie wirklich! Es ist ein riesiges, Multimillionen-…«

»Okay, okay!« Kapitulierend hob er die Hände.

»Jedenfalls wird er ein paar Leute anrufen. Ich muss einfach bis zum Ende bleiben.«

Sie sahen einander an. Molly fühlte sich sonderbar.

»Also«, fuhr sie fort. »Das war's dann wohl. Sie brauchen nicht länger dableiben. Ich komme schon klar. Aber … danke.«

»Sind Sie sicher?« Er beugte sich vor und griff nach seinem Rucksack.

»Ich kann Ihnen gar nicht genug für Ihre Unterstützung danken, Simon.«

»Gern geschehen.« Er lächelte. Er hatte *wirklich* ein nettes Lächeln.

»Nein, ehrlich«, beharrte Molly. »Ich weiß es mehr zu schätzen, als ich sagen kann.« Jetzt wurden sie beide rot. Sie wollte ihn wissen lassen, dass augenscheinlich niemand außer ihm auf ihrer Seite gewesen war, aber das erschien ihr so … hilfsbedürftig. »Hey, viel Glück beim Filmfestival. Ich werde in allen Hochglanzmagazinen nach Ihnen Ausschau halten.«

»Oh … danke. Ich bezweifle, dass Sie mich da finden werden.«

Nettes Lächeln *und* auch noch bescheiden.

»Es war schön, Sie kennenzulernen, Molly«, sagte er leise und nahm ihre Hand.

Dann schulterte er seinen Rucksack und ging. Molly blieb allein zurück.

Sie sah ihm nach, wie er leichten, ausholenden Schritts auf das geschäftige Zentrum der Flughafenhalle zuging, und fühlte sich unerklärlicherweise traurig. *Was für ein netter Kerl,* dachte sie, bevor sie widerwillig den Blick von ihm losriss und zu dem Kleid hinüberging, um es noch ein bisschen ordentlicher hinzulegen.

8. Kapitel

Stunden bis zur Hochzeit: 42
Kilometer bis zur Hochzeit: 550

Während der folgenden drei Stunden hatte Molly viel Zeit, dafür zu sorgen, dass sich das Kleid in einer aufrechten Position befand. Sie hatte sich nicht von der Stelle gerührt.

Von Sascha erfuhr sie, dass sich die Polizisten wegen des schlechten Wetters geweigert hatten, Pascal aufs Revier in den Ort zu bringen. Stattdessen hatte man ihn in einen Pausenraum auf der anderen Seite der Landebahn eingesperrt, wo er in Anwesenheit eines bewaffneten Wachmanns verhört wurde.

»Der Ärmste. Die gesamte Luftfahrtbranche sollte sich schämen«, sagte Sascha. »Ich habe eine Ausbildung für den Umgang mit Menschen, die unter Flugangst leiden.«

»Was tun Sie in so einem Fall?«, fragte Molly.

»Wir reden mit den Leuten, beruhigen sie, erklären, was passiert – hätte doch nur ich im vorderen Teil der Maschine Dienst gehabt und nicht Consuela! Ich hätte ihn beiseitegenommen und mich *persönlich* um ihn gekümmert.«

Sein Gesichtsausdruck verriet Molly, dass dieses Kümmern vermutlich wirklich sehr persönlich ausgefallen wäre.

Stunden vergingen. Sascha pendelte weiter hin und her, um sie auf den neuesten Stand zu bringen. Meist verkündete er jedoch nur, dass es kaum Fortschritte gab, und fauchte, er würde dieser idiotischen Schweizer Polizei nur zu gern eine Lektion erteilen.

»Brauchen Sie nicht mal eine Pause?«, fragte Molly irgendwann.

Er winkte ab. »Pause? Nicht, bevor dieses Debakel geregelt ist.«

Molly, die von dem vielen Kaffee aus dem Automaten schon ganz nervös und zapplig geworden war, starrte wütend auf Pascals Handy und schüttelte es ab und zu, als könne sie Delametri auf diese Weise dazu bringen, endlich zurückzurufen und ihr zu sagen, dass alles in Ordnung sei. Und wenn er ihr nebenbei einen Job anbot, weil sie eine so großartige Person war, wäre das auch okay …

Aber er rief nicht an.

Als der Abend langsam in die Nacht überging, fiel ihr jedoch auf, dass das Flughafenpersonal sein Verhalten ihr gegenüber änderte. Die feindseligen Blicke und das misstrauische Gemurmel wichen freundlichen Fragen, ob es ihr gut gehe, und man bot ihr Kaffee, Kekse und Decken an.

»Sie werden ihn jetzt bald gehen lassen!« Saschas Augen strahlten. »Ich habe gerade mit einem Sicherheitstypen gesprochen – sie haben den ganzen Abend Anrufe von irgendeinem hohen Tier erhalten …«

»Echt? Na Gott sei Dank.« Molly sprang auf und fiel Sascha spontan um den Hals. »Ich wusste, dass Delametri alles in Ordnung bringt.«

»Langsam, Baby. Wenn das Ihr Freund sieht! Wo ist er überhaupt hin?«

»Mein Freund?«, wiederholte Molly. *»Reggie?* Unterwegs nach Los Angeles. Woher wissen Sie das überhaupt?«

Jetzt war Sascha an der Reihe, verständnislos zu gucken. »Der Typ mit dem Rucksack!«

Da dämmerte es Molly. »Ach so! Sie meinen Simon! Nein, er ist nicht mein Freund.«

»Wirklich nicht?«

»Wir sind uns nie zuvor begegnet. Er hat mir mit Pascal geholfen und ist dann noch geblieben, um zu sehen, ob ich zurechtkomme.«

Sascha zog die Augenbrauen hoch. »Das hat er alles für Sie getan?« Er strich sich übers Kinn und warf ihr einen verschmitzten Blick zu. »Netter Kerl.«

Molly kicherte über seinen anzüglichen Ton. »Stimmt, er ist ein netter Kerl. Aber mein Freund ist er nicht.«

»Schade«, sagte Sascha und wandte sich zum Gehen. »Sie passen gut zueinander.«

»Er ist jetzt auf dem Weg nach Venedig«, sagte Molly, ohne auf seine Bemerkung einzugehen.

»Heute Nacht? Ohne Flüge und Züge?« Sascha wirkte erstaunt, dann lächelte er Molly an. »Warten Sie einen Moment«, rief er und verschwand.

Sobald er weg war, verflüchtigte sich auch Mollys Lächeln. Reggies Namen auszusprechen hatte traurige Erinnerungen an die Trennung in Paris geweckt.

»Reggie«, flüsterte sie und seufzte laut. Wie viel einfacher wäre wohl alles gewesen, wenn sie ihn an ihrer Seite gehabt hätte? Wie konnte er sie nur observieren und diese Katastrophe allein durchstehen lassen? Das war unverzeihlich. Doch dann wurde ihr klar, dass es für ihn keinerlei Bedeutung hatte, ob sie ihm verzieh. Weil er ihr den Laufpass gegeben hatte. Und sie war ganz auf sich gestellt.

»Ob ich hier irgendwo einen Kaffee bekomme?«

Molly wirbelte herum und sah Pascal vor sich stehen, kreidebleich, angeschlagen und trotzdem eleganter wirkend, als sie es wohl je sein würde.

Molly sprang auf und fiel ihm um den Hals. »Pascal! Alles in Ordnung mit dir? Was haben die mit dir gemacht?«

Behutsam schob er sie von sich, seine Miene ein Bild tiefsten Gedemütigtseins. »Lass. Mir geht es gut. So etwas ist mir noch nie passiert, und ich schäme mich so. Ich kann gar nicht glauben, dass ich dich so lange aufgehalten habe.«

Molly winkte ab. Sie sah ihm an, wie mitgenommen er war, und bemühte sich, möglichst locker und fröhlich zu klingen. »Mach dir keine Gedanken. Wir haben alle mal einen schlechten Tag.«

»Schlechten Tag?«, schrie er. »Noch nie habe ich einer Frau wehgetan! Noch nie! Ich war außer mir, aber das ist keine Entschuldigung! Ich kann mich nicht mal daran erinnern, aber auch *das* ist keine Entschuldigung!«

Molly suchte verzweifelt nach einer tröstenden Bemerkung. »Hör zu, wir wissen alle, dass das ein Ausrutscher war«, flunkerte sie. »Wir waren besorgt, du könntest dich selbst verletzen. Das ist alles. Aber jetzt geht es dir wieder gut, oder?«

Sie musste sich hinunterbeugen, um ihm in die Augen sehen zu können, die zutiefst beschämt den Fußboden fixierten. »Oder?«

Er sah sie an. »Ich habe mich bei der Stewardess entschuldigt, und sie war so gütig, meine Entschuldigung anzunehmen.«

»Das freut mich …«

»Aber ich werde mir selbst niemals verzeihen! Ich brauche irgendeine Therapie, eine …«

»Kaffee?«, fragte eine sexy Stimme mit russischem Akzent.

Pascal wirbelte herum. »Sascha!«

Der Blick, den die beiden Männer wechselten, ließ Molly ihre Sorgen einen Moment lang vergessen.

»Ich, ähm, gehe mich mal nach den Flügen erkundigen …«, sagte sie, obwohl ihr ohnehin niemand zuzuhören schien. »Ihr zwei könnt euch ja auf den neuesten Stand bringen und dabei bitte auf das Kleid aufpassen.«

»Du musst mir alles erzählen«, beschwor Sascha Pascal. »Ich werde diese miese Fluglinie verlassen! Wir werden sie verklagen!«

»Ich bin dann mal weg …« Molly wollte sich zurückziehen.

»Nein! Ich war ja so ein Idiot, so ein bescheuerter Idiot!« Pascal war den Tränen nahe und ließ den Kopf an Saschas prachtvoll muskulöse Schulter sinken.

Molly sog hörbar die Luft ein, zeigte melodramatisch

in Richtung Ausgang und rief: »Oh, seht nur! Eine steppende Giraffe!«

Immer noch keine Reaktion. Doch zumindest konnte Molly wieder lächeln, als sie sich auf den Weg zum Informationsschalter am anderen Ende des Terminals machte.

Der geschlossen war.

Ein handgeschriebener Zettel klebte daran, auf dem in vier Sprachen stand: *Bis morgen 6:00 Uhr keine Informationen zu Flügen. Danke.*

Molly sah sich um. Der Terminal war so gut wie ausgestorben. Die Kaffeestände, Souvenirläden und – wichtiger noch – die Mietwagenschalter lagen hinter heruntergelassenen Metallgittern vor den Türen im Dunkeln. Die Anzeigetafeln für An- und Abflüge über ihr waren gespenstisch schwarz. Ein einzelner Gebäudereiniger schob eine elektrische Poliermaschine vor sich her. Abgesehen davon schien das Gebäude jedoch geschlossen worden zu sein, ohne dass sich jemand die Mühe gemacht hatte, sie aufzufordern, es zu verlassen.

Auf dem Rückweg zu Sascha, Pascal und ihrem Gepäck überlegte Molly, welche der Plastikbänke wohl am bequemsten wäre, um darauf die Nacht zu verbringen. Es war Mitternacht. Noch sechs Stunden, bis der Informationsschalter wieder öffnete! Caitlin würde an die Decke gehen. Mal wieder.

Die beiden Männer unterhielten sich angeregt, die Köpfe dicht zueinander gebeugt. Jeder, der sie sah, hätte geschworen, dass sie schon seit Jahren enge Freunde waren. Sogar ihre Körpersprache glich sich. Die expressiven Handbewegungen, das Neigen des Kopfs, die Beinhaltung, wie sie einander berührten. Pascal erzählte Sascha gerade von seinem Martyrium in der provisorischen Gefängniszelle.

»Ich durfte nicht einmal allein für kleine Jungs! Und dann, einfach so«, er schnipste mit den Fingern, »waren sie wie ausgewechselt. Stinkfreundlich, haben sich bei mir entschuldigt, in aller Eile den Papierkram erledigt, damit ich gehen konnte – unglaublich!«

»Der Einfluss eines mächtigen Mannes!«, murmelte Sascha. »Der Polizist erzählte mir, dieser Gentleman wäre äußerst charmant gewesen.«

»Oh, Delametri kann das durchaus«, meinte Pascal ein wenig kühl. »Wenn er will.«

»Der Mann hätte die Situation aufklären können und sei so total, na ja, *normal* gewesen. Ist es nicht komisch, dass die einflussreichsten Leute oft am unkompliziertesten sind?«

Pascal schnaubte. »Delametri? Unkompliziert? Wohl kaum. Vermutlich hat der Polizist nur das gehört, was er hören wollte – oder er ist ein Bewunderer des Hauses Chevalier.«

»Wer ist das nicht?«, fragte Sascha.

Molly verdrehte die Augen und grinste. Was für ein Schöntuer!

»Er muss große Stücke auf dich halten«, fuhr Sascha fort.

Pascal schüttelte den Kopf. »Er ist vor allem auf seinen Ruf bedacht. Ich bin in seinem Unternehmen nur ein Rädchen im Getriebe.«

»Ein Rädchen? Was ist ein Rädchen? Egal, du bist sicher mehr als das.«

»Ich unterbreche ja nur ungern.« Molly hatte entschieden, nicht länger warten zu wollen.

»Pardon!« Wie unartige Teenager, die beim Knutschen erwischt worden waren, richteten die beiden Männer sich auf und hörten sich an, was sie Neues zu berichten hatte. »Wir sitzen hier also bis morgen früh fest«, schloss sie.

»Aha.« Pascal wirkte nicht im Mindesten enttäuscht.

»Wie schade.« Sascha ebenso wenig. »Ich bringe euch zu einem Hotel in der Stadt«, bot er begeistert an. »Ich kenne eins, das ideal für uns ist. Und ich kann mir einen der Wagen vom Flughafen leihen.«

Im Nu war Pascal auf den Beinen, schnappte sich seinen sagenhaften Koffer und steuerte auf den Ausgang zu. »Wollen wir?«, strahlte er.

»Los geht's!« Mit einem Bund Autoschlüssel klimpernd beeilte sich Sascha ihn einzuholen.

Wenn ihr sicher seid, dass ich euch nicht zu sehr störe, dachte Molly und bildete müde die Nachhut.

*

Stunden bis zur Hochzeit: 33
Kilometer bis zur Hochzeit: 550

Molly erwachte, nachdem sie ein paar Stunden unruhig geschlafen hatte. Ein heulender Sturm rüttelte an den hölzernen Fensterläden ihres überheizten Hotelzimmers. Sie setzte sich auf, rieb die Augen und brauchte einen Moment, um sich zu besinnen, wo sie war.

»Scheiße!« Als ihr der Albtraum vom Vortag wieder einfiel, ließ sie sich zurück aufs Kissen fallen.

Es war zehn vor sechs. Und sie musste sich um den Weiterflug kümmern.

Neun Minuten später stand sie geduscht und angezogen an der Hotelrezeption und flehte die Empfangsdame an, sie ihren Computer benutzen zu lassen, damit sie nachsehen konnte, welche Flüge heute gingen. Ihre Worte überschlugen sich förmlich, aber erstaunlicherweise sprach die Empfangsdame perfekt Englisch und hörte ihr verständnisvoll zu.

»Lassen Sie mich das machen«, sagte sie schließlich lächelnd und fügte taktvoll hinzu: »Ich kenne die Gegend und komme vermutlich besser zurecht als Sie.«

»Tausend Dank!« Molly hätte die Frau umarmen können. Sie ließ sich in einen bequemen Sessel neben dem neu entzündeten Kaminfeuer sinken und wartete.

Das Hotel, ein Holzhaus im traditionellen Alpenstil, hatte etwas von einer Puppenstube. Molly stellte sich vor, wie es in der Hochsaison vor begeisterten Skifahrern aus allen Nähten platzen musste. Von mittlerer Größe und mit seiner herzlichen Atmosphäre hatte es überhaupt keine Ähnlichkeit mit der frostigen Schweizer Jugendherberge, in der sie vor gut zehn Jahren während einer katastrophalen geologischen Klassenfahrt gewohnt hatten. Die hatte ihr die Lust auf Berge gründlich vermiest. Hier jedoch konnte sie sich gemütliche Abendessen, Glühwein, heißen Kakao und jede Menge Spaß in den majestätischen Schweizer Alpen vorstellen. Wenn sie nur nicht so erschöpft wäre …

Trotz der frühen Stunde waren schon einige Gäste auf den Beinen. Im Restaurant wurde bereits Frühstück serviert, und um Molly herum unterhielten sich gedämpfte Stimmen in allen möglichen Sprachen.

»Ich habe gute Nachrichten.« Strahlend hielt ihr die Empfangsdame einen Computerausdruck entgegen.

»Super!« Molly sprang auf.

»Sie werden es kaum glauben, aber heute Morgen geht ein einziger Flug, in dem es noch Platz gibt.«

»Ja!« Das Glück war ihr hold.

»Und Sie haben wirklich Glück, weil Sie den letzten freien Platz bekommen haben.«

Molly rieb sich die Stirn. »Aber ich brauche zwei Plätze.«

Das Gesicht der Rezeptionistin zuckte leicht. »Sie sind doch allein hier angekommen«, meinte sie.

»Nicht wirklich. Mein Reisebegleiter ist bei, ähm, einem Freund. Es tut mir wirklich leid, aber könnten Sie das bitte noch mal nachprüfen?«

Während die Rezeptionistin es tat, trat Molly unruhig von einem Fuß auf den anderen. Schließlich drehte die Frau Molly den Computerbildschirm zu ihr um: Es blieb dabei – nur ein einziger Sitzplatz war frei.

»Soll ich für Sie buchen?«, fragte die Frau.

Die Gedanken in Mollys Kopf wirbelten durcheinander. Aber sie sollte besser zugreifen. »Ja, bitte.«

»Ihr vollständiger Name, bitte?«

»Molly …oh.« Ihr war etwas eingefallen. »Warten Sie …«

In Anbetracht ihrer Vorgeschichte wäre es Caitlin

bestimmt weitaus lieber, wenn Pascal ihr das Kleid brachte. Außerdem würde er einige Zeit für die letzte Anprobe benötigen, und Caitlin hatte mehr als deutlich gemacht, was sie von Mollys Vorschlag, für ihn einzuspringen, hielt.

»Ich weiß nicht«, sagte sie nach angestrengtem Überlegen, »wer von uns den Platz nehmen soll.«

»Nun gut.« Das Gesicht der Rezeptionistin war eine Maske – Resultat einer hervorragenden Schulung im Umgang mit Kunden. »Lassen Sie mich bitte einfach wissen, wenn Sie sich entschieden haben. Aber Sie sollten sich beeilen. Der Platz wird sicher bald vergeben sein.«

Was sollte sie jetzt tun? Molly konnte sich einfach nicht entscheiden, wer von ihnen fliegen sollte. Also zog sie ihr Handy aus der Tasche und tat das, was viele Mädchen in Krisenmomenten tun: Sie rief ihre Mutter an.

»Molly? Alles in Ordnung? Es ist sechs Uhr früh …« Die Stimme ihrer Mutter klang tief und verschlafen.

»Es geht mir gut, Mum. Tut mir leid, dass ich dich geweckt habe.«

»Ach, ist schon gut. Momentan schlafe ich ohnehin nicht viel.«

Molly verdrehte die Augen. »Bammel wegen der Hochzeit, wie?«

Es folgte eine Pause. »Ich habe von der Sache mit dem Flugzeug gehört. Wie furchtbar für dich, Liebes. Bist du jetzt in Venedig?«

»Nicht ganz. Ich bin immer noch in der Schweiz. Am Vormittag geht ein Flug …« Sie machte eine kurze

Pause, bevor sie fortfuhr: »Aber da gibt's ein kleines Problem. In der Maschine ist nur noch ein Platz frei.«

»Und wo liegt das Problem?«

»Findest du nicht, dass Pascal den Platz nehmen sollte? Er wird das Kleid anpassen, und Caitlin flippt aus, wenn er nicht da ist.«

»Entschuldige, Molly, aber ich komme da nicht ganz mit. Was machst *du* denn, wenn du nicht in diese Maschine steigst?«

»Mir fällt schon was ein. Trampen oder wandern oder so. Ich bin sicher, dass es Caitlin nicht allzu viel ausmacht, wenn ich es nicht rechtzeitig schaffe.«

»Sei nicht albern, Molly!« Ihre Mutter klang wütend. Wütender als damals, als Molly als Sechzehnjährige einmal erst morgens um drei nach Hause kam. »Seit wann geht es bei Caitlins Hochzeit nur um das Kleid?«

»Äh … vom ersten Tag an?«, konnte sich Molly nicht verkneifen. »Ich wüsste jedenfalls, was meine Prioritäten wären, sollte ich in einem Modellkleid von Chevalier heiraten.«

»Unsinn. Um Familie, Molly.« Pause. Dann fuhr ihre Mutter fort. »Das ist es, was zählt.« Zu Mollys Entsetzen schien ihre Mutter zu weinen. »Entschuldige, aber wirklich: Du musst pünktlich dort sein! Sie ist deine einzige Schwester. Pfeif auf dieses dämliche Kleid!«

»Mum!« Molly war empört. *Pfeif auf das dämliche Kleid?* Hatte ihre Mum jetzt völlig den Verstand verloren? »Ich … geht's dir gut?«

»Bestens. Mir geht es hervorragend. Aber du und Caitlin … ihr seid alles, was ich habe …«

»Es tut mir leid, Mum, Ich wollte dich nicht aufregen.«

»Ich muss jetzt auflegen … und mir die Nase putzen. Ruf mich später an, ja? Versprochen? Tschüss, Liebes.«

»Mum?«

Sie hatte aufgelegt. Molly ließ sich auf das Sofa in der Lounge fallen und vergrub ihr Gesicht in den Händen. Nach ihrem letzten Gespräch hätte sie wissen müssen, wie ihre Mutter reagieren würde, wenn sie das Kleid erwähnte. Ihre Mutter *kapierte* einfach nicht, wie wichtig es war, dass ein Kleid perfekt saß. Würde sie wahrscheinlich nie.

Die Empfangsdame, die das Gespräch vermutlich mit angehört hatte, rief ihr zu: »Dann rufe ich jetzt noch mal beim Flughafen an, okay?«

»Danke«, murmelte Molly. »Das wäre sehr nett.«

Sie fragte sich, ob es noch zu früh war, nach Pascal zu sehen. Doch genau in diesem Moment hörte sie eine ihr neuerdings vertraute Stimme. Sie kam aus Richtung der Treppe. Jemand telefonierte offenbar auf Englisch mit dem Handy. Sie spürte ein Kribbeln im Nacken, als sie vorsichtig um die Ecke spähte und ihr Blick auf den Rücken des unverkennbar hässlichsten handgestrickten Monstrums von Pullover fiel, den sie außerhalb der Harry-Potter-Filme je gesehen hatte. Das konnte doch nicht wahr sein …

»Simon?«

Er wirbelte herum und sah sie überrascht an.

»Molly?«

»Sie sollten in Venedig sein!«

»Als ob ich das nicht wüsste.«

»Was ist passiert?« Sie stand auf und ging scheu auf ihn zu, fuhr sich mit der Hand durch das immer noch feuchte Haar und versuchte nicht daran zu denken, wie mitgenommen sie aussehen musste.

»Ich kam hier letzte Nacht nicht weg«, antwortete er. »Keine Flugzeuge, keine Züge, keine Autos. Der reinste Albtraum.«

»Und wie sind Sie hier gelandet?«

»Erinnern Sie sich an Sascha, den Steward? Er hat mir das Hotel empfohlen und mich sogar hergefahren.«

»Verstehe.« Molly lächelte. »Mich hat er auch hierher gebracht.« Hatte Sascha da etwa seine Hand im Spiel und versuchte sich als Kuppler? Diese Vermutung behielt sie jedoch für sich. »Ich sehe schrecklich aus«, sagte sie.

»Nein, gar nicht«, widersprach Simon leise und sah errötend schnell weg.

Molly brach das nachfolgende hilflose Schweigen mit der Frage: »Haben Sie einen Platz in der Maschine, die heute Vormittag geht? Können sie sich vorstellen, dass es nur noch einen freien Platz gibt?«

»Das ist nicht Ihr Ernst. Nur noch einen?«, unterbrach er sie. »Dann sollte ich mir den schnappen.«

Und bevor Molly etwas sagen konnte, zückte er sein Handy und eilte in Richtung Tür.

»Nach diesem ganzen Theater habe ich die Nummer der Fluggesellschaft als Kurzwahl gespeichert.«

»Warten Sie!«, rief Molly. »Ich versuche gerade Pascal zu erwischen, weil wir auch noch nicht gebucht haben …«

Aber er befand sich bereits außer Hörweite, sprach in sein Handy und krallte sich den kostbaren freien Platz.

Molly stand mit offenem Mund da und sah ihm an. *So eine Frechheit!*

»Guten Morgen, Miss Molly Wright.«

Pascal stand hinter ihr, zog den Knoten seiner Seidenkrawatte zurecht und überprüfte sein untadeliges Aussehen im Spiegel über dem Kamin. Er trug ein frisches weißes Hemd, teuer auf alt gemachte Jeans, und sein marineblauer Blazer wirkte so neu, als hätte er ihn zum ersten Mal an.

Kaum zu glauben, dass dies derselbe Mann wie am Vortag sein sollte.

»Guten Morgen, Pascal, wie fühlst du dich?«

»Um einiges besser, als ich es verdiene. Ich hatte eine sehr gute Nacht.«

»Wie schön.« Molly zwang sich zu lächeln.

Er verzog das Gesicht. »Heute werde ich tapferer sein.«

Natürlich fragte sich Molly, ob er die Nacht mit Sascha verbracht hatte, aber Pascal gab nichts weiter preis, und Sascha war nirgendwo zu sehen.

»Wann müssen wir am Flughafen sein?«

»Das ist der Punkt«, erwiderte Molly. »Es gibt nur einen Flug, und der ist anscheinend ausgebucht …«

Pascals Miene hellte sich auf. »Ausgebucht? Das nenne ich eine wirklich gute Nachricht. Siehst du das Wetter draußen? Niemand, der bei Verstand ist, würde bei dem Wetter in ein Flugzeug steigen – das wäre Selbstmord!«

Obwohl Pascal nicht ganz unrecht hatte – starker Schneefall und heulender Wind ließen einen kaum die Hand vor Augen sehen –, beschlich Molly der Verdacht, dass Pascal ihr Ziel ein wenig aus den Augen verlor.

»Wir müssen spätestens morgen in Venedig sein, Pascal.«

»Ganz recht«, stimmte er kurz angebunden zu.

Die Rezeptionistin hatte ihr Gespräch mitangehört und warf einen Blick auf ihren Computerbildschirm. »Jetzt ist der letzte Platz auch noch weg!«

Molly sah zur Tür, wo Simon immer noch in sein Handy sprach.

»Entschuldige mich bitte.« Pascal stolzierte zur Anmeldung, ergriff die Hand der Empfangsdame, als wäre sie das Kostbarste, womit er je in Berührung gekommen war, führte sie an die Lippen und hauchte einen Kuss darauf. »Madame, darf ich Sie zu Ihrem wunderschönen Hotel beglückwünschen? Ich habe eine geradezu perfekte Nacht hier verbracht.«

Die Rezeptionistin sah aus, als würde sie vor Seligkeit jeden Moment in Ohnmacht fallen. Pascal hatte sich wieder in den gewandten Charmeur verwandelt, dem Molly in Delametris Atelier begegnet war. Sein gesamtes Auftreten hatte sich verändert. Er wirkte größer und strahlte eine Aura von Autorität aus. Irgendetwas muss ihm letzte Nacht verdammt gut getan haben, dachte Molly.

»Ist mir ein Vergnügen, Monsieur«, flirtete die Rezeptionistin. »Kann ich heute noch irgendetwas für Sie tun?«

Pascal winkte ab. »Madame, ich wüsste nicht, was Sie der Perfektion dieser Gastfreundschaft, die ich bereits genießen durfte, noch hinzufügen könnten.«

Er wandte sich Molly zu und deutete mit dem Kopf

eine respektvolle Verneigung an. »Meine Mitarbeiterin und ich werden uns bemühen, uns eine Reisemöglichkeit nach Venedig zur Hochzeit ihrer Schwester zu sichern, als wie mühsam und schwierig sich dies auch erweisen mag. Bitte, *ich bitte Sie,* befassen Sie sich nicht damit.«

Willentlich oder nicht – die Rezeptionistin schluckte den Köder. »Vielleicht könnte ich da etwas für Sie tun …«

Pascal gab sich entrüstet. »Madame! Sie sind so stark beschäftigt, einfach *undenkbar*, Ihnen derartige Unannehmlichkeiten zu bereiten.«

»Aber ich bestehe darauf!«, flötete sie. »Sie müssen heute noch nach Venedig, richtig?«

Pascal, der immer noch Empörung mimte, dass sie auch nur eine Sekunde ihrer kostbaren Zeit auf die Lösung seines Problems verschwendete, nickte zögernd.

»Dann müssen Sie unverzüglich nach Domodossola, um einen Zug zu erwischen. Und ich lasse Sie hinbringen!«

Molly lehnte sich an den Kaminsims, verschränkte die Arme und beobachtete den in voller Fahrt befindlichen Pascal mit unverhohlener Bewunderung.

»Domo…« Verständnislos runzelte Pascal die Stirn.

»Domodossola – das ist eine Stadt auf der anderen Seite des Simplon-Passes.«

»Ist das weit?«

Die Empfangsdame machte eine kurze Pause. »Nein.« Sie deutete nach draußen. »Allerdings ist das Wetter nicht gut, deshalb sollten Sie sich so schnell wie möglich auf den Weg machen. Ich bestehe darauf, dass unser Fahrer Sie mit dem hoteleigenen Minibus hinbringt.«

»Oh, Madame!« Pascal zückte ein Taschentuch und tupfte sich die Augenwinkel. »Sie sind zu freundlich.«

Sie strahlte wie ein Schulmädchen, das für seine guten Noten gelobt wurde. »Nein, nein, es ist mir ein Vergnügen. Unser Fahrer ist gerade unterwegs, um die Zimmermädchen aus dem Dorf zu holen, aber er wird bald zurück sein. Warum frühstücken Sie – und Ihre Mitarbeiterin – nicht eine Kleinigkeit, während Sie warten?«

»Madame, das werde ich Ihnen nie vergessen.« Pascal ergriff ihre Hand zum zweiten Mal und küsste sie erneut.

»Gern geschehen.« Die Empfangsdame lächelte ihn an.

Molly lächelte ebenfalls. *Pascal, du Schlitzohr!*

»Da wäre leider noch etwas, das ich erledigen müsste«, gestand Pascal und beugte sich über den Tresen.

»Ja?« Molly sah, wie sich die Rezeptionistin erwartungsvoll auf die Unterlippe biss.

»Blumen«, sagte Pascal. »Ich muss Blumen besorgen.«

»Aber nein, Monsieur, das müssen Sie wirklich nicht. Das gehört alles zum Service.«

»Ah, aber es gibt da eine Dame«, erklärte Pascal, »der ich gestern … *begegnet* bin und der ich Blumen schicken muss. Sie heißt Consuela und arbeitet bei der Fluggesellschaft.«

Fünf Minuten später ließ sich Molly bereits ihre heiße Schokolade, Obst und Croissants schmecken, als sich Pascal zu ihr an den Tisch gesellte.

Er schüttelte den Kopf. »Die nette Dame war bei den Blumen eine Spur weniger nett, aber am Ende haben wir es geschafft.«

Molly verkniff sich die Bemerkung, dass ihm seine Charmeoffensive vermutlich deshalb ein wenig entglitten war, weil es um Blumen für eine andere Frau ging. »Gut. Frühstücke ein bisschen was, es wird ein langer Tag. Ich gehe mal kurz raus nachsehen, ob der Minibus schon da ist.«

Vom Bus gab es noch keine Spur, aber auf dem Sofa in der Lobby saß Simon, der stirnrunzelnd eine SMS verschickte.

Als Molly auf ihn zuging, blickte er auf.

»Sollten Sie nicht auf dem Weg zum Flughafen sein?«, fragte Molly. »Die Maschine startet in zwei Stunden.«

Er atmete seufzend aus. »Das sollte ich Sie auch fragen. Ich habe das Ticket nicht bekommen.«

»Was?«

»Jemand war fünfzehn Sekunden schneller als ich. Jetzt muss ich einen anderen Weg finden, um nach Venedig zu kommen.« Er lächelte und stand auf. »Also sage ich es noch mal: Es war nett, Sie kennenzulernen. Ich hoffe, Ihr nächster Flug ist nicht so katastrophal wie der gestrige.«

Er hielt ihr die Hand hin.

Plötzlich dämmerte es Molly. »Sie dachten, Pascal und ich hätten bereits Bordkarten?«

Er sah sie verständnislos an.

»Deshalb sind Sie losgestürmt, um sich die letzte vor meiner Nase wegzuschnappen!«

»Moment, wollen Sie damit sagen, Sie beide haben auch keine?«

Molly schüttelte den Kopf.

»O nein!« Er schlug sich mit der flachen Hand vor die Stirn. »Dann müssen mich ja für einen ziemlich Mistkerl gehalten haben!«

»Äh … kein Kommentar.« Molly grinste. »Aber Pascal hat die Empfangsdame bezirzt. Wir werden mit dem Minibus vom Hotel nach Domodossola oder so ähnlich gebracht und können von dort aus mit dem Zug weiter.«

Er beugte sich näher zu ihr. »Minibus, haben Sie gesagt?«

Sie nickte selbstzufrieden.

»Und wie viele Plätze, glauben Sie, brauchen Sie für das Hochzeitskleid und einen überdimensionalen Designerkoffer?«

»Ich denke doch, dass wir zusammenrutschen und Sie mit an Bord nehmen können. Oder wir schnallen Sie aufs Dach, vorausgesetzt, Sie versprechen, keine Wanderlieder zu singen.« Molly empfand ein unerwartetes Glücksgefühl bei dem Gedanken, mehr Zeit mit ihm zu verbringen, obwohl sich der Geist der wunderbaren *Yvonne* die ganze Zeit drohend über ihm auftürmte.

9. Kapitel

Stunden bis zur Hochzeit: 30
Kilometer bis zur Hochzeit: 434

Es war wie in einem James-Bond-Film. Als der Minibus durch die Haarnadelkurven des Simplon-Passes schlidderte, hatte Molly gelegentlich das Gefühl, dass sie nur der Widerstand des stürmischen Winds davor bewahrte, einen der steilen Berghänge hinabzustürzen.

»Sind wir bald da?«, rief sie ängstlich.

»Nein, Wetter ist sehr schlecht«, rief der Fahrer über die Schulter zurück.

Lediglich Pascal war bester Laune. »Besser, als Tausende Meter über dem Erdboden in einem Flugzeug zu sitzen«, verkündete er strahlend. »Sollten wir hier verunglücken, haben wir wenigstens eine Chance zu überleben. Wir wären natürlich schwer verletzt, aber eine Chance ist immerhin eine Chance, oder?«

Molly wechselte einen Blick mit Simon, und sie mussten an sich halten, um nicht loszulachen.

»Pascal?«, sagte Simon.

»Ja?«

»Sehen Sie die Türgriffe?«

»Ja.«

»Könnten Sie sich bitte davon fernhalten? Consuela ist nicht hier, um Sie in den Klammergriff zu nehmen, falls Sie durchdrehen.«

»Sehr lustig.« Aber Pascal trug es mit Fassung und lachte.

Draußen war es genauso, wie es Mollys Ansicht nach in den Alpen auszusehen hatte. Die weißen, steilwandigen Berge mit ihren furchterregenden Felsnasen waren mit schneebeladenen Tannen übersät. Hier und da wurden aus Holz errichtete Berghütten sichtbar, die in unglaublicher Höhe wie Lebkuchenhäuser gewagt in den steilen Wänden klebten, mit ihren funkelnden Lichtern jedoch freundlich und einladend wirkten.

Die atemberaubenden Ausblicke verschwanden immer wieder im starken Schneefall, der dichter zu werden schien, je höher der Minibus sich den Pass hinaufschraubte. Die Straße vor ihnen war inzwischen komplett weiß, und bisweilen hatte es den Anschein, als folgte der Fahrer der Strecke aus dem Gedächtnis.

»Fahren Sie Ski?«, fragte Molly Simon.

Er schüttelte den Kopf. »Ich habe nie so richtig verstanden, was der Witz daran sein soll. In einem knallbunten Strampelanzug, der aussieht, als wäre er aus Dachbodenisolierung, auf zwei Brettern den Berg runterrutschen – nein, das ist nichts für mich. Und Sie?«

Molly kicherte. »Hat mich nie gepackt. Aber was die Kleidung betrifft, irren Sie sich.«

»Hätte ich mir ja denken können.«

»Die Verfahren, mit denen Skikleidung heutzutage hergestellt wird, sind unglaublich.«

Er verdrehte die Augen. »Wenn Sie es sagen.«

»Das stimmt! Auch die Machart wird ständig verbessert, die Materialien werden leichter, aber dafür wärmer. Man kann sich viel einfacher darin bewegen.«

»Ich finde, Skifahrer sehen aus wie Riesenbabys.«

Molly lachte. »In dem Punkt werde ich Sie wohl nicht umstimmen können, wie?«

»Höchst unwahrscheinlich, fürchte ich.«

Pascal mischte sich ein und sagte zu Molly: »Meine Chevalier-Skikollektion für die nächste Saison hat Akzente aus Hermelinimitaten.« Diese Information fand Molly nicht sonderlich hilfreich. »Ich nenne sie Ecoluxe.«

»*Deine* Kollektion?«, zog Molly ihn auf.

Pascal verzog das Gesicht und schwieg.

»Oh, seht nur!« Molly zeigte durchs Fenster auf ein Auto, das von der Straße abgekommen war und dessen Heck talwärts zeigte.

»Hoffentlich ist dem Fahrer nichts passiert«, sagte Simon und suchte stirnrunzelnd den Abhang nach ihm ab. »Das ist ganz schön haarig – hoppla!.«

Der Minibus war plötzlich ins Schleudern geraten und rutschte auf den steilen Abhang zu.

»Vorsicht!«, kreischte Molly. Panisch umklammerte sie Simons Arm.

Der Fahrer lenkte gegen und schaffte es irgendwie, den Wagen zurück auf die Straße zu bringen, ohne dabei auf die Bremse zu treten und sie dadurch endgültig unkontrolliert ins Trudeln zu bringen. Mit aufheulendem Motor und unter begleitendem Applaus von Molly und

Pascal gelang es dem Fahrer, den Wagen wieder in die Spur zu bringen.

»Puh, gute Arbeit«, sagte Simon und klopfte dem Fahrer auf die Schulter.

Dieser schüttelte den Kopf. »Das ist nicht gut«, murmelte er und blinzelte angestrengt geradeaus, um den Straßenverlauf auszumachen.

In diesem Moment fuhren mehrere Wagen aus der Gegenrichtung an ihnen vorbei.

»Na also«, rief Pascal. »Weiter oben muss die Straße frei sein, der Gegenverkehr kommt durch.«

Es dauerte nicht lange, bis ihnen aufging, woher diese Wagen gekommen waren. Denn nachdem sie etwa einhundert Meter vorsichtig weitergeschlingert waren, kamen sie an eine Haltebucht, in der man drehen konnte. Dahinter machte eine hohe Schneeverwehung die Weiterfahrt in ihrem ächzenden Minibus unmöglich. Durch den mitunter für einen Moment nachlassenden Schneefall konnte Molly erkennen, dass sie noch nicht einmal die Passhöhe erreicht hatten. Kreisförmige Reifenspuren deuteten darauf hin, dass hier für alle Fahrzeuge die Reise zu Ende war.

Simon und Molly tauschten einen düsteren Blick. Pascal sah den Fahrer an, dessen Miene nicht verriet, was er dachte. Dann zuckte er mit den Schultern und schüttelte den Kopf.

Simon zeigte mit dem Daumen nach unten.

Die Schneeverwehung war unüberwindlich. Über einen Meter hoch erstreckte sie sich quer über die Straße, und der Wind wirbelte unaufhörlich feinen Pulverschnee über ihrer unberührten Oberfläche auf. Sie schien minütlich höher zu werden. Nicht einmal ein Geländewagen mit Vierradantrieb hätte hier eine Chance gehabt. Höchste Zeit, umzukehren und den anderen gescheiterten Wagen zu folgen.

Der Fahrer sah über die Schulter zu ihnen nach hinten. »Tut mir leid«, sagte er. »Hier ist Schluss für mich.«

Molly wurde schwer ums Herz. Aber sie versuchte erst gar nicht, ihn zu überreden. Es war hoffnungslos. Selbst wenn sie hier durchkämen, wäre weiter oben vermutlich noch mehr Schnee.

»Verständlich.« Simon seufzte. »Ich würde auch nicht weiterfahren.«

Pascal saß kerzengerade auf seinem Sitz. Steif, pariserisch und ganz und gar außerhalb seiner Wohlfühlzone. Molly hielt es für unwahrscheinlich, dass er eine Idee hatte, was sie jetzt machen sollten.

»Wir müssen zurück ins Hotel und uns was anderes überlegen«, sagte Molly mit einem flauen Gefühl im Magen. »Caitlin wird *vollstes* Verständnis haben.« Keineswegs.

Wie zur Bekräftigung begann es noch heftiger zu schneien. Daheim in Yorkshire hatte Molly schon etliche imposante Schneefälle erlebt, aber das hier war ein anderes Kaliber. Die Flocken waren dicker als die Wattebäusche in dem Glasgefäß auf der Frisierkommode ihrer Mutter, das sie als Sechsjährige runterfallen ließ, als sie die Wimperntusche entfernen wollte, die sie aus Caitlins Kosmetiktasche stibitzt hatte.

»Also, ich gebe noch nicht auf«, erklärte Simon unvermittelt. »Jetzt sind wir so weit gekommen, und ich muss nach Venedig. Und Sie beide auch.«

»Simon, die Straße ist blockiert«, appellierte Molly an seine Vernunft. »Wenn Sie nicht zufällig so einen Teleporter wie in *Raumschiff Enterprise* dabei haben, um uns hinzubeamen, können wir nicht viel tun ... Simon? Wo wollen Sie denn hin?«

Er hatte die Tür geöffnet und kletterte hinaus. Dann drehte er sich zu Molly um und grinste frech. »Ich begebe mich raus. Könnte ein Weilchen dauern ...«

»Simon!«

»Da drüben ist ein Haus. Sehen Sie?«

Molly stieg ebenfalls aus. Der frische Schnee knirschte unter ihren Stiefeln. Sie war froh, dass sie sich warm angezogen hatte, aber der eisige Wind brannte auf ihren Wangen und Schneeflocken fielen ihr in die Augen.

»Ja, aber ...«

»An solchen Orten lebt man nicht, ohne für Extremsituationen ausgerüstet zu sein. Ich gehe hin und rede mal mit denen – vielleicht haben die einen Geländewagen oder so.«

»Na gut«, antwortete Molly unschlüssig. Dann konnte sie sich eine kleine Spitze nicht verkneifen: »Jede Wette, jetzt hätten Sie gern so eine alberne Hightech-Skiausrüstung, stimmt's?«

»Zum Teufel«, sagte er und zeigte auf seinen Wollpullover, der schon mit Schnee überzogen war. »Wenn Wolle gut genug für Schafe ist, dann ist sie auch gut genug für mich!«

Dann stapfte er durch den Schnee auf das Haus zu,

blieb aber noch einmal stehen, drehte sich um und rief: »Pascal?«

»Oui?« Pascal hockte vor seinem geöffneten Koffer auf dem Boden. Er zog einen langen Kaschmirmantel und eine Kosakenmütze aus Pelz heraus.

»Begleiten Sie mich?«, fragte Simon. »Vielleicht wird dort nur Französisch gesprochen.«

Mit übertriebenem Gehabe zog Pascal Hut und Mantel an und folgte Simon stolpernd durch den Schnee.

»Ich komme auch mit.« Obwohl Molly mehrere Lagen Kleidung angezogen hatte, klapperte sie mit den Zähnen. »Es dauert nicht lange!«, rief sie dem Fahrer über die Schulter weg zu. Aber ihre Stimme ging im stürmischen Wind unter.

Als sie auf halbem Weg zu dem Haus waren, hörten sie, wie hinter ihnen eine Tür zugeschlagen wurde, gefolgt vom Geräusch eines anspringenden Autos.

Wie angewurzelt blieben die drei stehen und drehten sich langsam um.

Der Fahrer hatte ihr gesamtes Gepäck, einschließlich des Kleidersacks mit dem Hochzeitskleid in den tiefen Schnee neben der Fahrbahn geladen, wendete schliddernd den Wagen, hupte noch einmal und fuhr den Berg wieder hinunter.

»Merde«, flüsterte Pascal.

»Allerdings *merde*«, stimmte Molly zu. »Kommt, helft mir, das Gepäck zu holen, sonst ist das Kleid endgültig hinüber.«

Sie stapften zurück und sammelten ihre Taschen und Koffer ein. Erleichtert stellte Molly fest, dass der Kleidersack unversehrt war – glücklicherweise bestand er aus absolut wasserdichtem Material.

»Auf geht's«, sagte Simon, »liefern wir uns auf Gedeih und Verderb demjenigen aus, der dort wohnt.«

»Andernfalls werden wir sterben«, stellte Pascal mit einer respektvollen Kniebeuge und einem Kopfschütteln klar.

Sie stolperten und schlidderten den langen Weg bis zur Tür des Holzhauses und versuchten, sich dabei gegenseitig zu stützen.

»So fangen Horrorfilme an«, sagte Molly. »Vielleicht werden wir gleich ermordet.«

»Sind Sie immer so aufgekratzt?«, fragte Simon.

»Sorry.«

»Diese Schuhe sind für Nässe nicht geeignet«, konstatierte Pascal.

Simon verdrehte die Augen.

Auf sein Klopfen an der Tür öffnete ein untersetzter kräftiger Mann um die fünfzig, der nicht sonderlich überrascht wirkte beim Anblick der drei schneebedeckten Gestalten, die ohne erkennbares Transportmittel bei ihm auftauchten.

»Allo?«

»Sprechen Sie Englisch?«, fragte Simon. »Oder Französisch?«

Der Mann nickte und antwortete auf Englisch: »Was ist passiert? Hatten Sie einen Unfall?«

Molly atmete auf. Das Letzte, was sie jetzt brauchen konnten, war ein Verständigungsproblem.

»Eigentlich nicht«, erwiderte Simon und streckte ihm

die Hand hin. »Simon Foss. Das hier sind meine Freunde Molly ...«

»... Wright und Pascal Lafayette«, vervollständigte Molly den Satz, winkte etwas albern und lächelte verlegen, während Pascal eine Verbeugung andeutete.

»Bourdain«, erwiderte der Mann schroff und schüttelte Simon die Hand. »Kommen Sie rein, lassen wir das Wetter draußen.«

Sie klopften so viel Schnee wie möglich von ihren Schuhen und der Kleidung ab und folgten dem Mann dankbar in den warmen Hausflur. Auf dessen einer Seite konnte Molly ein gemütliches Wohnzimmer erkennen und auf der anderen ein Büro. An den Wänden hingen Landkarten, und es gab alle möglichen Funkgeräte, an denen wichtig aussehende rote Lämpchen blinkten.

Während Simon ihre Situation schilderte, hörte der Mann aufmerksam zu und schüttelte den Kopf.

»Wir haben uns also gefragt«, beendete Simon seine Schilderung, »ob Sie uns vielleicht helfen können, den Pass zu überqueren und Domodossola zu erreichen.«

»Ich kann hier nicht weg«, sagte Bourdain und zuckte mit den Schultern. »Ich leite hier oben den Rettungsdienst und muss den Funkkontakt mit meinen Teams in den Bergen koordinieren.«

»Aha.« Simon nickte. »Das ist ein Problem.«

»Jedenfalls«, Bourdain zeigte aus dem Fenster, »ist das Wetter sowieso zu schlecht, um rauszugehen. Sehen Sie doch nur!«

Molly fand es im Grunde überflüssig hinauszuschauen, schließlich waren sie ja gerade noch mitten drin gewesen, aber sie wandte sich gehorsam um. Der Wind war abgeflaut, stattdessen fiel der Schnee jetzt dicht wie ein Vorhang.

»Das Einzige, womit man es heute über den Pass schaffen könnte, ist ein Motorschlitten. Aber selbst das ...«

»Wissen Sie, wo wir einen bekommen könnten?«, fragte Molly.

Der Mann zögerte.

»Sir«, mischte sich Simon wieder ein, »hätten Sie vielleicht einen, den Sie uns leihen oder vermieten könnten?«

»Oder verkaufen?«, fügte Molly hinzu. Bei dieser Mission durfte Geld keine Rolle spielen.

Bourdain kratzte sich am Kopf und sah die drei an. »Nun ja, ich habe einen. Aber ich kann ihn euch nicht geben.«

Schweigen.

Pascal war bereit zu betteln. »Warum nicht, Monsieur, bitte?! Sie können uns vertrauen.« Pascal sah umwerfend aus mit seiner Kosakenmütze, leider aber auch wie ein russischer Spion.

»Nein.« Bourdain schüttelte den Kopf. »Unmöglich. Tut mir leid.«

»Sir«, begann Simon, »uns ist klar, dass wir Sie um einen sehr großen Gefallen bitten, aber wir werden sorgfältig mit dem Schlitten umgehen.«

»Und wir sitzen hier fest«, erinnerte Molly ihn.

Simon warf ihr einen Blick zu, der so viel sagte wie: »Lassen Sie mich das hier machen.« Molly schnitt ihm eine Grimasse, was er jedoch ignorierte.

»Vermutlich gibt es auf der anderen Seite des Passes nur einen Weg wieder hinunter?«

Bourdain nickte.

»Kennen Sie dort unten jemanden? Sie könnten anrufen, um dafür zu sorgen, dass wir nicht einfach verschwinden. Und könnten wir ihn dort irgendwo abgeben?«

Bourdain dachte angestrengt nach. »Ich fürchte, solche Geschäfte mache ich nicht.«

Mollys Hoffnung schwand.

»Ich sage Ihnen was«, fuhr Simon nach einer scheinbaren Ewigkeit fort. »Könnten wir beide uns mal unter vier Augen unterhalten? Ich habe einen sehr guten Grund, warum Sie vielleicht doch gern mit uns ins Geschäft kämen.«

Bourdain zögerte. Er sah Molly an, dann wieder Simon, als müsse er abwägen. Schließlich nickte er.

»Hier entlang«, sagte er kühl und zeigte in sein Büro.

Simon folgte ihm, und die Tür schloss sich leise hinter ihnen. Molly fragte sich, was Simon dem Mann anbot. Die Hauptrolle in seinem nächsten Film? Eine Niere? Beides wäre die Sache wert.

»In einem Motorschlitten«, erklärte Molly Pascal, »bin ich noch nie gefahren.«

Sie stellte sich ein traktorähnliches Gefährt mit Schneeketten, Radar, Scheinwerfern und – hoffentlich – einer anständigen Heizung und einem Radio vor.

»Ich auch nicht«, erwiderte Pascal.

Molly konnte die beiden Männer sprechen hören, verstand jedoch nicht, was sie sagten. Zumindest klang der Ton freundlich.

»Falls er dem Mann Geld anbietet«, sagte Molly, »sollten wir was zubuttern.«

»Zubuttern?« Pascal sah sie verständnislos an.

»Du weißt schon – ein bisschen Geld beisteuern. Eigentlich sollte sich Delametri daran beteiligen. So schnell wie möglich nach Venedig zu kommen, wäre keine so große Sache, wenn er das Kleid wie geplant mit dem Kurier geschickt hätte.«

»Das Haus Chevalier rühmt sich …«

»Wie auch immer«, unterbrach Molly ihn. *»Mir* ist es nicht wichtig, ob ich pünktlich bei der Hochzeit bin, jedenfalls nicht bei meiner familiären Erfolgsbilanz. Caitlin würde vermutlich nicht mal merken, wenn ich im Clownskostüm dort erschiene – oder überhaupt nicht. Aber wenn das Kleid nicht rechtzeitig bei Brautzilla eintrifft, wird sie die Stadt zerstören.«

»Läuft es wirklich so schlecht in deiner Familie?«, fragte Pascal teilnahmsvoll.

»Ja!«, erwiderte Molly knapp, besann sich dann aber und fuhr fort: »Nein, eigentlich nicht. Oder doch, in gewisser Weise …«

Pascal beugte sich vor, nahm ihr Gesicht in seine Hände und küsste sie sanft auf beide Wangen.

Molly spürte Tränen aufsteigen. »Ich weiß, dass Mum und Caitlin mich lieben«, erklärte sie mit zitternder Stimme. »Und ich liebe die beiden auch. Es ist nur so, dass Caitlin immer im Mittelpunkt steht, schon immer, selbst bevor Dad uns verlassen hat. Schon als kleines Mädchen wollte ich das ändern, aber ich hab's immer vermasselt. Ich bin so ein Trampel.«

»Trampel?« Pascals Englisch war gut, aber so gut nun auch wieder nicht.

»Ein Tollpatsch. In einer Familie hat jeder seine Rolle. Und du hast gerade den Clown vor dir.«

»Meine Liebe, das bist du nicht.«

»Doch! Seit dem Tag, an dem ich die Spieldose kaputtgemacht habe. Weißt du …«

Vermutlich war es gut, dass in diesem Augenblick die Tür zu Bourdains Büro aufging und Simon in den Flur trat. Bourdain hatte ihm kumpelhaft den Arm um die Schultern gelegt und erklärte gerade, wie die Bremsen des Motorschlittens funktionieren.

»Das sollte klappen«, versicherte Simon. »Können wir?«

»Ich hole den Schlüssel.« Bourdain lächelte. »Einen kleinen Moment, bitte.«

»Er hat zugestimmt?« Molly schnappte nach Luft. »Simon, Sie sind ein Held!«

Sie fiel ihm um den Hals und umarmte ihn stürmisch. Dann ließ sie ihn langsam wieder los und errötete.

Simon räusperte sich, die Umarmung hatte ihn ebenfalls etwas aus der Fassung gebracht. »Ja, das hat er. Wir können damit bis zur Poststelle in Varzo fahren. Das ist der Ort am Fuß des Bergs. Von dort gibt es einen Bus nach Domodossola.«

»Können Sie dieses Schneevehikel denn fahren?«, fragte Pascal nervös.

Simon zuckte mit den Schultern. »Genügt Ihnen ein ›Vielleicht‹ als Antwort? Ich bin schon mal mit etwas ganz Ähnlichem gefahren.«

»Mir reicht das«, versicherte Molly. »Wie viel haben

Sie ihm gezahlt? Wir teilen uns die Kosten natürlich. Nicht wahr, Pascal?«

Pascal tat so, als habe er nichts gehört. »Wie kommen Sie darauf, dass ich ihm Geld gegeben habe?«, fragte Simon und wandte sich ab.

»Weil ich nicht von gestern bin!«

Simon tippte sich an die Nase. »Bei der Beschaffung des Schneefahrzeugs hat kein Geld den Besitzer gewechselt.«

In diesem Moment kam Bourdain zurück und klimperte mit einem Schlüsselbund. »Sollen wir?«

Sie folgten ihm hinaus in die Kälte, die Molly jetzt als mindestens doppelt so schlimm empfand, da ihre Kleidung in der kurzen Zeit im Warmen nicht ganz getrocknet war. Bourdain führte sie über den Zufahrtsweg zu einer Garage. Er schloss auf und schob das Tor hoch.

In der Garage stand ein schwarzes Fahrzeug, das aussah wie ein auf Schneebetrieb umgerüstetes Jetboot.

Fassungslos starrte Molly das Gerät an. *»Das* ist es?« Sie wusste nicht, ob sie beim Anblick des schnittigen Gefährts lachen oder weinen sollte.

»Das ist es«, bestätigte Bourdain stolz. *»Votre chariot, Mademoiselle!«*

Molly trat näher, um es sich genauer auszusehen. »Ich habe schon größere Rasenmäher gesehen!«, hauchte sie.

Pascal stand sprachlos an die Wand gelehnt, hatte ein seidenes Taschentuch gezückt und tupfte sich damit die Stirn. »Da bekommen niemals unser ganzes Zeug unter. Der Platz reicht ja kaum für uns drei!«

»Machen Sie sich keine Gedanken wegen des Gepäcks«, sagte Bourdain rasch. »Ich habe das hier!«

An der Wand hing ein neumodisches graues Plastikteil, das an ein überdimensioniertes Bügelbrett erinnerte. Bourdain nahm es vom Haken und stellte es vorsichtig auf den Boden.

»Meine Krankenbahre«, erklärte er stolz. »Da können Sie Ihr Gepäck draufschnallen und hinter sich herziehen.«

»Sie machen wohl Witze?«, keuchte Molly.

Simon warf ihr einen wütenden Blick zu. »Dann haben Sie wohl eine bessere Idee?«, blaffte er sie an.

»Vor zehn Jahren bin ich mal in St. Moritz beim Cresta-Rennen mitgefahren«, sagte Pascal und strich sich übers Kinn. »Bei der Geburtstagsparty eines guten Freundes. Es war gar nicht so schlecht. Allerdings hatte ich ein bisschen Champagner getrunken.« Er zwinkerte Molly zu. »Jetzt komm schon, lass uns ein kleines Abenteuer wagen!«

»Pascal!« Molly war fassungslos. »Du musst mir in dieser Angelegenheit den Rücken stärken! Delametris Modellkleid auf ein riesiges Plastiktablett schnallen? Bist du von Sinnen?«

»Nicht so sehr wie im Flugzeug«, hielt er ihr entgegen. »Außerdem kann ich sämtliche Knitter wieder ausbügeln, wenn wir in Venedig sind.«

Molly gingen die Argumente aus. Bourdain wühlte in einer Kiste neben dem Garagentor und zog drei Helme sowie drei Paar Schutzhandschuhe heraus. Molly und Pascal schnürten das Gepäck auf der Bahre fest und platzierten den Kleidersack vorsichtig auf die Gepäckstücke. Er ähnelte mehr denn je einem Leichensack, der vom Schauplatz irgendeines grässlichen Verbrechens weggeschafft werden soll. In der Zwischenzeit erklärte Bourdain Simon das Gefährt. Schließlich wurde der Motorschlitten nach draußen geschoben, und Simon machte sich daran, die Bahre hinten anzuhängen.

Bourdain sprang hinzu. »Nein, nein, Sie müssen es so machen.« Er zog den ersten Gurt um die Bahre herum und unter ihr durch.

»Verstanden, danke.« Geschickt hakte Simon einen zweiten und von der anderen Seite einen dritten Gurt ein.

»Sind Sie sicher?«, presste Molly zwischen den Zähnen hervor.

Simon sah nicht auf und fummelte weiter am Schlitten herum. »Und ob. In solchen Sachen bin ich gut.«

Bourdain trat beiseite, die Hände zu einer Rückzugsgeste erhoben.

Endlich erhob sich Simon zufrieden lächelnd und klappte das Visier seines Helms herunter. »Alles einsteigen!«

Er schüttelte Bourdain die Hand und bestieg den Vordersitz. Molly und Pascal sahen sich an, und Molly musste bei seinem Anblick lachen.

»Pascal!«, rief sie. Er hatte es irgendwie geschafft, sich seine Kosakenmütze über den Helm zu stülpen.

»Ich glaube nicht, dass wir uns zu dritt da draufquetschen können«, murmelte Molly, stieg dann aber auf den Sitz hinter Simon und rutschte weiter nach vorn.

Tatsächlich hatte Pascal einige Müge, sich hinter sie zu quetschen, denn der Schlitten war nur für zwei Personen gedacht. Molly wurde dicht an Simon gedrückt und spürte durch die dicke grüne Wolle seines scheußlichen Pullovers seinen warmen Körper.

Wäre sie nicht so nervös gewesen, hätte sie festgestellt, dass es sich kein bisschen unangenehm anfühlte. »Ich weiß nicht, wohin mit meinem Armen«, jammerte Pascal.

»Leg sie um meine Taille«, rief Molly nach hinten.

Sie selbst schlang ihre Arme um Simon. Unter der dicken Wolle fühlte sie seinen festen Körper. *Hallo, Muskelmann!*

»Geht das so?«, rief sie, wobei ihre Stimme unter dem albernen Helm fremd und gedämpft klang.

Seine Antwort klang nach etwas wie »die einzige Möglichkeit, sich fortzubewegen«, doch seine Worte wurden vom Aufheulen des Motors verschluckt, als Simon ihn anließ und ein paar Mal probeweise Gas gab. Dann setzte sich das Gefährt mit einem Satz in Bewegung. Knirschend arbeiteten sich die Skier über den frischen Schnee in Richtung Straße. Es ging los!

Bourdain lief einige Meter besorgt neben ihnen her, rief Simon Anweisungen zu, wie viel Gas er geben und wie er lenken sollte. Aber langsam nahm die Maschine Fahrt auf, und sie glitten die Straße entlang, pflügten durch den frischen Pulverschnee und arbeiteten sich so das letzte Stück den Berg hinauf, bis es dann auf der anderen Seite des Passes wieder hinunterging.

Eingeklemmt zwischen Simon und Pascal drehte Molly mit einiger Mühe den Kopf, um zu sehen, ob ihnen auch die Bahre noch brav folgte. Das graue Plastikteil schlingerte hinter ihnen her, der Kleidersack nur Zentimeter über der Schneeoberfläche.

Dies war wirklich das surrealste Erlebnis ihres Lebens.

Bourdain winkte noch einmal zum Abschied und blieb stehen. Nun waren sie auf sich allein gestellt. Der Wind hatte sich gelegt, und es schneite nicht mehr so stark. Aber was bisher heruntergekommen war, hatte vollauf gereicht, und selbst Molly war klar, dass es Ewigkeiten dauern würde, bis die Straße wieder für den Verkehr freigeräumt sein würde.

Obwohl der kleine Motorschlitten so überladen war, war er ganz in seinem Element. Es brauste über gewaltige Schneewehen hinweg, die der Sturm zu monströsen, wellenartigen Gebilden aufgetürmt hatte, und kam zügig voran.

Nach etwa einer Viertelstunde hatten sie die Passhöhe erreicht.

»Alles klar?«, rief Simon nach hinten. »Gut festhalten!«

»Nicht zu schnell«, brüllte Pascal Molly ins Ohr, was Simon mit Sicherheit nicht hören konnte. Molly umklammerte Simons Taille noch fester, genoss seine angespannten Muskeln und presste sich so fest es nur ging an ihn. Pascal seinerseits hielt sie nur so fest umfasst wie eben nötig.

Das änderte sich jedoch schlagartig, als der Motorschlitten den Berg hinunterglitt. Er schoss los wie ein Rennpferd, dessen Startklappe sich gerade geöffnet hatte. Während ihnen der eisige Wind um die Ohren wehte und die schneebedeckten Tannen rechts und links zu grünweißen Klecksen verschwammen, sausten sie immer schneller bergab.

»Woooow!«

Molly stellte fest, dass sie so gejauchzt hatte. Obwohl sie geschützt hinter Simon saß, der die volle Ladung abbekommen musste, trieb ihr der eisige Wind Tränen in die Augen. Er steuerte den Schlitten wie ein Profi, immer über die flachsten Stellen, bremste vor Kurven ab und hielt beständig Ausschau nach möglichen Gefahren.

»Das ist unglaublich!«, schrie Molly begeistert, der ein Schauer nach dem anderen durch den Körper jagte. »Besser als jede Karussellfahrt!«

Sogar hinter sich hörte sie ersticktes Gelächter – auch Pascal hatte seinen Spaß. Sie fuhren immer weiter, legten sich in die Kurven und folgten der verschneiten Straße hinunter nach Varzo. Molly dachte an ihre Zeit im College. Sie hatte sich danach gesehnt, durch Europa zu reisen, und alle möglichen verschwommenen Vorstellungen von all den Abenteuern gehabt, die ihr das Leben in der Modebranche bescheren würde. Dass sie einmal mit einem Filmemacher, einem Modellkleid und Delametri Chevaliers rechter Hand auf einem Motorschlitten durch die Alpen rasen würde – darauf war sie freilich nie gekommen.

Auf dieser Seite des Tals war der Schnee längst nicht so hoch, und je tiefer sie kamen, desto häufiger sah Molly zu beiden Seiten der Straße nackte Felsen aus dem Schnee ragen.

Zudem wurde das dumpfe Rumpeln des Schlittens jetzt häufiger von einem kratzenden Geräusch unterbrochen, wenn sie über Gestein fuhren. Vorsichtig drehte sie den Kopf. Die Bahre hinter ihnen schleuderte hin und her und geriet manchmal gefährlich in Schräglage.

Sie mussten langsamer fahren, sonst würde sie früher oder später umkippen.

»Simon!«, schrie sie.

Er hörte sie nicht.

»Mach langsamer!«

Plötzlich gab es ein abscheuliches, reißendes Geräusch, und Pascal schrie: *»Arrêt!«*

Entsetzt sah Molly sich um. Die Bahre hatte sich losgerissen, war seitlich ausgebrochen und schoss nun, als würde sie von einem eigenen Motor angetrieben, unaufhaltsam den Hang hinunter. In die falsche Richtung.

10. Kapitel

Stunden bis zur Hochzeit: 29
Kilometer bis zur Hochzeit: 429

Simon! Anhalten!«, schrie Molly ihm ins Ohr. Sie wagte nicht, die Hände von seiner Taille zu lösen, um ihm auf die Schulter zu tippen. Ein weiterer panischer Blick nach hinten verriet ihr, dass die Bahre immer schneller wurde und den Berg hinuntersauste, auf die Talsohle weit unter ihnen zu.

»Simon!«

Sie versuchte, fester zuzudrücken und an ihm zu ruckeln, ohne Erfolg. Sie überlegte sogar, mit ihrem Helm gegen seinen Rücken zu trommeln.

Pascal schrie ebenfalls, aber es war aussichtslos. Da kam Molly eine Idee. Sie löste ihren Griff so weit es ging, zog ihren linken Handschuh aus und schob die Hand unter Simons Pulli und T-Shirt und legte ihre eiskalten Finger auf seine warme, straffe Haut.

»Aaaahhh!« Als Simon bremste, brach der Schlitten zur Seite aus und kam ruckartig zum Stehen. »Sind Sie verrückt?«, schäumte er. »Das ist nicht der richtige Zeitpunkt für dumme Streiche! Sie hätten uns alle umbringen können!«

»Sehen Sie doch! Da unten!« Molly zeigte mit dem Finger auf die Bahre, die immer noch unkontrolliert talwärts schoss – geradewegs auf den Bach im Tal zu.

»Mist!« Simon ließ den Motor aufheulen. »Gut festhalten, Leute, jetzt geht's querfeldein!« Simon brachte den Motor auf Touren und schoss mit Vollgas los.

»Langsamer!«, schrie Molly vor Schreck wie gelähmt.

Simon ignorierte sie, fuhr eine Steilkurve und hielt dann nach rechts. Mit Schwung überwand er den Schneehügel am Straßenrand und nahm auf der Talseite die Verfolgung der ausgerissenen Bahre auf.

»Achtung!«, schrie Pascal, während Simon mit geschickten Schlenkern einem Baum nach dem anderen auswich.

Molly schlug das Herz bis zum Hals, und sie klammerte sich fest an Simon. Wie hatte er nur *so* nachlässig sein können? Dieser Idiot! Und jetzt würde er sie alle umbringen!

Die Bahre hatte immer noch einen Vorsprung, allerdings hatte sich ein knorriger Ast an ihren Kufen verfangen und sie fuhr nun ruckweise einen nicht ganz so steilen Abschnitt des Hangs hinunter. Simon hatte sich für die kürzeste – und steilste – Strecke nach unten entschieden, um der Bahre den Weg abzuschneiden, bevor sie in den Bach stürzte. Der sich, wie sie beim Näherkommen feststellten, allerdings als reißender Fluss entpuppte.

»Langsamer!«, kreischte Pascal.

»Simon, passen Sie auf!«

Ein weiteres kühnes Manöver brachte den Motorschlitten so weit in Schräglage, dass er kurzzeitig nur noch auf einer Kufe stand. Molly schloss die Augen und vergrub den Kopf zwischen Simons Schulterblättern. Das hier war nicht mehr lustig.

Sie rasten weiter bergab. Molly hörte Simon fluchen, dann lehnte sich sein Körper plötzlich stark nach rechts, als würde er gleich stürzen. Molly zwang sich, die Augen zu öffnen.

Simon hatte die Bahre eingeholt und versuchte sie mit der freien Hand zu verlangsamen.

»Vorsichtig!«, schrie Molly.

Wie ein Stuntman lehnte sich Simon noch weiter nach rechts und griff nach ihr. Molly zog mit aller Kraft an ihm, damit er nicht vom Schlitten stürzte.

Simon ruderte wild mit dem freien Arm, bekam die Bahre kurz zu fassen, während er mit der anderen Hand verzweifelt den Lenker des Motorschlittens umklammerte. Molly gab ihr Bestes, ihn zu sichern, und Pascal hinter ihr hielt wiederum sie ganz besonders fest.

Die Bahre hatte jedoch zu viel Schwung und entglitt Simons Griff. Zumindest war es ihm gelungen, sie in eine andere Richtung zu lenken, sodass sie nicht mehr auf den Fluss zuraste. Aber an der nächsten vereisten Stelle drehte sie sich wieder und schoss auf den Talboden zu.

Da Simon die Hand vom Gasgriff gelöst hatte, kam der Motorschlitten stotternd zum Stehen.

Atemlos zog Molly den Helm vom Kopf. Die Männer taten dasselbe. Die Bahre hatte die Baumgrenze erreicht, und wurde wieder schneller und fegte über eine stellenweise grüne Wiese geradewegs auf eine Scheune in einiger Entfernung zu, deren Doppeltür weit offen stand.

»Ich glaub's einfach nicht«, keuchte Molly und lugte fassungslos durch ihre Finger.

Wie in einer Stummfilmkomödie mussten die drei mit ansehen, wie die Bahre im Inneren der Scheune verschwand.

Der Boden unter dem Schnee war weich und matschig. »Von hier aus müssen wir zu Fuß weiter«, meinte Simon. »Der Schlitten könnte sonst in dem Morast steckenbleiben.«

So schnell es eben ging liefen sie über steinige Hindernisse den steilen Hang hinunter zur Scheune.

»Ich habe Angst vor dem, was wir in der Scheune finden werden«, sagte Molly, als sie sich der Tür näherten. »Vermutlich hängt das Kleid aufgespießt an einer Mistgabel, wurde von Schweinen gefressen oder von Hühnern als Nest ...«

Pascal legte die Hand ans Ohr. »Hört mal! Ist es das, was ich denke?«

Aus der Scheune drang ein dumpfes, schepperndes Geräusch.

»Kuhglocken«, erklärte Simon und sah Molly feierlich an. »Wie schweizerisch.«

Als sie endlich zur Scheunentür gestolpert kamen und in die Dunkelheit spähten, wurden sie vom Anblick der Hinterteile einiger hellbrauner Kühe empfangen, die sich mit zuckenden Schwänzen um den Schlitten versammelt hatten, ihn neugierig beschnupperten und mit ihren feuchten, triefenden Nasen anstupsten. Die Glocken an ihrem Hals schwangen hin und her und untermalten ihr Muhen mit freundlichen Klängen. Es sah beinahe so aus, als unterhielten sich die Tiere über das sonderbare neue Spielzeug in ihrer Mitte.

Molly war entsetzt. Der Boden der Scheune war mit einer dicken Schicht Matsch, schmutzigem Stroh und Kuhmist bedeckt, und die Bahre war offenbar zum Stehen gekommen, weil sie sich tief dort hineingebohrt hatte.

»Neeeiiin!«, stieß sie atemlos hervor. »Jemand muss etwas unternehmen!«

»Ich leide unter Allergien!«, stotterte Pascal. »Ich kann auf keinen Fall da reingehen. Die könnten mich beißen. Und dieser Mantel ist aus Kaschmir …«

Die Kühe wurden mutiger und rempelten einander an, um dichter an die Bahre heranzukommen. Molly konnte kaum hinsehen, als sie anfingen, sie von allen Seiten anzustupsen, und ihr eine einen Stoß mit den Hörnern versetzte. »Wir müssen da rein«, erklärte sie.

»Mit Kühen kenne ich mich nicht aus«, gestand Simon. »Könnten Sie vielleicht laut pfeifen oder so was, damit sie zur Seite gehen?«

»Sicher, wenn Sie scharf sind auf eine panisch fliehende Herde, oder was wild gewordene Kühe eben so tun«, erwiderte Molly.

»Haben Sie eine bessere Idee?«, attackierte Simon sie. »Sie sind doch aus Yorkshire, da ist doch alles voller Kühe …«

»Mein Koffer«, jammerte Pascal. »So unternehmt doch etwas!«

Drei besonders kühne Kühe hatten sich zum Hebetrupp erklärt. Sie hatten sich neben der Bahre aufgereiht und waren offenbar entschlossen, sie umzukippen. Pascals Koffer, der größte von allen, war zur Seite gerutscht und am Boden bereits mit Matsch und Kuhmist beschmutzt.

Auf allem thronte festgeschnürt Caitlins Kleid in seinem vormals weißen Sack und drohte ebenfalls gleich abzustürzen.

Molly und Simon preschten im selben Moment los. Obwohl Molly auf dem Land aufgewachsen war, war sie einer Kuh noch nie so nahe gekommen, ohne dass ein Zaun dazwischen war. Sie wusste, dass Kühe austreten können. Und unberechenbar sind, vor allem, wenn sie in Panik waren. Andererseits – das war sie auch. Und sie *musste* das Kleid retten. Oder bei dem Versuch ums Leben kommen.

»Ruhig, meine Damen«, redete Simon besänftigend auf die Tiere ein, während er sich mit ausgestreckten Armen durch den Matsch auf sie zu arbeitete. »Bewegt mal eure fetten Hintern da weg.«

»Charmeur«, murmelte Molly. »Kommt schon Mädels, das Spiel ist vorbei«, säuselte sie zuckersüß, »das ist ein Chevalier-Modellkleid, an dem ihr da herumspielt …«

Dampf stieg von den Flanken der Tiere auf, während sie die Eindringlinge ignorierten und sich weiter mit ihrem neuen Spielzeug beschäftigten. Molly entdeckte eine Mistgabel an der Wand, schnappte sie sich und setzte ihren Vorstoß fort.

Simon sah sie besorgt an. »Wollen Sie sie alle erstechen? Hat jemand Lust auf Steak am Spieß?«

»Sehr witzig«, zischte Molly. »Jetzt gehen Sie schon weiter.«

»Das Kleid ist ruiniert«, jammerte Pascal und zeigte dann auf seinen Koffer. *»Et ma valise!«*, krächzte er von der Tür her, woraufhin einige Kühe erschrocken den Kopf wandten. »Das Wildleder, verdreckt mit Kuhsabber! Und das Kleid? Kuhspeichel auf Haute Couture? Das wird sich in Paris niemals durchsetzen! Ein Desaster!«

»Das bringt doch nichts, Pascal«, rief Molly ihm zu.

Es gelang ihr, sich um die Tiere herumzuschleichen, bis sie hinter jenen drei Kühen stand, die versuchten, die Bahre umzukippen. Jetzt musste sie sich nur noch zwischen zwei schlängeln und sie zur Seite drängen. Dann könnte sich Simon durch die Lücke die Bahre schnappen und sie herausziehen. Ganz einfach …

Simon schien ihren Plan durchschaut zu haben. Vorsichtig duckte er sich hinter zwei anderen Kühen durch, um so nah wie möglich an die Bahre zu gelangen.

»Okay, ich versuche es jetzt.« Molly bewegte sich langsam vorwärts und redete dabei beruhigend auf die Tiere ein. »Entschuldigt bitte, aber ich muss mich jetzt mal dazwischenquetschen, wenn ihr nichts dagegen habt …« Noch ein Schritt und sie war mit den Flanken der Tiere auf einer Höhe. »Euer Englisch ist vermutlich nicht allzu gut, aber ihr sollt wissen, dass ich euch nichts tun will.«

»Sie kippt um!«, rief Simon.

Molly sah nach unten. Die drei lästigen Kühe hatten die Nasen unter der Bahre und arbeiteten angestrengt daran, sie auf die Seite zu kippen. Zentimeter für Zentimeter rutschte der Kleidersack auf den stinkenden Matsch zu.

»Weg mit euch! Alle weg!«, rief Molly, schob sich vor

bis zur Bahre und hob drohend die Mistgabel. »Weg da. Alle!«

Mit vorwurfsvollem Schnaufen und wütendem Gebimmel der Glocken um ihren Hals drehten die Kühe sich um und trotteten Richtung Tür. Molly duckte sich, um ihren kräftigen Köpfen auszuweichen, während sich Simon auf die Bahre stürzte – den Bruchteil einer Sekunde, bevor sie umgekippt wäre.

»Helfen Sie mir!«, schrie er.

Pascal musste sich mit dem Rücken dich an den Türeingang pressen, als die Kühe an ihm vorbei nach draußen trabten.

»Vorsicht!«, keuchte Molly, als Simon den Halt verlor und stolperte. Im letzten Moment stützte er sich mit einer verdreckten Hand auf dem Kleidersack ab. »Nicht! Sie ruinieren das Kleid!«

»Ach, tatsächlich?«

Die Kühe waren weg. Nur das schwächer werdende Bimmeln der Glocken und das Stampfen ihrer Hufe war zu hören, als die Kühe möglichst viel Distanz zwischen sich und die Eindringlinge brachten.

»Wäre es Ihnen lieber gewesen, ich wäre kopfüber in die Kuhscheiße gefallen?«

Niedergeschlagen betrachtete Molly den dreckverschmierten Kleidersack. *Bitte, bitte, lass ihn absolut wasserdicht sein,* betete sie innerlich.

»Ungelogen?« Sie schnitt ihm eine Grimasse. »Ja.«

Keuchend starrten sie sich wütend an. Molly bekämpfte den dringenden Wunsch, ihn anzuschreien. Wie hatte es nur zu alldem kommen können?

Simon winkte ab. »Ich werde es abwischen.«

»Woher wollen Sie wissen, dass der Sack nicht eingerissen ist? Das Kleid Flecke bekommen hat? Weiß der Himmel, was alles durch den Reißverschluss hätte sickern können.«

Simon stemmte die Hände in die Hüften. »Danke der Nachfrage, aber es geht mir gut. Habe mir bei der Rettung dieses Teils zwar fast das Genick gebrochen, aber …«

»Sie haben ja keine Ahnung, wie viel mir dieses Kleid bedeutet!«

»Es ist ein Kleid, Molly! Ein verdammtes Kleid«, schrie er. »Wenn Ihnen etwas so Simples wie ein Kleid so viel bedeutet, sollten Sie mal Ihre Werte hinterfragen.«

»Was haben Sie gerade gesagt?« Molly fiel die Kinnlade herunter.

Sie war sprachlos, und damit Simon nicht sah, wie sie vor Wut rot anlief, wandte sie sich ab.

»Okay, das war ein bisschen grob«, erwiderte er leicht zerknirscht.

»Allerdings!«, sagte sie mit bebender Stimme und drehte ihm weiterhin den Rücken zu.

Pascal stand im Türrahmen und räusperte sich. »Ich würde ja reinkommen und helfen, das Ding mit herauszuziehen«, sagte er entschuldigend, »aber ich fürchte, mein Mantel würde dieses Erlebnis nicht zu schätzen wissen.«

Molly warf ihm einen wütenden Blick zu. »Natürlich, Pascal, bleib schön in sicherer Entfernung«, erwiderte sie sarkastisch.

Pascal verstand den Wink. »Also gut.« Und mit einer Miene äußersten Widerwillens betrat er auf Zehenspitzen die schmutzige Scheune.

»Vorsicht!«, rief Molly, als sie ihn herumstaksen sah, aber es war schon zu spät. Pascals handgenähte Slipper mit glatter Sohle waren dem Matschboden nicht gewachsen. Mit einem cartoonreifen Platschen landete Pascal in einem großen Kuhfladen auf dem Hintern.

Molly sog hörbar die Luft ein, aber sie war zu weit weg, um ihm aufzuhelfen.

»Mon Dieu!«, jammerte er und rappelte sich mühsam auf. Er sah aus, als bräche er jeden Moment in Tränen aus. »Seht mich an! Nein, lieber doch nicht!«

»Sorry, Kumpel«, rief Simon ihm zu. Molly allerdings sah jedoch, dass er nur mühsam ein Grinsen unterdrückte. »Ziemlich rutschig hier drin, was?«

Zu Mollys großem Verdruss schien er vergessen zu haben, dass sie sich gerade mitten in einem Streit befanden. Noch dazu, als sie wusste, dass sie in der moralisch überlegenen Position war.

»Also«, fuhr Simon fort und wandte sich wieder der Bahre zu, »wollen wir?«

Molly beobachtete ihn dabei, wie er in die Hocke ging und anfing, sie aus ihrem matschigen Ankerplatz herauszuzerren. Es war offenbar mühsam, aber Zentimeter für Zentimeter kam sie voran.

»Ein bisschen Hilfe wäre nicht schlecht«, murmelte Simon.

Beleidigt stapfte Molly mit quatschenden Schritten zu ihm, um mit anzupacken. Nachdem sie die Spitze der

Bahre herausgezogen hatten, ließen sich die Kufen schnell befreien, und es gelang ihnen, die Bahre aus der Scheune heraus zurück in den aufgewühlten Schnee zu schieben.

Übersät mit Matschspritzern, Kuhmist und Stroh bot sie einen traurigen Anblick. Molly stand mit geballten Fäusten da und wartete auf Simons Entschuldigung, weil er die Bahre nicht ordentlich befestigt hatte.

Die wütende Stille wurde durchbrochen von dem schmatzenden Geräusch, das Pascals Schritte verursachten. Vorsichtig kam er aus der Scheune und versuchte, sich mit etwas trockenem Stroh den Matsch vom Hinterteil zu reiben. Das entfernte Geläut der Kuhglocken wurde immer schwächer, da sich die Kühe mittlerweile am anderen Ende der Weide befanden.

Schließlich ergriff Simon das Wort. »Lasst uns die Bahre zurück zum Schlitten bringen und hoffen, dass nichts beschädigt wurde.«

»Es ist bestimmt beschädigt!«, explodierte Molly. »Verstehen Sie denn nicht, wie wichtig das ist? Sag du es ihm, Pascal! Sehen Sie sich doch nur an, in was für einem Zustand der Kleidersack ist. Das Hochzeitskleid meiner Schwester! Und morgen ist die Trauung! Sie nehmen das überhaupt nicht ernst, stimmt's?« Wild gestikulierte sie in Richtung des Kleidersacks. »Nur, weil es Ihnen nichts bedeutet, ist es Ihrer Meinung nach in Ordnung, es wie Dreck zu behandeln – uns alle wie Dreck zu behandeln.«

Das hatte offenbar gesessen. Wortlos, aber mit schmerzlich verzogenem Gesicht, wandte Simon sich ab.

»Wir sollten uns auf den Weg machen«, sagte Pascal leise. »Streiten hilft nicht weiter.«

Zurück beim Motorschlitten sah Molly zu, wie Simon und Pascal die Bahre wieder befestigten. Simon schien sie zu ignorieren. Auch gut.

Er zeigte Pascal einen zerrissenen Gurt der Bahre. »Vermutlich ein scharfkantiger Stein«, meinte er.

»Sie können es unmöglich richtig festgemacht haben«, murmelte Molly stur. »Außerdem sind Sie zu schnell gefahren. Wie konnten Sie so dumm sein?«

Simon schwieg einen Moment lang. Dann richtete er sich auf und ging auf sie zu. »Vielleicht«, sagte er, »wer weiß? Ich mache so etwas nicht gerade jeden Tag. Ich will einfach nur nach Venedig. Genau wie Sie. Und das hier ist die einzige Möglichkeit, wie wir es diese Woche noch schaffen. Sollen wir jetzt weiter oder nicht? Es ist nicht mehr weit.«

Molly mied seinen Blick. Endlich rang sie sich ein einziges Wort ab: »Fein!«

Als sie wieder auf dem Schlitten saßen und Molly Simons warmen Körper spürte, war es nicht gerade leicht, ihre Wut aufrechtzuerhalten. Aber sie tat ihr Bestes. Sie hatte versucht, ganz hinten zu sitzen, aber Pascal sperrte sich. Schön, wenn Simon unbedingt so dickköpfig und gleichgültig sein wollte, dann konnte er ihr gestohlen bleiben! Er schien einfach nicht zu kapieren, wie wertvoll dieses Kleid war, sowohl für Caitlins zukünftiges Glück als auch, was seinen Marktwert betraf – ein Modellkleid für mehrere tausend Euro, beinahe ruiniert in einem Kuhstall, weil er sich offensichtlich nicht die Mühe gemacht hatte, die Bahre richtig zu befestigen …

Sich vorzustellen, dass sie vor nur wenigen Stunden gedacht hatte, sie würde auf ihn stehen! Wie schnell sich die Dinge doch ändern können.

11. Kapitel

Stunden bis zur Hochzeit: 28
Kilometer bis zur Hochzeit: 406

Als der Motorschlitten endlich holpernd nach Varzo hineinfuhr, war die Schneedecke nur noch wenige Zentimeter dick. Varzo entpuppte sich als malerisches Alpenstädchen am Fuße des Tals. Molly mochte gar nicht daran denken, was gewesen wäre, wenn hier gar kein Schnee läge. Hätten sie den Motorschlitten dann in den Ort schieben müssen? Noch vor Kurzem war zu viel Schnee ihr Problem gewesen, jetzt war es beinah umgekehrt.

Sie erregten eine Menge Aufmerksamkeit, was Molly nicht überraschte. Sie mussten lächerlich aussehen: Zwei erwachsene Männer und eine Frau, die auf einem Motorschlitten in die Stadt gepoltert kamen und eine Bahre hinter sich herzogen, auf der mit Kuhmist bespritztes Gepäck lag.

Den Einheimischen versüßen wir bestimmt den Tag, dachte Molly und verzog unter ihrem Helm das Gesicht, als sie sah, dass einige Leute sogar Handys zückten, um einen Schnappschuss von ihnen zu machen.

Molly fand es unfasslich, wie das Wetter innerhalb einer

so begrenzten geografischen Region derart unterschiedlich sein konnte. Sie blickte zurück. Der Pass war in dichte graue Wolken gehüllt und die Berge glitzerten weiß und majestätisch wie in einem Werbeprospekt für den tollsten Skiurlaub aller Zeiten. Hier in der Stadt dagegen gab es nur ein paar weiße Sprenkel, und der Himmel war strahlend blau. Wenn sie jedoch in die andere Richtung schaute, näherten sich von Osten schwarze Wolken. Kein Wunder, dass der Flughafen da oben in Sion bei derart unberechenbarem Wetter keine Starterlaubnis erteilte.

Sie hielten auf einem grasbewachsenen Platz. Mollys Muskeln schmerzten, als sie vom Motorschlitten stieg und ihren Helm absetzte.

Pascal tat dies ebenfalls, drehte sich zu Molly um und betrachtete sie mitleidig. »Helmfrisur«, meinte er und strich über eine feuchte, strähnige Locke, die hinter ihrem Ohr klebte. »Wir müssen Zeit finden, dich zu einem Stylisten zu bringen, bevor du deinem künftigen Schwager gegenübertrittst. So geht das auf gar keinen Fall! Ausgerechnet Francesco Marino!«

Molly warf ihm einen wütenden Blick zu. Sie hörte, wie Simon hinter ihr unterdrückt lachte, was sie nur noch mehr in Rage brachte.

»Pascal, dürfte ich dir etwas erklären?« Sie bemühte sich, so gelassen wie möglich zu klingen, registrierte jedoch mit Genugtuung, dass er sich wappnete.

»Beschimpf mich ruhig, wenn es sein muss« seufzte Pascal. »Aber ich habe recht. Das Haar einer Frau ist ihr größtes Kapital.«

»Tatsächlich?« Molly schürzte die Lippen. »Nicht ihr Verstand?«

Pascal schenkte ihr einen »Ach komm schon, du weißt doch, was ich meine«-Blick, aber Molly war nicht in der Stimmung.

»Was mich angeht, Pascal, ist der großartige Francesco Marino nicht mehr und nicht weniger als ein außergewöhnlich glücklicher Mann, der morgen meine Schwester heiraten wird. Und mir ist vollkommen egal, ob ich aussehe wie eine Vogelscheuche, wenn ich ihm begegne.«

»Das sollte es aber nicht«, erwiderte Pascal eine Spur beleidigt. »Der erste Eindruck ist entscheidend.«

»Ist er nicht!«, schrie Molly. »Jedenfalls nicht für normale Menschen! Kann ja sein, dass Francesco in halb Europa ein großes Tier ist, prima, wie schön für ihn. Aber für mich zählt nur, ob er ein anständiger Kerl ist.«

»Natürlich, Molly«, versicherte Pascal besänftigend, aber Molly war noch nicht fertig.

»Und ich freue mich darauf, das selbst herauszufinden. Sollte er also irgendwelche Bemerkungen über meine Haare machen, nach all dem Schlamassel, in den ich für *seine* Hochzeit geraten bin, dann werde ich *ganz genau* wissen, was für einMensch er ist.«

Pascal schluckte, bevor er flüsterte: »Ich dachte ja nur, du würdest dich wohler fühlen …«

»Und noch etwas!« Molly war immer noch nicht fertig. Sie sah das Grinsen auf Simons Gesicht, der die Bahre heranzog – was es auch nicht gerade besser machte. »Er mag ja dieses Kleid bezahlen, aber weißt du was? Das ist sein Privileg. Es ist sein Hochzeitsgeschenk an meine Schwester. Wenn du also glaubst, er wäre für mich ein hohes Tier, vor dem man sich fürchtet und … und für das man sich in Schale wirft, dann muss ich dich leider enttäuschen.«

»Okay.« Pascal ließ den Kopf hängen.

»Und noch was!«

»Noch etwas?« Pascal schaute hilfesuchend zu Simon, der jedoch nur mit den Schultern zuckte nach dem Motto: »Da musst du alleine durch, Kumpel.«

»Ich komme aus Yorkshire. Und die Mädchen dort wissen, dass es wichtigere Dinge im Leben gibt als Haare.«

»Kleider, zum Beispiel?«

Die Bemerkung kam von Simon und war so leise, dass Molly nicht ganz sicher war, ob sie richtig gehört hatte. Langsam drehte sie sich zu ihm um und suchte nach einem bissigen Kommentar, damit er ihr nie wieder auf die Nerven gehen würde.

»Ich sag euch was«, platzte Pascal mit aufgesetzter Fröhlichkeit heraus. »Ich werde mich mal auf die Suche nach dem Postamt machen und ihr bleibt einfach so lange hier und erholt euch ein bisschen. Ich traue eurem Französisch nicht; wer weiß, wo wir landen, wenn ihr nach der Wegbeschreibung fragt.«

Und mit drollig flatternden Armen eilte er in Richtung Stadtzentrum davon, bevor Molly und Simon Einwände erheben konnten.

Molly drehte Simon den Rücken zu und versuchte, sich wieder zu beruhigen. Dabei fiel ihr Blick auf die Bahre. Fairerweise musste sie eingestehen, dass ihr Gepäck in weniger schlechtem Zustand war, als sie befürchtet hatte. Ein Großteil des Strohs und Mists war auf ihrem verschneiten Weg den Pass hinunter weggeweht oder abgeschüttelt worden.

Dennoch konnte Molly es kaum erwarten, den Reißverschluss des Kleidersacks zu öffnen, nicht nur, um sich von der Unversehrtheit des Kleids zu überzeugen, sondern auch, weil sie es endlich sehen wollte. Es war sonderbar, das Kleid die ganze Zeit bei sich zu haben, ohne auch nur einen einzigen kurzen Blick darauf zu werfen. Aber hier konnte sie das nicht tun, in aller Öffentlichkeit, mit ihren schmutzigen Händen und einem Simon, der sie beobachtete und zweifellos irgendeine sarkastische Bemerkung parat hätte, die den Augenblick kaputtmachte.

»Das war dicht an der Katastrophe vorbeigeschrammt«, sagte sie, ihm immer noch den Rücken zugewandt.

Simon überprüfte den Motorschlitten und fuhr mit den Händen über den Motor und die Kufen.

»Haarscharf.« Sie hielt den Atem an und wartete auf seine Reaktion.

Nichts. Keine Entschuldigung. Er schien sie zu ignorieren.

»Simon?«

»Ja?« Er drehte sich nicht um.

Molly holte tief Luft und ließ alles heraus. »Ich wünschte, Sie hätten sich die Mühe gemacht, das Ding anständig zu befestigen – Sie hätten beinahe alles ruiniert!«

Er erstarrte für ein paar Sekunden, dann drehte er sich

langsam um. Seine Miene war undurchdringlich. »Hätte ich das? Was für eine weltbewegende Katastrophe!«

»Und Ihren Sarkasmus können Sie sich sparen!«

Wieder standen sie sich wie zwei Kampfhähne gegenüber, die Hände in die Hüften gestemmt. Simon hatte Schlammspritzer im Gesicht, das Haar klebte ihm an der Stirn, aber ärgerlicherweise stand ihm das hervorragend, wie Molly fand – verglichen damit, wie verdreckt und total ramponiert sie selbst vermutlich aussah.

»Es ist nur ein Kleid Molly, ein blödes Kleid!«

»Blöd?«, wetterte Molly. »Wie können Sie *wagen*, es blöd zu nennen – das ist ein schreckliches Wort.«

Simon breitete in einer Geste der Verzweiflung die Arme aus. »Sie haben mich da oben als blöd bezeichnet!«

»Habe ich nicht.«

»Haben Sie doch!«

»Wirklich?« Molly biss sich auf die Unterlippe. Hatte sie das?

Er nickte.

»Oh.« Sie konnte sich überhaupt nicht daran erinnern.

Simon wartete darauf, dass sie etwas sagte.

»Nun …« Die Entschuldigung blieb ihr im Hals stecken und sie schwieg. Sie sah zu den Passanten, die an ihnen vorübergingen und sich nicht die Mühe machten, ihre neugierigen Blicke zu verbergen.

Verärgert schüttelte Simon den Kopf. »Jetzt machen Sie aber mal einen Punkt, Molly. Ich weiß, dass es ein *Hochzeitskleid* ist. Aber es kommt mir so vor, als würden Sie und Ihre Schwester es wichtiger nehmen als es ist.«

Molly war außer sich. »Ach ja? Seit wann haben Sie das

Recht, über Caitlin und mich zu urteilen? Vermutlich, weil sie uns so gut kennen.«

Er schüttelte den Kopf. »Natürlich tue ich das nicht, aber ich fass es nicht, welche Angst Sie vor ihr haben. Das klingt ja gerade so, als wäre sie eine richtige kleine Prinzessin, die ein unheimliches Bohei um ... ein *Kleidungsstück* macht. Sie sollte sich viel mehr Sorgen darum machen, dass Sie heil in Venedig ankommen.«

»Dieses Kleid macht sie glücklich, Simon, und ich bedaure, dass Sie das nicht verstehen können.« Molly hatte ihren förmlichsten, bitter enttäuschtesten Tonfall angenommen. »Ich versuche nur, dafür zu sorgen, dass es der schönste Tag ihres Lebens wird.«

»Aus meiner Warte wirkt es eher so, als wollten Sie irgendetwas beweisen.«

Molly kniff die Augen zusammen. »Wie bitte?« Hatte Simon sie so genau durchschaut?

»Warum rufen Sie Ihre Schwester nicht an?«, schlug er vor. »Und erzählen Ihr von all den brennenden Reifen, durch die Sie für sie springen?«

»Ich ... ich möchte sie nicht beunruhigen.« Molly konnte ihm nicht in die Augen sehen. Wie konnte jemand, der sie kaum kannte, so recht haben, was ihre Beziehung mit Caitlin betraf?

»Ach ja? Ist das der wahre Grund?«

Die Worte lagen in der Luft. Molly verspürte plötzlich den starken Drang, ihm alles zu erzählen, die Probleme mit ihrer Schwester, wie sie ihre Gefühle über die Trennung von Reggie in sich hineinfressen musste, alles eben. Und sie wollte auf keinen Fall weinen.

»Ich …«

»Abenteuerlich!« Pascal kam zurück. »Die reden hier einen derartigen Dialekt, dass ich kein Wort verstehe!« Er sah erst Simon an, dann Molly und verschränkte die Arme. »Was ist los? Zankt ihr Kinder euch immer noch? Simon? Sie zuerst, bitte.«

»Es ist alles in Ordnung, Pascal. Molly hat sich nur bei mir bedankt, dass ich uns drei sicher über den Pass gebracht habe.«

Molly warf ihm einen verächtlichen Blick zu. »In zwei Teilen. Ihre Vorrichtung ist auseinandergefallen. Erinnern Sie sich?«

»Wollen wir?« Pascal klatschte in die Hände und schickte sich an, die Straße zu den Geschäften auf der anderen Seite zu überqueren. Molly und Simon folgten ihm wie zwei gescholtene, schmollende Kinder.

Ihr ramponiertes Erscheinungsbild ließ die Einheimischen zweimal hingucken Ganz zu schweigen von dem schlammbespritzten Motorschlitten, den sie mitschleiften, an dem ulkigerweise eine gepäckbeladene Krankenbahre angehängt war. Sie passierten eine Bäckerei mit köstlich aussehendem Brot und Gebäck, eine altmodische Eisenwarenhandlung, Cafés und etliche Läden, in denen man Skier leihen konnte.

Als sie an einem Friseur vorbeikamen, stieß Pascal Molly an. »Wir können uns die Zeit nehmen, wenn du reingehen möchtest«, neckte er sie.

»Sehr witzig«, knurrte Molly, rang sich dann aber ein Lächeln ab.

Erst, als sie an einer Bank vorbeikamen, auf der ein

paar alte Männer saßen und plauderten, fiel es ihr wie Schuppen von den Augen. Die Schaufenster der Geschäfte, die Preisschilder, die Aushänge, *die Sprache* …

»Die Leute hier sprechen Italienisch, Pascal«, sagte sie leise. »Und nicht irgendeinen ländlichen französischen Dialekt. Ich glaube, du lebst schon zu lange in Paris.«

»Aber ja, natürlich!« Pascal schüttelte den Kopf über sich. »Ich habe gar nicht mitbekommen, dass wir die Grenze passiert haben. Man sollte an den Übergängen zwischen Ländern eine dicke rote Linie ziehen, findet ihr nicht auch?«

Es war ihm so peinlich, dass er rosa angelaufen war. Molly tätschelte ihm den Arm. »Meine Mutter lebt seit ein paar Jahren in Italien, sonst wäre ich bestimmt auch verwirrt gewesen.«

»Du musst dich nicht auch noch über mich lustig machen. Ich hätte es merken müssen. Schließlich habe ich schon mal mit Gianni Versace zu Abend gegessen.«

»Nein!« Molly blieb abrupt stehen.

»Doch!«

»Wie war er denn so?«, quietschte sie.

»Oh, außerordentlich liebenswürdig.« Pascal strahlte bei der Erinnerung daran. »Es war in seiner Villa in Miami. Natürlich haben wir alle Englisch gesprochen, wie also hätte ich Italienisch …«

»Hoppla«, rief Simon. Molly hatte fast vergessen, dass er auch noch da war. Er zeigte auf ein hässliches Betongebäude direkt vor ihnen, in dessen Frontscheibe eine Geldautomat eingebaut war. »Na, was haben wir denn da?«

Ein schweres Metallgitter verschloss den Eingang, und im Gebäude war alles dunkel. Es gab jedoch ein Schild. Sie waren auf das Postamt gestoßen. Das war die gute Nachricht.

»Es hat zu«, stellte Molly das Unübersehbare fest. Und das war die schlechte Nachricht.

Simon blickte zurück zur anderen Straßenseite, wo der unbeaufsichtigte Motorschlitten stand. »Sollen wir ihn einfach hinten in den Hof stellen und zur Bushaltestelle abhauen?«, überlegte er laut und spähte durch das Fenster ins Gebäudeinnere. »Niemand da.«

»Moment mal.« Molly hatte links neben der Tür eine Gegensprechanalage entdeckt, halb verdeckt durch eine stachlige alpine Kletterpflanze. Molly drückte auf den schmutzigen roten Knopf.

Eine scheinbare Ewigkeit lang passierte gar nichts, bis sie irgendwann schlurfende Schritte hörten.

Ein älterer Mann in einem eleganten Anzug kam um die Hausecke auf sie zu gehinkt.

»Ob das Julien ist?«, flüsterte Molly Simon zu.

»Genau der«, antwortete der Mann auf Englisch. Trotz seines Alters war sein Gehör offenbar noch ausgezeichnet. »Und Sie müssen die Bergabenteurer sein, von denen mein Freund mir erzählt hat – ich habe Sie schon erwartet. Hatten Sie eine angenehme Fahrt den Berg hinunter?«

»Ja«, antwortete Simon höflich, während Molly gleichzeitig ein aufrichtiges »Nein« ausstieß.

Julien betrachtete die drei mit einem augenzwinkernden Lächeln. »Irgendwelche Schäden am Motorschlitten?«

»Keine«, versicherte Simon.

»Sicher?« Julien runzelte die Stirn und kniff die Augen zusammen, um den Motorschlitten auf der anderen Straßenseite besser sehen zu können. Er war ziemlich verdreckt. Molly befiel ein leichtes Schamgefühl.

Simon folgte dem Blick des Mannes. »Äh ... Ich helfe Ihnen natürlich beim Saubermachen. Aber er hat keinerlei Schaden genommen, ehrlich.«

»Nicht nötig, ich werde ihn einfach abspritzen«, antwortete Julien. »Nehmt eurer Gepäck runter und dann zeige ich euch, wo ihr ihn abstellen könnt.«

Sie schnallten alle ihr Gepäck von der Bahre los, und Molly presste den Kleidersack trotz des Schmutzes darauf die ganze Zeit fest an sich. Dann setzten sie und Pascal sich auf eine Holzbank neben der Eingangstür des Postamts. Simon folgte Julien, um den Motorschlitten im Hof hinter dem Haus zu parken.

»Ist dir auch schon in den Sinn gekommen, dass wir es nie bis Venedig schaffen?«, fragte Molly.

Pascal nickte. »Ein paar Mal.«

»Ich sollte jetzt da sein, eine Maniküre bekommen oder mit Caitlin ein Glas Pinot Grigio trinken und in Kindheitserinnerungen schwelgen ... na ja, also ...« Sie brach ab, tief in ihrem Innern wusste sie, wie unwahrscheinlich dieses Szenario war, selbst wenn das Flugzeug sie wie geplant auf direktem Weg nach Venedig gebracht hätte. Caitlin wäre zweifellos panisch wegen der winzigsten Hochzeitsdetails. Seit sie und Francesco sich verlobt hatten, war dieses Mikromanagement zu ihrer Vollzeitbeschäftigung geworden. Sie war immer schon ordentlich und penibel gewesen, aber ihre Sorgen bezüglich der Hochzeit grenzten an Besessenheit. Die Chance, dass sie beide Zeit finden würden, um über ihre Kindheit zu plaudern, war genauso gering wie die Wahrscheinlichkeit, dass Caitlin überhaupt das Bedürfnis dazu verspürte.

»Es ist … ungewöhnlich«, stimmte Pascal zu. »Ich hatte ein komisches Gefühl, was diese Reise anging, abgesehen von meiner Flugangst. Aber so etwas kann passieren, vor allem, wenn dafür andere Pläne über den Haufen geworfen werden.«

Molly war nicht sicher, was er damit meinte, aber in diesem Moment kam Simon mit triumphierender Miene zurück, gefolgt von Julien.

»Job erledigt!«, rief er und boxte in die Luft.

Molly wäre am liebsten aufgesprungen und hätte ihn umarmt, so erleichtert war sie. Aber sie begnügte sich mit einem strahlenden Lächeln. Schluss mit unzivilisierten Fortbewegungsmitteln!

»Venedig, wir kommen!« Pascal seufzte. »Endlich!«

»Ist es weit bis zur Bushaltestelle?«, fragte Molly.

Juliens Miene trübte sich. »Bushaltestelle?«, wiederholte er. »Nein, es ist nicht weit.«

»Ausgezeichnet«, sagte Pascal gut gelaunt. Er sprang von der Bank auf.

»Aber warum wollen Sie zur Bushaltestelle?«, fragte Julien.

Molly, die gerade ihre Sachen einsammelte, sah ihn stirnrunzelnd an. »Natürlich um den Bus zu nehmen!« Sie lachte über seine unsinnige Frage.

»Aber es ist Sonntag«, entgegnete Julien.

Molly rutschte das Herz in die Hose.

»Heute fahren keine Busse«, erklärte er.

Die drei erstarrten.

»Das kann nicht wahr sein«, krächzte Simon schließlich.

»Sind Sie sicher?«, fragte Molly ernüchterter, als sie sich je hatte vorstellen können.

Julien nickte bedauernd.

Pascal schüttelte nur den Kopf. Sein gesamter Elan hatte ihn verlassen.

Simon setzte sich auf die Bank, so dicht neben Molly, dass sie durch den scheußlichen Pullover hindurch die Wärme seines Körpers fühlen konnte. Julien trat sorgenvoll von einem Bein aufs andere und nagte an der Unterlippe.

Molly sah zu ihm auf. »Wie weit ist es denn bis Domodossola?«, fragte sie, nachdem alle eine Weile geschwiegen und gegrübelt hatten, aber niemandem etwas Vernünftiges eingefallen war. »Wir müssen den Zug nach Venedig erwischen. Können wir von hier aus mit dem Taxi fahren?«

»Das kommt gar nicht infrage.« Julien lächelte sie freundlich an und rieb die Hände. »Ich muss sowieso gleich dorthin und werde euch mitnehmen.«

Mollys Herz tat einen Freudensprung. »Aber das wäre ja großartig!«

»Sehr nett von Ihnen«, stimmte Pascal zu.

»Kein Problem«, sagte Julien. »Ich habe auf dem Weg eine wichtige Lieferung zu machen. Aber in meinem Lieferwagen ist genug Platz für euch.«

Er zeigte auf die andere Straßenseite, wo ein großes Postauto wartete. Dann betrachtete er das Gepäck der drei.

»Ein Anzug?«, fragte er und deutete auf den Kleidersack.

»Ein Hochzeitskleid«, antwortete Molly. »Meine Schwester heiratet morgen.«

»Ah, wie wunderbar! Meine besten Glückwünsche an die junge Dame.«

»Vielen Dank.«

Er runzelte die Stirn. »Würden Sie mir erlauben, das Kleid in einen Karton zu packen, bevor wir es in den Postwagen laden? Dann ist es geschützter.«

»Ich bin begeistert. Je geschützter, desto besser. Es hat schon genug mitgemacht.«

Sie stieß Simon in die Rippen, während Julien das Kleid vorsichtig ins Gebäude trug. »Ist es nicht schön, wenn Menschen achtsam mit den Dingen anderer umgehen?«

»Ist ja schon gut«, murmelte Simon.

»War nur ein Scherz«, fügte Molly hinzu, als sie sein Unbehagen bemerkte.

»Ich hab schon bessere gehört«, erwiderte Simon.

»Und ich schon bessere gemacht«, murmelte Molly.

Zwanzig Minuten später hatten sie es sich alle in Juliens Postauto bequem gemacht, das Gepäck und das gut verpackte Hochzeitskleid waren im Heck verstaut, und sie fuhren durch das Tal. Jetzt, da sie wusste, dass ihr genug Zeit blieb, konnte Molly die beeindruckende Bergwelt genießen, diese verschneiten Gipfel, die gewaltig um sie herum aufragten.

»Irgendwann werde ich hierher zurückkommen und mir alles in Ruhe ansehen«, sagte sie staunend.

»Ich auch«, stimmte Simon zu.

»Vielleicht lerne ich am Ende doch noch Skifahren.«

»Na ja, wem es Spaß macht«, meinte Simon.

»Fährt Yvonne Ski?«, fragte Molly. Nicht, dass sie die Antwort wirklich interessierte. Yvonne fuhr bestimmt olympiareif. Und hatte fantastische Haut und perfekte Zähne.

Simon warf ihr einen sonderbaren Blick zu. »Nein«, erwiderte er. »Da, wo sie herkommt, hat man dazu nicht viel Gelegenheit.«

»Ja, natürlich.« Molly nickte. In Hollywood gab es nicht viele schneebedeckte Hänge. Vielleicht war Yvonne ja auch eine gebräunte australische Surf-Schönheit. Oder eine hawaiianische Hulahula-Lehrerin. Aber vermutlich würde sie das nie herausfinden.

Sie wollte sich gerade noch ein bisschen weiterquälen, indem sie nachfragte, als der Postwagen vor einem gemütlich aussehenden Häuschen am Ende einer Ortschaft zum Stehen kam. Im Garten gab es eine Schaukel und eine Rutsche, und Molly sah an einem Wandständer in der Garage ein Paar winziger Ski hängen.

Julien wandte sich um und strahlte. »Das Haus meines Sohnes.«

»Es sieht hübsch aus«, meinte Molly fröhlich.

Julien lächelte sie an. »Vielen Dank«, sagte er.

Die Haustür ging auf und ein glücklich wirkendes Paar trat heraus.

»Meine Schwiegertochter Elizabeth«, stellte Julien vor. »Und ihr Ehemann, mein Sohn Antonio.«

Elizabeth kam auf sie zugeeilt, um ihren Schwiegervater zu umarmen. Molly lächelte über die Szene. Es war rührend, wie nah sie sich offenbar standen. Auf einmal vermisste sie ihre Mutter.

Molly spähte ins Haus und konnte Luftballons sehen, die sich losgerissen hatten und jetzt die Treppe hinaufschwebten. Ein kleines Mädchen im rosa Kleid hüpfte im Flur herum.

Julien erklärte seiner Schwiegertochter rasch alles auf Italienisch.

In perfektem Englisch rief diese dann Molly und den beiden anderen zu: »Kommen Sie doch bitte herein! Sie sind herzlich willkommen.«

Ein kurzer Blickwechsel zwischen Pascal, Simon und Molly bestätigte, dass sie alle drei das Gleiche dachten. So viel Zeit hatten sie nun wirklich nicht.

»Vielen Dank, aber nein«, erwiderte Simon. »Wir müssen unbedingt …«

»Opa! Opa!«

Das kleine Mädchen kam herausgestürmt und warf sich in die Arme ihres Großvaters. Glücklich küsste Julien die Kleine auf den Scheitel, flüsterte ihr etwas ins Ohr und wandte sich dann wieder seinen Mitfahrern zu.

»Das ist Gabriella, mein Enkelkind, und heute ist ihr siebter Geburtstag.«

»Was für ein hübsches Mädchen!«, rief Molly. Ihr war klar, dass Julien das gern hörte, aber es entsprach auch der Wahrheit. Dieses Kind war wirklich entzückend. »Herzlichen Glückwunsch, Gabriella!«

Verschämt versteckte Gabriella den Kopf hinter Großvaters Bein.

»Bitte, kommen Sie rein!«, beharrte Julien. »Essen Sie ein Stück Kuchen mit uns!«

Molly spürte Simons und Pascals Nervosität. Sie beschloss, die Initiative zu übernehmen, sprang aus dem Wagen und ging zu Julien. »Vielen Dank, Julien, aber das würde uns nicht im Traum einfallen. Bitte gehen Sie doch hinein und feiern mit Ihrer Familie. Vielleicht wären Sie noch so nett, uns die Nummer eines Taxiunternehmens zu geben? Dann fallen wir Ihnen auch nicht länger zur Last …«

Julien schlug sich an die Stirn, noch bevor sie den Satz beenden konnte. »Sie haben es eilig, ich hätte nicht fragen sollen. Lassen Sie mich nur schnell Gabriella ihr Geschenk geben, dann bringe ich Sie gleich zum Bahnhof.«

»Ich möchte nicht, dass Sie die Feier verpassen«, widersprach Molly.

»Ich bin schnell wieder zurück. Es ist nicht weit. Lassen Sie mich Ihnen diesen kleinen Gefallen tun.«

Ihre Mutter hatte ihr einmal etwas gesagt, das Molly im Gedächtnis geblieben war: Manchmal muss man den Menschen erlauben, nett zu einem zu sein. Ihre Mutter hatte ihr von einem ähnlichen Erlebnis erzählt. Im Dezember vor achtzehn Jahren hatte eine Dame aus dem Dorf ihr einen selbst gebackenen Weihnachtskuchen geschenkt. Mollys Mum hatte damals sehr unter Stress gestanden, es war noch nicht lange her, dass ihr Vater ausgezogen war, und die Dame hatte versucht, die nette Geste herunterzuspielen, indem sie sagte: »Ich backe immer ein paar mehr.« Keine der Wright-Frauen hatte dieses Erlebnis je vergessen.

»Nun, wir sind Ihnen sehr dankbar«, versicherte sie. »Vielen herzlichen Dank.«

Sie stieg wieder in den Wagen, während Julien aus dem Laderaum das Geschenk für seine Enkelin holte und ins Haus trug. Molly konnte die Freudenschreie der Kleinen und das glückliche Lachen der Erwachsenen hören.

»Findet noch jemand außer mir das alles ein bisschen peinlich?«, fragte Simon.

»Ein bisschen?«, echote Pascal. »Wir sollten nicht hier sein. In Paris reisen wir nicht so zu Hochzeiten.«

In dem Moment trat ein lächelnder Julien aus der Haustür, der seiner Familie im Hintergrund zurief, er sei bald wieder zurück. Er stieg in das Postauto und ließ den Motor an.

»Ich wünschte wirklich, Sie würden bei Ihrer Familie bleiben«, versuchte Molly es ein letztes Mal.

Er schüttelte den Kopf. »Nein, nein. Bis zum Bahnhof sind es nur zwanzig Minuten. Ich bin ganz schnell wieder hier.«

»Aber …«

»Auch wenn es zu der Zeit, als ich ein kleiner Junge war, keine Teddybären gab, die so groß waren wie der, den Gabriella gleich auspacken wird.« Er tätschelte Mollys Arm. »Ich werde rechtzeitig zurück sein, wenn sie ihn allen zeigt. Bitte machen Sie sich um mich keine Sorgen, das wird ein wunderschöner Tag für mich.«

Wieder musste Molly an die Dame mit dem »überzähligen« Weihnachtskuchen denken. Sie bedankte sich noch einmal bei Julien und entspannte sich ein wenig, während der Wagen zurück auf die Straße und über die kurvenreiche Strecke zum Bahnhof fuhr. Eines Tages würde sie eine Möglichkeit finden, sich für seine Freundlichkeit zu revanchieren.

Jetzt war sie einfach nur froh, dass sie endlich auf dem Weg waren!

12. Kapitel

Stunden bis zur Hochzeit: 26
Kilometer bis zur Hochzeit: 393

Ist es schön, hier zu leben?«, fragte sie Julien und betrachtete das zu beiden Seiten aufragende Gebirge. »Fühlen Sie sich nicht von den Bergen beobachtet?«

Er lächelte. »Das sagen viele Besucher. Aber wenn Sie, so wie ich, Ihr ganzes Leben mitten in den Alpen verbracht hätten, käme Ihnen alles andere ein bisschen … *weniger* vor als das, was wir haben. Verstehen Sie?«

Molly dachte an die hügeligen Weiden ihrer Heimat Yorkshire. Für sie gab es nichts Schöneres als das offene Ackerland rund um ihr Haus. Trotz ihres Traums, irgendwann einmal in Paris zu leben, war nichts damit vergleichbar.

»Ja«, sagte sie nach einer Weile. »Es ist Ihre Heimat. Wo Ihr Herz ist. Als Caitlin und ich klein waren, haben wir uns viel gestritten, aber trotzdem hat dieses Wort etwas Magisches, nicht wahr? Heimat – allein das Wort klingt heimelig.«

Sie fuhren eine Weile schweigend weiter, bis Simon schließlich sagte: »Sie können sich glücklich schätzen, dass Sie wissen, was ›Heimat‹ ist.« Auf einen Schlag war Mollys gute Laune im Keller.

Sie sah ihn an.

»In hatte in meinem Leben vierzehn verschiedene Orte, die ich Heimat nennen könnte. Und keiner davon ist es wirklich.«

»Warum?«, fragte Pascal.

»Mein Dad war Musiker. Er musste dorthin, wo es Arbeit gab. Und wir folgten ihm eben.«

»Wie romantisch!« Molly seufzte. Sie dachte an ihren Vater, den Versicherungsmakler, und an ihr Reihenhaus.

Wehmütig erwiderte er ihr Lächeln. »Das war es auch, bis er seine romantischen Neigungen mit einer kleinen Klarinettistin aus Bristol auslebte und Mum verließ, die meinen Bruder und mich von da an allein aufziehen musste.«

»Das ist hart«, antwortete Molly voller Mitgefühl. »Sie Ärmster.«

»Danke.«

»Uns ging es genauso«, sagte sie.

Simon sah sie an, und sie tauschten ein scheues Lächeln.

Einige Minuten lang sagte niemand etwas. Dann entdeckte Molly das Bahnhofsschild. Sie konnte die Aufschrift nicht lesen, aber der darauf abgebildete Zug sagte alles.

»Wir sind da!«, rief sie erleichtert.

Julien setzte den rechten Blinker und fuhr mit dem Postauto bis vor den Eingang des Bahnhofsgebäudes. Dort hielt er an und wandte sich Molly zu: »Wünschen

Sie doch bitte Ihrer Schwester alles Glück der Welt von Julien.«

Molly küsste den alten Mann auf die Wange, während Pascal und Simon das Gepäck und die riesige Schachtel mit dem Hochzeitskleid ausluden.

»Werde ich.« Molly grinste. »Und Sie wünschen Gabrielle alles Gute zum Geburtstag von drei komischen Leuten, die ihr den Großvater entführt haben.«

»Unsinn!« Julien lachte. »Ich werde nur schnell tanken, und dann fahre ich zurück.«

»Dürften wir Ihnen Benzingeld geben?«, fragte Molly.

»Natürlich nicht«, widersprach Julien. »Es war nicht weit und es war mir außerdem ein großes Vergnügen.«

Molly bedauerte, dem alten Mann Lebewohl sagen zu müssen.

»So viel echte Freundlichkeit erlebt man nicht oft, stimmt's?«, sagte sie und sah dem davonfahrenden Wagen nach. »Ohne dass eine Gegenleistung erwartet wird.«

»Ich werde ihm einen kurzen Brief schreiben«, murmelte Pascal. »Vielleicht mit einem Rabattgutschein für irgendwas aus der nächsten Kreuzfahrt-Kollektion.«

Molly und Simon blieben stehen und starrten ihn an.

»Wieso nicht?« Pascal wirkte überrascht, als Molly und Simon die Köpfe schüttelten. »Dann also nur Blumen. Über Blumen freut sich jeder. Ich werde sie an das Postamt schicken, besser gesagt, Annabelle damit beauftragen.«

»Was zählt, ist die gute Absicht«, flüsterte Simon Molly ins Ohr. Sie kicherte. Jetzt, wo sie endlich vorankamen, fand sie Simon längst nicht mehr so übel wie noch vor wenigen Stunden.

Sie betraten das Bahnhofsgebäude. Es war nicht sehr groß – ein paar kleine Läden auf der einen Seite und ein Kaffeestand. Aber vor allem gab es hier Züge. Molly sah auf die Anzeigetafel und warf dann einen Blick auf ihre Armbanduhr.

»Der Zug nach Venedig geht in zwei Stunden. Hurra!« Molly spürte, wie sich ihre Schultern entspannten. *Endlich*, sie hatten es geschafft! Sie schickte einen Luftkuss zur Anzeigetafel hinauf. Bis zu diesem Augenblick hatte ihre Reise etwas Surreales gehabt, aber als sie jetzt das Wort »Venezia« in gelben Leuchtbuchstaben dort oben sah, hätte sie am liebsten einen Freudentanz aufgeführt.

Im wärmeren Teil der Bahnhofshalle fanden sie einen freien Tisch mit Stühlen.

»Ich hole die Fahrkarten«, erbot sich Simon.

Molly kramte in ihrer Handtasche nach dem Portemonnaie.

»Ist schon gut. Das können wir nachher regeln. Ich habe keine Ahnung, was die kosten.«

»Danke.« Molly lächelte, als er die Bahnhofshalle durchquerte, um sich an die Schlange vor dem Fahrkartenschalter anzustellen.

»Ich rufe Caitlin an und erzähle ihr alles«, sagte Molly zu Pascal. »Immerhin sieht es so aus, als würden wir es tatsächlich pünktlich zur Hochzeit schaffen. Vermutlich geht sie schon die Wände hoch, weil sie nicht weiß, wo wir stecken.«

»Sie wird dir kaum glauben, wenn du ihr *alles* erzählst«, erwiderte Pascal lakonisch. »Richte ihr meine allerherzlichsten Grüße aus.«

Molly fand das Handy in ihrer Tasche und rief Caitlin an. Die ging sofort ran.

»Molly?«, fragte sie. »Bist du jetzt hier?«

»Fast«, trällerte Molly. »Ich werde in Kürze bei dir sein. Wie geht es dir?«

»Was denkst du? Ich heirate morgen früh, mein Kleid ist nicht da und ich habe keine Ahnung, wo es sich befindet. Mir geht's einfach großartig, danke.«

Molly lächelte den Karton zu ihren Füßen an.

»Keine Sorge, das Kleid ist unterwegs. Wir sind nur noch eine Zugfahrt entfernt.«

Sie hörte, wie Caitlin am anderen Ende erleichtert aufseufzte. »Gott sei Dank. Du hattest doch hoffentlich nicht noch mehr Schwierigkeiten? Noch mal verhaftet worden? Wegen terroristischer Umtriebe des Landes verwiesen?«

Molly beschloss, nichts über die Fahrt mit dem Motorschlitten und die Unmengen Kuhmist zu erzählen.

»Es war zeimlich ereignisreich, aber jetzt ist alles geregelt«, sagte sie stattdessen. »Ich kann es kaum erwarten, dich zu sehen.«

»Warte, bis du erst das Kleid siehst!«, schwärmte Caitlin und fügte dann misstrauisch hinzu: »Hast du es dir angesehen?«

»Ich würde für mein Leben gern, aber nein, habe ich nicht«, antwortete Molly wahrheitsgemäß. »Pascal würde es nicht zulassen.«

»Es ist soooo etwas Besonderes«, schwärmte Caitlin. »Und weißt du was? Diese schreckliche Verzögerung steigert meine Vorfreude nur noch mehr – ich kann gar nicht glauben, dass es mein Kleid ist!«

»Ich werde es Pascal ausrichten.« Sie wandte sich zu ihm. »Caitlin freut sich riesig auf ihr Kleid.«

»Küsschen. Ganz dickes Küsschen an sie«, säuselte Pascal und hatte einen Hauch seines Pariser Elans zurückgewonnen.

»Dicker Kuss von ihm«, murmelte Molly ins Handy.

»Dicker Kuss zurück!«, zwitscherte Caitlin.

»Dicker Kuss zurück«, gab Molly mit ausdrucksloser Miene an Pascal weiter, dessen aufgesetzt seliger Gesichtsausdruck beinahe echt wirkte.

»Ich ruf' dich an, so wie wir ankommen«, fuhr Molly fort.

»Hör zu, Molly, tut mir leid, dass ich dich gestern so angefahren habe. Das war nicht nett von mir. Ich war ... nervös. Diese ganze Sache mit der Hochzeit ...«

»Schon gut«, murmelte Molly und stellte überrascht fest, dass sie es tatsächlich so meinte. »Sobald wir in Venedig sind, melde ich mich, okay. Und – juchhu – du heiratest morgen!«

»Allerdings juchhu!«, kreischte Caitlin. »Bis dann!«

Lächelnd legte Molly auf und schloss die Augen. Alles würde gut werden.

»Jetzt dauert es nicht mehr lange«, sagte Pascal. »Ich möchte ein heißes Bad und einen kalten Cocktail.«

»Du warst heute so still«, sagte Molly und musterte Pascal, der jetzt wieder bedrückt wirkte. »Diese Reise ist ziemlich sonderbar, nicht wahr?«

Pascal nickte traurig. »Ich habe kein Geschick für solche Situationen. Ich kann nur hilflos zusehen, während Simon der große Held auf dem Motorschlitten ist.«

»Ach, jetzt komm schon!« Molly legte ihm den Arm um die Schultern. »Simon mag so was offenbar. Aber es ist nun mal nicht das, wobei du dich wohl fühlst – und ich mich übrigens auch nicht. Ich würde auch lieber mit einem Cocktail in der Badewanne sitzen.«

»Entschuldigung?«

Molly und Pascal drehten sich um. Hinter ihnen stand Simon und hielt die Zugfahrkarten in der Hand.

»Vollbäder und Cocktails stehen durchaus auch auf meinem Radar.«

Molly wurde verlegen. »Oh, Simon, es tut mir leid, wenn ich Ihre Gefühle verletzt habe.«

»Sie hat nur versucht, mich aufzumuntern, weil ich da draußen zu nichts nutze war«, fügte Pascal hinzu.

Simon zuckte mit den Schultern und setzte sich. »Ach, vergessen Sie's. Wir hatten alle einen fürchterlichen Tag.«

Er reichte den beiden ihre Fahrscheine. Molly, die sich beschämt und gemein vorkam, suchte nach etwas Nettem, das sie sagen konnte.

»Sie haben das heute toll gemacht, Simon. Vielen Dank. Ohne Sie wären wir niemals so weit gekommen. Und … es tut mir leid, dass ich Ihnen wegen des Kleids so zugesetzt habe.«

»Vergessen Sie's. Es ist ja nun vorbei.« Er sah sie lächelnd an und zeigte nach unten auf den Karton. »Sie wollen es doch bestimmt mal sehen?«

»Und wie«, seufzte Molly. Sie sah sich in der Bahnhofshalle um. Es wirkte recht sauber hier. Sie biss sich auf die Unterlippe und sah Pascal an. Der lächelte und nickte.

»Ich werde es nicht verraten«, sagte er.

»Wir passen gut auf, das es nicht den Boden berührt, okay?«, versicherte Molly verschwörerisch.

»Das kriegen wir hin.« Pascal lächelte. »Na los, du wartest schon lange genug.«

Molly machte sich über den Karton her, in den Julien das Kleid verpackt hatte, riss den Klebestreifen ab und hob vorsichtig den Deckel.

Molly zitterte vor Aufregung. »Es muss ja immer noch in dem Kleidersack stecken … oh!«

Pascal schlug den Deckel ganz auf, und sie schauten alle drei in den Karton. Ein lächelndes Fellgesicht starrte ihnen entgegen.

»Merde!«

Der Teddybär, den Julien für Gabriella gekauft hatte, war in der Tat sehr groß. Jedenfalls so groß, dass er ihn in einen Karton steckte, der aufs Haar dem glich, den Julien für das Kleid verwendet hatte.

»Mon Dieu«, flüsterte Pascal und fächelte sich mit dem Fahrschein Luft zu.

»Sagt mir, dass es nicht das ist, wofür ich es halte.« Molly überlegte, ob es nicht das Einfachste wäre, auf der Stelle umzufallen und drei Tage so zu tun, als läge sie im Koma.

»Mein Kleid«, winselte Pascal, ließ den Deckel zufallen und sich auf einen Stuhl fallen. »Mein wunderschönes Kleid!«

»Er muss Gabriella Caitlins Kleid gegeben haben!«, jammerte Molly. »Das ist eine Katastrophe!«

»Moment mal.« Simon war aufgesprungen und zeigte

in Richtung Ausgang. »Hat Julien nicht etwas von Tanken gesagt? Vielleicht erwischen wir ihn noch. Möglicherweise ist das Kleid immer noch im Postauto!«

»Pass auf die Koffer auf!«, rief Molly Pascal zu, als Simon ihre Hand nahm und sie zusammen zum Ausgang rannten. Der Sicherheitsbeamte warf nur einen kurzen Blick auf sie und ließ sie dann ihrer Wege ziehen. Vielleicht passierte es hier ja ständig, dass junge Paare schreiend aus dem Gebäude rannten.

Draußen schlug ihnen ein eisiger Gebirgswind entgegen. Hektisch sahen sie sich um.

»Da!«, rief Simon, »ist er das nicht?«

Molly schaute in die Richtung, in die Simon zeigte – eine Tankstelle zu ihrer Rechten. Julien war gerade dabei, von einer der Zapfsäulen wegzufahren.

»Julien!«, rief Molly, aber ihre Stimme wurde vom Wind und vom Straßenverkehr weggetragen.

Die Angst schien ihr Flügel zu verleihen. Sie ließ Simons Hand los und sprintete auf das Postauto zu.

»Vorsicht!«, schrie Simon, aber sie ignorierte ihn. Glücklicherweise hatte Julien den Blinker in ihre Richtung gesetzt und kam auf sie zugefahren.

»Er kommt!« Molly wedelte hektisch mit den Armen durch die Luft, aber aus irgendeinem Grund sah Julien sie nicht.

»Stopp!«, schrie sie noch einmal und trat dann ohne zu überlegen einfach auf die Straße – direkt vor das Postauto.

»Molly!«, brüllte Simon.

Julien musste voll auf die Bremse treten. Mit weit aufgerissenen Augen stand Molly reglos da und hob abwehrend die Hände, als das Auto mit quietschenden Reifen auf sie zukam.

Fünf Meter weiter und Molly wäre über die Motorhaube geschleudert worden. Aber Julien hatte den Wagen zum Stehen gebracht und war kreidebleich, als er aus dem Wagen stieg und auf Molly zustürzte. Er kam im selben Moment bei ihr an wie Simon.

Molly schwankte, ihre Beine schienen sich in Wackelpudding verwandelt zu haben. »Es … es tut mir so leid«, stammelte sie und kam sich bei all ihrem Schrecken mit einem Mal sehr englisch und höflich vor. »Ich wollte Ihnen keine Angst machen, aber …«

»Sind Sie verletzt?«, fragte Julien.

»Nein, alles in Ordnung«, versicherte Molly, obwohl ihr zitternder Körper etwas ganz anderes sagte.

»Ich dachte, Sie wären …« Der Schock stand Julien ins Gesicht geschrieben. Eine Hand vor die Stirn gelegt trat er einen Schritt zurück.

Molly machte sich mehr Sorgen um ihn als um sich selbst. »Wir haben Gabriellas Teddybär!«

»Wie bitte?« Julien schien kein Wort zu verstehen.

»Sie müssen ihr aus Versehen das Hochzeitskleid meiner Schwester gegeben haben!«

Fünf Minuten später waren Molly, Pascal und Simon samt Gepäck und einem riesigen Teddybär wieder im Postauto verstaut und rasten zurück zu Gabriellas Haus.

Pascal schien die Verwechslung besonders mitzunehmen. Er war immer stiller geworden, saß schweigend hinten im Wagen, verschickte Kurznachrichten mit seinem

Handy oder starrte sorgenvoll aus dem Fenster und nagte an der Unterlippe.

Molly fühlte mit ihm. Vermutlich zerbrach er sich den Kopf darüber, was er Delametri sagen sollte, wenn die Hochzeit vorüber war. Ganz bestimmt war dies nicht der übliche Ablauf beim Designservice des Hauses Chevalier.

Die gesamte Fahrt über entschuldigte sich Julien für seine Unachtsamkeit, und Molly versicherte ihm unentwegt, dass vermutlich kein Schaden entstanden sei. Das Herz schlug ihr jedoch bis zum Hals. Wenn dem Kleid nun etwas passiert war? Aber Gabriellas Eltern würden doch wohl, nachdem sie gesehen hatten, was sich in der Verpackung befand, sofort gemerkt haben, dass es sich um ein Versehen handelte.

Endlich hielten sie zum zweiten Mal an diesem Tag vor dem Haus von Juliens Familie. Die Gedanken wirbelten durch Mollys Kopf. Das war ein Rückschritt – sie kehrten im wahrsten Sinne des Wortes an die Stelle zurück, an der sie vor einer Stunde gewesen waren. So würden sie nie nach Venedig kommen. Enttäuscht stellte sie fest, dass Gabriellas Mutter nicht auf der Stelle mit einem verschlossenen Karton nach draußen gestürmt kam.

»Kommen Sie herein, alle, bitte«, sagte Julien. »Wir werden das in Ordnung bringen.«

Er holte den Karton mit dem Teddybär aus dem Laderaum, und schweigend gingen sie alle vier zur Haustür.

Gabriellas Mutter öffnete. Sie strahlte alle an, drückte ihren Schwiegervater und wandte sich an Molly.

»Da sind Sie ja wieder! Also, ich bin wie gesagt Elizabeth, Juliens Schwiegertochter.«

»Oh!«, rief Molly, wirklich überrascht von dem perfekten Englisch. »Hallo!«

»Ich stamme aus Kent«, erklärte Elizabeth. »Hat Papa das nicht erwähnt?« Sie verdrehte die Augen. »Er vergisst es immer, weil ich den ganzen Tag Italienisch spreche. Sind Sie zurückgekommen, um den kleinen Traum zu sehen?«

»Wie bitte?«, fragte Molly und ahnte nichts Gutes.

Elizabeth wandte sich Julien zu. »Sie ist ganz vernarrt in dein Geschenk. Du bist wirklich zu nett zu ihr.«

Mollys Herz raste. Hatte sie richtig gehört?

»Nein, nein!« Julien trat einen Schritt zurück. »Es hat eine Verwechslung gegeben!«

Elizabeth wirkte verwirrt, und Molly überlegte fieberhaft. Solange sie das Kleid noch nicht aus der Schachtel genommen hatte, war bestimmt noch nichts passiert …

»Was für eine Verwechslung?«, fragte Elizabeth und führte die drei ins Wohnzimmer.

»Ich bin die Braut!«, krähte ihnen Gabriella in piepsigem Englisch mit starkem Akzent begeistert entgegen.

Molly fiel beinahe in Ohnmacht. Freudestrahlend stand das kleine Mädchen mitten im Raum. Sie trug Caitlins Hochzeitskleid, das sich bestimmt drei Meter hinter ihr aufbauschte.

Als wäre das nicht schon schlimm genug, hielt die Kleine ein großes Stück Schokoladenkuchen in der Hand und tanzte hin und her – ein Bild seliger Geburtstagsfreude.

»Mon Dieu«, stieß Pascal hervor. *»No, no …«*

Er taumelte einen Schritt zurück und sah aus, als

würde er jeden Moment das Bewusstsein verlieren. Molly packte ihn am Arm. Falls das überhaupt möglich war, schien Pascal noch entsetzter zu sein als sie selbst. Mit weit aufgerissenen Augen starrte er auf die Erscheinung vor sich und schlug die Hände vors aschfahle Gesicht.

»Wir spielen Räuber und Gendarm!«, sagte Molly geistesgegenwärtig. »Hände hoch!«, rief sie und ging auf das Kind zu. »Na los, Hände hoch!«

Verunsichert schaute Gabriella ihre Mutter an, die ihr vorsichtig den Kuchen aus der Hand nahm, wie aus dem Nichts ein Tuch herbeizauberte und der Kleinen damit die Finger abwischte.

»Ich … muss mal an die frische Luft«, stammelte Pascal. »Das ist zu viel für mich. Ich muss telefonieren …« Er stolperte aus dem Zimmer, kramte in seiner Tasche nach dem Handy und murmelte auf Französisch vor sich hin.

Molly blickte von ihm wieder auf das Kleid zurück. Schokoladenflecken konnte sie keine entdecken, was sie ein klein wenig aufatmen ließ.

Julien brachte Gabriellas richtiges Geschenk herein. »Mein Liebes«, sagte er und kniete sich vor seinem Enkelkind auf den Boden. »Das hier ist mein richtiges Geschenk für dich. Ich fürchte, dein dummer alter Opa hat einen Fehler gemacht und das Kleid ist gar nicht für dich.«

»Oh!«, entfuhr es Elizabeth.

»Es ist das Hochzeitskleid meiner Schwester«, sagte Molly leise. »Die beiden Kartons wurden vertauscht.«

Elizabeth schien sofort zu verstehen. »Ich hatte mich schon über dieses ungewöhnliche Geschenk gewundert«, flüsterte sie Molly zu und ging dann zu ihrer Tochter. »Liebling«, sagte sie mit sanfter Stimme, »dieses Hochzeitskleid ist nicht dein Geschenk. Da hat es einen kleinen Irrtum gegeben. Dein Geschenk ist da drüben.« Sie zeigte auf die Verpackung, die so groß war, dass Gabriellas Großvater dahinter verschwand.

»Aber ich mag das Kleid!«, jammerte Gabriella. »Ich bin eine Prinzessin! Und darf ich meinen Kuchen wiederhaben?«

Inmitten all dieses Chaos begann Molly, Details des Kleides in sich aufzunehmen. Elfenbeinfarbener Satin, verziert mit Strass und Perlen, eine enge, tief ausgeschnittene Korsage. Das Kleid war zweifellos wunderschön und vorzüglich gearbeitet, so viel konnte sie erkennen, auch wenn es von einem Model vorgeführt wurde, das so klein war, dass es fast darin verschwand. Und dennoch war es *in keiner Weise* das, was Molly erwartet hatte.

Prächtig und opulent, war es ein Kleid für einen Filmstar, nicht für ein hübsches, kluges Yorkshire-Mädel wie Caitlin. Dieses Kleid war eine Stellungnahme. Molly schüttelte den Kopf. Mann – ihre Schwester hatte sich verändert, das stand mal fest. Oder hatte Francesco sie verändert? Morgen würde Caitlin aufs Ganze gehen und mit diesem Kleid sämtliche Paparazzi überwältigen. Nun, dann sollte es so sein. Es war Caitlins Tag, und sie hatte das Recht, selbst zu entscheiden. Molly hoffte, ihre Schwester überhaupt wiederzuerkennen, wenn sie sie sah.

»Gabriella?« Molly wagte einen Vorstoß. »Du siehst sehr hübsch aus und hast wirklich ein Riesenglück, dass du dieses wunderschöne Kleid anprobieren durftest. Aber nun muss es zu seiner richtigen Besitzerin, die heiratet nämlich morgen. Weißt du, dieses Kleid hat ein berühmter Modeschöpfer entworfen: Delametri Chavalier!«

Diese Information blieb bei dem kleinen Mädchen wirkungslos. Und bei ihrer Mutter ebenfalls, das verrieten zwei verständnislose Gesichter, die auf Mollys Enthüllung folgten. Molly änderte die Taktik.

»Würdest du es jetzt bitte ausziehen? Soll ich dir dafür ein bisschen Geburtstagsgeld geben? Und oh, sieh nur!« Sie zeigte auf die Schachtel mit dem Teddy. »Da ist noch ein Geschenk zum Auspacken.«

Gabriellas Unterlippe begann bedrohlich zu zittern. Hilfesuchend blickte sich Molly nach Simon um.

Er ging zu Gabriella und kniete sich vor sie.

»Süße«, sagte er mit sanfter Stimme. »Du siehst wunderschön aus in dem Kleid. Wie eine richtige Prinzessin.«

Gabriella strahlte ihn an.

»Aber weißt du was? Dieses Kleid wurde für eine echte Prinzessin genäht. Kannst du dir das vorstellen?«

Simon meinte damit wohl Prinzessin Caitlin. Molly bekam das freche Grinsen mit, als Simon kurz in ihre Richtung blickte, und musste trotz allem lächeln.

»Eine echte Prinzessin«, fuhr Simon fort, »die morgen heiratet.«

»In einem Schloss?« Die Augen der Kleinen wurden immer größer.

»Ich denke schon«, antwortete Simon und blickte fragend zu Molly, die mit den Schultern zuckte. Sie wusste es auch nicht. »Meinst du nicht, dass sie dafür ihr Kleid braucht?«

Gabriella überlegte angestrengt.

»Und ich weiß, dass dein Großvater ein tolles Geschenk für dich in dieser Schachtel da drüben hat, das viel Liebe von dir braucht, weil es so gern kuschelt.«

»Kuschelt?« Gabriella musterte die Kiste und ging dann langsam darauf zu. Dazu musste sie das Kleid zusammenknüllen und hochheben, um nicht darüber zu fallen. Molly hielt den Atem an.

»Oh, Liebes, das Kleid ist dir dabei nur im Weg«, sagte Simon mit sanfter Stimme und kratzte sich am Kopf, als grüble er über dieses schwierige Problem.

Gabriella zog die Stirn kraus und dachte ebenfalls nach.

»Warum bringe ich dir das Geschenk nicht einfach«, schlug Julien vor, durchquerte den Raum und legte den Karton vor Gabriella auf den Boden. »Herzlichen Glückwunsch, mein Liebling, das hier ist dein richtiges Geschenk von deinem alten Großvater.«

Mit feierlicher Miene hob Gabriella den Deckel ab, sah den Bär und juchzte, ein Juchzer reiner, unschuldiger Freude. Julien wischte sich rasch eine Träne fort, als ihm seine Enkelin selig quietschend um den Hals fiel.

Dann ließ sie ihn los, drehte sich um und verkündete: »Können wir jetzt noch mehr Kuchen haben?«

»Ich denke doch.« Elizabeth nickte eifrig. »Ich bin sicher, dass unsere Gäste gern ein Stück Geburtstagskuchen hätten, nachdem wir dich aus diesem Kleid befreit haben – und dann führst du allen dein neues pinkfarbenes Partykleid vor.«

»Ich kann mir nichts Schöneres vorstellen«, erklärte Simon und stand auf.

Molly schaute auf ihre Armbanduhr. Noch konnten sie es schaffen, vorausgesetzt, sie hielten sich hier nicht zu lange auf …

Aber nachdem sie sich gesetzt hatten, warteten sie eine Ewigkeit darauf, dass Elizabeth und Gabriella zurückkamen. Pascal war inzwischen wieder da und schien nur ein wenig erleichtert, als Molly ihn über den glücklichen Ausgang informierte. Obwohl das Schlimmste offenbar überstanden war, wirkte er nach wie vor geistesabwesend und angespannt.

»Alles in Ordnung mit dir?«, fragte Molly ihn.

»Wir müssen hier weg«, blaffte er sie an.

Molly und Simon wechselten einen kurzen Blick. »Wir drängen ein bisschen«, flüsterte Simon, weil in diesem Moment Gabriella zurückkehrte. Zum Glück trug sie jetzt ein anderes Kleid und zog den Teddy an einem Ohr hinter sich her.

»Ich werde ihn Felix nennen«, verkündete sie. »Findet ihr nicht auch, dass er aussieht wie ein Felix?«

»Unbedingt, Felix passt perfekt«, stimmte Molly zu.

Gabriella nickte und erklärte dann bestimmt: »Wir sollten jetzt Kuchen essen.«

Sie aßen so schnell es die Höflichkeit gestattete und erlaubten Julien schuldbewusst, sich ein zweites Mal von seiner Familie zu trennen, um sie zum Bahnhof zu bringen. Molly und Elizabeth hatten das Kleid sorgfältig wieder eingepackt, und nach zahlreichen Entschuldigungen, herzlichem Händeschütteln und dem festen Versprechen, Gabriella ein Foto von der Prinzessin im Brautkleid zu schicken, kamen sie endlich los.

»Wir sind gut in der Zeit«, sagte Simon, als sie sich dem Bahnhof von Domodossala näherten. »Ich werde im Zug schlafen, ich bin echt erledigt.«

Molly war zu überdreht, um an Schlafen zu denken. Was für ein Tag! Ihr war ein bisschen übel, weil sie wegen des ausgefallenen Mittagessens zu viel Kuchen gegessen hatte. Aber sie zwang sich, nett mit Julien zu plaudern, da Pascal offenbar in einen übermächtigen Groll abgetaucht war. Molly vermutete, dass er unter Schock stand, nachdem er hatte mit ansehen müssen, wie Caitlins Kleid fast durch Schokoladenkuchen ruinierte wurde, und ließ ihn in Ruhe.

Julien wollte sich ein letztes Mal für die Verwechslung entschuldigen, als sie sich am Eingang des Bahnhofs voneinander verabschiedeten.

»Alles in Ordnung, ehrlich«, versicherte Molly ihm. »Ohne Sie wären wir niemals so weit gekommen. Danke für alles. Ich werde Sie und Gabriella niemals vergessen. Und wenn ich morgen meine Schwester in dem Kleid gesehen habe, werde ich Sie wissen lassen, wem es besser stand.«

»Auf Wiedersehen, meine Liebe.« Julien küsste sie auf beide Wangen. »Ich wünsche Ihnen und Ihrer Schwester alles Glück dieser Welt.«

Pascal und Simon hatten ihr Gepäck auf einen Rollwagen geladen und waren bereits in die Bahnhofshalle gegangen. Dort starrten sie mit verständnislosen Mienen auf die Anzeigetafel.

»Er ist weg«, sagte Simon, als Molly bei ihnen ankam. »Der Zug ist weg.«

»Das ist keineswegs witzig, Simon.«

Molly sah zu Pascal, der immer noch leichenblass war und schwieg. Sein Blick wanderte gehetzt von einer Seite zur anderen, als plane er seine Flucht.

»Ich meine es ernst.«

»Sie nehmen mich auf den Arm«, rief Molly. »Wir haben doch nachgesehen. Uns bleibt noch eine halbe Stunde!«

Simon schüttelte den Kopf. »Wir waren Idioten. Sehen Sie doch.« Er zeigte auf die Anzeigentafel. »Wir haben auf die Ankunftszeiten geguckt, nicht auf die Abfahrtzeiten. Der Zug *aus* Venedig kommt in einer halben Stunde hier an. Der Zug *nach* Venedig ist vor zehn Minuten gefahren. Und der nächste geht erst morgen.«

»Das ist meine Schuld«, stöhnte Molly. »Ich habe die Zeiten überprüft. Jungs, es tut mir so leid.«

»Wir hätten alle schauen sollen«, widersprach Simon leise. »Aber ich habe keine Ahnung, was wir jetzt tun sollen.«

Pascal schwieg immer noch. Er war damit beschäftigt, die nächste SMS zu verschicken. Molly konnte nur noch ihre Tasche zu Boden fallen lassen und mit aller Kraft gegen die aufsteigenden Tränen ankämpfen.

13. Kapitel

Stunden bis zur Hochzeit: 25
Kilometer bis zur Hochzeit: 393

»Irgendjemand will nicht, dass ich es jemals zu dieser Hochzeit schaffe.«

Pascal war in dem kleinen Laden neben dem Bahnhof verschwunden. Molly und Simon standen ratlos neben dem Eingang, und Molly ging ihre Möglichkeiten durch, zu denen auch gehörte, sich einfach vor den nächsten Zug zu werfen. Doch Simon ging nicht darauf ein. Er war damit beschäftigt, eine SMS zu versenden – wahrscheinlich an Yvonne. Molly fragte sich, was er wohl schrieb. *»Sitze irgendwo in der Walachei mit Damenschneider und verrückter Frau fest, sehe Dich vielleicht nie wieder …«*

»Simon?«

Er sah nicht auf. »Hm?«

»Jetzt ist vermutlich ein guter Zeitpunkt, mich bei Ihnen zu entschuldigen.

»Vergessen Sie's«, sagte er, sah sie aber immer noch nicht an.

»Wenn Sie nicht so … na ja, *nett* gewesen wären, dann säßen Sie jetzt im Zug nach Venedig. Pascal und ich hätten allein zurückfahren können, um das Kleid zu holen.«

Er seufzte und erwiderte endlich ihren Blick. »Ja, vielleicht. Ich gebe zu, es ist ärgerlich. Aber was wäre ich für ein Mensch, wenn ich Sie in dieser Paniksituation alleine gelassen hätte?«

»Pascal war doch da«, sagte Molly seufzend und bedauerte es sofort, weil Simon den Blick senkte und sich wieder mit seinem Handy beschäftigte. »Ich meine, na ja, was ich sagen will, ist … Sie sind …«

Sie verstummte. Ja, was war er eigentlich? Er war liebenswürdig. Fürsorglich. Und zweifellos genervt von dieser verrückten Situation, aber darum bemüht, es nicht zu zeigen. Er war einfach *großartig*.

»Was soll's«, bemerkte Simon nach einer ganzen Weile und ersparte Molly so, den Satz zu beenden.

»Also …« Molly suchte verzweifelt nach etwas, was sie noch sagen könnte. »Wir haben festgestellt, dass die einzige Autovermietung im Ort heute geschlossen hat, richtig?«

»Korrekt.«

»Und es fährt auch kein Bus.«

»Keiner, der uns vor Weihnachten bis nach Venedig bringt.«

»Stimmt.«

Molly schaute sich um.

In dem Städtchen war es gespenstisch still. Nur wenige Autos kamen an ihnen vorbei, ein Bus und ein Mann mit Hund. Dann tauchte wie aus dem Nichts urplötzlich ein riesiger Trupp Radfahrer auf und sauste in grellen Elastantrikots und mit schrillen Panoramasonnenbrillen an ihnen vorbei. Die Reifen summten und Molly spürte den starken Luftstrom. Es war eine verwirrend schöne Szenerie, wie man sie nur auf dem Kontinent erlebte, aber Molly war zu erschöpft, um sie genießen zu können.

»Dann läuft es wohl auf die teuerste Taxifahrt der Geschichte hinaus«, meinte sie.

»Ich sehe aber kein Taxi«, wandte Simon ein.

»Na prima.«

Pascal trat wieder aus dem Laden. Sein Gesicht war hinter einer riesigen Italienkarte verschwunden, die er offenbar gerade erstanden hatte. Wortlos gesellte er sich zu den beiden. Konzentriert und mit zwischen den Lippen hervorblitzender Zungenspitze fuhr er auf der Karte Straßen nach.

»Es ist zu weit zum Laufen«, bemerkte Simon trocken.

Pascal nickte, sagte jedoch nichts.

»Zumindest würden wir uns so vorwärtsbewegen«, meinte Molly.

In Ermangelung einer besseren Idee begannen sie, Richtung Stadtzentrum zu gehen. Ein eisiger Wind war aufgekommen, und Molly fröstelte. Sie sah zu Simon in seinem kuschelig warmen Pullover hinüber und musste lächeln.

Also gut. *Mode – Null Punkte. Hässliche Strickware – ein Punkt.*

Sie wechselten sich mit dem Schleppen der riesigen Kleiderschachtel ab, aber Molly wusste, dass sie nicht mehr lange würde weitergehen können. Sie wollte gerade vorschlagen, eine Pause einzulegen, als sie aus dem Augenwinkel auf einem unbebauten Grundstück rechts von ihnen etwas entdeckte.

»Leute!«, schrie sie. »Seht nur!«

Es war ein winziges Auto, ein knallblauer Fiat Cinquecento mit Rostflecken auf den Kotflügeln und einem großen Pappschild an der Windschutzscheibe: *»Vendita. 150 Euro.«*

»Der ist wahrscheinlich verreckt und da abgestellt worden«, sagte Simon. »Oder er soll die Vögel vom Getreide fernhalten.«

»Aber da ist kein Getreide. Schaut doch noch mal hin.« In Molly keimte Hoffnung.

Simon kratzte sich am Kopf. »Zu verkaufen?« Molly sah, dass er schneller ging. »Auf gar keinen Fall, Molly. Sie machen wohl Witze! Ich müsste mir ja die Beine bis zum Knie amputieren lassen, um in diese Kiste reinzukommen.

»Irgendeine bessere Idee?«, forderte sie ihn heraus.

Pascal runzelte die Stirn. »Ich gebe zu, dass es einen gewissen ... kitschigen Chic besitzt.« Er strich sich übers Kinn. »Trotzdem. Nein. Ich kann mich unmöglich in so einem Auto sehen lassen. Das ist indiskutabel.«

Molly und Simon wechselten einen Blick. Und ohne ein weiteres Wort stellte Molly ihre Tasche ab und klopfte an die Tür des nächstgelegenen kleinen Holzhauses am Straßenrand. Neben dem Haus stand eine baufällige Scheune, deren Türen in den Angeln hingen und den Blick auf einen Friedhof alter, verbeulter Autos in ihrem Inneren freigaben.

Sie hatte Glück. Der junge, drahtige Mann, der die Tür öffnete, war tatsächlich der Besitzer des Autos. Obwohl ihn der zusammengewürfelte Haufen, der da mitsamt Gepäck vor seiner Tür stand, überraschte, war er doch durch und durch Geschäftsmann. Im Nu hatte er die Schlüssel und Fahrzeugpapiere aus dem Haus geholt und erklärte Molly, wie sie den Wagen zum Laufen brachte. Leider war Mollys Italienisch nicht gut genug für seine wie eine Maschinengewehrsalve auf sie einprasselnden Anweisungen. So verstand sie nur Bruchstücke davon.

»Er meint, man müsse ein bisschen was dran machen«, rief sie den beiden anderen zu. »Hat einer von euch Ahnung von Motoren?«

»Ein bisschen«, räumte Simon ein. »Obwohl ich mehr der Motorrad-Typ bin.«

»Mais oui«, versicherte Pascal. »Mein Vater war Automechaniker. Soll ich mal einen Blick darauf werfen?«

»War er das wirklich?«, rief Molly erstaunt und schämte sich augenblicklich dafür. Warum in aller Welt sollte sein Vater *nicht* Automechaniker gewesen sein? »Das ist ja wunderbar!«

Sie stapften auf das Grundstück, und während der Besitzer ihnen irgendetwas von einem »Riemen« erklärte, öffnete Simon die Motorhaube und Pascal spähte hinein.

»Also, als Erstes braucht der Wagen einen neuen Keilriemen«, verkündete er, ohne das verdreckte Gefährt anzurühren. »Können wir einen bekommen?«

»Einen Moment«, sagte der Fahrzeugeigentümer und stürmte in die baufällige Scheune neben seinem Wohnhaus. Molly hörte, wie eine weitere Motorhaube angehoben wurde.

»Er nimmt den Keilrahmen aus einem anderen Auto«, flüsterte Molly. »Wird das funktionieren?«

Pascal zuckte mit den Schultern. »Wir versuchen es.«

Misstrauisch umrundete Simon das Gefährt, trat gegen die Reifen, betrachtete stirnrunzelnd die Rostflecke und schüttelte verächtlich den Kopf.

»Es ist kein Porsche«, sagte Molly. »Aber den könnten wir uns auch nicht leisten.«

»Scheint ganz in Ordnung zu sein, mehr oder weniger jedenfalls« knurrte er. »Trotzdem halte ich das Teil für eine Todesfalle im Miniaturformat.«

»Und das von dem Mann auf dem Motorschlitten«, stichelte Molly.

Simon grinste, und Molly spürte, wie ihr das Blut in die Wangen schoss.

Kurz darauf kehrte der Besitzer zurück und winkte triumphierend mit einem Keilriemen. Dann standen sie zu viert zusammen, unschlüssig, wer den nächsten Schritt tun würde.

»Geld, bitte«, sagte der Besitzer und ließ den Keilriemen außerhalb der Reichweite der anderen in der Luft baumeln.

Mit rotem Kopf wühlte Molly in ihrer Handtasche und begann dann, Scheine aus ihrer Geldbörse zu nehmen.

»Wir sollten uns die Kosten wohl teilen«, meinte Simon unsicher.

»Ich hab's schon«, entgegnete Molly.

Molly zählte all ihre Scheine und musste sogar einige Münzen hinzufügen. Es war alles, was sie hatte, aber mit einem Seufzer der Erleichterung schloss sie die Handtasche und überreichte das Geld.

Im Gegenzug übergab der Mann die Schlüssel, die Fahrzeugpapiere und den Keilriemen – Simon.

Unverschämtheit!

»Ja, danke«, sagte Simon, als der Mann ihnen noch einen schönen Tag wünschte und sich umwandte, um zurück ins Haus zu gehen. »Aber Sie werden bemerkt haben, dass die Dame den Wagen gekauft hat und nicht ich.«

»So viel zum Thema Gleichberechtigung.« Molly zuckte mit den Schultern.

Simon hielt Pascal den Keilriemen hin. »Hätten Sie wohl die Ehre, Kumpel?«

»Nein, ich fürchte nicht«, murmelte Pascal. »Wissen Sie denn nicht, dass Motoröl tagelang an der Haut haften bleibt, ganz gleich, wie oft Sie sich die Hände waschen? Ich muss morgen die letzte Anprobe bei Mademoiselle Caitlin durchführen – das heißt, falls wir je nach Venedig kommen – deshalb werden Sie das leider übernehmen müssen.«

»Oh, ein gutes Argument«, stimmte Molly ihm zu. »Motoröl auf dem Kleid würde sich nicht gut machen.«

»Sie müssen diese Verkleidung da vorn entfernen«, sagte Pascal und zeigte auf eine Stelle tief unten im Motor. »Die müsste sich ganz leicht abschrauben lassen.«

»Besten Dank«, murmelte Simon und beugte sich über den Motor. »Verdammt, sitzt total fest. Tut mir leid, aber Motorräder sind was ganz anderes als so ein Schrotthaufen.«

»Und mir tut es auch leid«, erklärte Pascal. Er schob Simon zur Seite und krempelte sich die Ärmel hoch. »Vergessen Sie das mit dem Öl. Was nützt es, dass ich hier bin, wenn ich nicht alles für die Braut tue. Dann könnte ich genauso gut zurück nach Paris fahren.«

Er duckte sich unter die Haube. Molly war sicher, ihn etwas über »Bologna« murmeln zu hören, ignorierte es aber. Vielleicht war er abseits seiner eleganten Pariser Boulevards schlicht überfordert und das ganze restliche Europa wahrscheinlich ein Schandfleck für ihn … »Brauchst du meine Hilfe?« rief sie ihm zu. »Ich bin ganz gut darin, Anweisungen auszuführen.«

»Nein«, kam Pascals Stimme aus den Tiefen der Motorhaube. »Ich bekomme das schon hin. Wollen wir bloß hoffen, dass die Kiste anschließend auch läuft.«

In diesem Augenblick klingelte Mollys Handy. Sie schaute auf das Display und stellt fest, dass es ihre Mutter war.

»Mum!«, rief sie. »Du ahnst nicht, was hier los ist.«

»Hallo, Liebling, ist alles in Ordnung?«

»Du klingst ja fürchterlich!«, schalt Molly. »Bist du gerade erst aufgestanden?«

Am anderen Ende folgte ein kurzes Schweigen. Dann sagte ihre Mutter: »Es geht mir gut, danke. War ein bisschen ereignisreich.«

»Bei dir auch? Also wir waren bisher jedenfalls schon mit dem Flugzeug, einem Motorschlitten und einem Postauto unterwegs. Und jetzt sind wir kurz davor, in das klapprigste alte Auto zu steigen, das du je gesehen hast – falls wir es zum Laufen kriegen. Wir sind in Domodossola. Nicht zu fassen!«

»Domodossola?«, wiederholte ihre Mutter. »Ich bin in Mailand. Dann bist du gar nicht weit weg von mir …«

Sie war *wo*? Ihre Mutter sollte doch schon seit Tagen bei Caitlin sein. »Mailand? Was in aller Welt machst du denn da?«

»Nun … ich hatte ein, zwei Dinge zu erledigen.«

Molly verdrehte die Augen. »So kurz vor der Hochzeit? Was war denn so dringend, dass du nach Mailand fahren musstest? Mum?«

»Ach … nichts, wirklich«, sagte sie. »Aber jetzt ist alles getan, und ich bin ein bisschen erschöpft.«

Molly wusste genau, wie ihre Mutter sich fühlte. Diese im Fokus der Öffentlichkeit stehende Hochzeit war das Stressigste, was sie je mitgemacht hatte. »Sag bloß nicht, Caitlin hat dir Kummer gemacht?«

»Nein …« Ihre Mutter verstummte und sagte dann: »Du kannst mich nicht zufällig hier abholen, oder?«

»Machst du Witze?«, stotterte Molly. »Du solltest diese Karre mal sehen! Der Platz reicht kaum für uns drei und das Kleid!«

»Aha.« Wieder folgte eine längere Pause. »Kein Problem, ich lasse mir etwas einfallen.«

Molly beruhigte sich. »Klingt so, als hättest du es momentan auch nicht gerade leicht, Mum. Brauchst du Gesellschaft?«

»Absolut.« Molly konnte ihre Mutter förmlich lächeln hören.

Molly seufzte und blickte auf das winzige Auto. »Das

wird eine ziemliche Quetscherei. Du wirst die Knie unterm Kinn haben.«

»Das macht nichts«, erwiderte ihre Mutter und klang zunehmend fröhlicher. »Aber warum müssen wir uns so quetschen? Wer ist denn bei dir?«

»Delametris Assistent, Pascal«, sagte Molly.

»Bonjour!«, rief Pascal, und brachte Molly damit zum Lächeln.

»Und Simon …«

»Wer ist Simon?«

Dafür war jetzt keine Zeit. »Und das Kleid.«

»Und Reggie.«

Dafür war erst recht keine Zeit. Molly wechselte das Thema. »Ich kann kaum erwarten, dir alles über unsere bisherige Reise zu erzählen – du wirst es nicht fassen, das kann ich dir versprechen. Wo sollen wir dich abholen?«

»Es gibt da einen großen Parkplatz. Hast du was zum Schreiben? Ich gebe dir die Adresse. Hat euer Auto ein Navi?«

»Ist das dein Ernst? Wir sind ja schon froh, dass es ein Lenkrad hat … oh!«

Ein Aufheulen des winzigen Motors, ein Jubelschrei von Simon und Pascal, und der kleine Cinquecento erwachte mit einem stolzen Ruckeln zum Leben.

»Wir sind im Geschäft! Hurra! Also, die Adresse?«

Molly notierte sie rasch, legte auf und sprang zum Wagen.

»Der Tank ist sogar noch halb voll!«, rief Simon und strahlte triumphierend. »Wollen wir mal probieren, ob er wirklich fährt?«

Sie schafften es, ihr Gepäck in den Kofferraum zu stopfen, holten das Kleid aus dem Karton und legten es vorsichtig gefaltet auf den Rücksitz. Es steckte immer noch in seinem mit Mist besprenkelten Kleidersack aus dem Atelier Delametri Chevalier, einem Ort, der sich für Molly mittlerweile in einer anderen Welt zu befinden schien.

Sie nahm neben dem Kleid Platz, und die beiden Männer stiegen vorne ein. Simon saß hinterm Steuer, und mit einem weiteren Jubelruf fuhren sie los.

»Ähm, Jungs?« begann Molly vorsichtig, während der Wagen vom Feld herunter auf die Straße holperte. »Es macht euch doch nichts aus, wenn wir einen kleinen Umweg fahren, oder?«

»Einen Umweg?«, erwiderte Simon, der wie zusammengefaltet auf dem Fahrersitz hockte und sich auf die mit Schlaglöchern übersäte Straße konzentrierte. »Sind Sie verrückt geworden?«

»Nein, es ist mein Ernst. Tut mir leid, aber es hat sich etwas ereignet. Es liegt quasi auf dem Weg und wird uns höchstens zwanzig Minuten kosten … ungefähr. Okay?«

Simon warf ihr über die Schulter hinweg einen kurzen Blick zu. »Hoffentlich geht das gut. Also, wohin?«

»Mailand.«

Sie fuhren schweigend. Molly hatte sich neben dem Kleid zusammengerollt und betrachtete die beiden Männer, die sie vor zwei Tagen noch nicht einmal gekannt hatte. Abgesehen von seinem Angebot, beim Reparieren des Autos zu helfen, hatte Pascal kaum ein Wort gesagt, seit sie Gabriellas Haus verlassen hatten. Irgendwie wirkte er an diesem Nachmittag verändert, war mit den Gedanken woanders, checkte alle paar Minuten sein Handy oder verschickte verstohlen Nachrichten.

Aber dann erinnerte sich Molly daran, dass er eigentlich gar nicht hatte mitkommen wollen. Er hatte gesagt, er habe etwas anderes vor, aber sein Chef hatte darauf bestanden. Molly würde zwar so ziemlich alles für den großen Delametri Chevalier tun, musste jedoch zugeben, dass sich diese Mission in ein ziemliches Abenteuer verwandelt hatte.

Sie stellte sich vor, dass Pascal besorgt wegen seiner anderen Kunden war, glamourösen, äußerst anspruchsvollen Frauen mit unbegrenzten Budgets für die formvollendete Garderobe aus dem Hause Chevalier. Es musste sonderbar für ihn sein, seiner Arbeit eines einzelnen Kleides wegen so lange fernzubleiben.

Kaum zu glauben, dass ihre Schwester, die kleine, hübsche Caitlin, die sich als Teenager selbst gemachte Schlammpackungen verpasst hatte, wert sein sollte, von einem der größten Modehäuser auf diesem Planeten derart hofiert zu werden! Molly freute sich für sie, war jedoch auch irritiert. Vielleicht, weil sie sehr genau wusste, dass der einzige Grund für eine solche Aufmerksamkeit ihr Verlobter war – der ach so mächtige Francesco Marino. Bei diesem Gedanken wurde ihr ein wenig unbehaglich, und sie versuchte, ihn zu verdrängen. Vermutlich erreichten nicht viele Chevalier-Kleider ihre Trägerinnen in einem alten, verrosteten Fiat.

»Alles in Ordnung, Pascal?«, riskierte sie zu fragen.

»Oui«, gab er knapp zurück, und ohne sich umzudrehen.

Molly kam zu dem Schluss, dass sie nicht geeignet war, ihn aus dieser Stimmung herauszuholen. Und eigentlich hatte sie auch keine besondere Lust, es zu versuchen. Stattdessen wandte sie ihre Aufmerksamkeit Simon zu, der den kleinen Wagen geschickt über die furchterregende Schnellstraße steuerte, die in die Außenbezirke von Mailand führte – Europas mit Paris rivalisierende Modehauptstadt.

Doch Simon war ebenfalls in Gedanken versunken, was in seinem Fall nachvollziehbar war. Schließlich musste er zu einer wichtigen Filmpremiere nach Venedig. Vermutlich, dachte Molly, fuhren auch nicht viele wichtige Hollywoodregisseure in einer Rostlaube von Fiat beim Filmfestival vor. Simon brachte das kleine Auto dazu, sich auf der langsamen Fahrspur voranzukämpfen, während unentwegt große, spritfressende Wagen in halsbrecherischem Tempo an ihnen vorbeischossen.

Auf seinem sonnengebräunten Nacken entdeckte sie eine Sommersprosse. Molly hatte Lust, die Hand auszustrecken und darüberzustreichen. Zum Schutz gegen die späte Wintersonne hatte er eine Sonnenbrille aufgesetzt. Eine Vintage Aviator. Molly liebte diese Brillen und überlegte, ob sie es ihm sagen sollte.

Zum Teufel! »Ich finde Ihre Aviator toll«, getraute sie sich zu sagen.

»Meine was?« Simon nahm gerade eine komplizierte Abzweigung von der Schnellstraße herunter, die ausgedehnte Peripherie von Mailand führte.

»Ihre Aviator. Die Sonnenbrille.« Und dann konnte sie nicht widerstehen. »Ich hätte nicht gedacht, dass Sie so ein trendbewusster Typ sind.«

»Ach die?« Simon warf ihr durch den Rückspiegel einen Blick zu. »So heißen die Dinger? Sie erfüllen ihre Funktion. War ein Geschenk.«

Molly konnte es sich nicht verkneifen. »Von Yvonne?«

Wieder sah er sie im Rückspiegel an. »Nein.«

»Entschuldigung.«

Molly gab ihre Gesprächsversuche mit einem der beiden Männer auf. Eindeutig war keiner von ihnen in Stimmung dafür. So starrte sie aus dem Fenster auf den immer dichter werdenden Verkehr.

»Da vorne müssen Sie rechts abbiegen«, sagte sie zu Simon.

»Sind Sie sicher, dass die Adresse stimmt?«, fragte Simon und setzte den Blinker.

Molly überprüfte ihre Notizen. »Ja, das hat sie gesagt.«

Sie fuhren auf das Gelände eines Gebäudekomplexes. Angesichts seiner Größe, der Krankenwagen und Männer in weißen Kitteln musste es sich um ein Krankenhaus handeln. Den letzten Zweifel beseitigte der Schriftzug »Ospedale« über dem Eingang. Verwirrt spähte Molly aus dem Fenster, bis sie plötzlich eine vertraute Gestalt entdeckte, die eingemummt in einen Mantel auf einer Bank saß und ein Buch las. Neben ihr auf dem Boden stand ein eleganter Koffer.

»Da!«, rief sie. »Das ist meine Mum!«

Simon hielt an und stieg aus. Dann klappte er den

Fahrersitz nach vorn, damit Molly aus dem Wagen klettern konnte. Sie rannte auf ihre Mutter zu. Die machte Augen, als sie das winzige Auto mit seinen drei Insassen sah.

»Mum!«, rief Molly und umarmte ihre Mutter stürmisch. »Ist das nicht verrückt?!«

»Hallo, Liebling«, sagte ihre Mutter und erwiderte die Umarmung. »Es tut so gut, dich zu sehen.«

Verwundert löste sich Molly von ihrer Mutter und sah sie genauer an.

»Du siehst verändert aus«, sagte sie langsam. »Hast du abgenommen?«

»Na ja …«

»Es steht dir hervorragend! Ich meine, du hattest es nicht nötig, abzunehmen, aber sieh sich einer diese Wangenknochen an! Warst du bei einer vorhochzeitlichen Entgiftungskur?«

»So etwas in der Art«, erwiderte ihre Mutter lächelnd.

Pascal stieg ebenfalls aus, und Molly machte die beiden miteinander bekannt. »Das ist Pascal Lafayette, der Assistent des großen Delametri Chevalier! Pascal, das ist meine Mum, Vanessa Wright.«

Pascal trat vor und küsste Mollys Mutter galant die Hand. *»Enchanté«*, murmelte er und wirkte dabei ganz und gar so, als wäre Vanessa Wright das bezauberndste Geschöpf, das ihm je unter die Augen gekommen war. »Jetzt ist mir klar, woher Molly und Caitlin ihre Schönheit haben, Madame.«

Mollys Mutter nahm das Kompliment freundlich entgegen. Anscheinend, dachte Molly, lebt sie inzwischen lange genug in Italien, um sich an diese aalglatte männliche Art gewöhnt zu haben.

»Und das ist Simon … Foss, richtig?« Molly war beschämt, dass sie nicht sicher war, wie Simon mit Nachnamen hieß.

»Richtig.« Simon lächelte und schüttelte ihrer Mutter die Hand. »Freut mich, Sie kennenzulernen, Mrs Wright.«

»Vanessa, bitte«, antwortete Mollys Mum lächelnd und deutete dann auf den Wagen. »Sind Sie ein Freund von Pascal?«

»Mittlerweile schon.« Simon schmunzelte. »Wir haben im selben Flugzeug gesessen, und jetzt werden die beiden mich nicht mehr los – ich muss auch nach Venedig.«

»Tatsächlich?« Molly ignorierte den neugierigen Blick, den ihre Mutter ihr zuwarf.

»Zum Filmfestival. Ich bin Regisseur.«

»Wie aufregend. Vielleicht könnten wir auch dorthin? Über den roten Teppich spazieren und die Stars treffen?«

»Sie sind herzlich willkommen«, sagte Simon. »Ich fürchte jedoch, es kollidiert mit einem ziemlich wichtigen Termin in Ihrem Kalender.«

»Wie schade«, sagte ihre Mutter.

»Wir schauen den Film irgendwann auf DVD an«, versicherte Molly. »Und wir könnten Simon im Gegenzug ja eine DVD von der Hochzeit schicken – jede Wette, er wird begeistert sein!« Sie grinste, als sie sah, wie Simon sich alle Mühe gab, sein charmantes, wohlerzogenes Lächeln aufrechtzuerhalten.

Mollys Mutter begutachtete den Wagen. »Sieht ganz so aus, als würden wir uns alle sehr gut kennenlernen, bis wir in Venedig sind. Sollen wir?«

Es bedurfte einigen Geschicks, um noch einen Körper und einen weiteren Koffer in dem Cinquecento unterzubringen. Nach zwei missglückten Versuchen hatten sie es jedoch endlich geschafft. Die beiden Frauen quetschten sich auf die Rückbank, das Kleid über ihre Knie ausgebreitet. Der zusätzliche Koffer belegte das letzte Fleckchen freien Raum zu ihren Füßen. Dann fuhren sie los. Dieses Mal saß Pascal am Steuer.

Im Wegfahren warf Molly über die Schulter einen Blick zurück. »Warum haben wir dich eigentlich an einem Krankenhaus abgeholt?«, fragte sie.

»Kein Grund zur Beunruhigung.« Ihre Mutter winkte ab. »Es war einfach ein guter Treffpunkt«, sagte sie. »Mit dem Auto in Mailand unterwegs zu sein, ist ein Albtraum. Und das Krankenhaus ist gut ausgeschildert.«

»Hervorragende Idee, Mum.« Molly lächelte.

»Und jetzt erzähl mal, warum in aller Welt du hier bist – in diesem Ding!«

Molly brauchte gut zwanzig Minuten, um die ganze betrübliche Geschichte der letzten beiden Tage zu erzählen. Als sie fast damit am Ende war, wirkte ihre Mutter jedoch keineswegs vor Erstaunen gebannt, sondern vielmehr, als würde sie jeden Moment einschlafen. Ihre Augenlider hingen müde herunter, und sie schien sich nur mit Mühe konzentrieren zu können.

»Ist das nicht urkomisch?«, sagte Molly. Ein wenig mehr Enthusiasmus hätte sie nach einer derart irren Geschichte schon erwartet. »Im Nachhinein natürlich nur.«

Ein »Hmm« war die einzige Reaktion ihrer Mutter.

Hätte Caitlin diese Geschichte erlebt, wäre sie viel aufmerksamer gewesen, schoss es Molly durch den Kopf.

»Entschuldige, Liebes«, sagte ihre Mutter leise. »Du hast wirklich ganz schön was mitgemacht.«

»Und das ist erst die halbe Geschichte.«

Molly war sich bewusst, dass Simon zuhörte. Einmal hatte er sogar kurz über die Schulter nach hinten geschaut.

»Aber den Rest erzähle ich dir ein anderes Mal.«

Es ärgerte sie, dass ihre Mutter nicht protestierte.

»Du hast bisher noch kein Wort über Reggie gesagt«, bemerkte sie stattdessen kaum hörbar.

Molly krampfte sich der Magen zusammen.

»Wo steckt er eigentlich?«

»Reggie?«, wiederholte sie und überlegte verzweifelt, was sie sagen könnte. Ihre Mutter war erschöpft, dieser Wagen war die reinste Sardinenbüchse und das Letzte, was Molly jetzt wollte, war die traurige Geschichte zu erzählen, wie sie den Laufpass bekommen hatte. Davon abgesehen wurde ihr plötzlich bewusst, dass sie in den letzten Tagen kaum einen Gedanken an Reggie verschwendet hatte. So viel zum Thema Verdrängung.

Sie entschied sich für die halbe Wahrheit, das war immer noch besser als eine komplette Lüge. »Er hat einen Auftrag in Los Angeles und wird bei der Hochzeit nicht dabei sein.«

Sie machte sich auf eine verärgerte Reaktion ihrer Mutter gefasst.

»Verstehe«, sagte die. Und dann schloss sie die Augen und schien einzuschlafen.

»Mum?«

Aber in diesem Moment klingelte Mollys Handy. Sie sah aufs Display.

»Oh-oh. Das bedeutet Ärger.«

Sie holte tief Luft und ging ran.

»Hallo, Caitlin.«

»Der Zug ist schon vor Ewigkeiten angekommen.« Caitlins Stimme klang schrill und wütend. »Aber du hast nicht angerufen. Was zum Teufel ist los?«

»Ach, Caitlin, das ist eine weitere lange Geschichte. Ich fürchte …«

»Ich habe keine Zeit für lange Geschichten!«, kreischte ihre Schwester. »Ich heirate morgen! Oder auch nicht – dank dir! Wo steckst du?«

»Also, wir haben den Zug verpasst …«

»Das weiß ich. Wie kann man nur so dämlich sein! Ach, sag nichts, lass mich raten, du wurdest von einer Herde wildgewordener Büffel angegriffen?«

»Genau genommen …« Molly dachte an die Kühe in dem Stall. »Na ja, fast, aber nicht ganz.« Nur mühsam hielt sie ihre Stimme unter Kontrolle. »Wir sind jetzt mit einem Auto auf dem Weg nach Venedig und werden in ungefähr …« Sie tippte Simon auf den Arm, um sich bemerkbar zu machen.

»Dreieinhalb Stunden«, lieferte Simon die nötige Information.

»… dreieinhalb Stunden bei dir sein. Okay? Ich hab übrigens auch Mum bei mir, falls es dich interessiert.«

Ohrenbetäubende Stille quittierte diese Nachricht, gefolgt von einem knappen: »Wie das?«

Molly berichtete so kurz wie möglich, was passiert war. Den Teil mit Gabriella und dem Schokoladenkuchen ließ sie allerdings weg.

»Du solltest lediglich mein Kleid mit dem Flugzeug hierherbringen. Und was hast du daraus gemacht? Wie immer ein Drama! Das ist so typisch für dich!«

»Typisch für mich?«, fauchte Molly zurück. Sie hätte ihre Schwester gern angeschrien, aber der Fiat war so winzig, dass sie fürchtete, eine erhobene Stimme würde die verdammten Türen auffliegen lassen. »Ich denke nicht! Du hast ja keine Ahnung, was ich alles durchgemacht habe, um dieses Kleid rechtzeitig zu dir zu bringen. Reg dich wieder ab! Geh und … trink Champagner oder was auch immer eine Braut am Vorabend ihrer Hochzeit so tut!«

»Die meisten verbringen ziemlich viel Zeit damit, das Kleid zu bewundern, das sie am nächsten Tag tragen werden!«, blaffte Caitlin zurück. »Ist Pascal da?«

»Ja, es ist mir nicht gelungen, ihn zu verlieren. Bis jetzt.«

»Gib ihn mir.«

Das war keine Bitte, sondern ein Befehl. Bei Pascal verfing jedoch beides nicht. »Ich muss fahren und kann jetzt unmöglich telefonieren«, murmelte er.

Molly sah ihn an. Auf seiner Stirn glitzerte ein feiner Schweißfilm, die Lippen waren fest zusammengepresst.

Offenbar brauchte er seine ganze Konzentration, um den Wagen auf der Straße zu halten.

»Geht nicht, Schwesterherz. Aber ich bin sicher, er schickt dir einen dicken Kuss.«

Pascal warf ihr über die Schulter einen gequälten Blick zu.

»Was ist mit Mum?«

»Sie schläft.«

»Molly, bist du sicher, dass du nicht zu Hause in Yorkshire sitzt und mir eine Lüge nach der anderen vorspinnst?«

»Ehrlich gesagt wünschte ich, es wäre so. Aber nein.« Molly blickte hinaus auf die Autobahn, die glücklicherweise frei war. Sie suchte nach Schildern, hoffte eines zu finden, auf dem Venedig stand. »Wir sind irgendwo zwischen Mailand und Venedig und werden nicht mehr lange brauchen. Wir haben alles Menschenmögliche getan, um früher anzukommen, und eines Tages, wenn du dich wieder beruhigt hast, vielleicht so in 150 Jahren, werde ich dir alles erzählen.«

Erneut folgte ein langes Schweigen. Wütend trommelte Molly mit den Fingern auf ihren Schoß. Dann hörte sie ein leises Schniefen am anderen Ende der Leitung.

»Du weinst doch nicht etwa, oder?«

»Ich kann nicht weinen!«, schluchzte Caitlin. »Ich darf morgen keine verquollenen Augen haben. Was würde die Weltpresse dazu sagen!«

»Oh, Herzchen«, sagte Molly. Caitlin klang plötzlich so *einsam* und verängstigt, dass Molly Mitleid bekam. Obwohl es nicht ihre Schuld war, hatte sie ein schlechtes

Gewissen. Sie holte tief Luft. »Beruhige dich«, sagte sie so sanft wie möglich. »Mir ist klar, dass die Situation nicht ideal ist, aber wir sind bald da. Und Pascal wird die ganze Nacht aufbleiben, um dafür zu sorgen, dass das Kleid perfekt sitzt. Es ist hier, liegt auf unseren Schößen, makellos und …«

Sie wollte hinzufügen »so unerwartet funkelnd«, entschied sich jedoch dagegen. »… elegant«, sagte sie stattdessen.

Pascal hatte ein Taschentuch aus seiner Tasche gefischt und betupfte sich damit die Stirn.

Caitlin putzte sich geräuschvoll die Nase. »Richtig. Okay. Also gut …«

»Du hast aufgehört zu weinen?«

»Ja. Und ich bin, na ja, ziemlich spät dran für meine Pediküre.«

»Oh, dann musst du fliegen! Na los, kleine Prinzessin, geh und verschönere deine Extremitäten.«

Sie hörte Caitlin zaghaft lachen.

»Also, bis später«, fuhr Molly fort. »Heb ein bisschen Champagner für uns auf, okay? Denn ob du es glaubst oder nicht, den haben wir verdient.«

»Ja gut. Bis später dann. Und beeil dich, ja? Aber vorsichtig.«

»Bin ich doch immer.«

Molly legte auf und stieß lautstark die Luft aus.

Unter Schwierigkeiten zog sich Simon in dem beengten Raum gerade seinen Strickpullover aus.

»Na endlich!«, applaudierte Molly und errötete, als sie im Rückspiegel seinen Blick auffing. »Sie müssen in dem Teil doch gekocht haben«, fügte sie kleinlaut hinzu und gab sich Mühe sich, nicht seine muskulösen Schultern anzustarren, die sich unter dem weißen T-Shirt spannten.

»Ja«, sagte er, faltete den Pulli und benutzte ihn als Kopfkissen, um den Kopf gegen die Seitenscheibe zu lehnen. Dann schloss er die Augen, und kurz darauf verrieten sein ruhiges Atmen und die entspannten Schultern, dass er eingeschlafen war.

Spät dran, spät dran, spät dran, war das Einzige, was Molly noch denken konnte. Hoffentlich lenkte die Pediküre Caitlin eine Weile ab – auch wenn das unwahrscheinlich war. Caitlin würde die Minuten herunterzählen, und wenn sie nicht in exakt dreieinhalb Stunden vor ihr standen … nun, sie wollte lieber nicht darüber nachdenken, wie Caitlins Reaktion aussähe.

»Mein kleines Mädchen«, murmelte Mollys Mutter im Schlaf.

Molly lächelte sie an. So war sie schon lange nicht mehr genannt worden. Draußen glitten im Licht der Nachmittagssonne die Hügellandschaft und malerische Felder vorbei. Pascal trommelte mit den Fingern irgendeinen südamerikanischen Rhythmus aufs Armaturenbrett. Er fuhr ausgezeichnet, wenn auch ziemlich langsam, über die mittlerweile dicht befahrene Autobahn.

»Morgen heiratet sie«, murmelte ihre Mutter. »Wie kann das sein?«

Ernüchtert spürte Molly, dass sie wütend wurde.

»Bin ich denn nicht dein kleines Mädchen?«, sagte sie, überrascht, wie kindisch sie klang.

»Natürlich bist du das«. Ihre Mutter streckte den Arm aus und drückte sie. »Aber Kinder werden so schnell groß. Weißt du, als du geboren wurdest, hat mir jeder gesagt, die Jahre würden nur so vorbeifliegen. Damals habe ich das nicht geglaubt. Das Leben war so hektisch, und so hart. Kleine Kinder aufzuziehen ist lange Zeit eine richtige Plackerei. Die Tage scheinen kein Ende zu nehmen.«

»Das tut mir leid, Mum.« Molly hatte die Unterlippe vorgeschoben.

»O nein, es ist eine wunderbare Plackerei, versteh mich nicht falsch.«

»Hm. Ich weiß nicht, ob ich dir das glaube.«

»Es ist aber so! Ich möchte keinen Augenblick davon missen – na ja, vielleicht mal abgesehen von den schlaflosen Nächten.« Sie zwinkerte Molly zu. »Auf die hätte ich gern verzichtet. Aber warte einfach ab, bis du selbst Kinder hast.«

Molly dachte an Reggie. Es war kein »bis«. Momentan war es ein großes »falls«.

»Diese Verbindung ist … unbeschreiblich«, fuhr ihre Mutter fort. »Es spielt keine Rolle, wo auf der Welt du gerade bist oder ich bin. Es ist so schwer zu beschreiben. Es gibt einfach nichts Vergleichbares. Nichts.«

Molly glaubte, Tränen in den Augen ihrer Mutter zu sehen, doch da war etwas, das sie ihr unbedingt sagen wollte. Sie holte tief Luft.

»Du hast Caitlin immer nähergestanden als mir.«

So. Endlich war es ausgesprochen.

Schweigen. Ihre Mutter runzelte die Stirn und wandte den Blick langsam ihrer Tochter zu.

»Das ist nicht wahr.«

»Und warum fühle ich mich dann so? Du hast uns beide immer unterschiedlich behandelt. Ich weiß noch, wie oft ich mich ausgeschlossen gefühlt habe. Du und Caitlin, ihr habt stundenlang miteinander geredet und ich … war immer diejenige, die beschäftigt wurde, damit sie keinen Blödsinn anstellt. Und ständig wurde ich ausgeschimpft, weil ich mal wieder etwas kaputt gemacht hatte.«

Ihre Mutter seufzte. »Denkst du dabei an die Spieldose?«

»Auch. Es war wie der Weltuntergang! Ich habe ehrlich gedacht, Caitlin würde mich umbringen. Ich war *acht* Jahre alt, Mum! Und weißt du was? Sie hat tatsächlich davon angefangen, als ich ihr angeboten habe, das Kleid aus Paris mitzubringen. Als wäre das der Beweis, wie unfähig ich bin, auf etwas aufzupassen!«

»Schon sonderbar, dass ihr beide an dieser albernen Sache festhaltet.«

»Damals war es nicht albern«, stöhnte Molly. »Ich habe mich so schrecklich gefühlt!«

»Du musst diese Dinge hinter dir lassen, Molly«, sagte ihre Mutter. »Das war doch ein kindliches Missgeschick.«

»Mum?«

»Ja?«

»Ich habe sie absichtlich zerbrochen.«

Molly spürte, dass ihr Tränen in den Augen brannten.

»Wirklich?« Ihre Mutter zeigte eine kurze Gefühlsregung. War sie wütend? Was auch immer es war, sie unterdrückte es.

»Die Spieldose war so wunderschön«, sagte Molly, »sie hat geglitzert und gefunkelt. Und ich hatte nur diesen alten Eiscremebecher, um meine Perlen und Armreife aufzubewahren.« Es hatte Jahre gebraucht für dieses Geständnis.

»Ich wusste nicht, dass du es mit Absicht getan hast«, räumte ihre Mutter leise ein. »Aber das ist Vergangenheit.« Sie tätschelte Mollys Knie. »Es ist normal, neidisch auf die Sachen der Geschwister zu sein. Wahrscheinlich die älteste Form von Eifersucht überhaupt.«

»Aber das war nicht der wahre Grund, warum ich sie zerbrochen habe.« Molly war den Tränen gefährlich nahe. Sie sah die Spieldose vor sich: der allerschönste Gegenstand auf der ganze Welt. Mit einer kleiner Ballerina, die sich darauf vor einem Spiegel drehte. Drei Reihen mit winzigen Schubladen und der kleine glitzernde Verschluss. »Ich hab es getan, weil Dad sie ihr geschenkt hat. Er hat sie ihr geschenkt und nicht mir.«

Ihre Mutter nickte langsam. »Acht ist ein bisschen zu jung für so etwas. Vermutlich hat er sie deshalb deiner Schwester gegeben.«

»Es war das Vollkommenste, das ich je gesehen hatte!«

Molly war damals fassungslos gewesen, dass beim Aufprall die Spieldose auf den Badezimmerboden in tausend Stücke zersprang. Sie hatte laut aufgeschrien, erschrocken darüber, was sie getan hatte. Doch keiner hatte sie gehört. Dann war Molly einfach weggerannt. Als Caitlin die Spieluhr schließlich fand, gab Molly vor, es wäre ein Unfall gewesen. Dabei war es genau das Gegenteil.

»Du hast sie also nicht einfach nur fallenlassen?« Ihre Mutter seufzte.

»Mit aller Kraft auf den Boden geschleudert, Mum.«

»Aha.«

»Ich war so wütend. Und dann so erschrocken, und dann bekam ich Angst …«

»Es ist lange her«, sagte ihre Mum und tätschelte Mollys Bein. »Du warst noch so klein.«

»Ich glaube nicht, dass ich das je vergessen werde. Caitlin jedenfalls ganz bestimmt nicht.« Molly schüttelte den Kopf. »Ich war einfach eifersüchtig. Es fällt mir nicht leicht, das zuzugeben, weil ich mich so ungerecht behandelt fühlte. Ich dachte, ihr würdet mich alle hassen.«

»Oh, Darling, nichts liegt der Wahrheit ferner!« Ihre Mutter schwieg einen Moment lang und schien ihre Worte sorgfältig zu wählen. »Ich erinnere mich gut an diese Zeit. Dein Vater war gerade erst auf und davon – mit dieser *Frau*. Ich habe mich dann wohl sehr Caitlin zugekehrt. Sie hatte so viele Fragen, und ich dachte, es würde auch mir helfen, mich auf die neue Situation einzustellen, wenn ich mich mit ihr hinsetze und versuche, all die Fragen zu beantworten.«

»Ihr habt stundenlang geredet.«

Ihre Mutter nickte. »Ja, nicht wahr?« Dann sah sie Molly an. »Und du nicht. Du hast alles in dich hineingefressen. Ich dachte damals, du wärst noch zu klein, um allzu sehr unter der Trennung zu leiden.«

»Im Ernst?«

Wieder nickte ihre Mutter. »Davon war ich fest überzeugt. Du warst *acht*, Molly. Und hast ganz normal mit allem weitergemacht, Bilder von Kleidern gemalt, deine Puppen zurechtgemacht, vor dem Spiegel Modenschau gespielt – und dabei überall mein Make-up verteilt.«

»Ich habe so getan, als wäre ich eine Dame mit einem Kleiderladen«, erklärte Molly. »So musste ich wenigstens nicht darüber nachdenken, dass ich die tollpatschige Molly Wright bin.«

»Das zu hören bricht mir das Herz.« Sie sah Molly in die Augen. »Offensichtlich habe ich damals alles falsch eingeschätzt. Es tut mir so leid.«

Sie schwiegen eine Weile, lauschten dem Dröhnen des überstrapazierten Motors und Simons leisem Schnarchen. Pascal sagte die ganze Zeit kein Wort.

Molly weinte nicht. Sie fühlte sich erleichtert, nachdem sie ihrer Mutter endlich ihre quälendsten Gedanken gestanden hatte. Und das war's. Ihre Mutter war auch nur ein Mensch, der in einer schwierigen Lebenssituation gesteckt und gesehen hatte, wie sich die jüngere Tochter in ihr Spiel vertiefte, und daraus schloss, dass es ihr gut ging. Sollte es tatsächlich so einfach sein?

»Mum?«

»Ja?«

»Was denkst du wegen morgen?«

»Inwiefern?«

»Alles eben. Na ja, hauptsächlich über Francesco.«

Ihre Mutter musterte sie aufmerksam. »Warum fragst du?«

Molly atmete hörbar aus. »Findest du nicht, dass alles

ein bisschen … zu schnell geht? Die beiden sind doch erst seit fünf Monaten zusammen.«

Ihre Mutter runzelte die Stirn und wirkte nachdenklich.

»Und er ist so … anders als das, was wir gewohnt sind.«

»Ist er das?«

Ungeduldig sah Molly ihre Mutter an. Stellte sie sich absichtlich so dumm? »Er ist ein verdammter Millionär! Und er ist älter als sie.«

Ihre Mutter lächelte schwach. »Soweit ich weiß, ist keins von beiden ein Verbrechen.«

»Glaubst du nicht, dass sie einfach nur, ich weiß auch nicht, *geblendet* ist von alldem? Oder sich geschmeichelt fühlt? Wer hätte denn gedacht, dass meine Schwester, dieses Yorkshire-Mädel …«

»Molly«, unterbrach ihre Mutter sie mit sanfter Stimme, »Caitlin ist dreißig Jahre alt. Sie ist erwachsen, auch wenn es mir manchmal schwerfällt, das zu akzeptieren. Sie weiß, was sie will, und sie liebt diesen Mann.«

Molly verspürte einen kleinen Triumph. Ihre Mutter hatte die Frage nicht beantwortet. »Also – was hältst du nun davon?«

Vanessa seufzte. »Ich habe Francesco ein paar Mal getroffen. Er ist sehr charmant.«

Molly schnaubte verächtlich. »Er ist Italiener! Die sind alle charmant.«

»Wie ich schon sagte, er ist charmant, intelligent und er hat Humor.«

»Das ist nicht alles, wie du weißt.«

Jetzt musste ihre Mutter lachen. »Es ist aber ein verdammt guter Anfang. Und ich habe die beiden zusammen gesehen. Er vergöttert sie.« Sie wechselte ein wenig ihre Sitzposition, bis sie Molly ins Gesicht sehen konnte. »Sei fair, Liebes. Ich habe ihn getroffen, und er scheint sehr nett zu sein. Er liebt sie. Was ist dein Problem?«

Die Frage hing in der Luft, und die Schlussfolgerung war offensichtlich. *Sie denkt, ich wäre neidisch auf den Mann meiner Schwester, so wie ich neidisch auf die Spieldose war …*

Molly schob das Kinn vor und ihre Stimme klang bockig. »Du glaubst also nicht, dass sie einfach nur, ich weiß auch nicht, eine amüsante Abwechslung zu den Supermodels und Filmstars ist, mit denen er sonst wahrscheinlich rumhängt? Ich habe ihn gegoogelt. Er ist ständig auf diesen Promipartys, und da wimmelt es nur so von schönen Menschen.«

»Und Caitlin? Ist sie denn nicht schön?«

»Nicht immer.« Molly verschränkte die Arme und war nahe daran zu schmollen.

»Hör zu, Liebes. Caitlin und Francesco lieben sich. Und du und ich werden morgen ihre Hochzeit feiern.«

»Er ist ein knallharter Geschäftsmann.«

Ihre Mutter sah sie fragend an.

»Ebenfalls gegoogelt«, gestand Molly. Sie hatte nicht vor, den Verlobten ihrer Schwester jetzt schon vom Haken zu lassen.

»Er ist ein Geschäftsmann, stimmt. Ein erfolgreicher. Gib ihm eine Chance!«

»Muss ich?«

»Nein, natürlich nicht. Aber ich bin nicht deiner Meinung.«

»Caitlin mochte schon immer ... schöne Dinge.«

Jetzt fixierte ihre Mutter sie mit einem strengen Blick. »Molly, du solltest dich mal hören! Caitlin heiratet Francesco doch nicht wegen seines Geldes! Wie kannst du so von deiner Schwester denken!« Jetzt war sie richtig wütend. »Sie heiratet ihn, weil sie ihn liebt, und weil sie ihr Leben miteinander verbringen wollen.«

»Wenn du das sagst.« Wieder schob Molly resolut die Unterlippe vor.

Ihre Mutter schüttelte verzweifelt den Kopf. »Weißt du was? Ich gebe auf. Du liebst Caitlin, ich liebe Caitlin. Punkt. Morgen ist ihr Hochzeitstag, und ich werde nicht zulassen, dass du ihn ruinierst, weil du eingeschnappt bist!«

»Ich bin nicht eingeschnappt!«, fauchte Molly.

»Worum geht es dann?«, fragte ihre Mutter in herausforderndem Ton. »Um Reggie?«

Damit hatte Molly nicht gerechnet. »Mom, ich habe dir doch gesagt ...« Molly hatte plötzlich einen Kloß im Hals.

Die Stimme ihrer Mutter wurde wieder sanfter. »Komm schon, Süße. Warum ist er nicht bei dir?«

Molly starrte aus dem Fenster. Sie fuhren gerade an einer hübschen kleinen, von Weinbergen umgebenen Stadt vorbei. Der Kirchturm schimmerte im Sonnenlicht, das sich durch die niedrig hängenden Wolken stahl. Unterhalb der Kirche spielten Kinder Fußball, während Väter und Mütter zusahen.

Dieses friedvolle Bild war beruhigend. Es war an der Zeit, ihrer Mutter die Wahrheit zu sagen.

»Er hat sich von mir getrennt«, sagte Molly. »In Paris. Vor zwei Tagen.«

Sie spürte, wie sich die Arme ihrer Mutter um sie legten, und war plötzlich geborgen in einer festen Umarmung. Der Körper ihrer Mutter wirkte so zart und zerbrechlich – fast als wäre sie eine andere Frau. Doch die Umarmung war tröstend, und Molly spürte, wie ein winziger Teil von ihr in dieser Wärme und Geborgenheit langsam zu heilen begann.

Und dann, endlich, begann Molly zu weinen. Tiefe, herzzerreißende Schluchzer, die sie zu ersticken versuchte, um Simon nicht zu wecken.

»Ich kann nicht …«, schluchzte sie. »Ich weiß nicht …« Ihre Gedanken liefen ins Leere.

»Nimm dir so viel Zeit, wie du brauchst«, tröstete ihre Mutter. »Alles ist gut. Ich bin hier.«

Nach einer Weile begannen die Tränen schließlich zu versiegen. Molly sah ihre Mutter an. »Er ist wirklich nach Los Angeles gegangen. Er hat kurzfristig einen tollen Fotoauftrag bekommen und glaubt, dass er damit groß rauskommen wird. Er will dort bleiben, sich einen Agenten suchen, ein bisschen herumfahren, sich eingewöhnen, du weißt schon.«

»Davon hat er immer geträumt, nicht wahr?«

»Ich glaube schon.«

»Und wie geht es dir?«

»Mir?« Molly überlegte angestrengt. Wie ging es ihr eigentlich? »Keine Ahnung. Ich hatte noch gar keine

Zeit, alles zu verarbeiten. Wenn ich wieder zu Haus bin, muss ich so einiges umstellen. Albernes Zeug, zum Beispiel wie ich künftig meine Sonntage verbringe und wer das WLAN repariert, wenn es mal wieder zusammenbricht. So Zeug eben. Das ganze Ausmaß habe ich noch gar nicht begriffen. «

Ihre Mum rieb ihr über den Rücken. »Stehst du unter Schock?«

»Nein. Ich befinde mich eher in so einer Art Schwebezustand. Das ist nicht ganz dasselbe.« Molly rang sich ein Lächeln ab. »Ich hoffe nur, dass nicht ausgerechnet morgen bei der Hochzeit plötzlich alles über mich hereinbricht und ich heulend und um mich schlagend aus der Kirche getragen werden muss.«

»Sei nett zu dir.«

»Keine Zeit«, sagte Molly seufzend. »Aber mache ich … Sobald es geht.«

»Dieser Reggie ist ein Idiot«, zischte Pascal zur Überraschung der beiden Frauen. Er warf Molly im Rückspiegel einen mitfühlenden Blick zu, wühlte in seiner Tasche und zog ein blütenweißes Taschentuch aus irischem Leinen heraus.

»Wie bitte?«, fragte Molly. Vermutlich hatte Pascal jedes Wort gehört. Molly wusste nicht, wie es ihr damit ging, dass sie ihre intimsten Gedanken mit einem Mann teilte, den sie erst seit zwei Tagen kannte. Andererseits wusste sie bereits, dass Pascal jemand war, dem sie vertrauen konnte.

Pascal zuckte mit den Schultern. »Nur so eine Redensart.«

»Trotzdem danke«, sagte Molly. »Ich fange an, mich zu fragen, ob ich ihm vielleicht nicht genügt habe.«

»Das darfst du nicht mal im Traum denken!«, widersprach ihre Mutter und nahm sie noch einmal in die Arme.

»Ich verstehe einfach nicht«, fuhr Pascal fort, »warum du jemandem nachtrauerst, der dich verlässt, um irgendwo dem Ruhm nachzujagen. Das ist doch alles nur Illusion.«

»Meinst du?«, Molly schniefte.

»Ich weiß es.«

»Aber Pascal«, sagte Molly, »verbringst du nicht auch dein Leben damit, dieser Illusion nachzujagen? Dieser Vorstellung von Glamour und Erfolg?« Mit diesem Gedanken überraschte Molly sogar sich selbst. Sie war nicht mal sicher, ob sie ihn glaubte.

Pascal schüttelte so energisch den Kopf, dass der kleine Wagen einen Schlenker in Richtung Mittelstreifen machte, und Pascal ihn rasch wieder in die Spur bringen musste. Die ruckartige Bewegung brachte Simon dazu, sich zu regen, er murmelte etwas, schlief aber sofort wieder weiter.

»*Schönheit.* Damit beschäftige ich mich. Schönheit und Kunst und Perfektion. Ich strebe nach perfekter Qualität, nicht nach Ruhm und Reichtum.«

Molly lächelte. Pascal hatte damit nicht nur sich selbst beschrieben, sondern auch sie. Genau genommen nicht ganz sie – noch nicht. Aber irgendwann in der Zukunft vielleicht, wenn sie sich einen Namen gemacht hatte, würde sie in der Lage sein, selbst so stolze Aussagen wie diese zu machen. Und die entsprechende Karriere, die sie rechtfertigte. Ein Mädchen durfte doch wohl Träume haben …

»Reggie dagegen.« Pascal schien nicht geneigt, dieses Thema fallenzulassen. »Hat er dir denn gezeigt, wo sein wahrer Wert liegt?«

Molly überlegte. »Ich … denke … schon …«

»Es gibt da nämlich noch jemanden, der genau das während der vergangen beiden Tage getan hat.« Pascal zeigte auf den erschöpften Simon, der immer noch fest schlief. »Er hat dir gezeigt, aus was für einem Holz er geschnitzt ist.«

»Pascal!« Molly war empört.

»Das ist mein Ernst! Ihr zwei seid ein süßes Paar.«

Molly wurde rot. »Sei nicht albern!« Sie senkte ihre Stimme zu einem Flüstern. »Er ist ganz sicher ein netter Kerl …«

»Und sehr attraktiv?«

»Allerdings«, mischte sich Mollys Mum ein.

»Pssst!«, Molly errötete noch mehr. »Jetzt überleg doch mal, Pascal. Was hast du gerade über Reggie in Bezug auf Ruhm und Reichtum gesagt? *Hallo?* Ist Simon nicht gerade zum Filmfestival in Venedig unterwegs, um dort seinen hochtrabenden Film zu präsentieren? Er strebt doch genauso nach Ruhm und Reichtum!«

Trübsal machte sich in Molly breit. Alle Männer, die sie kannte, waren einzig und allein auf den großen Wurf aus. Es war deprimierend, dass das einfache Leben für niemanden mehr gut genug war.

Wenigstens hatte sie Pascal zum Schweigen gebracht.

Er zuckte mit den Schultern und konzentrierte sich wieder ganz auf den Verkehr.

»Davon abgesehen«, konnte sie sich nicht verkneifen hinzuzufügen, »gibt es da noch was.«

»Tatsächlich?« Pascal warf ihr über den Rückspiegel einen kurzen Blick zu.

»Ja, und das hört auf den Namen Yvonne.«

14. Kapitel

Stunden bis zur Hochzeit: 23
Kilometer bis zur Hochzeit: 232

Tut mir leid«, sagte ihre Mutter leise. Sie saß vornüber gebeugt im Auto und hielt sich die Hände vor den Mund. »Aber mir wird schlecht.«

»Mum? O nein! Pascal, halten Sie an!«

»Halt durch, Mum. Übergib dich bitte nicht auf das Kleid!« Instinktiv zog Molly das Kleid so weit wie möglich von ihr weg auf ihre Seite. An die Knitter, die sie dadurch fabrizierte, dachte sie lieber nicht. Ein paar Knitterfalten ließen sich schließlich leicht beheben, dass ihre Mutter sich jedoch auf das Kleid erbrach – undenkbar.

Pascal blinkte bereits und fuhr auf einen Parkplatz, der glücklicherweise unmittelbar vor ihnen lag. Mit dröhnendem Motor fuhr er an den Rand und trat hart auf die Bremse. Dann sprang er aus dem Auto und klappte den Vordersitz um, damit Mollys Mutter aussteigen konnte.

Simon schreckte auf. »Was? Oh?«

Er erkannte sofort, was los war, stieg aus, ging hinüber zu Mollys Mutter und legte ihr die Hand auf die Schulter.

»Geht es wieder? Tief durchatmen, gut so, alles in Ordnung.«

Vanessa zitterte. Simon lief zum Wagen zurück, schnappte sich seinen zerknüllten Pullover und legte ihn ihr fürsorglich über die Schultern.

»Ist schon gut, gleich geht es Ihnen wieder besser.«

Pascal und Molly standen neben dem Wagen. »Er ist ein prima Kerl«, murmelte Pascal und deutete mit dem Kopf auf Simon.

»Ja«, stimmte Molly geistesabwesend zu. Sie untersuchte den Kleidersack nach etwaigen Spuren von Erbrochenem. Der Parkplatz war winzig und mit Glasscherben übersät. Der Verkehr brauste vorbei und ließ Mollys Körper vibrieren. Sie konnte förmlich sehen, wie das winzige Auto schwankte, wenn ein großer Lkw vorbeidonnerte. Aber das Kleid war allem Anschein nach okay, und das war die Hauptsache.

»Haben Sie irgendein Medikament dabei, das ich Ihnen holen könnte?«, fragte Simon.

»Nein. Lassen Sie mir nur einen Moment Zeit. Dann geht es schon wieder.«

»Ihr wird normalerweise nie schlecht beim Autofahren«, rief Molly ihm zu. »Deshalb hat sie auch nichts gegen Reisekrankheit dabei.«

Simon sah zu ihr hinüber. »Alles klar«, sagte er dann.

»Es geht wieder. Wir müssen weiter«, sagte ihre Mutter mit fester Stimme, richtete sich auf und ging wieder zum Wagen zurück. »Ich will nicht alles aufhalten.«

Simon hielt sie am Arm, um sie zu stützen.

»Wie geht es dir jetzt, Mum?« fragte Molly.

»Schon viel besser. Wie peinlich, entschuldigt bitte.«

»Sei nicht albern, Mum«, widersprach Molly und fragte sich, ob der Stress für die Übelkeit verantwortlich war.

»Setzen Sie sich nach vorn«, wies Simon Vanessa an.

»Nein, es geht schon. Und Sie, mit Ihren langen Beinen …«

»Ich bestehe darauf«, sagte Simon streng. »Bitte.« Simon musste sich praktisch in der Mitte zusammenfalten, um auf den Rücksitz klettern zu können.

»Danke.«

Molly stieg auf der anderen Seite ein, und nachdem sie und Simon sich mit dem Kleid auf dem Schoß auf der Rückbank eingerichtet hatten, spürte Molly, dass ihre Oberschenkel praktisch aneinandergeschweißt waren. Ihr wurde auf der Stelle ganz komisch zumute. So höflich wie möglich rückte sie von ihm ab und presste sich gegen die Wagenseite.

»Ich werde mich nach Kräften bemühen, den Schlaglöchern auszuweichen«, sagte Pascal beim Losfahren zu Mollys Mum.

Diese schloss die Augen und schien hinter ihrer Sonnenbrille schnell einzuschlafen.

Eine ganze Weile fuhren sie schweigend. Molly beobachtete Simon aus den Augenwinkeln. Er sah zweifellos sehr gut aus. Und er war nett und fürsorglich. Er hätte alles Mögliche aus seinem Leben machen können …

»Warum Filme?«, fragte sie.

Er zuckte mit den Schultern. »Warum nicht?«

»Ist das nicht ein bisschen angeberisch?«

Ihm blieb der Mund offen stehen. »Autsch! Haben Sie an dieser Retourkutsche gearbeitet, seit ich die Modebranche beleidigt habe?«

»Nein, natürlich nicht!« Sie verzog das Gesicht. »Tut mir leid, wenn sich das ein bisschen grob angehört hat.«

»Ach, vergessen Sie's. Die Frage ist ja berechtigt.« Er lachte. »Schonungslos, aber berechtigt. Lassen Sie mich nachdenken. Also, das Medium hat mich schon immer fasziniert. Dreidimensional lässt sich eine viel größere Geschichte erzählen.«

»Im Vergleich wozu? Zum Schreiben?«

Er runzelte die Stirn. »Ich denke schon. Eigentlich im Vergleich zu *allen* anderen Medien. Ich möchte den Leuten die Wahrheit sagen, und mit Filmen geht das nun mal am besten – oder am wenigsten schlecht. Leuchtet das ein?«

Molly nickte.

»Ich liebe alles am Filmemachen. Schon immer. Ich liebe Kinofilme, das Fernsehen, Ideen zu entwickeln und den Dingen auf den Grund zu gehen. Ich glaube nicht, dass daran etwas falsch ist.«

»Ich liebe Kinofilme auch.« Molly seufzte.

»Nachdem mir das klar geworden war, habe ich alles daran gesetzt, eine anständige Ausbildung zu bekommen. Und zwar umfassend: Schreiben, Recherchieren, Sammeln von Informationen, Filmen, Bearbeiten …«

»Toll, das hört sich ja ganz nach einer Ein-Mann-Produktionsfirma an.« Molly gefiel es, die Begeisterung in seinem Gesicht zu sehen – er strahlte förmlich.

»Genau! Sie haben voll ins Schwarze getroffen.«

»Ehrlich?« Molly war sich nicht bewusst gewesen, dass sie etwas Cleveres gesagt hatte.

»Genau darum geht es: Ich wollte die absolute Kontrolle darüber, wie eine Geschichte rüberkommt, damit ich hundertprozentig sicher sein kann, dass das gezeigte Bild auch dem entspricht, was ich darstellen wollte.«

Sie warf ihm einen verschmitzten Blick zu. »Ich fürchte, Simon, jetzt klingen Sie ein bisschen nach Kontrollfreak.«

Molly fing Pascals Blick im Rückspiegel auf und sah, dass er lächelte.

»Ja, vielleicht, aber es könnte auch sein, dass dies der einzige Weg ist, die Wahrheit so zu erzählen, wie ich sie sehe.«

»Und was ist, wenn Sie sich irren?«

Jetzt sah sie ihn zum ersten Mal zögern. Das leidenschaftliche Funkeln in seinen Augen wich einem Aufflackern von Selbstzweifel.

»Das ist eine ausgezeichnete Frage, und eine, die man mir nicht oft stellt.«

Das überraschte Molly. »Wirklich? *So* furchteinflößend sind Sie doch gar nicht!«

Sie scherzte, aber er nahm sie beim Wort. »Das will ich hoffen! Aber zu dem, was ich tue, gehört eine Art *Wissen*. Die Leute gehen meist davon aus, dass das, was wir da zusammenstellen und zeigen, auf monate- oder jahrelangen Recherchen von irgendwelchen Superhirnen basiert. Dabei steckt manchmal nur ein Typ mit einer

Kamera, einer großen Idee – oder auch nur einer kleinen Idee, wie Sie vorhin sagten – und einer großen Klappe dahinter. Ich nehme diese Verantwortung sehr ernst. So wahrhaftig wie nur möglich sein, nicht nur den Menschen gegenüber, die sich mein Zeug ansehen, sondern auch mir selbst.«

Er hörte sich an wie ein Künstler. Molly fragte sich, was für eine Art von Filmen er wohl produzierte: actiongeladene Blockbuster, Science-Fiction, Liebesfilme? »Was gibt es noch im Leben?« Molly wollte ihm unbedingt zeigen, dass sie ihn verstand.

Plötzlich wirkte er verlegen. »Der Kerl, der große Reden schwingt! Sorry, aber das muss sich anhören wie überheblicher Mist.«

»Überhaupt nicht. Mir hat es gefallen. Irgendwann würde ich Ihre Filme gern sehen.«

Ihre Blicke begegneten sich, und plötzlich knisterte die Luft zwischen ihnen. Es war so intensiv, dass Molly den Blick senkte und anfing, nervös am Reißverschluss des Kleidersacks herumzufummeln. Und Simon schien mit einem Mal die draußen vorbeiziehende Landschaft höchst interessant zu finden.

So hatte Reggie nie geredet. Sicher, auch er hatte diese Leidenschaft für seine Arbeit, aber bei ihm war es immer nur um den einen, großen Publikumserfolg gegangen und den Ruhm, den ihm dieser einbringen würde. Er sprach gewöhnlich darüber, wie er eines Tages die Jurys begeistern und Preise abräumen würde, wie alle seinen Namen kennen und ihn anbetteln würden, für sie zu fotografieren.

Molly wandte sich wieder Simon zu. »Es war sehr nett von Ihnen, meiner Mum Ihren Pulli zu geben«, sagte sie.

»Sie hat gezittert«, antwortete er achselzuckend. »Ich habe mir Sorgen um sie gemacht.«

»Am Ende ist er doch für etwas gut.«

»Ich hänge in der Tat sehr an ihm.«

Ihr kam ein Gedanke. »War er ein Geschenk von Yvonne?«

Simon sah sie an. »Ja. Sie hat ihn für mich gestrickt.«

»Eine Frau mit vielen Talenten.« Molly seufzte und war plötzlich unerklärlich traurig. »Sie lieben Sie wirklich, nicht wahr?«

Er nickte.

Molly starrte aus dem Fenster. Nun, damit war der Fall klar. Simon war vergeben.

Draußen zog die Welt vorbei, und eine Weile sagte niemand ein Wort. Molly war gar nicht klar gewesen, dass Italien so grün sein konnte. Erstaunlich, dass sie noch vor wenigen Stunden durch dichten Schnee gepflügt waren. Jetzt war die Landschaft üppig und freundlich. Mollys Lider wurden immer schwerer. Sie würde kurz die Augen schließen … nur ganz kurz.

*

Sie wollte nicht aufwachen. Es war viel zu behaglich. Sie lag eingekuschelt an einem warmen Ort, und wenn sie erwachte, wäre sie wieder in der Realität, und die erschien ihr nicht länger sonderlich amüsant. Nur noch ein paar Minuten …

»Molly?« Das war die Stimme ihrer Mutter. »Wach auf, wir haben angehalten.«

Widerwillig öffnete Molly die Augen. Stille. Der Wagen stand tatsächlich.

Sie brauchte etwa fünf Sekunden, um zu realisieren, dass es Simon war, an den sie sich schmiegte. Ihr Kopf ruhte auf seiner Brust und sie hatte den Arm um seinen Körper geschlungen.

»Oh!« Erschrocken richtete sie sich auf. »Entschuldigen Sie bitte!«

»Kein Problem«, sagte er mit tiefer Stimme. »Freut mich, dass Sie sich ein bisschen ausgeruht haben.«

Rasch ordnete sie ihre Kleidung und machte sich bereit zum Aussteigen, um Caitlin gegenüberzutreten. Das Kleid lag immer noch auf ihrem Schoß. Sämtliche Krisen waren offiziell überstanden.

Doch als sie aus dem Fenster schaute, befanden sie sich nicht vor einem Wohnhaus.

»Wo sind wir?«, fragte sie. Hier wohnte Caitlin nicht.

Sie hatten vor einem alten Steingebäude geparkt, einer Art Stadthalle oder dergleichen. Sie musste tief geschlafen haben. Hoffentlich hatte sie nicht geschnarcht. Reggie hatte zwar nie erwähnt, dass sie schnarchen würde, aber heute war nicht der beste Tag, um damit anzufangen.

»Findet hier die Hochzeit statt?«, murmelte sie und rieb sich die Augen.

Simon sah so verwirrt aus, wie sie sich fühlte. »Ich denke nicht. Pascal?«

Pascal ignorierte ihn.

»Pascal, alles in Ordnung mit dir?«, fragte Molly.

»Ja«, antwortete er knapp. *»Tres bien, merci.«*

»Ich fürchte, hier sind wir falsch, Kumpel«, meinte Simon mit sanfter Stimme. »Wir müssen zurück auf die Autobahn. Oder brauchen Sie eine kurze Pause?«

»Non, merci.«

Molly und Simon wechselten einen besorgten Blick.

»Pascal, geht es dir wirklich gut?«, fragte sie noch einmal. »Du hast eine merkwürdige Gesichtsfarbe.«

»Soll ich mal wieder ein Stück fahren?«, bot Simon an.

Einen Moment lang schien es, als würde Pascal ihre Fragen einfach ignorieren. Aber dann sagte er: »Ich muss euch ein Geständnis machen«, und blickte starr geradeaus.

Molly hatte kein gutes Gefühl bei der Sache. »Jaaa?«, stotterte sie. *Was in aller Welt kam jetzt?*

»Aber als du mit Caitlin über das Kleid gesprochen hast …«, Pascal verstummte und war sehr blass im Gesicht.

»Spuck's schon aus!«, fauchte Molly. »Bitte!«

»Als … als wir im Haus von Juliens Verwandten waren … das Kleid …«

»Ja, ja« unterbrach Molly ihn ungeduldig. »Das war ein ziemlicher Schock, aber das Kleid hat keinen einzigen Schokoladenfleck abbekommen. Da sind wir noch mal drumrum gekommen. Du willst mir doch nicht sagen, du wärst immer noch traumatisiert davon? Du hättest etwas sagen sollen. Dann wäre ich ein Stück gefahren.«

»Das ist es nicht.«
Schweigen.
»Was, um Himmels willen, ist es dann?«
Pascal seufzte schwer. »Es ist das falsche Kleid.«

15. Kapitel

Stunden bis zur Hochzeit: 22
Kilometer bis zur Hochzeit: 179

Erschießt mich. Auf der Stelle.« Molly wartete darauf, dass sie ohnmächtig wurde.

»Wie bitte?«, fragte ihre Mum müde. »Wie kann es das falsche Kleid sein?«

»Ist es eben«, murmelte Pascal.

»Mann, Kumpel, das ist ja der Hammer«, sagte Simon.

Erneut fuhr sich Pascal über die Stirn. »Ich … ich …«

Aber Molly unterbrach ihn. »Pascal? Bist du sicher?«

Er nickte betrübt. »Das ist nicht Caitlins Kleid. Es ist ein Muster aus unserem Lager.«

Molly umklammerte die Rückenlehnte von Pascals Sitz so fest, dass ihre Knöchel weiß hervortraten. Sie wäre ja liebend gern in eine Schimpftirade ausgebrochen, brachte aber kein Wort heraus. Es hatte ihr buchstäblich die Sprache verschlagen. Sinnlos öffnete und schloss sich ihr Mund, bis sich ihre Mutter zu ihr umdrehte und sie besorgt ansah.

»Molly? Das passt gar nicht zu dir, dass du so still bist.«

»Um Himmels willen, warum hast du denn nichts

gesagt?«, schrie sie, nachdem sie ihre Stimme endlich wiedergefunden hatte. »Das muss man sich mal vorstellen! Wir hängen hier vor irgendeinem komischen alten Kasten mit dem falschen *Kleid?«*

»Tief einatmen, Liebes, das hilft.« Ihre Mutter streckte den Arm aus und legte die Hand auf Mollys bebende Schulter. »Lass Pascal es erklären.«

Sie sah ihn an und fragte in bedeutend ruhigerem Ton, als Molly dies zustande gebracht hätte: »Warum haben Sie das nicht früher gesagt?«

Niedergeschlagen zuckte er mit den Schultern. »Ich habe es ja selbst nicht gewusst, bis ich Gabriella in dem Kleid sah.«

»Gabriella?« Vanessa Wright war verwirrt.

»Juliens Enkelin … ach, egal«, erklärte Molly kurz.

»Das ist Stunden her, Kumpel«, gab Simon zu bedenken.

»Genau!«, jammerte Molly. »Wir hätten … zurück nach Paris fliegen und das richtige Kleid holen können. Aber dafür ist es jetzt wahrscheinlich zu spät.«

»Arme Caitlin.« Ihre Mutter seufzte. »Sie steht sowieso schon völlig neben sich.«

»Erinnere mich bloß nicht daran! Du solltest besser den Wagen wenden und so schnell und so weit wie möglich in die entgegengesetzte Richtung fahren, Pascal, denn von uns kann sich keiner auch nur in die Nähe von Venedig blicken lassen. Nie wieder.«

»Ähem, also *manche* von uns würden schon gern dort ankommen.« Simon hatte den Kopf gegen die Seitenscheibe gelehnt, offenbar niedergeschlagen akzeptierend, dass es wahrscheinlich eine Weile dauern würde, bis es dazu käme.

»Tja, meinetwegen.« Molly sah ihn wütend an. »Ich fürchte allerdings, Sie werden warten müssen, bis wir unser kleines Problem gelöst haben. Wir sitzen alle gemeinsam in dieser Patsche, oder etwa *nicht*, Pascal?«

Simon sah aus, als wolle er einwenden, dass er an dieser Sache nun wirklich nicht schuld sei, aber ein weiterer wütender Blick von Molly signalisierte ihm, es lieber zu lassen. »Ich glaube, ich habe das Problem gelöst«, sagte Pascal. »Dürfte ich es bitte ganz kurz erklären?«

Molly verschränkte die Arme. »Du wirst rechtzeitig ein neues Kleid nähen?«

»Das richtige Kleid ist unterwegs«, sagte Pascal.

»Wie?«, brauste Molly auf. »Per Brieftaube? Im Heißluftballon?«

»Molly!«

»Entschuldige, Mum.«

»Es befindet sich momentan in einem Flugzeug von Paris hierher. Am Flughafen wird es von einem Motorradkurier abgeholt und uns gebracht. Nachdem ich mich von dem Schock erholt hatte, Gabriella in diesem Kleid zu sehen, musste ich raus und telefonieren.«

»Mit Delametri?«

Er schüttelte den Kopf, als wäre dies ein absurder Gedanke, was Molly wütend machte.

»Mit Annabelle natürlich. Ich habe ihr das Problem geschildert. Sie hat sich auf die Suche gemacht und Caitlins Kleid schließlich gefunden.«

»Wo war es?«, fragte Molly.

»Oh, es war die ganze Zeit in Delametris Apartment, allerdings nicht an der Stelle, die er mir genannt hatte.«

»Deshalb warst du in den letzten Stunden so eine Nervensäge«, stieß Molly hervor. »Jetzt wird alles klar!«

»Molly!«

»Entschuldige, Mum. Aber ehrlich, Pascal, du hättest den Kleidersack öffnen und es überprüfen müssen! Ich meine, wenn auch nur der geringste Zweifel bestand, weil Delametris Apartment zufällig mit allerlei Hochzeitskleidern vollgestopft ist …«

Pascal nickte und hob kapitulierend die Hände. »Du hast völlig recht, das hätte ich tun müssen, und jetzt verstehe ich selbst nicht, dass ich es nicht getan habe. Aber es ist so, dass es höchst ungewöhnlich für Delametri ist, Kleider in seinem Apartment zu haben. Und der Kleidersack befand sich genau an der Stelle, die er angegeben hatte. Er war definitiv der einzige im Zimmer, und außerdem hing ein Zettel mit Caitlins Namen daran.«

Warum sollte Caitlins Name am falschen Kleid hängen? Für dieses Chaos musste es doch einen Grund geben?

»Was hätte ich also noch weiter überprüfen sollen?«, fügte Pascal hinzu.

»Verstehe«, sagte Mollys Mutter mit freundlichen Lächeln. »Wie bedauerlich. Aber solche Dinge passieren nun mal, nicht wahr? Ich bin sicher, die meisten von uns hätten sich genauso verhalten.«

Molly öffnete den Mund, um gereizt zu widersprechen, fing jedoch den warnenden Blick ihrer Mutter auf und hielt die Klappe.

»Dann wird das richtige Kleid also vor uns in Venedig eintreffen?«, fragte Simon.

Molly hielt den Atem an.

»Nein.«

»Okay, wo dann?«, fragte Molly.

»Hier.« Pascal holte tief Luft. »In Bologna.«

»Wir sind in Bologna?«, wiederholte Molly. »Wie bitte? Und wo genau in Bologna?«

Pascal wirkte verlegen. »Das war einfach … die einzige Möglichkeit.«

Molly glaubte ihm kein Wort. Sie kniff die Augen zusammen und sah ihn misstrauisch an. »Du hast die ganze Zeit von Bologna geredet – sicher, dass das alles nicht geplant war?«

»Nein!« Pascal drehte den Kopf und sah sie flehend an. »Ich schwöre! Aber als ich mir die Karte angesehen habe, wurde mir klar, dass Bologna sowieso auf unserer Route liegt. Es sind höchstens dreißig Minuten Umweg … oder so.«

Das waren nur dreißig Minuten, die zu den Tausenden anderer Minuten hinzukamen, die sie bereits verschwendet hatten.

»Und …«, fügte Pascal hinzu.

»Ja?« Molly wartete.

»Da ist etwas, das ich sehr gern tun würde, während wir hier sind. Es dauert nicht lange, und das Timing ist geradezu perfekt.«

»Ich habe Caitlin gesagt, wir wären in dreieinhalb Stunden bei ihr«, erinnerte Molly ihn.

»Wir werden nicht sehr viel später da sein.«

Sie stiegen alle aus dem Wagen. Ihrer Mutter schien dies einige Mühe zu bereiten, aber mit Simons Hilfe schaffte sie es. Sie stellten sich vor Pascal und sahen ihn an.

Er breitete die Arme aus. »Meine Freunde«, sagte er. »Ich fürchte, ich habe eine missliche Situation ausgenutzt, um aus etwas Negativem etwas Positives zu machen. Genau genommen etwas doppelt Positives!«

»Du wirst uns schon auf die Sprünge helfen müssen«, meinte Molly müde und blinzelte zu dem alten Gebäude hoch. »Was ist das hier?«

»Ein Auktionshaus«, antwortete Pascal, als erklärte das alles. »Hierher wollte ich so unbedingt ... bevor Delametri mich anwies, dich nach Venedig zu begleiten.«

»Ehrlich?«, rief Molly und besah sich das Gebäude genauer. »Und warum wolltest du dieses Auktionshaus sehen?«

»Oh, ich bin natürlich nicht wegen des Gebäudes hier, sondern wegen einer *Auktion*«, antwortete er enthusiastisch. »Und ich kann mein Glück kaum fassen – unser Timing ist perfekt!«

»Wofür?«, fragte Mollys Mutter und sah ihn gespannt an.

»Für eine Vintage-Robe von Charles Frederick Worth!«

Molly schnappte nach Luft. Hatte sie richtig gehört? *Eine Robe von Charles Frederick Worth?*

»Und nicht irgendeine, sondern eines seiner frühesten und einflussreichsten Kleider. Ein echtes Sammlerstück. Ich dachte schon, ich hätte die Gelegenheit verpasst, darum zu bieten, aber durch einen erstaunlichen Glücksfall scheint dies ja nun nicht so zu sein! Die Auktion fängt jeden Moment an!«

Molly war außer sich. »Meine Güte, Pascal, warum hast du nichts gesagt? Pfeif auf die Hochzeit, lass uns zu der Auktion gehen!«

»Molly!« Ihre Mutter hob drohend den Zeigefinger, lächelte jedoch.

»Entschuldige, Mum.« Molly wandte sich wieder Pascal zu. »Kann ich es sehen?«

»Natürlich, es wird da drin präsentiert. Seit ich denken kann, wollte ich genau dieses Kleid für meine Sammlung. Es hat meine berufliche Laufbahn maßgeblich beeinflusst, und ich habe eisern gespart, um es eines Tages vielleicht mein Eigen nennen zu können.«

»Wie hoch werden Sie bieten?«, fragte Simon. »Ein paar Hundert?«

Pascals Miene verriet, dass er sehr viel mehr als das bieten würde. Molly wusste, dass Vintage-Roben von Worth für mehrere Tausend, wenn nicht gar Zehntausende Euro unter den Hammer kamen, nicht nur in Europa, sondern weltweit.

»Etwas mehr, fürchte ich. Ein paar Tausend vielleicht.«

Simon atmete hörbar aus. »Himmel! Für ein Kleid? Mit dem Geld könnten man einen Monat lang ein afrikanisches Dorf ernähren.«

Molly warf ihm einen bedauernden Seitenblick zu. »Danke für die Schuldgefühlnummer.«

»Tut mir leid.«

»Entschuldigt bitte«, mischte sich Mollys Mutter mit müder Stimme ein, »aber es gibt da noch ein Kleid, über das wir uns heute Gedanken machen sollten.«

»Was für ein anderes Kleid?«, fragte Molly, bevor es ihr

wieder einfiel. »Oh! Caitlins Hochzeitskleid.« Der Gedanke an eine Robe von Worth ließ ein Werk von Chevalier bis zur Bedeutungslosigkeit verblassen.

Just in diesem Moment übertönte das röhrende Geräusch eines Motorrads alle anderen Geräusche. Sie drehten die Köpfe und erblickten einen Motorradkurier, von Kopf bis Fuß in schwarzes Leder gekleidet, der mit einer die Schwerkraft verleugnenden Kurve in den Tunnel einbog, der zu einem Innenhof des Gebäudes führte. Auf seinen Gepäckträger war eine riesige Kartonverpackung geschnallt.

Molly packte ihre Mutter am Arm. »Ob es da ist?«, flüsterte sie.

»Ich glaube, das Glück ist auf unserer Seite.« Pascal lächelte. »Hier kommt die Braut.«

»Gott sei Dank!«, rief Mollys Mutter.

»Wurde auch Zeit«, murmelte Simon. »Ich kann nicht glauben, dass noch ein Kleid diesen ganzen Ärger wert sein soll, Kumpel«, sagte er zu Pascal. »So ein Umweg, nur dafür!«

»Simon«, erwiderte Pascal geduldig. »Sie haben sich während der vergangenen zwei Tage als das erwiesen, was die Engländer einen Fels in der Brandung nennen. Und Sie haben jedes Recht, ungehalten zu sein. Sie müssen aber verstehen, dass es Dinge gibt, die es wert sind, sich danach auf die Suche zu machen.«

»Wenn ich eingeweiht gewesen wäre, hätte ich sowieso darauf bestanden, über Bologna zu fahren«, erklärte Molly entschieden und sah Simon fest an. »Es geht darum, sich selbst treu zu bleiben, nicht wahr?«

Er warf ihr einen so nachdenklichen Blick zu, dass sie am liebsten triumphierend gegrinst hätte.

»Du meine Güte, plötzlich weiß ich nicht mehr, um welches Kleid ich mich kümmern soll«, stieß sie atemlos hervor. »Das, von dem mein Leben abhängt, oder das, von dem ich schon seit Jahren träume?«

Pascal lachte. »Pass auf, ich begleite deine Mutter zu einem bequemen Platz im Auktionssaal, und ihr beide holt das Hochzeitskleid. Auf diese Weise können wir, wie heißt das noch gleich … ah ja, zwei Fliegen mit einer Klappe schlagen.«

»Das ist eine sehr gute Idee«, meinte Mollys Mutter gefühlvoll.

Sie teilten sich auf. Mollys Mutter und Pascal gingen zum Auktionssaal, um sich registrieren zu lassen, und Simon und Molly steuerten den Tunnel an, durch den das Motorrad gebrettert war.

»Sie sind nicht sehr nachsichtig mit der Modewelt, stimmt's?«, sagte Molly auf dem Weg dorthin.

»Sorry«, erwiderte Simon. »Ich werde mir in Zukunft mehr Mühe geben.«

Molly wollte eigentlich erwidern, dass dies künftig keine Rolle mehr spielte, da sie in wenigen Stunden aus seinem Leben verschwinden würde, verkniff es sich jedoch.

Der Motorradfahrer stiefelte mit dem Helm unterm Arm im Innenhof auf und ab. Er wirkte erleichtert, als Molly auf ihn zukam.

»Bonjour! Buon giorno! Hello!«, stammelte sie aufgeregt. »Eine Lieferung für Chevalier? Oder Marino? Oder vielleicht Lafayette?«

»Pascal Lafayette?«, fragte der Kurier.

»Ja!« Molly klatschte in die Hände und boxte anschließend triumphierend in die Luft. Sie zeigte auf das Paket. »Hochzeitskleid?«

Als Antwort erhielt sie einen verständnislosen Blick und ein Schulterzucken.

»Hier kommt die Braut? Tra-la-la-la?«

»Une robe?«, versuchte es Simon, warf Molly einen unsicheren Blick zu und zischte: »Heißt *robe* auf französisch Kleid? Oder was anderes?«

»Oui, une robe«, antwortete der Kurier und wirkte erleichtert, dass wenigstens einer von diesem ungepflegten Pärchen bei Verstand war. *»Pour Monsieur Pascal Lafayette.«*

»Oh, merci! Merci!« Molly war jetzt endgültig überdreht. Was für ein Tag für die Modewelt!

Der Kurier zog Lieferschein und Stift aus seiner Gepäcktasche und reichte beides Simon. *»Monsieur Lafayette, s'il vous plaît?«*

»Ah«, Molly seufzte und warf einen Blick in Richtung Auktionssaal, vor dem sich eine lange Schlange gebildet hatte.

Doch Simon nickte nur, und unterschrieb schwungvoll, aber völlig unleserlich, mit einem Gekritzel, das alles mögliche hätte sein können und irgendwie chinesischen Schriftzeichen ähnelte.

»Merci.« Der Kurier schnallte das Paket ab.

Molly stieß Simon in die Rippen. »Sehen Sie nur, wie sicher es befestigt ist.«

»Noch ein weiteres Wort von Ihnen dazu«, zischte Simon und schubste sie ausgelassen zurück.

Molly überprüfte die Paketaufschrift – Caitlin Wright. Das war es. »Vielen Dank! *Grazie! Merci beaucoup!*«, rief sie dem davonbrausenden Fahrer hinterher, der mit seinem in schwarzes Leder gehüllten Arm ziemlich sexy salutierte.

»Ruhig Blut«, murmelte Simon. »Er tut nur seine Arbeit.«

»Die heute dazu beigetragen hat, dass mir meine Schwester nicht die Augen auskratzt – keine große Sache, also!«

Dann hielt sie überwältigt inne. »Wir haben es, Simon. Endlich, das hoffe ich zumindest. Die werden es doch nicht ein zweites Mal verwechselt haben, oder?«

»Das würden Ihre Nerven nicht überstehen. Und meine auch nicht.«

»Kommen Sie, gehen wir Mum und Pascal suchen.«

»Sollten wir das Kleid nicht erst im Wagen verstauen? Wir könnten es doch aufs Dach schnallen?«

Molly bedachte ihn mit einem giftigen Blick »Eher schnalle ich Sie aufs Dach«, entgegnete sie in warnendem Ton. »Wir kriegen das schon hin.«

Nachdem sie das Kleid auf dem anderen Kleidersack im Wagen platziert hatten, gingen sie zum Auktionssaal. Der Raum entpuppte sich als eine schmucklose, mittelalterliche Halle mit hohen Steinwänden, in die weit oben, direkt unterhalb der hölzernen Decke, winzige Fenster eingelassen waren. An den Wänden hingen farbenprächtige Wandteppiche, dazwischen Ölgemälde von längst verstorbenen Adeligen beiderlei Geschlechts. Am hinteren Ende des Raums stand die Bühne des Auktionators, umgeben von einer hölzernen Balustrade, und in den ersten Reihen saßen elegant gekleidete Damen und Herren an Tischen mit Telefonen und Notizblöcken.

Die Reihen dahinter waren vollgepackt mit erwartungsvollen Kaufinteressenten. Molly betrachtete alles staunend. Ihr fiel auf, wie unterschiedlich italienische und französische Eleganz waren. Die Mode hier war irgendwie ausgefallener, und doch nicht aufdringlich. Die Anzüge waren supergerade geschnitten, die Kleider schlicht und schmal. Und die *Sonnenbrillen!* So viele Sonnenbrillen, in einem Innenraum, noch dazu, wo es draußen schon fast dunkel war!

Italienischer geht's wohl kaum, dachte Molly.

Hinter der Bühne und auf den freien Flächen auf dem Boden verteilt lag, stand oder hing eine wilde Mischung von Objekten, die offenbar alle versteigert werden sollten. Antike Vogelkäfige, eine elegante Chaiselongue, ein Flügel sowie Vitrinen voller winziger und vermutlich sehr kostbarer Schätze.

Molly sah sich um. »Ich dachte, es würde nur Kleidung versteigert, aber es sind alle möglichen Kostbarkeiten zu haben. Man sollte doch meinen, dass eine Robe von Worth eine eigene Auktion wert ist, oder?«

»Meine ganz persönliche Meinung? Nein«, erwiderte Simon. »Kommen Sie. Lassen Sie uns die Sache hinter uns bringen.«

Molly verdrehte die Augen. Na gut, wenn Simon eingeschnappt sein wollte, einverstanden. Sie würde jeden Moment ein original Charles-Frederick-Worth-Kleid zu sehen bekommen! Und falls Pascal Erfolg hatte, würden sie die restliche Fahrt nach Venedig mit diesem Kleid und gleich *zwei*(!) Delametri Chevaliers auf dem Rücksitz des Cinquecento verbringen!

Besser ging es ja wohl gar nicht.

16. Kapitel

Stunden bis zur Hochzeit: 21,5
Kilometer bis zur Hochzeit: 179

Die Auktion war in vollem Gange. Eine grimmig dreinblickende Frau in einem durchgeknöpften braunen Overall hielt ein hübsches Teeservice aus Porzellan hoch, während der Auktionator Gebote aus dem Saal entgegennahm. Zweihundert, zweihundertzehn, zweihundertzwanzig … diskret und geübt wurden Hände erhoben und wieder gesenkt. Dem Auktionator entging nichts, und Molly dachte, dass er Adleraugen haben musste. Sie fand alles schrecklich aufregend. Sie war noch nie bei einer Auktion gewesen. Die Flohmärkte, zu denen sie an verregneten Samstagen in Yorkshire mit Reggie gegangen war, gehörten in eine andere Kategorie.

Obwohl der Raum sehr voll war und viele Leute im hinteren Teil sogar standen, entdeckte Molly Pascal und ihre Mutter auf einer Bank an der Saalseite. Ohne weiter darüber nachzudenken, ergriff sie Simons Hand und bahnte sich ihren Weg zu den beiden.

»He!« Eine streng aussehende Dame mit turmhohen Absätzen und der obligatorischen Sonnenbrille zog ein finsteres Gesicht, als sie sich vorbeidrängten.

»Pardon!«, flüsterte Molly und warf der Dame einen entschuldigenden Blick zu. »Oh, Simon, da vorn ist ein kleiner Hund, passen Sie auf, dass Sie nicht drauftreten.«

»Ich gebe mein Bestes«, sagte Simon erschöpft. »Aber ich verspreche nichts, falls er mich in den Knöchel beißt.«

Pascal und Mollys Mutter rutschten enger zusammen, um Platz für sie zu schaffen.

Auf Pascals Gesicht spiegelte sich pure Erwartung.

Molly tätschelte sein Knie. »Alles in Ordnung?«

Als traue er seiner Fähigkeit zu sprechen nicht, nickte Pascal nur energisch.

»Du hast es doch nicht verpasst, oder?«, flüsterte sie.

Er schüttelte den Kopf. »Aber es wird nicht mehr lange dauern – sieh nur!«

Aufgeregt zeigte er auf das Programm. Seine Hände zitterten. Tatsächlich, da stand es. Molly übersetzte im Stillen:

»Charles-Frederick-Worth-Ballkleid aus Seide, circa 1885, ein seltenes Exemplar eines orginalen Worth-Modells aus dem späten 19. Jahrhundert. Dieses gewagte Ballkleid aus handgewebter grüner Seide gilt als frühes Beispiel für Worths Einfluss auf die frühe Jugendstilbewegung. Geschätzt: 50 000 Euro.«

Molly war nicht überrascht, als sie den Schätzpreis sah, eigentlich fand sie es sogar erstaunlich günstig. Obwohl solche Summen weit über ihren Möglichkeiten lagen, wusste sie, dass heutzutage einige der herausragendsten Kreationen der Haute Couture in den Modehäusern für solche – und höhere – Beträge an diejenigen verkauft wurden, die es sich leisten konnten. Und dies auch taten. Jetzt wurde aber auch klar, warum Pascal so nervös war. Er stand kurz davor, sich von einer ganzen Stange Geld zu trennen. Molly liebte alles, was Jugendstil war, und konnte es kaum erwarten, das Kleid zu sehen.

Sie machten es sich bequem und warteten. Pascals Blicke schossen zwischen dem Programm und dem Auktionator hin und her. Molly dagegen sah sich das Publikum genauer an und versuchte herauszufinden, wer Pascals Konkurrenz sein könnte. Nach und nach stellte sie fest, dass sich nicht nur die italienische Modemeute eingefunden hatte. Die unterschiedlichsten Arten von Menschen waren hier vertreten, eine vielschichtige Mischung aus lässigen Aristokraten, Händlern mit undurchdringlichen Mienen und ganz gewöhnlichen Menschen, die vielleicht nur hier waren, um für Dinge wie die Schachtel hübscher Teelöffel aus Silber zu bieten, die sich gerade eine ältere Dame für den Schnäppchenpreis von fünfundzwanzig Euro geschnappt hatte. In der ersten Reihe holte eine Mutter Sandwiches aus ihrem Korb und reichte sie ihren drei gelangweilt aussehenden Kindern.

In diesem Moment erhob sich eine leichte Unruhe. Ein Neuankömmling betrat den Raum. Höflich schob er sich durch das Gedränge an der Tür und stellte sich an eine günstige Stelle weiter hinten, von wo aus er einen guten Blick hatte. Molly dachte kurz, dass er große Ähnlichkeit mit jemandem hatte, den sie kannte. Vielleicht von einem Foto? In irgendwelchen Zeitschriften?

Sie schüttelte den Kopf. Noch so ein Zufall. Ihr erschöpfter Verstand spielte ihr wohl einen Streich.

Aber dann schaute sie noch einmal hin. Dieses majestätische, fast arrogante Gesicht, das silbergraue, tadellos frisierte Haar, der Maßanzug, der zweifellos aus Chevaliers diesjähriger Kollektion stammte – nein, das konnte nicht sein! Ein weiterer Blick. Jetzt begannen Menschen in seiner Nähe ebenfalls verstohlen auf ihn zu zeigen und miteinander zu flüstern. Er war es tatsächlich!

Mit weit aufgerissenen Augen beugte sie sich zu Simon. »Sehen Sie den Mann, der gerade hereingekommen ist?

Simon sah sich um. »Protziger Anzug, fettige Haare?«

»Das ist Delametri Chevalier!«

Simon brauchte einen Moment, um die Information zu verarbeiten. »Was, der Modeschöpfer? Pascals Chef?«

Molly nickte. »Ich habe ihn noch nie in natura gesehen, lediglich auf Fotos und in Zeitschriften, die ich für meine Abschlussarbeit verwendet habe.«

Sie merkte, dass Simon sich bemühte, beeindruckt zu wirken. »Was tut er hier?«

»Keine Ahnung. Ich dachte, er wäre bei seiner kranken Mutter irgendwo in Frankreich.«

Sie sah zu Pascal, der ganz in die Auktion vertieft war, und dann wieder zu seinem Chef zurück. Aufgeregt erhob sie sich und winkte Delametri zu. Sie dachte nicht daran, dass er ihr nie begegnet war. Angesichts der ereignisreichen letzten beiden Tage hatte sie das Gefühl, quasi mit ihm verwandt zu sein. Natürlich ignorierte er sie. Sie setzte sich wieder hin und kam sich ein bisschen albern vor.

»Fünfzig Euro von der Dame da vorn!«, rief der Auktionator und deutete auf sie.

»Molly!«, zischte ihre Mutter. »Wolltest du allen Ernstes für einen Humidor aus dem 18. Jahrhundert bieten?«

»Oje!« Molly schluckte.

Sie wurde jedoch sofort von einem streng aussehenden Herrn mit Monokel und angesengtem Franz-Joseph-Bart überboten.

»Puh!«, seufzte sie erleichtert. Dann wandte sie sich Pascal zu und tippte ihm ein paar Mal auf die Schulter. »Pascal!«, zischte sie. »Sieh doch …«

»Also bitte!«, fuhr er sie an und machte eine abwehrende Handbewegung, als wäre sie eine Mücke. »Ich muss mich konzentrieren!«

»Aber schau doch mal, wer …«

»Molly, zwing mich nicht, dich aus dem Saal werfen zu lassen«, warnte er sie.

Molly und ihre Mutter wechselten einen Blick, schnitten Grimassen wie zwei gescholtene Schulmädchen und mussten kichern. Dann beruhigte sich Molly wieder und widmete ihre Aufmerksamkeit zu gleichen Teilen der Auktion und ihrem Helden, der sich leibhaftig im selben Raum wie sie befand.

Sie fragte sich, ob Pascal wusste, dass Delametri hier sein würde. Dann hätte er ihn jedoch sicher gebeten, in seinem Namen für das Kleid zu bieten? Es war einigermaßen sonderbar.

Simon hatte sich mittlerweile aus allem ausgeklinkt, was um ihn herum vorging. Er lehnte an der Wand und las ein Buch auf seinem Handy. Molly musste daran denken, wie warm und wohlig es sich angefühlt hatte, als ihr Kopf auf seiner Brust ruhte.

Simon spürte, dass ihn jemand ansah. Er hob den Kopf und lächelte Molly an. Wieder spürte sie dieses Kribbeln im Bauch.

»Jetzt kommen ein paar schöne Ohrringe«, flüsterte ihre Mum. »Hier, sieh dir mal das Foto an.«

Molly schaute es sich an. Sie waren wirklich hübsch, kleine Bernsteintropfen in einer Silberfassung. Caitlin liebte Bernstein, es brachte ihren Teint zum Schimmern. Molly hatte ihrer Schwester gar kein Hochzeitsgeschenk gekauft. Sie hatte vorgehabt, in Paris etwas auf dem Flohmarkt zu besorgen. Und da waren sie und wurden als Nächstes versteigert. Molly konnte die Ohrringe nicht genau sehen, aber im hellen Licht des Auktionssaals schienen sie ihr ermutigend zuzuwinken.

Molly hob die Hand und stellte fest, dass sie ein Eröffnungsgebot von fünfzig Euro gemacht hatte.

Simon sah von seinem Buch auf. »Hatten Sie das vor?«

Sie nickte, ohne ihn anzusehen. »Geschenk für Caitlin.«

Molly hielt den Atem an. Niemand rührte sich. Der Auktionator versuchte, die Anwesenden in schnellem Italienisch zum Bieten zu animieren. Aber keiner tat es. Er hob den Auktionshammer.

»Sechzig!«

Eine Frauenstimme von hinten, die Hand erhoben.

»Siebzig!«, schrie Molly, sprang von ihrem Sitz und winkte dem Auktionator wie verrückt zu. Allmählich begeisterte sie sich für das hier. Gedämpftes Lachen war zu hören, und Molly setzte sich verlegen wieder hin.

Wieder rührte sich niemand. Molly versuchte den Auktionator mit Geisteskräften zu zwingen, seinen Hammer fallenzulassen und auf sie zu deuten.

Und er tat es!

»Juchu!«, kreischte Molly, fiel ihrer Mutter um den Hals und drückte sie fest an sich. »Das perfekte Geschenk!«

Dann fiel ihr etwas ein. Sie hatte ja ihr ganzes Geld für den Kauf des Autos ausgegeben. So beugte sie sich zu ihrer Mutter und flüsterte ihr ins Ohr: »Äh ... Mum?«

»Ja?«

»Könntest du mir bitte siebzig Euro leihen?«

Ihre Mutter lachte. »Natürlich, Liebes.«

Jetzt kamen nur noch fünf Objekte, bevor das Worth-Kleid an der Reihe war. Sie sahen zu, wie eine Puppenstube aufgerufen wurde. Sofort brach ein heftiger Bieterkrieg zwischen einem ungeheuer großen Mann mit Cowboyhut und einer älteren Dame aus. Molly glaubte schon, die beiden würden aufeinander losgehen, so feindselig waren die Blicke, die sie einander zuwarfen. Bis der Mann mit einem lauten Fluch und einer unhöflichen Geste schließlich aufgab. Die Dame blieb gefasst auf ihrem Platz sitzen, aber ihr Gesicht strahlte triumphierend.

Und dann sogen Molly und ihre Mutter hörbar die Luft ein.

»Sieh nur!«, zischte Molly. »Sieh nur, was als Nächstes kommt!«

»Ich sehe es«, flüsterte ihre Mutter zurück.

Es war eine Spieldose, handgeschnitzt und mit einem silbernen Verschluss. Sie hatte keine Ähnlichkeit mit der, die sie vor so vielen Jahren wütend auf den Boden geworfen hatte, aber als die Dame im Overall mürrisch den Deckel hochklappte, eine kleine Ballerina auftauchte und sich zu einem klimpernden Walzer drehte, dachte Molly, sie müsse in Tränen ausbrechen.

»Oh«, hauchte sie. »Ist sie nicht wunderschön!«

Ihre Mutter hob die Hand, und der Auktionator akzeptierte ihr Gebot. Nachdem ein anderer Bieter die Hand gehoben hatte, legte ihre Mutter nach. Das Ganze wiederholte sich, aber nach etwa einer Minute hatte ihre Mutter die Spieldose erworben.

»Gut gemacht«, flüsterte Molly, und ihre Wangen glühten vor Freude. Diese nette Geste ihrer Mutter hatte sie überrascht. Sie blinzelte eine Freudenträne weg.

Ihre Mutter lächelte sie an. »Caitlin«, flüsterte sie.

»Psst!«, zischte Pascal.

Molly kam sich vor, als hätte man sie geohrfeigt. Caitlin? Nach dem Gespräch, das ihre Mutter und sie vor wenigen Stunden geführt hatten? Die ganze Freude über die Ohrringe, das aufkeimende Vertrauen, seit sie einander das Herz ausgeschüttet hatten, verpuffte in der stickigen Luft des überfüllten Saals. *Wie hatte sie das nur tun können?*

Die Antwort lag auf der Hand, ärgerte sich Molly. Was ihre Mutter im Auto gesagt hatte, war alles nur Geschwätz gewesen, damit sie sich besser fühlte, Phrasen und Binsenweisheiten für eine kurzfristige Aussöhnung. Sie würde immer die tollpatschige, hoffnungslose Molly bleiben. Ihr würde nie vergeben werden, dass sie Caitlins Spieldose zerbrochen hatte, und sie würde nie so geliebt werden wie sie.

Damit musste sie sich ein für allemal abfinden. Molly rückte so weit wie möglich von ihrer Mutter ab, bis ihr Oberschenkel fest gegen den von Simon gepresst war. Der blickte kurz auf, machte jedoch keine Anstalten, sich zu rühren, damit sie mehr Platz hatte. Sein warmer Körper war nur ein kleiner Trost für ihre Enttäuschung.

»Mon Dieu!« Pascal sprang auf, und die mürrische Frau im Overall scheuchte die Leute, die ihr vorn im Weg standen, weg, um Platz für die Hauptattraktion zu schaffen – das Worth-Kleid.

Molly stand ebenfalls auf. Als das Kleid hereingebracht wurde, hielt sie den Atem an. *Da kommt es …*

Man hatte es einer Schaufensterpuppe angezogen, die von zwei kräftigen Männern in Overalls und mit Schutzhandschuhen hereingetragen und in der Mitte der Bühne abgestellt wurde.

Beim Anblick des Kleids zog Pascal ein Taschentuch heraus und tupfte sich die Stirn ab. Mollys Mutter erhob sich, um ihn zu stützen, denn einen Moment lang sah es so aus, als würde er vor Überwältigung ohnmächtig werden.

»In natura ist es noch schöner«, stieß er atemlos hervor und fächelte sich mit dem Programm Luft zu.

Es war wirklich wunderschön. Die schimmernde leuchtendgrüne Seide hatte die Farbe saftiger Frühlingswälder und schien während der vergangenen hundert Jahre kein bisschen verblasst zu sein. Die körpernahe Korsage endete in einem schmalen, betonten Taillenband und war mit silberfarbenen Paspeln abgesetzt, die ihrerseits mit Perlen bestickt waren. Es musste überwältigend ausgesehen haben, wie es in einem Ballsaal zu den Klängen eines Orchesters über die Tanzfläche rauschte und sich der Schein Tausender Kerzen darin fing …

Sogar aus der Entfernung konnte Molly erkennen, dass es makellose gearbeitet war. Die Ärmel waren in akkuraten Biesen an die Korsage gesetzt, und die ebenfalls mit silberfarbenen Paspeln eingefassten Manschetten waren mit Lilien bestickt, die sich bis zu den Ellbogen hinaufschlängelten. Sie waren die einzige verstohlene Anspielung auf den Jugendstil, die Molly erkennen konnte – und obwohl sie auf diesem Gebiet keine Expertin war, rührte es sie. Das Kleid vermittelte ihr den Eindruck, ein Vorreiter, ja, seiner Zeit voraus gewesen zu sein. Der Tellerrock ging am Rücken in eine kurze Schleppe über, die mit unschönen Staubtüchern vor dem rauen Schieferboden geschützt wurde. Zu gerne wäre Molly nach vorn gegangen, um es sich in allen Einzelheiten anzusehen. Wie musste Pascal jetzt zumute sein? Kein Wunder, dass er es unbedingt haben wollte.

Mit einer Handbewegung versuchte sie, ihn auf sich aufmerksam zu machen.

»Die Dame dort vorn, zehntausend Euro!«

»Molly!«, schimpfte ihre Mutter »So viel kann ich dir nicht leihen.«

»Oje, schon wieder«, murmelte Molly und klemmte die Hände zwischen die Knie.

Simon blickte amüsiert auf und schaltete sein Handy aus, um zuzusehen.

Glücklicherweise hatte Pascal nichts gemerkt. Sein Arm schoss in die Höhe, und bevor er sich versah, bot er mit drei oder vier anderen Interessenten heftig um die Wette. Fünfzehntausend, sechzehntausend, siebzehntausend …

Je höher die Gebote stiegen, desto stiller wurde es im Saal. Bei neunundvierzigtausend Euro waren schließlich nur noch Pascal und eine wildentschlossen wirkende Frau mit schwarzer Baskenmütze im Rennen.

Pascal hob die Hand.

»Fünfzigtausend!«, rief der Auktionator und zeigte auf ihn.

»Fünfzigtausendfünfhundert«, rief die Frau von ihrem Platz weiter vorn.

Pascal zögerte. Molly hatte die Fäuste geballt, die Knöchel traten weiß hervor. Sie feuerte Pascal innerlich an, weiterzumachen. Nach diesem Schätzpreis musste ihm doch klar gewesen sein, dass er mehr bieten musste, um es zu bekommen?

Der Auktionator blickte sich um Saal um, ob es weitere Gebote gab.

Stille.

Er hob schon den Hammer, da rief Pascal: »Einundfünfzigtausend!«

Applaus brandete auf. Alle drehten sich zu dem geheimnisvollen Mann mit dem verschwitzten Gesicht um. Molly hätte vor Freude am liebsten laut gejubelt. Stattdessen umklammerte sie Simons Knie. Der beugte sich gespannt nach vorn, legte seine Hand auf Mollys und drückte sie fest.

Mit einem erleichterten Lächeln, weil die Schätzsumme übertroffen worden war, sah sich der Auktionator noch einmal im Saal um. Die Dame mit der Baskenmütze schüttelte den Kopf, und der Auktionator hob erneut den Hammer.

»Cinquante-deux!«

Die dröhnende Stimme von ganz hinten sprach Französisch. Ein Raunen ging durch den Saal, während sich nun alle nach dem neuen Bieter umschauten.

Instinktiv wusste Molly sofort, wer es war.

Delametri Chevalier war einen Schritt vorgetreten und stand nun eindrucksvoll in einer Lücke, die sich um ihn herum gebildet hatte.

»Mon … Dieu.« Pascal hatte sich umgedreht und starrte seinen Chef an. Molly sah das nackte Entsetzen in seinem Gesicht und wusste sofort, dass Delametris Anwesenheit ein Schock für ihn war.

Delametri Chevalier warf einen lässigen, selbstbewussten Blick durch den Saal, und als er schließlich auf Pascal fiel, grinste er schelmisch und zwinkerte Pascal zu. Der sah aus, als hätte man ihn geohrfeigt.

»Dreiundfünfzigtausend«, stotterte Pascal mit schwacher Stimme. Dann setzte er sich und tupfte sich wieder die Stirn.

»Vierundfünfzig«, dröhnte Delametri, ohne auch nur eine Sekunde zu zögern.

»Pascal?«, zischte Molly, »alles in Ordnung mit dir?«

»Ich bin am Ende«, sagte er und seine Augen füllten sich mit Tränen. »Das ist alles, was ich habe. Fünf Jahre sparen, umsonst.«

»Monsieur?«, bellte der Auktionator, der offenbar Pascals französischen Akzent bemerkt hatte.

Und dann sagte eine Frau: »Fünfundfünfzigtausend.«

Es war ihre Mutter. Sie blinzelte Pascal zu. Dem fiel die Kinnlade herunter.

»Sechsundfünfzigtausend.« Delametri wirkte gänzlich unbekümmert über die Entwicklung.

Pascal wollte protestieren, aber ihre Mutter meldete sich erneut: »Siebenundfünfzigtausend.«

In Mollys Kopf drehte sich alles, in einem Strudel aus Wut und Stolz auf ihre Mutter. Zwar hatte sie ihr ja gerade das Herz gebrochen, weil sie für Caitlin die Spieldose ersteigert hatte, aber jetzt tat sie einem Mann einen Riesengefallen, den sie gerade erst kennengelernt hatte. Molly wünschte nur, Solidarität zeigen zu können, indem sie ebenfalls mitbot, aber sie war praktisch pleite.

»Achtundfünfzigtausend Euro, s'il vous plaît.« Delametris Stimme klang, als würde ihn dieses Spiel allmählich langweilen. Er schaute auf seine Armbanduhr und klopfte sich ein Staubkrümelchen vom perfekt geschnittenen Revers.

Mollys Mutter legte die Hand auf Pascals Arm, als der Auktionator sie fest ansah. »Tut mir leid …«

Pascal küsste sie zärtlich auf die Wange. »Danke«, flüsterte er mit feuchten Augen.

»Neunundfünfzigtausend Euro!«

Molly wirbelte herum. »Simon!«, rief sie, während er dastand und Delametri anstarrte. »Das können Sie nicht tun!«

Er blickte zu ihr. »Ich muss meine Waschmaschine nicht reparieren lassen. Wozu gibt's denn Waschsalons?«

Voller Dankbarkeit regte sich in Molly der übermächtige Drang, ihm zu sagen, dass sie ihn dafür gern die Wäsche machen würden, hielt sich aber im letzten Moment zurück.

Delametris weltmännische Maske schien ein wenig zu verrutschen, als er Simons festem Blick begegnete. Der gesamte Saal hielt förmlich den Atem an. Der Auktionator ließ den Blick schweifen und deutete dann mit dem Hammer auf Delametri. Pascal beugte sich vor und versuchte Simon von seinem Vorhaben abzubringen, aber der ignorierte ihn.

Der Hammer ging nach oben. Molly presste die Augen fest zusammen.

»Sechzigtausend Euro!«

Wieder ging ein Raunen durch den Saal. Molly öffnete die Augen und sah, wie Delametri mit seinem Programm winkte und den ihn umstehenden Menschen siegessicher zulächelte.

Geschlagen zuckte Simon mit den Schultern und setzte sich wieder. Pascal schüttelte ihm die Hand, während der Hammer herabsauste und Pascals Träume mit sich nahm.

Verkauft. An Delametri Chevalier.

Niedergeschlagen sah Molly, wie Pascal seinen Boss anstarrte. Delametri erwiderte den Blick, verschränkte die Arme und lächelte süffisant.

Pascal schlug die Hand vor den Mund. »Entschuldigt mich bitte«, stieß er hervor und stand auf, um sich durch die Menge in Richtung Ausgang zu schieben.

»Ach, Pascal.« Molly berührte ihn am Arm. »Ich bin sicher, es gibt einen plausiblen Grund …«

»Genug, bitte.« Pascal drehte sich um, und hob die Hand und brachte sie damit behutsam zum Schweigen. »Ich möchte jetzt allein sein.«

Molly sah, wie er sich durch die Anwesenden drängte und aus dem Saal stürzte. Sie war wie in Trance und fragte sich, was gerade passiert war.

Wie konnte Delametri Chevalier nur so gemein sein? Das ergab doch keinen Sinn.

17. Kapitel

Stunden bis zur Hochzeit: 20
Kilometer bis zur Hochzeit: 179

Benommen verließ Molly mit Simon und ihrer Mum den Raum.

»Unglaublich«, stieß sie hervor.

»Was sollte das?«, fragte Simon. »Warum in aller Welt hat Delametri Pascal überboten?«

»Er muss dieses Kleid unbedingt gewollt haben«, sagte ihre Mutter. »Glaubst du, er wusste, dass auch Pascal es wollte?«

»Er muss es gewusst haben«, platzte Molly heraus. »Er muss … Moment mal … Das kann doch nicht sein …«

Wie angewurzelt blieb sie mitten auf dem alten Innenhof stehen.

»Molly?«, drängte Simon. »Spucken Sie's aus!«

»Er hätte Pascal doch nicht absichtlich mit mir weggeschickt … doch! Es ergibt alles Sinn!«

»Eigentlich nicht«, widersprach Simon geduldig.

»Doch! In Paris hat Pascal mir gesagt, er könne nicht zu Caitlin mitkommen, weil er einen wichtigen Termin habe. Und damit hat er diese Auktion gemeint.«

»Ja und?«

»Aber Delametri hat darauf bestanden und Pascal gesagt, er würde sonst seinen Job verlieren. Da blieb Pascal doch gar keine andere Wahl. Dabei wollte Delametri ihn nur aus dem Weg haben, damit er selbst um das Kleid bieten konnte.«

»Das kann doch nicht wahr sein«, stieß Simon aus.

»Aber wenn eure Maschine nicht umgeleitet worden wäre«, warf Vanessa ein, »hätte Pascal genügend Zeit gehabt, um sowohl von Venedig aus zu der Auktion zu fahren als auch Caitlins Kleid anzupassen … oh!«

Sie sahen einander an, und die ihnen dämmernde Erkenntnis war buchstäblich mit Händen zu greifen.

»Nicht, wenn Delametri dafür gesorgt hat, dass Pascal aus seinem Apartment das falsche Kleid mitnimmt«, stöhnte Molly. »Das ist der reinste Agentenkrimi.«

»So berechnend ist er doch wohl nicht, oder?«, fragte ihre Mutter, obwohl es in Anbetracht der Umstände so aussah. »Trau niemals einem Mann, der so viel Pomade im Haar hat.«

Simon schüttelte den Kopf. »Was für ein Widerling!«

»Aber …« Molly war am Boden zerstört. Sie hätte gerne eine andere Erklärung gefunden, aber es schien keine zu geben. Delametri war ihr Held, eine Ikone. Seit Jahren schaute sie zu ihm auf und bewunderte alles, was er tat und wofür er stand. Sie hatte sogar ihre Abschlussarbeit über ihn geschrieben, verdammt noch mal!

»Wie konnte er nur Caitlins Hochzeit aufs Spiel setzen!«, platzte ihre Mutter heraus. »Und Pascal das antun! Ich traue ja meinen Ohren nicht! Was für ein schrecklicher Mann!«

»Ich komme mir vor, als hätte ich irgendetwas Schlechtes über den Weihnachtsmann rausgefunden«, meinte Molly niedergeschlagen.

Sie wurden unsanft von nachdrücklichem Hupen unterbrochen und mussten zur Seite springen, als ein kleiner Konvoi von Autos und Motorrädern in den Innenhof fuhr. Sobald die Fahrzeuge angehalten hatten, öffneten sich die Türen, die Motorradfahrer stiegen von ihren Zweirädern und überall um sie herum wurden Kameras, Aufnahmegeräte und große, flauschige Mikrofone ausgeladen.

»Dieser Delametri ist also eine Berühmtheit?«, fragte Simon.

»Ach, er ist nur der zweit- oder dritteinflussreichste Modeschöpfer auf diesem Planeten, je nachdem, wen man fragt«, antwortete Molly trocken. »Nichts Besonderes.« Sie sah zu, wie sich die Journalisten vor der Eingangstür positionierten. »Die sind vermutlich hier, um den großen Mann mit seiner glorreichen Erwerbung zu fotografieren.«

»Geh und such Pascal, Molly«, drängte ihre Mutter. »Schau nach, ob es ihm gut geht. Ich werde deine Ohrringe und die Spieldose holen.«

In all der Aufregung hatte Molly gar nicht mehr an die Spieldose gedacht, aber die Erwähnung ließ ihre Wut wieder auflodern.

»Mum, wie konntest du diese Spieldose für Caitlin kaufen, nach allem, was ich dir im Auto gesagt habe?«

Ihre Mutter wirkte überrascht, dass Molly sie zur Rede stellte. »Was?«

»Ist das nicht ein wenig … unsensibel, oder denkst du, die tollpatschige und nutzlose Molly hätte keine Gefühle?«

»Aber ich … Hör zu, Pascal braucht dich. Bitte. Lass uns das nicht jetzt besprechen. Wir sehen uns am Auto wieder.« Ohne Molly in die Augen zu sehen, wandte sie sich ab und ging.

»Ist das alles, was ich bekomme?«, rief Molly ihr hinterher. »Danke, Mum. Vielen Dank.«

»Seien Sie nachsichtig mit ihr«, sagte Simon und legte Molly die Hand auf den Arm.

Wütend wirbelte sie herum. »Warum sollte ich? Sie kennen die Geschichte nicht, könnten Sie also bitte im Zweifel für mich sein? Nicht, dass Mum und Caitlin das je gewesen wären!«

Simon trat zurück und hob kapitulierend die Hände. »Schon gut, aber Ihre Mum … hatte einen verdammt harten Tag …«

»Ach, und wir nicht? Entschuldigen Sie mich bitte.«

Molly drehte sich um und stapfte davon, um Pascal zu suchen. Simon folgte ihr in einigem Abstand, die Hände in die Hüften gestemmt.

*

Pascal saß auf der steinernen Einfassung eines Springbrunnens und weinte. Als Molly ihn entdeckte, rannte sie zu ihm.

»Pascal, es tut mir so leid«, sagte sie atemlos und nahm ihn in die Arme.

Er klammerte sich an sie und schluchzte an ihrer

Schulter. Simon beobachtete die beiden aus der Entfernung. Dann wandte er sich um und ging. »Dieser Mann hat mich schon öfter hintergangen«, schluchzte Pascal. »Aber noch nie so. Noch nie so … persönlich.«

»Schsch.« Molly wollte ihn trösten, aber ihr fehlten die Worte.

»Delametri hat zwar eine kleine Sammlung, aber Charles Worth – Charles Worth! Worth ist *meine* große Leidenschaft, nicht seine. Ich weiß mehr über Worth, als Delametri über sich selbst!«

»Du Ärmster.«

»Ich habe ihm von dieser Auktion erzählt. Ich war so aufgeregt und habe ihm Fotos von dem Kleid im Internet gezeigt, ihm sogar gesagt, wie viel Geld ich gespart habe, um es ersteigern zu können. Und dann das!«

»Es ist schrecklich.«

Molly strich Pascal über den Rücken, und sein Schluchzen verebbte allmählich zu einem leisen Schniefen. Er holte sein Taschentuch heraus und schnäuzte sich.

»Vielleicht gibt es ja eine Erklärung?«, bemerkte Molly vorsichtig. Sie fand es immer noch schwer vorstellbar, dass Delametri so heimtückisch sein konnte. Vielleicht hatte diese Geschichte noch eine ganz andere Seite?

Vor dem Eingang hatten sich Schaulustige versammelt. Die Reporter versuchten, sie zur Seite zu drängen, um ungestörte Sicht zu haben. Dann stieg der Lärmpegel plötzlich an, und die Menge begann frenetisch zu applaudieren, als Delametri in den Innenhof trat. Ihm folgten zwei Männer in Overalls, die die Schaufensterpuppe mit dem ersteigerten Schatz trugen: die Robe von Charles Frederick Worth.

Pascal richtete sich auf. Starr vor Wut betrachtete er das Spektakel. Blitzlichter flammten auf, die Menschen drängten sich zusammen, Mikrofone wurden Delametri unter die Nase gehalten, und die Reporter bombardierten ihn mit Fragen. Er strahlte zufrieden, drehte sich seitwärts, um den Kameras sein majestätisches Profil zu bieten, winkte den Leuten zu, die er kannte, und benahm sich wie ein internationaler Superstar.

»Das reicht«, zischte Pascal und sprang auf.

»Was hast du vor?« rief Molly ihm nach.

»Je ne sais pas«, rief Pascal zurück, ohne sich umzudrehen. »Aber tun werde ich es in jedem Fall.«

Molly stand auf und rannte ihm nach. Als sie sich den Schaulustigen näherten, erklärte sich Delametri gerade gnädig bereit, neben dem Kleid zu posieren. Molly war nicht sicher, aber sie meinte gesehen zu haben, wie Delametri eine ältere Dame mit dem Ellbogen wegstieß und eine junge schlanke Blondine näher an sich heranzog. Oder hatte sie sich das bloß eingebildet? Ein kleiner Trick, damit die Fotos besser aussahen? Das junge Mädchen beschwerte sich nicht, sie lächelte und zog einen Schmollmund für die Kameras.

»Delametri!«, schrie Pascal. »Wie konnten Sie!«

Die Menge verstummte. Alle drehten sich um zu Pascal. Einige zeigten auf ihn und murmelten etwas, vielleicht erkannten sie in ihm den Mann, den Delametri überboten hatte.

»Nicht jetzt, Pascal«, sagte Delametri wie ein Vater,

der ein Kind zur Ordnung ruft. »Siehst du nicht, dass ich beschäftigt bin?«

»Wie konnten Sie mir das antun?«, fuhr Pascal fort. Seine Augen glühten vor Wut.

»Genug!« Delamtri lächelte, aber der warnende Blick war unmissverständlich. »Bitte, Pascal, fahr zurück ins Atelier. Wir reden dort.« Dann wandte er sich wieder den Reportern zu und fuhr affektiert lächelnd fort: »Ich habe schon immer eine Leidenschaft für Worth gehegt, er ist der Vater der Haute Couture, und ich bin nur sein ihn bewundernder Sohn, wenn Sie so wollen …«

»Sie sind ein Verräter!«, spie Pascal ihm entgegen.

»Wer ist dieser Mann?«, rief einer der Reporter. Einige Kameras schwenkten herum und richteten sich auf Pascals Gesicht.

»Sagen Sie es Ihnen!«, verlangte Pascal. »Sagen Sie ihnen, wer ich bin.«

Molly schämte sich für Pascal. Wozu sollte es gut sein, den Reportern zu sagen, dass er ein Angestellter von Delametri war?

»Dieser Mann – mein Assistent – ist nicht weiter wichtig«, knurrte Delametri. »Aber ich fürchte, es mangelt ihm an Kinderstube. Also, wo waren wir stehengeblieben?«

Die Kameras schwenkten zurück auf Delametri und das Kleid.

»Nicht wichtig?«, wiederholte Pascal ungläubig. »Sind Sie da so sicher?«

Molly war verwirrt. Was sollte das? Anscheinend wollte Pascal Delametri herausfordern, etwas Bestimmtes zu sagen. Und Delametri wiederum beschwor Pascal, den Mund zu halten.

Die beiden Männer starrten einander an. Pascal stemmte die Hände in die Hüften. »Dann werde ich es sagen.« Er drehte sich um und wandte sich an die Menge. »Meine Damen und Herren …«

»Pascal!« Der warnende Unterton in Delametris Stimme war unüberhörbar.

Aber Pascal fuhr unbeirrt fort. »Seit fünf Jahren bin ich der alleinige Designer des Hauses Chevalier.«

Die überraschte Stille, die auf diese Äußerung folgte, ließ Molly das Herz bis zum Hals schlagen. *Was* hatte er da gesagt?

»Pascal! Willst du wohl still sein!« Delametri schäumte vor Wut.

»Es ist wahr«, fuhr Pascal fort. »Mein Name ist Pascal Lafayette, und dieser Mann gibt nur vor, sämtliche Chevalier-Kollektionen entworfen zu haben. Sein Talent ist schon vor Jahren versiegt, und ich bin eingesprungen, um seinen Ruf zu retten.«

»Das ist nicht wahr!« Delametri war kreidebleich geworden. Seine Wangen zitterten, und eine Strähne seines geölten Haars hing ihm über die Stirn und piekste ihn ins Auge.

»Ach, tatsächlich nicht?«, forderte Pascal ihn heraus. »Natürlich. Sie haben schon recht. Wie dumm von mir, das zu vergessen! Sie haben sich schließlich schwer auf die Hundemäntelchen und Kofferschnallen konzentriert. Aber die Mode? Die stammt komplett von mir.«

Molly meinte, sie müsse jeden Moment umkippen. All

die Heldenverehrung, das Vergöttern, die sklavische Recherche für ihre Abschlussarbeit – alles für den falschen Mann. Sie biss sich auf die Unterlippe. Der Mann, der hinter dem steckte, was sie für die schönsten Modekreationen auf diesem Planeten hielt, war seit zwei Tagen an ihrer Seite.

»Du«, flüsterte sie. »Du bist das Genie …«

Pascal warf ihr einen dankbaren Blick zu.

»Monsieur Chevalier?«, rief ein Reporter. »Was sagen Sie dazu? Stimmt das?«

Alle hatten ihre Notizbücher und Aufnahmegeräte im Anschlag. Keiner der Journalisten hatte einen solchen Knüller erwartet, als er hierherfuhr.

»Was ich zu sagen habe?«, zischte Delametri. »Nur das eine: Pascal, du bist gefeuert.«

Ein Keuchen ging durch die Menge, und alle Augen richteten sich auf Pascal. Molly stand dicht neben ihm, und aus ihrer Perspektive wirkte es so, als wäre er in den letzten Minuten ein paar Zentimeter gewachsen. Und als die Menge jetzt ein wenig zurückwich, um ihm Platz zu machen, schlug Molly die Hand vor den Mund und wurde Zeuge, wie Pascal Delametri in die Augen sah und sagte: »Und Sie, Delametri Chevalier, sind ohne mich ein Nichts.«

Dann verbeugte er sich leicht, drehte sich um und spazierte davon.

Ein, zwei Leute applaudierten, Molly war jedoch beunruhigt. Sie wusste nicht genau, wer gerade triumphiert hatte. Die Reporter scharten sich um Delametri, der sich innerhalb weniger Minuten vom Superstar in einen zwielichtigen Kerl mit öligem Haar verwandelt hatte. Allein der Gedanke, dass er nichts weiter war als ein Schwindler!

Er reagierte auf sämtliche Fragen mit »Kein Kommentar« und wies die Träger an, das Kleid für den Transport nach Paris zu verpacken. Er schien aufs Äußerste bestrebt, diesen Ort schnellstmöglich zu verlassen.

Ein besonders kühner Reporter setzte sich bei einem Kollegen auf die Schultern und brüllte: »Ist es wahr?«

Delametri wandte sich um und starrte ihn wütend an. Nach einer schieren Ewigkeit, nur unterbrochen durch das Klicken der Kameras, wandte Delametri sich wieder ab und stolzierte davon.

Die Journalisten hatten ihre Story.

Molly schüttelte ungläubig den Kopf. Der arme, arme Pascal. Fünf Jahre lang hatte er nicht die verdiente Anerkennung bekommen, und schließlich wurde er von dem Mann betrogen und gefeuert, dessen Ruf er gewahrt und über die Jahre sogar vermehrt hatte.

Unfassbar. Und was Delametri alles getan hatte, damit Pascal die Auktion verpasste – ein Schlag ins Gesicht eines Mitarbeiters und zwei Tage Seelenqualen für eine Braut. Wie konnte jemand nur so grausam sein?

Plötzlich kam ihr ein Gedanke. Irgendetwas stimmte hier nicht. Da passte etwas nicht zusammen. Und darauf musste sie eine Antwort haben.

Molly nahm ihren gesamten Mut zusammen, zwängte sich durch die Journalisten und stellte ihr gefallenes Idol, das gerade in eine weiße Limousine mit abgedunkelten Scheiben steigen wollte, zur Rede.

»Monsieur«, sagte sie mit fester Stimme und stellte erstaunt fest, dass sie überhaupt keine Angst vor ihm hatte. »Warum haben Sie dafür gesorgt, dass Pascal am Flughafen so schnell freikam, nachdem Sie sich solche Mühe gemacht hatten, ihn davon abzuhalten, hierherzukommen?«

Sie wollte hören, dass Delametri am Ende doch ein Gewissen besaß, damit sie sich einen letzten Rest Respekt für ihn bewahren konnte. Vielleicht war er zwar kein guter Modeschöpfer, am Ende aber doch ein guter Mensch?

Im ersten Moment wirkte er verblüfft, von diesem zerzausten englischen Mädchen angesprochen zu werden. Er zog die Brauen hoch.

»Pardon? Wer sind Sie?«

»Mein Name ist Molly Wright. Caitlin Wrights Schwester. Wir haben schon einmal kurz miteinander telefoniert.« *Als ich noch dachte, Sie wären der König der Welt …*

Er schien verwirrt und wusste offenbar nicht, wovon sie sprach.

»Erinnern Sie sich?«, bohrte sie weiter. »Ich habe Sie angerufen und Ihnen erzählt, dass Pascal verhaftet wurde. Daraufhin haben Sie ein paar Anrufe gemacht, um ihn freizubekommen.«

Er winkte ab, als wolle er eine lästige Fliege verscheuchen. »Warum in aller Welt hätte ich so etwas tun sollen? Ich habe nichts unternommen, um diesen Mann aus dem Gefängnis zu holen. Wenn es irgendetwas gegeben hätte, um dafür zu sorgen, dass man diesen *Verräter* noch länger festhält, hätte ich es getan.«

Molly kämpfte sich zurück durch die Reportermeute und wankte zu einem ruhigeren Plätzchen in dem Innenhof, während Delametri seine Limousine bestieg und eilig davonbrauste.

Wenn nicht er Pascal aus der Haft geholt hatte – und es gab keinen Grund, an seinen Worten zu zweifeln –, wer war es dann gewesen?

*

Pascal, Simon und ihre Mutter standen neben dem Cinquecento und warteten auf sie. Molly trottete zu ihnen.

Es war mittlerweile dunkel geworden, und die Scheinwerfer, die das alte Auktionsgebäude und den Springbrunnen anstrahlten, schienen die zusammengewürfelte Vierergruppe zu verspotten, die erschöpft und zerzaust war von den Ereignissen des Tages.

»Delametri Chevalier ist eine Schlange«, sagte sie und lehnte sich an den Wagen, der darauf leicht ins Schwanken geriet. »Ich kann nicht glauben, dass ich so viel von ihm gehalten habe.« Sie sah Pascal an. »Du bist ein wunderbarer Modedesigner.«

Er ging zu ihr und umarmte sie.

»Weißt du was?«, fuhr sie fort, als er sich wieder von ihr löste. »Mir war aufgefallen, dass sich die Entwürfe des Hauses Chevalier während der letzten Jahre verändert und beträchtlich verbessert haben. Aber ich habe mich nie nach dem Grund dafür gefragt. Vermutlich habe ich automatisch angenommen, dass Delametri gerade seine Glanzzeit erlebt oder so.« Sie sah Pascal in die Augen. »Aber es lag an dir.«

Pascal zuckte bescheiden mit den Schultern, und Molly drückte ihn noch einmal.

Simon, der ein Stück abseits stand, hüstelte verlegen.

»Wie fühlst du dich?«, fragte Molly, nachdem sie Pascal wieder losgelassen hatte.

»Weiß nicht.« Pascal seufzte. »Ein Teil von mir denkt, dass er das Kleid gern behalten kann. Es ist ... jetzt besudelt und würde mich immer an seinen Betrug erinnern.«

»Ihn auch«, gab Molly zu bedenken.

Mollys Mum berührte Pascals Arm. »Wir fühlen mit Ihnen. Sie haben Ihren Job verloren!«

»Nein«, widersprach Pascal energisch. »Ich habe meine Freiheit wiedergewonnen.«

»Was werden Sie jetzt tun?«, fragte ihre Mutter.

Er zuckte mit den Schultern. Dieses Mal war es ein großes, wunderbares Schulterzucken, das Molly an den Pascal erinnerte, den sie vor Urzeiten im Atelier Delametri kennengelernt hatte.

»Wer weiß?«

»Du könntest dein eigenes Label herausbringen«, platzte Molly heraus. »Aber natürlich! Schon morgen werden die Modezeitschriften voll davon sein, und alle werden dir die Bude einrennen. Vielleicht ›Haus Lafayette‹? Oder einfach nur ›Pascal‹? Wie klingt das?«

Er lächelte ein wenig traurig. »Du bist süß, aber ich fürchte, so läuft das nicht. Ich habe keine Ahnung, was Delametri und seine Öffentlichkeitsabteilung in den nächsten Tagen für mich auf Lager haben. Die Medien sind wie eine ... Löwengrube.«

Ein Weile schwiegen alle. Dann sah Molly auf ihre Uhr.

»Wir müssen weiter. Caitlin geht vermutlich schon die Wände hoch.«

Simon schob den Ärmel seines Pullovers hoch, um ebenfalls auf die Uhr zu schauen, aber da war keine mehr. Unauffällig zog er den Ärmel wieder herunter, doch Molly hatte es gesehen.

»Wo ist Ihre Armbanduhr?«, fragte sie.

Er schaute weg.

Molly wurde misstrauisch. »Simon? Wo ist sie?«

Er seufzte und sah Molly an. »Ich habe sie verkauft.«

»Wie bitte? Wann?«

»Oben auf dem Berg, heute Morgen.«

Molly verengte die Augen und sah ihn an. »Was wollen Sie damit sagen?«

»Na ja, ich habe sie gewissermaßen eingetauscht gegen die Fahrt mit dem Motorschlitten. Der Typ hat echt knallhart verhandelt.«

Molly erstarrte. »Sie machen Witze.«

Simon zuckte mit den Schultern. Offenbar wohl nicht.

»Das haben Sie getan und nichts gesagt?«

»Hatten wir denn eine Wahl?«, erwiderte er. »Es war ein Notfall.«

»Simon ...« Molly war sprachlos.

Pascal trat vor und schüttelte noch einmal Simons Hand. *»Merci,* Monsieur. Sie sind ein wahrer englischer Gentleman.«

»Geschenkt!« Simon lächelte.

»Ja ... danke«, stammelte Molly und bewunderte das faszinierende Pflaster des Gehwegs zu ihren Füßen.

»Gern geschehen.«

Molly krümmte sich fast vor Beschämung. »Und ich habe Ihnen wegen dieses verdammten Schlittens die Hölle heiß gemacht!«, rief sie. »Und Sie haben nichts gesagt! Sie haben diese Uhr geliebt, sie war ein Erbstück und hat Ihnen viel bedeutet!«

Er legte den Kopf schief und überlegte. »Ja, das hat sie. Aber ich kannte meinen Großonkel sehr gut. Er war ein Abenteurer, aber auch ein Gentleman, wenn Sie so wollen. Manchmal denke ich, er sitzt da oben auf einer Wolke und gibt mir seinen Segen, dass ich die Uhr in einer Notsituation eingesetzt habe. Es ist in Ordnung, Molly, ehrlich.«

Wieder einmal fühlte sich Molly den Tränen nah.

»Es … tut mir leid, dass ich so gemein zu Ihnen war«, stieß sie hervor.

Simon ging zu ihr und legte ihr die Hand auf die Schulter. »Hey, machen Sie sich darüber keine Gedanken. Sie waren mit einem Fremden auf einem Motorschlitten und haben Panik bekommen.«

»Danke, Simon.«

»Schon gut.«

»Nein«, widersprach Molly ernst. »Das werde ich Ihnen nie vergessen.«

Sie spähte durch die Dunkelheit auf das kleine Auto. »Also los, lasst uns fahren. Für den Fall, dass es jemand vergessen haben sollte: Wir müssen heute Nacht noch nach Venedig.«

»Unmöglich«, widersprach Simon. »Es ist zu spät.«

Molly sah ihn an. »Seien Sie nicht albern! Wir sind knapp dran. Lassen Sie uns losfahren.«

»Molly, wir sind alle sehr müde«, sagte er bestimmt. »Das wäre zu gefährlich. Lassen Sie uns ein Hotel suchen und morgen ganz früh aufbrechen.«

Molly war entsetzt. »Das kann doch nicht Ihr Ernst sein!«

»Simon hat recht, Molly«, mischte sich ihre Mutter ein. »Noch so eine lange Fahrt schaffen wir heute Abend nicht mehr.«

»Aber Caitlin wird uns umbringen!«

»Caitlin wird es verstehen.«

»Meinst du?«

Molly schaute von einem zum anderen. Sie hatten sich entschieden.

Sie sah Pascal an, der abwehrend die Hände hob.

»Molly, ich finde, die beiden haben recht. Selbst wenn wir heute Nacht noch ankommen, werde ich nicht in der Verfassung für eine Anprobe sein. Es ist vernünftig, hier zu bleiben.«

Schließlich seufzte Molly. »Also gut. Auf dem Weg in die Stadt wird es schon irgendein Hotel geben«, willigte sie endlich ein. »Und ich schicke Caitlin eine SMS. Sie anzurufen ist ausgeschlossen. Dann macht sie Jagd auf mich und lässt mich umlegen.«

18. Kapitel

Stunden bis zur Hochzeit: 17
Kilometer bis zur Hochzeit: 179

Sind groggy. Bleiben heute Nacht in Bologna.
Kommen morgen ganz früh. Kuss: Molly.

Lunte anstecken und zurücktreten, dachte Molly und drückte auf »Senden«. Und weil sie keinesfalls Fall innerhalb eines Fünfmeterradius ihres Handys sein wollte, wenn Caitlins Antwortschrei kam, schnappte sie sich ihre Handtasche und flitzte aus dem Hotelzimmer.

Sie war jenseits aller Müdigkeit. An Schlaf war nicht zu denken, deshalb hatte Molly geduscht und sich umgezogen. Als sie jetzt hinunter in die Bar ging, hoffte sie, wenn sie ehrlich war, Simon dort zu finden.

Das Hotel hatte nur noch vier freie Einzelzimmer gehabt. Aber die Empfangsdame, erfreut über die Gäste in letzter Minute, hatte ihnen einen Sonderpreis gemacht. Ihre Mutter hatte allen eine gute Nacht gewünscht und war sofort ins Bett gegangen. Was Simon oder Pascal vorhatten, wusste Molly nicht.

Es war spät, und die Bar war fast menschenleer. Simon war nicht zu sehen.

Molly schwang sich auf einen Barhocker und wollte ihr übliches Glas Rotwein bestellen. Da entdeckte sie hinter der Bar eine Flasche weißen Sambuca und entschied sich anders. Ein kräftiger Schuss Alkohol würde sie im Nu einschlafen lassen, dachte sie. Außerdem hatte sie sich das verdient. Das letzte Mal, dass sie ihn getrunken hatte, war in einem Nachtklub in Wakefield gewesen. Molly war gespannt, ob Sambuca in seinem Herkunftsland anders schmeckte.

Der Kellner, ein attraktiver junger Mann Anfang zwanzig mit schwarzem Haar, brachte ihr den Drink.

»Danke.« Sie lächelte ihn an.

»Bitte«, antwortete er auf Englisch mit starkem Akzent. »Sind Sie zum ersten Mal in Italien?«

Sie schüttelte den Kopf und nippte an ihrem Sambuca. Er war stark und passte perfekt zu ihrer Stimmung. »Meine Mutter lebt hier.« Wieder nippte sie an dem Glas.

»Ah! Sie sind Halbitalienerin!« Er kam ein bisschen näher und musterte sie mit durchdringendem Blick. *Wirklich außergewöhnlich dunkle Augen,* dachte Molly.

»Ganz und gar Engländerin, fürchte ich«, erwiderte sie lächelnd.

Der Kellner passte sein Vorgehen nahtlos an. »Noch besser! Ich liebe die englischen Frauen.«

»Tatsächlich?«

»Vor allem die schönen – so wie Sie.«

»Vielen Dank. Wie süß von Ihnen.«

Benimm dich, Molly Wright, genug geflirtet, ermahnte sie sich. Aber warum eigentlich nicht? Sie war nicht mehr gebunden. Es versetzte ihr einen kleinen traurigen Stich, als ihr plötzlich klar wurde, dass sie, obwohl oben ihre Mutter schlief, alleine war. Und dass sie ganz vergessen hatte, wie es sich anfühlte zu flirten.

»Wie heißen Sie?«

»Molly«, sagte sie und zwinkerte kokett. »Und Sie?«

»Joel.«

Er küsste ihr die Hand. Molly kicherte und leerte ihr winziges Glas.

»Ein schöner Name.«

Er zeigte auf ihr Glas und griff nach der Sambuca-Flasche. »Möchten Sie noch einen?«

Molly wollte gerade sagen, was für eine ausgezeichnete Idee das sei, als hinter ihr eine Stimme erklang, die ihr einen Schauer über den Rücken jagte.

»Ich nehme einen«, sagte Simon und setzte sich auf den Barhocker neben Molly. »Ein zweites Glas, bitte, *Joel*. Ach, und lassen Sie uns doch einfach die Flasche da, wenn Sie nichts dagegen haben.«

Molly schlug das Herz bis zum Hals. Sie war mit einem Mal wieder fünfzehn Jahre alt und wurde von ihrem Schwarm unter die Lupe genommen. Es war auf ihrem Schulabschlussball gewesem, sie wartete auf den ersten Tanz und war … Meine Güte, wie albern. Der Sambuca zeigte Wirkung.

»Selbstverständlich«, sagte Joel mit preisverdächtig ausdrucksloser Miene.

Aber er sah Molly kurz in die Augen, als er die Flasche und ein weiteres Glas auf den Tresen stellte und davonglitt.

»Er ist ein netter Kerl«, sagte Molly grinsend, nachdem Joel weg war.

Simon füllte ihr Glas nach und schenkte sich auch ein. »Durchaus«, erwiderte er und hob sein Glas. »Worauf sollen wir trinken?«

Molly ging die Besetzungsliste aller Akteure durch, mit denen sie während der letzten beiden Tage zu tun gehabt hatte, angefangen mit Reggie. Schließlich hatte er sie freigegeben, damit sie all diese Erlebnisse haben konnte. Oder ihre Mutter, weil sie bei ihr war und ihr aus der Patsche geholfen hatte, indem sie ihr das Geld für Caitlins Hochzeitsgeschenk lieh. Nein, sie mussten auf Pascal trinken, nach dem fürchterlichen Tag, den er hinter sich hatte. Worauf sie am liebsten getrunken hätte, konnte sie jedenfalls unmöglich sagen: *»Stoßen wir auf uns beide an, Simon Foss, denn ich glaube, ich bin dabei, mich in Sie zu verlieben …«*

»Auf Ihren Film«, sagte sie schließlich und hob ihr Glas, um mit ihm anzustoßen. »Auf dass er auf dem Filmfestival alle Preise abräumt!«

Simon wirkte ehrlich gerührt. »Danke«, sagte er schlicht.

»Wir haben kaum darüber gesprochen. Den ganzen Tag ging es nur um die Irrungen und Wirrungen der schrecklichen Wright-Frauen«, meinte Molly entschuldigend.«

»Ist schon gut, ich musste ja auch nach Venedig, wie Sie wissen. Wir haben im selben Boot gesessen.«

»Ja, aber ich spreche von den Umwegen! Ohne uns wären Sie schon längst dort.«

Er füllte die winzigen Gläser wieder nach. »Mag sein, aber was soll's. Jetzt sind wir fast da.«

»Yvonne wird sich freuen, Sie zu sehen.«

Er nickte.

»Es war unheimlich nett von Ihnen, mit Ihrem eigenen Geld für Pascal zu bieten. *Noch* so ein sympathischer Zug.«

Er winkte ab. »Der Bursche hat mir leidgetan. Schade, dass er es nicht bekommen hat.«

»Trotzdem, es war nett von Ihnen. Und ich bin froh, dass Sie einen Eindruck davon bekommen haben, dass Mode mehr sein kann als Firlefanz, Oberflächlichkeit und Leute mit Geld wie Heu.«

Simon überlegte. »Vielleicht fange ich an, dem zuzustimmen. Aber nur, weil ich Menschen kennenlerne, die damit zu tun haben. Wenn Mode gut gemacht ist, ist sie eine Kunst.«

»Danke«, sagte Molly und neigte den Kopf. »Das freut mich sehr.«

»Ehrlich gesagt hätte Pascal aber auch für ein Schwert, einen Rennwagen oder eine verwunschene Hängematte bieten können. Dass es ihm so viel bedeutet, hat den Ausschlag gegeben, und nicht die Schönheit des Kleids.«

Molly nickte. »Für Pascal hat es die Welt bedeutet. Danke.«

Simons Miene verdüsterte sich ein wenig. »Gern geschehen.«

Sie stießen noch einmal an und verfielen dann in Schweigen. Molly hatte das Gefühl, einige schwere innere Kämpfe auszustehen. Sie sehnte sich danach, etwas zu sagen, ihn wissen zu lassen, dass sie Gefühle für ihn hegte. Aber was das anging, gab es nun mal Regeln. Er war vergeben, und damit sollte die Sache für sie erledigt sein.

Aber er hatte etwas an sich, etwas Freies und irgendwie Gefährliches … vielleicht lag es daran, dass sie Yvonne nie begegnet war. Allerdings durfte das keine Rolle spielen für jemanden, der über einen einigermaßen korrekt justierten moralischen Kompass verfügte.

Andererseits … ließen sich moralische Kompasse manchmal nachjustieren, in schwierigen Zeiten oder anderen Ländern? Oder wenn jemand spürte, dass sie in Todesgefahr schwebten – was definitiv der Fall war, sobald Caitlin Molly in die Finger bekam.

Sie waren in einem Hotel in Bologna. Vielleicht konnte das, was in Bologna passierte, ja auch in Bologna bleiben …

In diesem Augenblick kam Joel wieder und brachte eine Schale Brot und ein Schüsselchen dunkelgrünes Olivenöl. Er stellte beides zwischen sie auf die Theke. »Alles in Ordnung bei Ihnen?«, erkundigte er sich und wandte sich dabei direkt an Molly.

Sie lächelte und richtete sich auf, als könne ihre äußere Haltung auch ihren inneren Anstand aufbessern.

»Ja, danke, Joel, alles bestens.«

Sie sah zu, wie er wieder ging. Ihr war klar, dass sie heute Nacht allein würde zu Bett gehen müssen. Und wahrscheinlich würde das für sehr lange Zeit der Fall sein.

»Er ist ein interessanter Typ«, sagte Simon schließlich und riss Molly aus ihrer Träumerei.

»Pascal?«

Er nickte.

»Er ist brillant.« Molly hatte einige Zeit gebraucht, um die Tragweite der heutigen Entdeckung zu begreifen. Es war Pascal gewesen, der die wunderschönen, innovativen Kollektionen der letzten fünf Jahre entworfen hatte. Und je länger sie darüber nachdachte, desto größer wurde ihre Bewunderung für ihn.

Und wieder war ihr Glas leer.

»Ich bin so froh, dass ich ihm begegnet bin«, fuhr sie fort.

»Sind Sie das?«, fragte Simon.

»Aber natürlich!« Molly lächelte. »Warum sollte ich das nicht sein?«

Simon schaute weg.

»Molly …«

»Ja.«

Er schien mit sich zu ringen. »Ich …«

»Was?«

Er füllte ihre Gläser nach, trank seines in einem Zug leer und ergriff Mollys Hände. »Sie sind zu gut für ihn«, platzte er heraus.

»Wie bitte?«

»Molly, ich werde Ihnen etwas sagen, dass Sie vielleicht verärgert. Ich weiß, dass Ihre Schwester morgen heiratet, und ich möchte Ihnen nicht den Spaß verderben, aber ich werde Sie vielleicht nie wiedersehen und Sie sind zu nett, um betrogen zu werden.« Er wirkte ehrlich besorgt und steckte Molly damit an.

»Simon, Sie reden wirres Zeug«, sagte sie. Wie viel hatte er eigentlich getrunken? »Wer betrügt mich?«

Simon seufzte und wich ihrem Blick aus. »Pascal.«

Mollys sank das gerade noch himmelhoch jauchzende Herz. Es ging also um Pascal und die Hochzeit? Es hatte so viel persönlicher gewirkt.

»Tatsächlich?« Ihre Stimme klang matt. »Was ist denn jetzt wieder passiert?«

»Hat er es schon mal getan?«, mokierte sich Simon.

Molly wurde mit jeder Sekunde verwirrter.

»Wenn ich daran denke, dass ich diesem Mann heute Nachmittag habe helfen wollen!« Simon wirkte wütend. »Sie können doch kein Fußabtreter sein, Molly.«

»Fußabtreter? Ich bin kein Fußabtreter. Ich verstehe kein Wort von dem, was Sie sagen.«

Er ließ ihre Hände los, richtete sich auf und sah sie an. »Pascal ist Ihnen gegenüber nicht ehrlich.«

»Inwiefern?«

Simon verzog den Mund. »Erinnern Sie sich daran, als wir den Wagen repariert haben? Pascal hat die ganze Zeit von einer anderen Frau gesprochen.«

»Ja … aaa?« Molly konzentrierte sich sehr, fragte sich jedoch insgeheim, ob Simon der Sambuca zu Kopf gestiegen war.

»Und das war nicht einfach nur ordinäres Männergerede. Molly, er scheint wirklich auf sie zu stehen.«

»Auf wen?«

»Jemanden namens Sascha.«

»Sascha?«, wiederholte Molly ungläubig. »Aber, Simon …«

»Es tut mir ehrlich leid, Molly«, unterbrach er sie. »Er betrügt Sie.«

Molly sog hörbar die Luft ein. Dachte Simon etwa …? Die ganze Zeit …?

»Es war ein bisschen merkwürdig, dass er mit mir darüber gesprochen hat«, fuhr er fort. Aber als er sie ansah, verstummte er abrupt. »Molly? Was ist denn los?«

Molly hatte die Augen aufgerissen und schlug mit einem ungläubigen Aufschrei die Hände an den Kopf, als ihr klar wurde, worüber Simon redete. »Haben Sie etwa die ganzen letzten beiden Tage gedacht, Pascal und ich wären zusammen?«, stieß sie ungläubig hervor.

Der Wechsel seines Gesichtsausdrucks von besorgt zu entgeistert verriet ihr, dass sie recht hatte.

»Simon … ich glaub es einfach nicht! Pascal und ich sind uns einen Tag vor dem Flug nach Venedig zum ersten Mal begegnet!«

»Wie bitte? Aber Sie haben doch gesagt, Sie wären mit ihm zusammen.«

»Ganz bestimmt nicht. Oder warten Sie mal, Sie dachten …«

Reggie. Jetzt ergab alles Sinn. Sie hatte während des Flugs ihren »Freund« erwähnt.

»Sie sagten, Sie waren mit Ihrem Freund in Paris und dachten, dass er Ihnen dort einen Antrag machen wollte.« Jetzt musste Molly lachen. »Ich fürchte, da gab es ein kleines Missverständnis. Ich habe von Reggie gesprochen. Er war mein Freund, aber wir haben uns in Paris getrennt.«

»Aber Sie haben so einen Draht zueinander, und er hat so gern … Körperkontakt.« Simon hatte offenbar Mühe, die neuen Informationen zu verarbeiten.

»Er ist schwul«, sagte Molly und bemühte sich, ernst zu bleiben.

»Wie bitte? Wollen Sie mich auf den Arm nehmen?«

»Er arbeitet in der *Modebranche,* Simon. Das ist doch ein deutlicher Fingerzeig.«

Er atmete hörbar aus. »Wie ich schon sagte …«

»Schon gut, tut mir leid. Das ist echt zu komisch!. Als ich Pascal nach der Auktion umarmt habe, müssen Sie gedacht haben …«

»Jetzt, wo Sie es sagen … er ist schon ein bisschen … *anders.* Aber ich habe angenommen, dass alle Leute in der Modebranche so sind.«

»Die meisten schon«, räumte Molly ein. »Aber Pascal ist ein Schatz. Und Sascha ist der Steward, der uns während des Flugs geholfen hat. Erinnern Sie sich an ihn? Großer Kerl? Muckis?«

Jetzt war Simon dran, große Augen zu machen und die Hände an den Kopf zu schlagen.

»Das gibt's doch nicht!«

»Doch. Er kommt aus Moskau!«

»Ich bin so ein Idiot!« Er fing an zu lachen, hörte jedoch sofort wieder auf und sagte: »Pascal muss gedacht haben, ich wäre eigenartig oder ich hätte was gegen Schwule – bei den angewiderten Blicken, die ich ihm zugeworfen habe, als er über diese Sascha gesprochen hat. Das werde ich ihm morgen erklären müssen.«

»Ich bin sicher, er versteht es.«

»Hoffentlich.«

Sie sahen einander an, schwiegen einen Moment und mussten dann beide grinsen.

»Freut mich, dass er in jemanden verknallt ist«, sagte Simon. »Das lenkt ihn vielleicht davon ab, dass er heute Nachmittag seinen Job verloren hat.«

»Ja«, sagte Molly, trank noch einen Schluck und hoffte, damit das Durcheinander in ihrem Kopf zu beruhigen. »Der arme Kerl.«

Wieder schwiegen sie, aber dieses Mal hatte es eine andere Qualität. Simon wirkte plötzlich verlegen und wischte nicht vorhandene Staubkörner von seiner Jeans und der Theke, nahm sich ein Stück Brot und zerpflückte es, statt es in den Mund zu stecken.

Molly saß steif da, ihre Hände kamen ihr im Vergleich zum übrigen Körper plötzlich viel zu groß vor und ihr Sambuca-Glas war das interessanteste Objekt, das sie je gesehen hatte. Sie drehte es hin und her, untersuchte jedes winzige Detail und suchte nach fehlerhaften Stellen, die es aber nicht gab.

»Ich finde Sie sehr nett«, sagte Simon mit tiefer Stimme.

Molly hielt den Atem an. Einen Moment lang fürchtete sie, vom Barhocker zu kippen.

»Ich finde Sie auch sehr nett«, flüsterte sie.

Verlegen wie zwei Teenager sahen sie einander an. Molly lächelte und nippte wieder am Sambuca.

»Wir sollten … irgendwann mal ausgehen«, sagte Simon. Jetzt war er an der Reihe, sein Glas höchst faszinierend zu finden und zwischen den Fingern zu drehen, so wie Molly es getan hatte.

»Hmhm«, stimmte Molly zu. »Wirklich schade, dass das nicht geht.«

»Ah.« Simon hörte auf, sein Glas zu drehen. »Okay.« Wieder folgte ein langes Schweigen, bis Simon sich in die Brust zu werfen schien, als wäre er auf eine geheime Quelle des Mutes in sich gestoßen. Er sah Molly an und fragte: »Wenn Sie mir noch einmal sagen könnten, warum das nicht geht?«

Molly verzog das Gesicht. »Simon! Sie wissen ganz genau, warum!«

Er sah restlos verblüfft aus.

Molly seufzte. »Wegen Yvonne natürlich.«

Sie nahm die Flasche und füllte ihre Gläser nach. Simon saß stockstarr und starrte vor sich hin. Molly konnte förmlich sehen, wie die Zahnräder in seinem Gehirn arbeiteten. Und plötzlich wurde ihr etwas klar. Trotz allem, trotz Yvonne, wollte sie ihn.

Er stand abrupt auf, ging zum Fenster und blickte hinaus in die Dunkelheit. Molly betrachtete seine gut geformte Silhouette, und als er sich umdrehte, grinste er. Es war kein resignierendes Schmunzeln, sondern ein zufriedenes Strahlen.

»Alles klar?«, fragte Molly.

»Yvonne ist sicher einer der bemerkenswertesten Menschen, denen ich je begegnet bin«, sagte er von der anderen Seite des Raums aus. »Ich liebe und bewundere sie von ganzem Herzen, sie ist meine Heldin, aber, nun ja. Sie ist eine – zugegebenermaßen äußerst liebenswerte – ältere Dame von dreiundsechzig Jahren, Molly.«

Wie in einem Pingpong-Spiel war es jetzt an Molly, entgeistert zu sein.

Simon ging zu ihr und legte die Hände auf ihre Schultern. »War der selbst gestrickte Pullover nicht ein deutlicher Hinweis?«, wiederholte er ihre eigenen Worte.

»N...ein«, stotterte Molly. »So clever bin ich nicht.«

»Ich halte Sie sogar für sehr clever«, murmelte er und näherte sich ihren Lippen.

Molly vergaß zu atmen. Die Gedanken in ihrem Kopf schossen wild durcheinander. Er war Single, so wie sie, und er würde sie jetzt küssen ...

»Oh«, hauchte sie, hob ihm erwartungsvoll das Gesicht entgegen und *sehnte* sich nach diesem Kuss ...

»Ein Anruf für Miss Molly Wright!«

Die mollige, weißhaarige Empfangsdame mit ihrem perfekten Englisch, die ihnen die Zimmer zum Sonderpreis gegeben hatte, kam geschäftig zu ihnen an die Bar.

Simon ging auf Abstand und Molly schaute sich verlegen um.

»Das bin ich«, sagte sie atemlos und grinste schuldbewusst. Simon grinste ebenfalls. Molly fühlte sich wie ein vom Lehrer ertapptes Schulmädchen, das hinter dem Fahrradschuppen mit einem Jungen knutschen wollte. Es fühlte sich gut an, so lebendig.

»Es ist ihr Verlobter«, verkündete die Empfangsdame.

Molly erstarrte. *Wie bitte?*

Simon wirkte verwirrt. Dann erschrocken.

»Ihr Verlobter, Reggie. Er möchte dringend mit Ihnen sprechen. Kommen Sie, kommen Sie!« Sie eilte zurück in Richtung Empfang und bedeutete Molly, ihr zu folgen.

»Reggie.« Simon wirkte bestürzt. »Warum hast du gelogen, Molly?« Er drehte sich um und stürmte davon.

»Warte … ich kann das erklären.« Mollys Beine waren plötzlich wie Gummi.

»Nicht nötig«, rief Simon über die Schulter. »Gute Nacht.«

Hilflos musste Molly mit ansehen, wie er zur Treppe marschierte.

19. Kapitel

Stunden bis zur Hochzeit: 16
Kilometer bis zur Hochzeit: 159

Die Empfangsdame reichte Molly das Telefon. Molly war vor Schreck ganz mulmig. Sie wartete, bis Simon außer Sichtweite war. Erst dann führte sie den Hörer ans Ohr und betrachtete ihn dabei wie einen hoch explosiven Gegenstand. Eine Gruppe japanischer Touristen drängte sich im Empfangsbereich. Sie waren beladen mit Gepäck und wollten ein- oder auschecken. Molly zog sich, so weit es das Telefonkabel erlaubte, in eine der Ecken zurück und schirmte Mund und Hörer mit der Hand ab.

»Reggie?«, stammelte sie.

»Hallo Mol.« Seine vertraute Stimme ließ sie zusammenzucken. »Du gehst nicht an dein Handy.«

Seine Stimme klang wie immer, selbstsicher und freundlich. Zweifellos durchlitt er keine Seelenqualen.

»Es lädt«, erklärte sie. »Oben.«

»Aha.«

»Woher hast du diese Nummer?«

Reggie lachte kurz auf. »Ich habe Caitlin angerufen, besser gesagt: den wilden Stier.«

Molly schüttelte den Kopf.

»Sie ist irgendwie sauer auf dich, Baby.«

Molly biss sich auf die Unterlippe, während sie sich vorstellte, wie Caitlin Reggie durchs Telefon anbrüllte und er den Hörer so weit wie möglich vom Ohr weghielt. So ging er immer mit Wutanfällen um. *Lächeln und nicken*, pflegte er zu sagen. Immer schön lächeln und nicken.

»Kann ich ihr nicht verübeln«, gestand Molly.

Sie wartete, dass er darauf etwas erwiderte. Sie hörte Hintergrundgeräusche am anderen Ende der Leitung. Reggie musste irgendwo draußen sein oder in einem offenen Raum. Molly hörte Schritte auf hartem Boden und hallendes Gemurmel.

Ihr Herz schlug schmerzhaft, aber nicht vor Aufregung.

»Tut mir leid«, sagte er mit sanfter Stimme.

Molly verspürte einen Stich. Warum konnten die Dinge nicht nacheinander passieren? Sie hätte Reggie gern in die Warteschleife gehängt, um Simon hinterherzulaufen und ihm alles zu erklären – dass Reggie ganz schön Nerven hatte, sich als ihren Verlobten auszugeben, wenn man bedachte, wie sie sich getrennt hatten, dass sie keinen Freund hatte und sie doch bitte dort weitermachen sollten, wo sie vor einer Minute unterbrochen worden waren …

Andererseits, warum sollte Reggie nicht anrufen? Er hatte keinen Grund zu erwarten, dass sie sich zwei Tage nach dem Ende einer vierjährigen Beziehung bereits wieder verliebt hatte. Plötzlich wurde ihr klar, dass sie das Gefühl hatte, Simon schon sehr viel länger zu kennen.

»Wie ist es in Los Angeles?«, fragte sie, obwohl sie gar nicht sicher sein konnte, dass er dort war.

»Heiß«, antwortete er.

Aha. Er war also angekommen.

»Und ich kann mich nicht entscheiden, ob die Leute hier übertrieben freundlich oder unfreundlich sind, komisch oder?«

»Nicht im Geringsten«, antwortete Molly. »Wie immer denkst du über alles zu viel nach.«

»Du kennst mich sehr gut.«

Wieder ein Stich. »Ja, tue ich wohl.«

»Tja …«

Sie schwiegen einen Moment lang, bis Molly den Mut aufbrachte zu sagen: »Es ist nett von dir, dass du anrufst, Reggie. Und ich freue mich, dass du gut angekommen bist. Aber, ähm, warum rufst du eigentlich an?«

Sie hörte ihn seufzen. »Ein langer Flug und ein starker Jetlag machen sonderbare Dinge mit einem Kerl.«

»Mmm.« Molly hatte den Eindruck, dass Reggie etwas sagen wollte. Smalltalk war nie sein Ding gewesen.

»Caitlin wusste nicht, dass ich nicht zur Hochzeit komme«, sagte er. »Du hast es ihr nicht erzählt.«

Molly schlug sich mit der flachen Hand vor die Stirn. Noch etwas, worüber Caitlin wütend sein musste. Vermutlich fragte sie sich, was Molly ihr noch alles verheimlichte. Es wurde immer schlimmer.

»Nein, habe ich nicht.« Sie seufzte. Sie wollte erklären, dass sie keine Gelegenheit dazu gehabt hatte, weil sich die Krise wegen des Kleids so zugespitzt hatte, aber …

»Du empfindest das Gleiche wie ich, stimmt's?« Seine Stimme war tief, kaum mehr als ein Flüstern.

»Inwiefern das Gleiche?«, fragte sie.

»Du und ich, Molly. Ich habe in Paris überstürzt gehandelt, und das tut mir leid.«

Die Japaner waren verschwunden. Am anderen Ende des Empfangstresens stand ein Ledersessel. Molly stolperte darauf zu und ließ sich hineinfallen. Sie umklammerte den Hörer mit beiden Händen.

»Wie bitte?«, flüsterte sie und traute sich nicht zu, einen zusammenhängenden Satz zu formulieren.

»Hör zu, ich dachte, ich mache das Richtige, saubere Trennung und all das, ich war wie benommen von diesem Jobangebot und dachte es wäre … dir gegenüber so am fairsten.«

»Verstehe.« Tat sie nicht.

»Aber auf dem Flug kam ich mir total mies vor. Es war nicht richtig und ich wünschte, ich könnte diesen Abend noch mal von vorn anfangen.«

»Warum hast du dann nicht früher angerufen?« Das interessierte Molly wirklich. Und es machte sie traurig. Immerhin hätte er ihr dadurch einigen Kummer erspart.

»Weil du … na ja, genau genommen hast du mich nicht gebeten zu bleiben.«

Er wollte doch wohl jetzt nicht ihr die Schuld geben? »Ich habe dir keine Szene gemacht, falls es das ist, was du meinst«, entgegnete sie ausdruckslos.

»Deshalb hab ich angenommen, dass du es locker nimmst«, erwiderte er und klang wie ein verletztes Vögelchen. »Aber als ich mit Caitlin gesprochen habe und sie mir sagte, das sie mich morgen erwartet, da wurde mir klar, dass du nicht akzeptiert hast, dass es vorbei ist und vielleicht hoffst, dass ich meine Meinung noch ändere … und das hat mich überrascht.«

Molly war erstaunt, dass er aus derart fadenscheinigen Anhaltspunkten einen solchen Schluss zog. Aber auch das war typisch Reggie, impulsiv und, ja, leidenschaftlich.

»Ich weiß nicht, was ich sagen soll«, antwortete Molly langsam. »Abgesehen von der Tatsache, dass wir jetzt sowieso nicht viel tun können. Ich werde es Caitlin erklären, wenn ich sie morgen früh …«

»Ich bin am Flughafen, Mol.«

»Wie bitte? An welchem Flughafen?«

»Am LAX, im sonnigen Los Angeles. In einer Stunde geht eine Maschine. Morgen bin ich in Venedig.«

»Wie bitte?«, kreischte Molly.

Sie hörte ihn kichern. »Ja, es ist alles geklärt. Freust du dich?«

»Ob ich mich freue?«, wiederholte sie. Was empfand sie jetzt? »Ich bin durcheinander. Mehr als durcheinander. Was hast du vor?«

»Ich habe einen Fehler gemacht, und ich möchte kommen und ihn korrigieren.«

Die Worte schwirrten durch Mollys Kopf.

»Wir beide haben eine Menge zu bereden«, fuhr er fort. »Dinge, über die ich vor Paris hätte nachdenken sollen.«

»Das stimmt allerdings«, bestätigte sie.

»Ich freue mich sogar darauf, die errötende Braut zu sehen. Vielleicht bin ich sogar dabei, wenn sie dich k.o. schlägt, weil du ihr so viel Kopfzerbrechen bereitet hast.«

»Ist ein bisschen früh, um darüber Witze zu machen,

Reggie«, warnte Molly ihn. Es war nicht ausgeschlossen, dass Caitlin ihr tatsächlich einen Kinnhaken verpasste.

»Okay.« Sie hörte das Lächeln in seiner Stimme. »Und deine Mum. Irgendwie vermisse ich das alte Mädchen bereits, obwohl wir sie nicht oft gesehen haben. Wie geht es ihr übrigens?«

»Großartig«, antwortete Molly, bevor sie richtig über die Frage nachgedacht hatte. »Ich glaube, die Hochzeit geht ihr ein bisschen an die Nieren. Sie ist ziemlich erschöpft.«

»Nach ein paar Tänzen mit mir ging es ihr immer gut«, sagte Reggie. »Weißt du noch, an deinem Geburtstag vor ein paar Jahren? Wir waren ...«

»Reggie!« Molly war nicht in der Stimmung, in Erinnerungen zu schwelgen.

»Entschuldige. Du solltest den Smoking sehen, den ich mir heute Morgen auf dem Flohmarkt gekauft habe. Ha, du wirst ihn sehen!«

»Bist du völlig verrückt geworden?«, stieß Molly hervor. »Du bist doch gerade erst dort angekommen.«

»Ich weiß.«

»Eine verdammt große Geste, schnurstracks wieder zurückzufliegen«, konnte sie sich nicht verkneifen.

Sie hörte ihn seufzen. »Mein Timing in dieser ganzen Sache war mies. Anscheinend habe ich so einen Schock gebraucht, um zu erkennen, was ich zu Hause habe.«

»Na schön ...«

»Ich möchte mich persönlich bei dir entschuldigen. Ich will dich zurück, Mol. Ich will *uns* zurück.«

Molly lehnte sich in den Sessel und schloss die Augen.

Sie hoffte, ihr Unterbewusstsein würde das Ruder übernehmen und ihr sagen, was sie empfand. Und was sie sagen sollte. Mit *»Sorry, Reggie, schlechtes Timing, ich wollte gerade einen anderen Mann küssen«*, wäre es hier nicht getan.

»Ich weiß nicht, was ich jetzt sagen soll«, antwortete Molly schließlich. »Du kannst nicht einfach mit den Fingern schnipsen …«

»Das tue ich auch nicht!«, widersprach Reggie. »Ich komme lediglich zurück, um die Dinge in Ordnung zu bringen. Dich anzuflehen, wenn es sein muss. Dir zu sagen, wie leid es mir tut, und dir meinen Hintern anzubieten, damit du mir einen Tritt verpassen kannst.«

Molly lächelte. »Da ist eine ganze Menge in Ordnung zu bringen, nicht wahr? Das sind viele Tritte in den Hintern.«

»Ich weiß. Aber ich hoffe, du gibst mir eine Chance.«

»Das mit dem Job hat also nicht geklappt?«

Es folgte eine kurze Pause, und als er antwortete, klang es, als bemühte er sich, möglichst normal zu klingen. »Oh, der Job ist toll, aber …«

»Stunde der Wahrheit«, flüsterte Molly.

»Okay, Stunde der Wahrheit. Ich will das hier und ich will dich. Das hier wird auch in einer Woche oder einem Monat noch da sein, wann auch immer, die Jungs hier halten mir einen Platz frei. Aber du wirst nicht warten, stimmt's?«

Molly spürte, wie ihre Haut vor Verlegenheit kribbelte.

»Nicht, nachdem ich in Paris einfach abgehauen bin.

Im Moment kannst du dir das vielleicht nicht vorstellen, aber du könntest jeden Augenblick jemand Neues finden – irgendein bekloppter Freund von Francesco wartet vielleicht nur darauf, sich bei Caitlins Hochzeit auf dich zu stürzen.«

»Unwahrscheinlich«, sagte Molly ausweichend und fühlte sich plötzlich sehr müde. Sie würde ihm ganz sicher nicht auf die Nase binden, dass sich bereits jemand »auf sie gestürzt« hatte«. Und dass sie darüber mehr als glücklich gewesen war.

»Nichts ist so sexy wie ein Mädchen, das sich desinteressiert gibt«, sagte Reggie, obwohl Molly argwöhnte, dass er dabei mehr über sich sprach.

»Du kommst also nicht für immer zurück?«

»Du machst Witze.« Reggie klang ungläubig. »Komm schon, Mol, wir reden seit Jahren davon, abzuhauen und ganz groß rauszukommen.«

»Du hast geredet, und ich habe zugehört.«

Er senkte die Stimme. »Aber darum geht es doch, Baby!«

»Dir ganz sicher, aber wo bleibe ich dabei?«

»Direkt an meiner Seite. Ich brauche dich, Molly. Du bist die eine unverzichtbare Sache, die ich vergessen habe einzupacken. Es ist so, als hätte ich, seit die Maschine vor zwei Tagen in Paris abgehoben ist, buchstäblich keinen Boden mehr unter den Füßen. Ich brauche dich, damit du mich erdest.«

Sie fühlte sich nicht geerdet. Was war mit *ihr*? »Danke«, sagte sie mit dumpfer Stimme.

»Du bist wunderbar, und ich vermisse dein Lächeln.

»Schon besser«, räumte sie ein.

»Dann hebst du mir also ein Stück Hochzeitstorte auf? Reservierst mir den letzten Tanz?«

»Ich bin ein bisschen durcheinander«, sagte Molly nach einer Pause. »Für wie lange kommst du eigentlich zurück?«

»So lange, wie es dauert, um dich zu überzeugen, mit nach L. A. zu kommen.«

Molly holte tief Luft. Das alles war zu viel, um es an einer Hotelrezeption in Bologna zu verarbeiten.

»Ich habe einen Plan«, sagte Reggie, der jetzt offenbar einen Höhenflug hatte. »Ich wollte eigentlich damit warten, bis ich dich sehe …«

»Nun erzähl schon«, drängte Molly und stand auf.

»Wir suchen uns eine Bleibe, und du lässt dich als Modedesignerin nieder. Mit den Kontakten, die ich in den Promikreisen sammle, wirst du schon bald Kleider für die angesagtesten Filmstars des Planeten bei der Oscar-Verleihung entwerfen.«

»Reggie, bleib doch mal ernst!«

»Ich bin ernst, Baby. Die lieben hier alles Englische!«

»Wirklich?« Trotz ihrer ausweichenden Entgegnung wusste sie, dass er recht hatte. Vivienne Westwood, Alexander McQueen und alles, was Pippa Middleton trug …

»Du musst mehr Selbstvertrauen in deine Fähigkeiten bekommen, du brauchst ein bisschen was von der guten alten amerikanischen ›Ja, ich kann‹-Haltung. Zu Hause wirst du nie ganz groß werden.«

»Vielen Dank«, sagte sie.

»Komm schon, so habe ich das nicht gemeint. Deshalb wollte ich ja auch persönlich mit dir darüber sprechen. Was ich meine, ist, dass du zusammen mit mir in L. A. schneller weiterkommst.«

Und darum ging es schließlich, oder? Er präsentierte ihr seinen Plan, als wäre er die Antwort auf all ihre Probleme. Dabei übersah er jedoch, dass sie gar nicht das Gefühl hatte, Probleme zu haben.

»Oh, Reggie.« Ihre Augen füllten sich mit Tränen. »Ich möchte gar nicht schnell irgendwohin kommen. Das meine ich ernst, ich möchte mir Zeit lassen.«

»Aber ich hab deine Sachen doch gesehen – sie sind umwerfend!«

»Und sie könnten noch viel besser sein. Ich muss zuerst, vor allem handwerklich gesehen, es gibt noch viel dazulernen.«

»Was ist handwerklich daran, ein Stück Seide um Scarlett Johansson zu wickeln?«

Auf diese Art scherzten sie oft miteinander. Reggie stieß sie freundschaftlich in die Rippen und erklärte ihr, auf den Philippinen gäbe es zehnjährige Mädchen, die schon die Art von Arbeit machten, die sie erlernen wollte. Molly entgegnete dann, dass sie mit ihrem Handy bessere Fotos schoss als er mit seiner teuren Kamera. Das hatten sie oft getan. In ihrem bisherigen, alltäglichen Leben.

»Okay«, seufzte er. »Wir gehen es langsam an. Du besorgst dir in L. A. einen Job als Laufbursche bei irgendeinem berühmten Modedesigner und arbeitest dich hoch.« Er räusperte sich. »Und dann, dachte ich, sollten wir heiraten.«

Deshalb also hatte er der Empfangsdame gesagt, er sei ihr Verlobter.

Molly schüttelte den Kopf. Er kapierte es einfach nicht.

»Das ist dein Traum, Reggie, aber nicht meiner.«

»Ich dachte, du willst reich und berühmt werden?«

Sie hörte die Verärgerung in seiner Stimme. Das stimmte sie traurig, festigte jedoch ihren Entschluss.

»Natürlich möchte ich davon leben können. Und ich möchte auch Erfolg haben. Aber nicht so wie du. Ich möchte schöne Kleider entwerfen. Hochwertige Kleidung aus nachhaltigen Materialien – jedes einzelne Stück ein Kunstwerk. Ich möchte Qualität und Langlebigkeit, ich will Perfektion … und Reggie, ich habe dir das alles schon viel zu oft gesagt, und du reduzierst es noch immer auf Ruhm und Reichtum.«

Er schwieg. Molly hörte durchs Telefon das Dingdong einer Lautsprecheransage im Hintergrund, gefolgt vom letzten Aufruf für einen Flug.

»Bist du noch da?«, flüsterte sie.

»Ich bin noch da«, antwortete er.

»Reggie?«

Ein Seufzer. »Ja?«

Sie konnte schon das Sich-Abfinden in seiner Stimme hören. Und da wurde es ihr endgültig klar. »Du hast in Paris das Richtige getan.«

Kaum hatte sie es ausgesprochen, empfand sie ein seltsames Gefühl von Endgültigkeit. Und, zu ihrer Überraschung, Erleichterung.

»Ach, Molly.«

»Wir wollen verschiedene Dinge, Reggie.«

»Aber wir können daran arbeiten, dass es funktioniert …« Das klang wie ein letzter Versuch, hinter dem aber nicht sonderlich viel Überzeugung steckte.

»Nein, können wir nicht. Gib dein Flugticket zurück. Bleib, wo du bist und zeig es ihnen, mit deinen wunderbaren Arbeiten.«

Sie hörte, wie er schluckte. »Aber du *fehlst* mir.« Seine Stimme hatte sich verändert.

Gegen ihren Willen musste Molly lächeln. »Du mir auch«, sagte sie. »Du meldest dich, versprichst du mir das? Erzähl mir von deinen Erfolgen, sag mir, welche Zeitschriften ich kaufen soll … und wie es dir geht. Das war es, was mir in Paris am meisten wehgetan hat, nicht zu wissen, ob ich je wieder etwas von dir höre.«

»Ich weiß«, sagte er nach einer Weile.

»Ich habe recht, Reggie. Geh und verfolge deinen Traum. Ich bleibe hier und verfolge meinen.«

»Vermutlich hast du recht.

»Davon bin ich überzeugt.«

»Ich werde dich vermissen, Mol.«

»Ich …«, sie zögerte, »ich werde dich auch vermissen.«

»Sag Caitlin all die Dinge, die ich ihr gesagt hätte, wenn ich da wäre«, bat er sie mit brüchiger Stimme.

»Werde ich. Mach's gut, Reggie. Und viel Glück. Du bist ein wunderbarer Fotograf und ein toller Kerl.«

»Du bist auch toll.« Er schluckte und legte auf.

Molly lächelte durch ihre Tränen hindurch. Sie wusste, was er meinte. Reggie war toll, aber er war weg. Und erst jetzt, nachdem sie sich von ihm verabschiedet hatte, wusste sie, dass es so sein musste.

Die Empfangsdame nickte ihr missbilligend zu, als Molly ihr ein Dankeschön zurief und das Telefon zurückstellte. Molly ging zurück in die Bar, wo die Sambuca-Flasche immer noch auf dem Tresen stand. Die Gläser waren durch saubere ersetzt worden.

Sie hätte unmöglich sagen können, wie sie sich fühlte. Vielleicht war sie ein bisschen angetrunken, ihre Sinne betäubt von Alkohol, Stress und Erschöpfung. Sie schaute sich in der leeren Bar um und wollte mit einem Mal nur noch schlafen.

Immerhin, dachte sie, während sie sich umdrehte und zu der Treppe ging, über die Simon vor wenigen Minuten verschwunden war, passiert es einem nicht jeden Tag, dass man nicht nur einen Mann, sondern zwei verliert.

Sie brauchte einiges mehr als nur ein bisschen Schlaf, um das in Ordnung zu bringen … aber es war zumindest ein Anfang.

20. Kapitel

Stunden bis zur Hochzeit: 7
Kilometer bis zur Hochzeit: 159

Ihre Mum ging nicht ans Telefon.

Molly gähnte, streckte sich und schaute auf die Armbanduhr. Wie hatte sie nach dem gestrigen Abend nur so gut schlafen können?

Noch einmal wählte sie den Anschluss im Zimmer ihrer Mutter, ließ sich aufs Kopfkissen fallen und wartete darauf, dass ihre Mutter abhob. Sie wollte ihr sagen, dass sie in spätestens einer Stunde losfahren mussten, damit Pascal noch genügend Zeit für eine letzte Anprobe des Hochzeitskleids hatte, bevor um 15 Uhr die Trauung stattfand.

Molly hatte Pascal in den letzten beiden Tagen lieb gewonnen. Seine altmodische Höflichkeit und diese süße Unsicherheit hatten sie bezaubert und gelehrt, dass erste Eindrücke eben genau das waren: Erste Eindrücke.

Noch immer keine Reaktion von ihrer Mutter. Wahrscheinlich war sie im Bad.

Ungebeten stürmten die Erinnerungen an letzte Nacht auf sie ein. Reggie, Simon, Simon, Reggie …

Zuerst Reggie. Sie war froh, dass er letzte Nacht angerufen hatte. Im kühlen Morgenlicht betrachtet, empfand sie ihr Gespräch als ein passendes Ende ihrer vier gemeinsamen Jahre, weitaus besser als die Kränkung und Verwirrtheit in Paris. Vermutlich war das zum Teil ein Grund, warum sie so gut geschlafen hatte – ein Schlussstrich.

Und Simon? Molly seufzte laut. Simon und ihr Beinahe-Kuss … wie sehr sie sich danach gesehnt hatte! Dieser verdammte Anruf! Sie wollte seine Lippen auf ihren spüren, sich an seinen schlanken, festen Körper pressen, die Wärme seiner Haut fühlen.

»Arggggh!« Sie schlug auf das Kopfkissen ein.

Beruhige dich. Molly atmete tief durch.

Andererseits war sie erschöpft gewesen, gefühlsmäßig angeschlagen und vermutlich beschwipst vom Sambuca. Und Simon war nun mal da gewesen. Vielleicht hatte sie sich von der Stimmung des Augenblicks hinreißen lassen. Sie hatte gerade erst erfahren, dass er verfügbar und interessiert war, und es schien so verdammt lange her zu sein, dass jemand zärtlich zu ihr war.

Warum log sie sich in die Tasche? Sie mochte Simon wirklich. Und sie hatte diesen Kuss gewollt.

Seufzend erhob sie sich vom Bett. Mit Simon etwas anzufangen, wäre eine ziemlich dumme Idee, sagte sie sich. Sehr wahrscheinlich war er im Grunde genauso wie Reggie, mit seinen glamourösen Filmstars und diesem Hunger nach Ruhm und Anerkennung. Filmfestivals! Damit würde sie der Geschichte glatt erlauben, sich zu wiederholen!

Sie durchquerte das überheizte Zimmer, ging ins Bad und ließ Wasser in die Wanne laufen. Währenddessen zerbrach sie sich den Kopf, was sie als Entschuldigung zu Simon sagen konnte, wenn sie ihn wiedersah. Sie ging zurück zum Bett und schaltete den Fernseher ein, um ein paar Hintergrundgeräusche als Gesellschaft zu haben.

Träge zappte sie durch die Kanäle, hoffte auf etwas Anspruchsloses, möglichst auf Englisch.

Und wäre vor Schreck in Ohnmacht gefallen, als auf dem Nachrichtensender plötzlich ein attraktives und vertrautes Gesicht auftauchte.

War das etwa Simon?

Er war es. Er wurde in einem Londoner Fernsehstudio interviewt. Sein Haar war kürzer und die Haut sonnengebräunt, aber zwei Dinge waren unverändert: Dieses markante Gesicht mit den freundlichen Augen und das ausgeprägte Kinn ließen Mollys Herz aus dem Takt geraten. Und – er trug Yvonnes Pullover!

Molly brach förmlich auf dem Bett zusammen, die Augen auf den Bildschirm geheftet.

»Ich bin nach Kambodscha gereist, um mir mit eigenen Augen die Zustände in diesen Textilfabriken anzusehen«, sagte Simon. *»›Ausbeutungsbetrieb‹ schien mir so ein lahmer Begriff. Ich wollte Zeit dort verbringen und mir selber einen Eindruck von Bekleidungsproduktionen an Orten wie diesen verschaffen.«*

Es wurde ein Ausschnitt aus Simons Dokumentation eingeblendet. Gezeigt wurde eine große Lagerhalle, in der, so weit das Auge reichte, Frauen mit ausdruckslosen

Gesichtern über Nähmaschinen gebeugt saßen. Mit flinken Händen nähten sie ganze Berge an T-Shirts mit bekannten Sportlogos.

»Die Arbeitszeit ist lang und anstrengend. Nur alle vier Stunden dürfen die Frauen eine kurze Pause machen. In der Halle ist es erstickend heiß. Die Luft ist voller Staub, Schmutz und Stofffasern. Die Bezahlung reicht kaum für den Lebensunterhalt. Ich habe eine Frau kennengelernt, die mir erlaubte, ihre Geschichte zu filmen.«

Molly zog die Luft ein, als die Kamera nah an das freundliche Gesicht einer älteren Dame heranfuhr, die in der Lagerhalle zwischen den anderen Frauen saß und nähte.

»Ist sie das?«, fragte die Reporterin.

Gebannt sah Molly zu, während Simons Stimme aus dem Off erklärte, was in diesen trostlosen Szenen aus der Fabrik zu sehen war.

»Ja. Das ist Yvonne. Sie ist eine dreiundsechzigjährige Witwe und hat ihr Leben lang in Fabriken wie dieser gearbeitet. Sie sieht nicht mehr gut, leidet unter chronischer Gelenkarthritis und ihr Lohn reicht kaum zum Überleben.«

Molly schlug sich die Hand vor den Mund. Das war also Yvonne. Diese arme, zerbrechliche Frau, deren liebes, faltiges Gesicht von lebenslangem Kampf und Elend erzählte. Und Molly hatte sie für einen glamourösen Filmstar gehalten … eine Rivalin. Mollys Wangen brannten vor Scham.

»Yvonne ist nicht dumm. Sie hat eine Schule besucht und hätte durchaus studieren können. Ihr Traum war,

Dolmetscherin zu werden. Aber ihre Eltern starben und sie musste arbeiten, um ihre Geschwister zu unterstützen. Seither hat sie in Fabriken T-Shirts genäht.«

Das Fabrikgebäude war heruntergekommen, der Lärm der Maschinen ohrenbetäubend. Streng dreinblickende Männer patrouillierten durch die Reihen der Näherinnen. Sie hätten ebenso gut Peitschen schwingen können, so bedrohlich wirkten sie.

Molly lief schnell ins Bad, um das Wasser abzustellen, bevor es eine Überschwemmung gab. Dann hechtete sie zurück an den Fernseher.

»... hat gesundheitlich einen schrecklichen Preis bezahlt.«

»Konnten Sie ihr helfen?«, fragte die Reporterin Simon.

»Ich habe mein Bestes getan. Ich habe sie nach Europa gebracht, um die Meinung eines Spezialisten einzuholen.«

Molly hatte Tränen in den Augen. Gespannt wartete sie darauf, was er als Nächstes sagen würde. Er und Yvonne saßen im Schneidersitz auf dem Boden vor der Fabrikhalle, und Yvonne unterhielt sich mithilfe eines Übersetzers mit Simon. Dann gab es einen Schnitt auf Simon und Yvonne, wie sie aus einem Flugzeug stiegen, anschließend sah man ein Krankenhaus und Yvonne, die zart und hilflos in einem Bett lag, umgeben von medizinischen Geräten.

»Man hat Lungenkrebs bei ihr diagnostiziert. Die Ärzte hegten keinerlei Zweifel daran, dass die Zustände in den Fabriken die Krankheit verschlimmert oder sogar ausgelöst haben.«

Jetzt kam die Reporterin ins Bild, die Simon für seine Präsentation auf dem Filmfestival in Venedig viel Glück wünschte. Sie hoffe, der Film werde die Herzen und das Denken aller Zuschauer ebenso berühren wie sie.

Wie vor den Kopf geschlagen taumelte Molly ins Bad und zog den Stöpsel der Badewanne heraus. Sie war zu erschüttert, um sich jetzt in einem Schaumbad zu entspannen. Stattdessen warf sie sich aufs Bett und dachte nach.

Sie hatte so viel zu verarbeiten. Simon hatte die schrecklichen Zustände in dieser entsetzlichen Textilfabrik erlebt und gesehen, welchen Tribut sie von der Gesundheit einer Frau gefordert hatten, die ihm zu einer lieben Freundin geworden war.

Kein Wunder, dass er die Modebranche hasste! Dieser furchtbare Ort – diese furchtbaren Männer! Vermutlich hielt er jeden in der Branche für korrupt und gefühllos – oder dachte doch zumindest, dass die gesamte Branche auf Kosten von Menschen wie Yvonne wie die Made im Speck lebte.

Und trotzdem war er bereit gewesen, sein Geld zu opfern, damit sich Pascal seinen Traum erfüllen konnte, eine Worth-Robe zu besitzen. Er hatte seine Uhr weggegeben, damit Caitlin rechtzeitig ihr Hochzeitskleid bekam.

Und er war kein ruhmsüchtiger Filmemacher.

Er ist ein Held, dachte sie, bevor ein Blick auf ihre Armbanduhr sie aufschrecken ließ. Höchste Zeit! Sie sprang auf, schnappte sich ihr Handy und wählte Simons Nummer.

Sie würde dieses Gespräch kurz halten, wollte nur sichergehen, dass er aufgestanden war und noch mit ihr redete. Bevor sie sich dann wieder in dieses winzige Auto quetschten, würde sie ihn einen Moment beiseite nehmen und sich entschuldigen. Sie würde ihm erklären, warum sich Reggie als ihr Verlobter ausgegeben hatte, und ihm sagen, dass sie das Interview über seine Dokumentation im Fernsehen gesehen hatte und es sie zum Weinen gebracht hatte, und dass sie hoffe, er würde sie nicht zu sehr hassen, und wie viel er ihr bedeutete. Alles andere würde sich dann zeigen.

Dies ist der Anschluss von Simon Foss, bitte hinterlassen Sie eine Nachricht, ich rufe dann zurück …

Mailbox! Molly stöhnte verzweifelt auf.

»Simon?« Ihre Stimme klang zittrig. »Bist du da? Wir … müssen bald los. Also gut, ich werde versuchen, dich zu finden, tschüss …«

Sie legte auf. Plötzlich überkam sie eine dunkle Ahnung. In aller Eile zog sie sich an und packte. Sie warf gerade einen letzten Kontrollblick durchs Zimmer, als ihr Handy klingelte.

Aber es war weder Simon noch ihre Mum, es war Pascal. Und er klang nicht glücklich.

»Molly! Das ist ein Notfall. Du musst sofort zum Empfang kommen!«

»Pascal? Was ist denn los? Pascal?«, rief sie in den Hörer, aber er hatte bereits aufgelegt.

Molly stürmte in den Flur und zerrte ihren Koffer hinter sich her. Sie stolperte die drei Treppen hinunter bis in den Empfangsbereich, wo Pascal auf seinem prachtvollen Chevalier-Koffer saß und aussah wie ein geprügelter Hund.

»Geht es dir gut?«, stieß Molly hervor.

»Nein!«, blaffte Pascal sie an. »Simon hat den Wagen genommen! Er ist weg!«

»Wie bitte?« Mollys Herz setzte vor Schreck beinah aus. »Wann?«

»Vor einer Weile. Er ist in mein Zimmer gekommen, hat mich nach der Kombination für das Tor zum Hotelparkplatz gefragt und den Autoschlüssel mitgenommen.«

Während sich Pascals Worte langsam setzten, überkam Molly eine Welle der Wut. Das war Simons Rache für das, was er letzte Nacht gehört hatte! Um ihr eine Lektion zu erteilen, hatte er das Auto genommen, und sie saßen jetzt hier fest.

»Ich wusste nicht, was los war. Ich hätte ihn fragen sollen, aber es ging so schnell!«

Molly hörte nur mit halbem Ohr zu, fieberhaft überschlug sie die Konsequenzen von Simons Verschwinden.

Na schön, er war kein totales Miststück, er musste gewusst haben, dass sie von einer großen Stadt wie Bologna aus problemlos mit dem Bus oder Zug nach Venedig fahren konnten. Aber es brachte einen einfach zur Weißglut!

»Pascal«, sagte Molly und legte ihm die Hände auf die Schultern. »Wir lassen uns nicht kleinkriegen. Wir suchen Mum, steigen in den nächsten Zug und vergessen Simon einfach, okay? Lass uns nicht zu schlecht über ihn denken, vermutlich hat er einfach Panik bekommen.«

»Aber was ist mit dem Kleid?«, stotterte Pascal.

»Wie meinst du das?«

»Die Hochzeitskleider sind im Wagen. Simon hat sie mitgenommen.«

Molly starrte ihn verständnislos an. »Du willst mich auf den Arm nehmen. Er hat sie gestohlen?«

Pascal schüttelte den Kopf. »Das glaube ich nicht, er hat sie bestimmt nicht absichtlich mitgenommen. Wir waren so müde, und der Parkplatz war gut gesichert. Es schien einfacher, die Kleider im Wagen zu lassen, statt sie durch Herumtragen noch mehr zu zerknittern.«

»Verdammt!«

Molly eilte an den Empfangstresen, wo ihr die Dame, die ihr am Vorabend das Telefon gebracht hatte, einen eisigen Blick zuwarf.

»Entschuldigen Sie bitte, hat Simon – der Mann – zwei Hochzeitskleider hier abgegeben, bevor er gefahren ist?«

»Nein«, erwiderte die Empfangsdame kühl, als bekäme sie jeden Tag derartige Fragen gestellt.

Mollys Handy klingelte.

»Das wird er sein!« Hastig griff sie in ihre Tasche, zog das Handy hervor und ging ran, ohne vorher auf das Display zu schauen.

»Wo zum Teufel steckst du?«, wetterte sie los.

»Wie bitte?« O Gott. Es war Caitlin. »Ich glaube, das ist mein Text.«

Molly schloss die Augen. Soeben wurde alles entschieden noch schlimmer. »Hallo, Caitlin.«

»Was zur Hölle geht da vor?« Caitlins Stimme war kalt und stahlhart, als koste es sie alle Kraft, diese Frage nicht mit tausend Dezibel durch den Hörer zu brüllen.

Molly wusste nicht, wo sie anfangen sollte.

»Heute heirate ich. Ist dir das klar? Wenn ich mich

umschaue, sollte ich eigentlich von meiner Familie und meinen Freunden umringt sein, die mich unterstützen und mir alles Gute wünschen. Aber alles, was ich sehe, sind vier Wände und eine riesige Lücke in meinem Kleiderschrank, wo *mein Hochzeitskleid* hängen sollte!«

»Caitlin, lass mich ...«

»Und was soll diese Geschichte mit Reggie? Erst kommt er, dann wieder nicht, dann ja, und jetzt habe ich eine SMS mit der Nachricht, dass er doch nicht kommt. Entweder bin ich in ein Paralleluniversum gestolpert oder ihr legt es gezielt darauf an, meine Hochzeit zu ruinieren.«

»Das stimmt nicht! Du hast ja keine Ahnung ...«

»Das kannst du laut sagen! Erstens ist meine Tischordnung ruiniert. Du bist es, die keine Ahnung hat, Molly! Draußen versammelt sich die Weltpresse. Ach, vergiss es, bring mir einfach mein Kleid! Bitte!«

»Simon hat es mitgenommen«, sagte Molly und rüstete sich für die Explosion, die nun folgen würde.

»Simon?« Caitlins Stimme wurde plötzlich ganz dünn. »Wer zur Hölle ist Simon?«

»Der Typ, der mit uns gefahren ist. Er ist unterwegs zum Filmfestival in Venedig. Er hat uns mit dem Motorschlitten aus der Klemme geholfen – hat seine Uhr dafür verhökert, und er hat Pascal beim Bieten für das Worth-Kleid geholfen, und jetzt ist er mit deinem Kleid in dem Wagen weg, den ich gestern gekauft habe.«

»Filmfestival? Motorschlitten?«, kreischte Caitlin. »Das ist ein Albtraum! Ein absoluter Albtraum!«

»Caitlin, ich weiß, es klingt ...«

»Wie kannst du mir das antun? Schon wieder? Wo ist Mum?«

Darauf hatte Molly keine Antwort. »Tut mir leid«, sagte sie nach einer Pause. »Mum ist noch nicht unten.«

»Heute ist mein Hochzeitstag und sie schläft aus?«, empörte sich Caitlin. »Das nenne ich Gelassenheit!«

»Ich bin sicher, dass sie jeden Moment hier sein wird«, sagte Molly besänftigend, obwohl sie sich insgeheim Sorgen machte. Als Mutter der Braut sollte sie wirklich längst auf den Beinen sein.

»Ich lege jetzt auf und kümmere mich darum, okay?«, schlug Molly so ruhig wie möglich vor. »Ich suche Mum, und einer von uns ruft dich an, sobald es Neuigkeiten gibt, ja? Caitlin?«

Sie hatte aufgelegt. Molly wirbelte herum und starrte Pascal an. Er saß da, den Kopf in beide Hände gestützt.

»Das Kleid«, stöhnte er. »Ausgerechnet jetzt, wo alles in Ordnung kam.«

Wütend tippte Molly auf ihrem Handy herum und trommelte mit der freien Hand auf den Tresen, während sie das Klingelzeichen des Handys ihrer Mutter hörte. Die ging jedoch immer noch nicht ran.

»Entschuldigen Sie bitte?«, rief Molly der Empfangsdame zu. »Könnten Sie mir die Zimmernummer meiner Mutter sagen? Vanessa Wright?«

Die Empfangsdame sah sie erstaunt an. »Mrs Wright hatte Zimmer 358«, antwortete sie.

»Danke«, sagte Molly. »Könnten Sie mich bitte mit dem Zimmer verbinden?«

»Aber die Dame hat bereits ausgecheckt.«

»Sie hat was? Das kann nicht sein. Würden Sie bitte noch einmal nachsehen?« Ungläubig schüttelte Molly den Kopf. Ihre Mutter würde niemals abreisen, ohne ihr Bescheid zu sagen. Warum in aller Welt sollte sie so etwas tun? Molly sah sich im Empfangsbereich um, aber ihre Mutter war nirgendwo zu entdecken.

»Sie ist vor einer Weile mit dem Herrn abgereist – Mr Foss«, fuhr die Empfangsdame fort. »Da bin ich mir sicher.«

Molly starrte die Frau sprachlos an. Pascal sah auf und runzelte die Stirn.

»Sind Sie ganz sicher?«, fragte Molly matt.

Die Empfangsdame nickte. »Wie ich schon sagte, ich bin mir sicher.«

»Wo sind sie denn bloß hingefahren?« Kalte Angst kroch ihr den Nacken hoch, als sich ein unliebsamer, verdrängter Verdacht den Weg in ihr Bewusstsein bahnte.

Die Empfangsdame sah sie mit sonderbarem Blick an und sagte dann mit sanfter Stimme: »Der Dame schien es nicht gut zu gehen.«

Ein seltsames Dröhnen breitete sich in Mollys Ohren aus. Nein! Das konnte nicht sein! Mum hatte zwar nicht gut ausgesehen, aber das war doch nur Müdigkeit gewesen, oder? Übelkeit von der Fahrt? Oder etwa nicht?

»Gibt es in Bologna ein Krankenhaus?«, flüsterte Molly.

»Ja.« Die Frau nickte.

»Ich muss hin. Sofort. Es ist ein Notfall.«

Die Empfangsdame warf ihr einen entschuldigenden Blick zu. »Aber es gibt dort keine Notfallambulanz. Es ist eine Spezialklinik für Krebsleiden.«

Auf einmal verstand Molly.

21. Kapitel

Stunden bis zur Hochzeit: 6
Kilometer bis zur Hochzeit: 163

Der Taxifahrer weigerte sich, Geld von Molly anzunehmen, nachdem sie trotz aller Anstrengung, sich zusammenzureißen, die gesamte Fahrt zum Krankenhaus über geschluchzt hatte.

»Bitte«, stammelte sie und hielt dem freundlichen Mann die letzten Euro hin, die sie in ihrer Geldbörse und auf dem Boden ihrer Handtasche gefunden hatte. »Ich muss Sie doch bezahlen, das wäre nicht richtig.«

»Gehen Sie zu Ihrer Mama«, antwortete er, ergriff ihre Hand und schloss ihre Finger wieder um das Geld. »Gott sei mit Ihnen.«

Das Beste, was Molly zustande brachte, war ein gemurmeltes »Danke«, während er die Tür des Taxis öffnete und ihr hinaushalf.

Molly stolperte in das Gebäude und versuchte, sich zu orientieren, während überall Krankenschwestern, Patienten und Besucher umherwanderten.

Natürlich, dachte sie die ganze Zeit, *natürlich ist Mum krank. Warum wollte ich das nicht sehen?*

Dabei hatte sie es gesehen. Der Gewichtsverlust, die

Erschöpfung, die Übelkeit im Auto. Ihre Mum hatte sich ja sogar von einem Krankenhaus abholen lassen, verdammt …

»Molly.«

Sie wirbelte herum.

»Ich dachte, wir wären wieder zurück, bevor du aufwachst.«

Molly drehte sich der vertrauten Stimme zu. Die geöffneten Hände ausgestreckt stand Simon da, das Gesicht angespannt vor Sorge.

Molly stürzte sich in seine Arme, und er hielt sie fest, als sie wieder zu weinen anfing. Sie umklammerte die weiche, grobe Wolle des Pullovers und schluchzte an seiner Brust. Simon streichelte ihr übers Haar. Dunkel dachte Molly daran, dass sie kein Recht hatte, Trost von ihm zu erwarten. Aber das war ihr egal. Noch nie in ihrem ganzen Leben hatte sie sich so elend gefühlt.

»Komm«, sagte er nach einer Weile. »komm hier rüber und ich erzähle dir alles, was ich weiß.«

»Ich hätte es merken müssen!«, schluchzte Moly. »Ich … hätte es sehen müssen!«

»Nein«, beharrte Simon. »Sie wollte nicht, dass du es merkst. Komm.«

Er führte sie in die Cafeteria, einen kleinen Raum mit weißen Tischen und einer winzigen Espressobar. Sie setzten sich an einen Tisch am Fenster.

Molly schnäuzte sich und holte ein paar Mal tief Luft.

»Wie geht es ihr?«, fragte sie, unfähig, Simon anzusehen.

»Ganz gut. Der Arzt ist gerade bei ihr«, antwortete Simon. »Wir müssen einfach abwarten.«

»Ist sie zusammengebrochen oder so?«, fragte Molly.

Er schüttelte den Kopf. »Nein, nichts in der Art. Sie wird lediglich gründlich untersucht.«

Molly legte den Kopf in die Hände. Von all ihren Empfindungen war Schuld das stärkste Gefühl. »Warum hat sie mir nichts gesagt?«

Simon legte ihr eine Hand auf den Arm. »Sie wollte bis nach der Hochzeit warten. Aber gestern Nacht habe ich sie auf dem Flur getroffen, nachdem ich von dir ... weg bin. Sie war zu erschöpft, um den Schlüssel ihrer Zimmertür umzudrehen.«

»Oh!« Molly schlug sich die Hand vor den Mund.

»Ich hatte schon so etwas vermutet«, fuhr Simon fort. »Eine Freundin von mir kämpft auch gegen den Krebs, deshalb kenne ich die Symptome.«

Yvonne, dachte Molly, sagte jedoch nichts. *Er meint Yvonne.*

»Ich habe es auch gesehen«, unterbrach Molly ihn, »aber ich war so mit anderen Dingen beschäftigt, dass ich nicht weiter darüber nachgedacht habe ...«

»Manchmal steht man jemandem auch zu nah«, sagte Simon, stand auf und setzte sich neben sie. Er legte den Arm um Molly und drückte sie.

»Was ist passiert?«

Er sah weg. »Das soll sie dir besser selbst erzählen.«

In dem Moment gab der Aufzug ein leises »Ping« von sich. Die Tür ging auf und Mollys Mutter wurde, gestützt von einer stämmigen Krankenschwester, in die Cafeteria geführt.

»Mum!« Molly sprang auf und lief auf sie zu. »Alles in Ordnung?«

Blass und sehr zerbrechlich wirkend, winkte Vanessa ab. »Es geht mir gut«, lächelte sie. »Typisch, dass ich mich an einem Tag wie heute in den Vordergrund dränge.«

»O Mum, sei doch nicht albern!« Molly umarmte sie. Die zierliche Gestalt schien unter der Umarmung jeden Moment zusammenzubrechen. Rasch lockerte Molly den Griff.

Die Krankenschwester reichte ihrer Mutter eine Papiertüte, die aussah, als enthielte sie Tabletten, und verabschiedete sich von ihr mit ein paar kurzen Anweisungen in schnellem Italienisch. Ihre Mutter nickte und bedankte sich überschwänglich. Molly stand daneben und sah zu. Sie fragte sich, was ihre Mutter in letzter Zeit durchgemacht haben musste – und wie schrecklich es war, dass sie meinte, es für sich behalten zu müssen.

Molly half ihrer Mutter zu ihrem Tisch, wo Simon stand und auf sie wartete.

»Ich lasse euch beide allein«, sagte er. »Nehmt euch Zeit zum Reden. Ich bin draußen.« Dann ging er mit großen Schritten zum Ausgang.

»Es tut mir leid, Molly«, begann ihre Mutter mit schwacher Stimme. »Ich wollte nicht, dass du es auf diese Weise herausfindest.«

»Wie … wie schlimm ist es?«, fragte Molly. Sie konnte ihre Mutter nicht ansehen, dann hätte sie sofort wieder angefangen zu weinen.

»Es ist Lungenkrebs«, flüsterte ihre Mutter, während Molly die Arme auf dem Tisch verschränkte und das tränenfeuchte Gesicht darin vergrub.

»Scht.« Ihre Mutter streichelte ihr über den Rücken. »Alles wird gut …«

»Wirklich?«, stammelte Molly und sah zu ihr auf. Für sie hörte sich Lungenkrebs alles andere als gut an. Sie versuchte, sich zusammenzureißen. Das Letzte, was ihre Mutter jetzt brauchte, war, dass sie zusammenbrach. »Was haben sie dir gesagt?«

Ihre Mutter schaute aus dem Fenster. »Ich muss operiert werden. Dann bekomme ich eine Chemotherapie und Bestrahlungen.«

Molly biss sich auf die Lippe.

»Das muss sein, Molly. Aber die Ärzte sind ziemlich optimistisch.«

»Wirklich?« Molly wagte kaum zu hoffen. »Sie haben wirklich gesagt, sie seien optimistisch?«

Ihre Mutter nickte. »Und mir bleibt nichts anderes übrig, als das zu glauben.«

Molly schnäuzte sich noch einmal und richtet sich auf. »Seit wann weißt du es?«

Ihre Mutter zuckte zusammen. »Etwas über einen Monat.«

»Mum!«

»Ich weiß, und es tut mir leid, aber es mussten erst mal alle möglichen Untersuchungen gemacht werden, um die Diagnose zu bestätigen und abzuklären, in welchem Stadium der Krebs ist.«

»Du musst außer dir gewesen sein.« Sie blickte hoch

zu ihrer geliebten Mutter und hasste den Gedanken, dass sie alldas allein durchgestanden hatte.

»Manchmal, aber irgendwie wird man einfach mitgerissen. Und es braucht Zeit, um solche Nachrichten zu begreifen. Ich habe es für mich behalten, weil ich Zeit zum Verarbeiten brauchte.«

Molly fiel etwas ein, und ihr wurde ganz elend zumute. »Ich habe zu dir gesagt, du würdest toll aussehen, weil du abgenommen hast«, stieß sie hervor. »O Mum, es tut mir so leid!«

»Ist schon gut!« Ihre Mutter lachte. »Aber nichts relativiert anderes so sehr, wie eine solche Diagnose, das kannst du mir glauben.«

»Ich wünschte, du hättest es mir gesagt …« Molly fiel noch etwas ein. »Weiß Caitlin Bescheid?«

Sie hielt erwartungsvoll den Atem an. Die Antwort kam erst nach einer ewig langen Pause.

»Natürlich nicht.«

Sie saßen schweigend da. Molly ergriff die Hand ihrer Mutter. Es schien keine Rolle mehr zu spielen, dass sie unter Zeitdruck standen, dass Caitlin heute heiratete, dass irgendwelche Leute warteten und sich wunderten. Molly spürte, wie ihre Mutter ihre Hand drückte, und nahm sich vor, diesen Augenblick nie zu vergessen, sich immer daran zu erinnern, wie sich ihre Haut anfühlte, ihre zarten Hände, die warme Berührung – ihre Mutter.

»Wann geht es mit der Behandlung los?«, fragte Molly und war wieder nicht in der Lage, ihrer Mutter in die Augen zu sehen.

»Nächste Woche.«

Molly zuckte zusammen. So bald! Aber je schneller, desto besser natürlich. Am liebsten wäre Molly ganz weit weggelaufen, um so viel Distanz wie möglich zwischen sich und diese Neuigkeiten zu bringen.

»Ich bin zu Hause bereits in Behandlung und dachte, es liefe ganz gut. Aber die letzten Tage waren sehr anstrengend, das hat mich ein bisschen zurückgeworfen.«

»Es tut mir so leid, Mum.«

Vanessa lächelte ihre Tochter an. »Braucht es nicht. Simon war wunderbar. Er hatte von diesem Krankenhaus gehört. Letzte Nacht hat er ein paar Anrufe gemacht und einen Notfalltermin organsiert, nachdem er mich völlig erschöpft im Flur gefunden hatte. Ich hatte Sorge, dass meine Medikamente nicht ausreichen, um diese Hochzeit durchzustehen. Das habe ich Simon gesagt.«

Simon hatte so viel für ihre Mutter getan!

Wieder lächelte Vanessa und schüttelte betrübt den Kopf. »Ich wollte unbedingt erst diesen Tag überstehen, bevor ich es euch Mädchen sage. Und fast hätte ich es geschafft!« Zum ersten Mal hatte ihre Mutter Tränen in den Augen.

»Ich möchte für dich da sein, wenn solche Dinge passieren«, platzte Molly heraus. »Genau davor hatte ich Angst, als du nach Italien gezogen bist – den Kontakt zu verlieren. Ich muss wissen, dass du uns immer noch brauchst.« Sie senkte den Kopf. »Ich weiß, dass Caitlin dasselbe sagen wird.«

»Danke, Liebes. Ich weiß, was du meinst. Ähnliche Gedanken habe ich auch im Hinblick auf euch beide.

Aber warte mal ab, bis du selbst Mutter bist. Du wirst alles tun, um deinen Babys Kummer zu ersparen.«

Molly kämpfte gegen die Tränen. »Was hat der Arzt hier gesagt?«

»Oh, es war eine Ärztin und sie war wundervoll. Simon hatte ihren Namen von Yvonnes Arzt bekommen, und offenbar ist sie eine der Besten im Land. Sie hat Kontakt mit meinem Arzt zu Hause aufgenommen, und meine Medikamentendosis vorübergehend erhöht. Sie sehen ein, dass es die Hochzeit meiner Tochter ist. Und wenn ich zurück bin, werden sie mich ein bisschen früher als geplant operieren.«

»Das klingt nicht gut«, flüsterte Molly.

»Es ist in Ordnung«, versicherte ihre Mutter.

»Ich wünschte, das hier würde nicht passieren.« Molly hatte die Unterlippe vorgeschoben.

»Nein«, widersprach ihre Mutter energisch. »Wir müssen das Beste aus dem machen, was uns gegeben wird – habe ich das nicht immer gesagt? Sogar als Dad uns verlassen hat?«

Molly nickte.

»Man muss es in Angriff nehmen. Das hat das Schicksal mir auferlegt, und ich werde es bezwingen. Kein Gejammere, kein Tamtam, nur …« Sie seufzte. »Das ist dieser Yorkshire-Schneid. Er ist alles, was ich habe.«

»Na schön.«, murmelte Molly. »Aber es ist nicht alles. Du hast auch mich und Caitlin.«

Eine Weile saßen sie schweigend da. Molly war sich bewusst, dass die Zeit gegen sie arbeitete. Wenn sie nicht bald losfuhren … Aber plötzlich war alles so verschwommen. Was in aller Welt sollten sie Caitlin sagen? Wie sollte Molly etwas Derartiges vor ihr geheim halten? Caitlin würde ihr nie verzeihen, wenn sie herausfand, dass man sie im Ungewissen gelassen hatte, andererseits würde Mums Krankheit nicht nur Caitlins Hochzeitstag verändern, sondern ihr gesamtes Leben.

»Es gibt nur ein Problem«, sagte Vanessa.

Molly schaute hoch.

»Ich muss schlafen, Molly.«

»Sicher … natürlich.«

»Ich muss im Hotel wieder einchecken«, fuhr sie fort. »Sie haben mir etwas gegeben, das mussten sie. Und jetzt arbeitet es sich durch meinen Organismus, und Liebes … ich bin auf keinen Fall in der Lage, mit dir nach Venedig zu fahren.«

»Mum!«

Molly spürte, dass ihre Mutter mit den Tränen rang. »Kannst du es Caitlin sagen? Sage ihr, dass ich im Geiste bei ihr bin, ihr Komplimente über ihre Frisur mache oder so etwas!«

Molly nickte. Sie konnte sich nicht einmal ein halbes Lächeln abringen. »Komm, bringen wir dich ins Bett.«

Behutsam half sie ihrer Mutter auf. Gemeinsam gingen sie langsam hinaus auf den Parkplatz, wo Simon neben dem kleinen Auto wartete.

Er schaute auf, sah die beiden näherkommen und ging auf sie zu, um zu helfen. Er legte Mollys Mutter den Arm um die Schultern und half ihr auf den Beifahrersitz des kleinen Fiat, als wäre sie aus Porzellan.

»So geht's, ich hab Sie, stützen Sie sich mit ihrem ganzen Gewicht auf mich – so, na bitte.«

Molly ging um den Wagen herum auf die andere Seite und quetschte sich auf die Rückbank neben die Hochzeitskleider. In ihrem Kopf hämmerte es und ihr Herz war schwer.

»Gut, dann wollen wir mal zurück zum Hotel«, sagte Simon zu Mollys Mum. »Ich habe angerufen, und Ihr Bett steht schon für Sie bereit.«

Geschickt und vorsichtig manövrierte Simon sie durch den Verkehr von Bologna. Und Molly, mit vor Kummer zugeschnürter Kehle, saß auf der Rückbank fragte sich nicht nur, wie sie Simon für all das je danken sollte, sondern auch, was sie Caitlin bloß sagen sollte.

22. Kapitel

Stunden bis zur Hochzeit: 4
Kilometer bis zur Hochzeit: 159

Molly war verblüfft, wie ähnlich sie und Caitlin klangen, wenn sie weinten. Sogar durchs Telefon stimmten Caitlins Schluchzer mit ihren überein, bei jedem der untröstlichen Worte, die Molly so behutsam wie möglich aussprach. Caitlins großer Tag flog ihr immer mehr um die Ohren.

»Ist sie …«

»Sie schläft«, sagte Molly. Sie war wieder im Hotelzimmer, stand am Fenster mit Blick über die Stadt, die die Frechheit besaß, ganz normal weiterzumachen wie bisher. »Sie haben ihr im Krankenhaus etwas gegeben, und das hat sie umgehauen. Caitlin, es tut mir so leid.«

»Was sollen wir denn jetzt machen? Es ist Mum!«

»Du darfst nicht vergessen«, sagte Molly eindringlich, »dass die Ärzte Hoffnung haben, dass sie wieder in Ordnung kommt. Die Ärztin, bei der sie heute Morgen war, ist wohl eine Expertin, und die hat es auch gesagt.«

»Natürlich sagen die das! Sie werden ganz bestimmt nicht sagen, dass sie … dass sie …«

»Caitlin, ich denke, doch, das würden sie. Warum sollten

sie lügen? Komm schon, du musst gerade jetzt stark sein. Es ist dein Hochzeitstag.«

»O Molly …« Caitlin begann wieder zu weinen.

Molly atmete ein paar Mal tief durch. »Hör zu, soll ich dich in ein paar Minuten noch mal anrufen, nachdem du Gelegenheit hattest, das alles zu verarbeiten?«

»Nein!« Dann fügte Caitlin mit schwacher Stimme hinzu: »Bitte bleib bei mir.«

»Okay, okay. Ich bin ja da.«

Molly saß auf dem Bett und wartete, bis Caitlin sich beruhigt hatte. Sie konnte sich kaum vorstellen, wie elend sich ihre Schwester fühlen musste.

»Caitlin?«

»Ja?«

»Pascal wird dir das Kleid bringen. Ich habe ihm den Weg beschrieben, und er fährt gleich los. Du heiratest heute, und du wirst perfekt aussehen.«

Caitlin am anderen Ende der Leitung schniefte.

»Er ist in null Komma nichts bei dir«, sagte Molly. »Ich bleibe hier bei Mum, um mich zu vergewissern, dass es ihr gut geht. Ich soll dir von ihr ausrichten, dass sie in Gedanken bei dir ist, aber das weißt du auch, nicht wahr? Und ich werde es auch sein.« Molly wurde plötzlich klar, dass es sie wirklich mitnahm, den großen Tag ihrer Schwester zu verpassen. »Sobald sie wieder etwas bei Kräften ist, bringe ich Mum zu dir. Und du erzählt uns dann alles über die Feier, okay?«

»Molly …«

»Ach, und vergiss nicht die Fotos. Nach allem, was du mir erzählst hast, werden wir aus Hunderten wählen können, bei all den Paparazzi, die du in deinem traumhaften Kleid umhauen wirst.«

»Ich weiß nicht«, unterbrach sie Caitlin.

»Doch!« Molly wollte nicht, dass Caitlin es jetzt vergeigte, nur Stunden vor dem großen Moment. »Wenn es dir lieber ist, kann Pascal hier bei Mum bleiben und ich komme zu dir.«

»Nein«, erwiderte Caitlin leise.

»Okay, deine Entscheidung, Süße.« Es war die Antwort gewesen, die Molly von ihrer Schwester erwartet hatte, trotzdem tat es weh.

»Ich meinte«, hob Caitlin an, »nein, das würde mir nicht gefallen.«

»Wie bitte?«

Caitlin seufzte. »Die Hochzeit ist nicht mehr wichtig.«

»Caitlin Wright«, schimpfte Molly mit ihr, »hast du jetzt den letzten Rest Verstand verloren? Natürlich ist die Hochzeit wichtig.«

»Nicht, wenn du und Mum nicht dabei seid.«

»Oh …«

Molly fing an zu weinen. Darauf hatte sie keine Erwiderung. Natürlich hätte sie ihren Kommandoton aufrechterhalten können, aber so war ihr einfach nicht zumute. Denn wäre dies heute ihr eigener Hochzeitstag, würde sie genauso empfinden wie ihre große Schwester.

Doch dann hatte sie einen Geistesblitz und machte einen letzten Versuch. »Komm schon, Cait, zieh es durch und heirate. Wir können doch später eine Familienzeremonie abhalten. Es gibt kein Gesetz, das das verbietet. Irgendein Segen … oder etwas in der Art.«

»Nein«, schluchzte Caitlin. »Nein, danke. Mum hat Krebs. Das ändert alles.«

»Ja«, flüsterte Molly. »Ich weiß.« Und wie optimistisch die Ärzte auch waren, selbst die beste Prognose für die nächsten Monate oder gar Jahre würde schlaflose Nächte, Sorgen, Unsicherheit und viele ängstliche Reisen nach Italien bedeuten.

»Ich muss Francesco finden«, weinte Caitlin. »Ich muss nach Bologna.«

»O Caitlin, ich habe hier alles im Griff ...«

»Ich weiß«, unterbrach ihre Schwester sie, »aber ich möchte bei euch sein. Alles andere ist unwichtig.«

Damit hatte Molly nicht gerechnet. Aber diese Hochzeit war doch wohl eine Riesensache, die man nicht mal einfach eben abblies. »Sprich erst mit Francesco, bevor du irgendetwas überstürzt, okay? Du solltest das nicht über seinen Kopf hinweg entscheiden.«

»Er wird es verstehen.«

Da war Molly nicht so sicher. Sie nahm an, dass er millionenschwerer Geschäftsmann es nicht gerade gut aufnahm, wenn man seine Pläne zunichte machte. Trotzdem nannte sie Caitlin die Adresse des Hotels, ohne groß mit ihr darüber zu debattieren. Sie hätte sowieso nicht auf sie gehört.

»Gut, ich schicke dir eine SMS, sobald ich losfahre. Hier müssen vermutlich erst ein paar Dinge erledigt werden, die Zeremonie absagen, dem Caterer Bescheid geben und so weiter. Aber ich bin so schnell wie möglich da.«

»Also schön, Caitlin. Fahr vorsichtig. Denk dran, in was für einem Zustand du bist.«

»Das vergesse ich bestimmt nicht. Und Molly?«

»Ja?«

»Danke. Für alles, was du getan hast.«

Wenn Molly nicht auf dem Bett gesessen hätte, wäre sie jetzt umgefallen. »Oh … du brauchst nicht … ich habe nur …«

»Es ist mein Ernst«, fuhr Caitlin fort. »Die letzten Tage müssen für dich ein Albtraum gewesen sein.«

»Nun ja …«, räumte Molly ein.

»Danke, Molly. Du bist wirklich die Beste.«

So lange sich Molly zurückerinnern konnte, war dies das erste Mal, dass sich ihre Schwester freiwillig für irgendetwas bei ihr bedankte. Sogar in Paris, als Molly sich bereit erklärt hatte, das Kleid mitzubringen, hatte sie Caitlin daran erinnern müssen, eine gewisse Dankbarkeit zu zeigen. Es fühlte sich seltsam an. Nach Momenten wie diesen hatte sie wahrscheinlich ihr Leben lang gehungert, und jetzt, nachdem es passiert war, tat sie es einfach ab.

»Vergiss es«, flüsterte sie. »Dafür ist Familie da.«

*

Pascal saß unten in der Lounge und las ein Buch. Äußerlich der gewandte Pariser Herr, sah sie ihm dennoch an, wie aufgewühlt er war. Er seufzte, klappte das Buch zu, legte es auf seinen Schoß und rieb sich die Stirn. Als Molly sich näherte, sprang er auf.

»Wie geht es ihr?«, fragte er und seine Stimme klang besorgt.

»Sie ruht sich aus«, antwortete Molly. »Ich habe Caitlin

angerufen, und ich fürchte, ich habe schlechte Nachrichten für dich.«

»Mon Dieu, nicht noch mehr!« Pascal schien an diesem Morgen noch französischer geworden zu sein. Überspannt fächelte er sich mit dem Buch Luft zu, ließ sich anmutig zurück in den Sessel fallen und schüttelte den Kopf. »Noch mehr schlechte Nachrichten ertrage ich nicht!«

»Pascal, Caitlin will auf keinen Fall heiraten, wenn Mum nicht dabei ist.«

Pascal wurde ganz still, und Molly wartete geduldig auf seine Reaktion.

»Es tut mir so leid«, fuhr sie fort. »Ich weiß, wie wichtig es ist, dass dieses Kleid der Welt präsentiert wird. Du wirst natürlich bezahlt. Und ich bin sicher, dass Caitlin einen neuen Termin …«

»Hast du jetzt völlig deinen englischen Verstand verloren, *cherie?*«, richtete Pascal drohend einen Finger auf sie.

»Mir ist klar, dass du verärgert bist …«

»Natürlich will sie nicht ohne ihre Mutter und ihre Schwester heiraten! Für was für einen gefühllosen Schwachkopf hältst du mich eigentlich? Für Delametri Chevalier höchstpersönlich?«

Molly wurde rot. »Tut mir leid. Ich habe nicht richtig nachgedacht. Und nein, du bist ganz bestimmt nicht Delametri Chevalier.«

»Zur Hölle mit der Weltpresse«, wetterte er. »Deine wunderschöne Mutter ist krank. Wir werden warten. Und … hoppla!«

Molly hätte ihn mit ihrer heftigen Umarmung fast samt dem Sessel umgeworfen.

»Du bist süß«, hauchte sie in seinen Nacken. »Danke für dein Verständnis.«

»Warum sollte ich das nicht haben? Ihr alle seid mir jetzt liebe Freunde.«

»Und du bist meiner.« Molly löste sich wieder von ihm und hatte angesichts Pascals heftiger Reaktion ein schlechtes Gewissen, weil sie immer gedacht hatte, die Hochzeit würde trotz allem wie geplant stattfinden. Sie schüttelte den Kopf und sah sich um.

»Ich nehme nicht an, dass du zufällig weißt, wo …«

»… Simon ist?«, beendete Pascal den Satz für sie und lächelte. »Nein, ich habe ihn nicht gesehen.«

»Ich muss mich bei ihm dafür bedanken, was er heute Morgen getan hat«, sagte Molly. »Kennst du seine Zimmernummer?«

Die kannte er nicht. Molly nahm ihr Handy und wählte Simons Nummer. Als wieder nur die Mailbox ansprang, schüttelte sie ärgerlich den Kopf. Sie wappnete sich für ein Gespräch mit der frostigen Empfangsdame.

»Könnten Sie mir bitte die Zimmernummer von Mr Simon Foss nennen?«, fragte Molly.

Die Empfangsdame schüttelte den Kopf. »Ich fürchte, ich kann Ihnen keine Informationen über unsere anderen Gäste herausgeben«, erwiderte sie.

Molly kniff die Augen zusammen. War das eine Art Rache für gestern Nacht, als die Empfangsdame ihr gesagt hattee, ihr Verlobter sei am Telefon, während Molly gerade im Begriff war, Simon zu küssen?

Dann kam ihr eine Idee. »Würden Sie bitte sein Zimmer anwählen und mir dann das Telefon reichen?«

Mit einem kaum wahrnehmbaren Zucken der Augenbrauen kam die Dame der Bitte nach. Aber als sie gerade im Begriff war, Molly das Telefon zu reichen, tippte sie auf ein paar Tasten an ihrem Computer, richtete sich auf und legte das Telefon wieder weg.

»Ich sehe gerade, dass er das Hotel verlassen hat.«

»Ich weiß, das sagten Sie mir heute Morgen bereits.«

»Ja, aber danach ist er zurückgekommen, hat seine Rechnung bezahlt und ausgecheckt.«

Molly war wie vom Donner gerührt. »Sind Sie sicher?«

Der Blick, den sie als Antwort erhielt, machte deutlich, dass Worte überflüssig waren.

Mollys Kopf schwirrte. Sie dankte der Empfangsdame und kehrte zu Pascal zurück. »Er ist weg.«

»Nein!« Pascal stand auf und legte die Hand auf Mollys Arm. »Wahrscheinlich hatte er einen dringenden Termin.«

»Das Filmfestival«, stöhnte Molly. »Heute wird sein Film gezeigt, oder?«

»Ich glaube schon, ja.«

Molly nickte. »Natürlich. Und ich habe ihm kein Glück gewünscht.«

Oder mich entschuldigt. Oder es ihm erklärt. Oder ihn geküsst…

»Das wird er auch so wissen.« Wieder sah Pascal sie mit diesem klugen Blick an. »Und er wird dir auch viel Glück wünschen.«

Von dem Bedürfnis überwältigt, allein zu sein, entschuldigte sich Molly und stürmte hinauf in ihr Zimmer. Sie warf sich aufs Bett und kämpfte mit aller Macht gegen die Tränen an.

Ihre Mutter hatte Lungenkrebs. Operation, Chemo, Schmerzen, quälende Unsicherheit …

Und Simon war gegangen, ohne Lebewohl zu sagen. Schuldgefühle und Trauer überwältigten Molly. Wie hatte sie vergessen können, ihm Glück zu wünschen? Sie hatte ihn nicht einmal gefragt, wie er sich fühlte.

Er hatte sie in null Komma nichts vergessen, und das zu Recht. Sie hatte keine Gelegenheit mehr gehabt, ihn über das Missverständnis mit Reggie aufzuklären. Er musste immer noch denken, sie wäre ein untreues Miststück.

Sie schüttelte den Kopf. Sicher, eines Tages würde sie ihn ausfindig machen, auf Facebook oder so, und ihm die Wahrheit erzählen, aber dieser Gedanke war jetzt nur ein schwacher Trost. Was würde das in ein paar Tagen, Wochen oder Monaten noch für eine Rolle spielen? Er wäre dann längst weitergezogen.

Aber sie hatte sich in ihn verliebt, zweifellos. Es kam nicht darauf an, dass es so kurz nach der Trennung von Reggie passiert war. Ihre Beziehung mit Reggie war so dahingeplätschert, wie lange eigentlich schon? Es kam ihr so vor, als hätte Simon etwas in ihr befreit, das sie lange unterdrückt hatte – Erregung und wirkliche Nähe.

Nur, dass er jetzt gegangen war.

Simon war perfekt, erkannte sie, *und ich hab alles kaputtgemacht. Wie immer.*

*

Vorläufig blieb ihr nichts anderes übrig, als auf Caitlin zu warten und den stürmischen Kummer zu beruhigen, den die Entdeckung über den Gesundheitszustand ihrer Mutter und ihr verdorbener Tag ausgelöst hatten. Es war die Ruhe vor dem Sturm, und Molly wusste nicht, was sie damit anfangen sollte.

In ihrem Zimmerpreis war Frühstück nicht mit inbegriffen gewesen, und Molly merkte plötzlich, wie hungrig sie war. Auf der gegenüberliegenden Seite der belebten Straße hatte sie einen kleinen Supermarkt entdeckt. Sie spazierte hinaus in die frische Morgenluft von Bologna, um für sich, Pascal und ihre Mutter Obst, Brot und ein paar Zeitschriften zu kaufen.

Der mürrische, kleine Ladenbesitzer war nicht gerade erfreut, als sie den geringen Betrag mit der Kreditkarte bezahlte und protestierte verärgert in gestenreichem Italienisch. Molly verstand kein Wort, begnügte sich mit einem entschuldigenden Schulterzucken à la Pascal und rief dem Mann beim Hinausgehen ein höfliches *buon giorno* zu. Sie würde nicht zulassen, dass dieser Mann zu einem weiteren Problem wurde, sie hatte weiß Gott auch so schon genug am Hals.

Ihre positive Grundeinstellung geriet jedoch sofort wieder ins Wanken, als sie zum Hotel zurückging. Im hellen Sonnenlicht blinzelte sie zu der hässlichen, modernen Fassade hinauf und musste gegen die aufsteigende Angst davor ankämpfen, ins Zimmer ihrer Mutter zu kommen und der Realität der Krankheit ins Auge zu sehen.

Wenn ich sie nicht sehe, passiert das alles auch nicht wirklich …

Molly setzte sich auf die Stufen vor dem Hoteleingang, holte ihr Handy hervor und wählte aus einem Impuls heraus Simons Nummer. Er war abgereist, sie konnten einander also nicht wehtun. Er würde bestimmt rangehen, sodass sie ihm wenigstens diesen Anruf von letzter Nacht erklären konnte.

Dies ist der Anschluss von Simon Foss, bitte hinterlassen Sie eine Nachricht, ich rufe dann zurück …

Kläglich wollte Molly schon wieder ausschalten, als sie aus einem Impuls heraus doch auf die Mailbox sprach.

»Simon? Ich bin's noch mal. Ähm … hallo.« Ihre Hände zitterten. Es gab so vieles, das sie ihm sagen wollte, aber sie konnte sich plötzlich an nichts mehr davon erinnern. »Danke, noch mal, und gute Reise, und ja, wie gesagt, ich wollte nur Hallo sagen … okay, also …. Bis dann.«

Nicht einmal das bekam sie hin. Sie war bereits wieder im Begriff, die Austaste zu drücken, als ihr glücklicherweise wenigstens noch eine Sache einfiel. »Ach, und viel Glück, ja? Mit allem … tschüss.«

Sie legte auf und kämpfte gegen den Drang an, das Handy so weit wie möglich wegzuwerfen.

Molly blickte über den Parkplatz und die Straße, starrte mit leerem Blick über die ihr fremde Stadt.

Es war ganz schön viel, was sie mit ihrem neuen Status, so ganz auf sich allein gestellt zu sein, zu verdauen hatte. Molly seufzte tief, als ihr klar wurde, dass sie einen Gang hochschalten musste: von der schusseligen jüngeren Tochter mit hippem Freund und rechthaberischer Schwester zum Mittzwanziger-Single Molly Wright. Sie hatte ein Leben vor sich, das sie vielleicht nie mit einem Seelenverwandten teilen würde, eine Karriere, an der sie feilen musste, und eine Mutter, die nie mehr dieselbe sein würde.

Bologna schien ihr keine Antworten auf ihre Fragen geben zu können. Aber Molly wusste, dass sie erwachsen sein musste, zumindest, bis Caitlin eintraf und wie gewöhnlich übernehmen würde. Mühsam erhob sie sich und machte sich auf den Weg nach oben zum Zimmer ihrer Mutter.

Sie hob schon die Hand, um anzuklopfen, zögerte jedoch. War sie überhaupt bereit für ihre neue Rolle?

»Komm ruhig herein, Molly. Die Tür ist nur angelehnt.«

Woher wusste ihre Mutter, dass sie hier war?

Als Molly die Tür aufschob, lächelte ihre Mutter sie an.

Sie saß mit Kissen gestützt im Bett, und im Hintergrund lief leise ein Radiosender mit klassischer Musik, den Vanessa im Fernsehgerät gefunden haben musste.

»Wie kommt es bloß, dass unsere Zimmer absolut identisch sind, aber deines viel gemütlicher wirkt?« Molly lächelte und genoss die freundliche Atmosphäre. »Wahrscheinlich, weil *du* hier drin bist. Du schaffst es immer, ein Nest zu bauen, egal, wo du bist.« Molly ging zum Bett und umarmte ihre Mutter. »Wie fühlst du dich?«

»Traurig«, antwortete ihre Mutter ohne zu zögern. »Und wütend über mein schlechtes Timing.«

»Hey«, sagte Molly besänftigend, »das ist doch nicht deine Schuld! Und …«, sie zögerte, weil sie Angst hatte vor der Antwort, »körperlich?«

»Erschöpft. Als läge irgendein Bleigewicht auf mir. Ich hätte es wirklich nicht geschafft, mich heute wieder ins Auto zu setzen.«

»Natürlich nicht«, versicherte Molly. »Aber füge deiner Liste von Problemen nicht auch noch ein schlechtes Gewissen hinzu. Okay?«

Ihre Mutter lächelte dankbar. Molly packte die Sachen aus der Einkaufstüte aufs Bett.

»Hast du Hunger?«

»Oh … wie aufmerksam …«

Molly wusste, dass ihre Mutter sie bei Laune halten wollte, als sie mit der Hand über die Auswahl an Feigen, Bananen und Ciabatta fuhr.

»Sei brav und iss etwas, und … oh …« Molly hörte vertraute Schritte im Flur. Die beiden tauschten einen Blick. »Wirbelsturm im Anmarsch! Machen wir uns auf was gefasst!«

Der Stakkatoschritt wurde immer lauter.

Caitlin klopfte nicht. Sie stieß die Tür auf, stürmte herein und warf sich ihrer Mutter schluchzend an den Hals.

Molly trat beiseite, um ihrer Schwester Platz zu machen, betrachtete das glänzende, kastanienbraune Haar und die perfekt manikürten Hände. Obwohl sie schluchzte, hatte Caitlin die vollendete Ausstrahlung einer Braut an ihrem Hochzeitstag. Offensichtlich hatte sie ein Selbstbräunungsspray benutzt, die Augenbrauen waren in Form gezupft, und trotz ihres Kummers schimmerte ihr Teint – ein Resultat teurer Pflegeprodukte und Kosmetikbehandlungen, wie Molly vermutete. Sie spürte Tränen in sich aufsteigen. Caitlin war der wandelnde Beweis für eine Hochzeit, die nicht stattfinden würde, jedenfalls nicht heute.

»Mum«, schluchzte Caitlin. »Es tut mit so leid. Seit wann weißt du es schon? Wie geht es dir?«

»Aber nein! Du bist es, um die wir uns Sorgen machen!«, beruhigte ihre Mutter sie und streichelte ihr über den Rücken. »Hier kommt die Braut!«

Caitlin setzte sich aufs Bett und betupfte sich die Augen mit einem Taschentuch. Dann sah sie erstmals Molly an.

Die wusste nicht, was sie sagen sollte. Hilflos zuckte sie mit den Schultern.

»Molly?«

»Hallo.«

»Komm her.«

Und Molly wurde von Caitlin ungestüm umarmt. Sie war so überrascht, dass sie beinahe nicht reagieren konnte. Unbeholfen legte sie die Arme um ihre weinende Schwester, bis ihr eine Träne über die Wange lief und auf Caitlins Schulter tropfte.

»Danke für alles, was du getan hast«, murmelte Caitlin, löste sich von Molly und lächelte zaghaft. »Du hast eine Menge durchgemacht.«

Molly nickte. »Du aber auch.« Durch den Tränenschleier konnte sie ihre Schwester kaum erkennen. »Du siehst übrigens umwerfend aus.«

»Unsinn! Ich heule seit zwei Stunden und sehe beschissen aus.«

»Sollen wir jetzt darüber streiten, ob du gut aussiehst oder nicht?«

»Ausgezeichnete Idee. Du fängst an.«

»Seid ihr verrückt geworden?«, mischte sich ihre Mutter ein, und alle mussten lachen.

»Wo ist Francesco?«, fragte Molly.

»Er ist nicht mitgekommen. Er wollte uns ein bisschen Freiraum lassen.«

»Er muss am Boden zerstört sein«, konnte sich Molly nicht verkneifen.

Caitlin zuckte mit den Schultern. »Natürlich. Er fühlt mit mir – mit uns allen. Er ist mit Telefonieren beschäftigt, sagt allen Bescheid, dass sich die Pläne geändert haben. Er hält die Stellung.« Sie lächelte. Es war ein Lächeln, das, wie Molly und vermutlich auch ihre Mutter wussten, gezwungen war. »Er kommt dich besuchen, sobald sich alles beruhigt hat, Mum.«

»Wie schön.« Ihre Mutter lächelte.

»Also, wie sieht dein erster Behandlungsschritt aus?«

Typisch Caitlin, dachte Molly. Sie erfährt von einem Problem und sucht sofort nach einer Lösung. Während ihre Mutter Caitlin sachlich den Behandlungsplan erklärte, beobachtete Molly die beiden Frauen, als schwebe sie irgendwie über der Szene. Als beobachte sie sich selbst. Caitlin lag zusammengerollt auf dem Bett, in der gleichen Position, in der sie auf dem Sofa lag, wenn sie fernsah. Ihre Mutter hatte den Kopf zur Seite geneigt, während sie mit zusammengezogenen Brauen Caitlin die Einzelheiten nannte, die Molly bereits kannte. Diesen Gesichtsausdruck hatte ihre Mum immer, wenn sie sichergehen wollte, dass sie Fakten präzise wiedergab. Immer, immer, immer.

»Ich habe es übrigens«, sagte ihre Mum.

»Du hast was?« Caitlin sah sie verständnislos an.

»Das, was ich für dich besorgen sollte.«

Caitlins Gesicht hellte sich auf, als ihr die Erkenntnis dämmerte. »Das ist ja wunderbar! Kann ich es sehen?«

»Es ist unten in dem Kleiderschrank da drüben.«

Molly wusste, worüber die beiden redeten, und ihre Stimmung verdüsterte sich. Diese Spieldosengeschichte musste sie jetzt klaglos durchstehen. Schließlich hatte sich seither alles relativiert.

Caitlin sprang aus dem Bett, öffnete die Kleiderschranktür und wühlte in dem Schrank herum. Kurz darauf quietschte sie vor Begeisterung.

»O Mum, sie ist perfekt! Ich danke dir!«

Triumphierend tauchte sie aus dem Kleiderschrank auf, drehte die Spieldose in den Händen und bewunderte sie aus allen Richtungen. »Sie sieht fast genauso aus wie die alte, nicht wahr? Das versetzt mich direkt nach damals!«

Ihre Mutter nickte und freute sich, dass Caitlin so glücklich wirkte. Molly indessen, verletzt durch die Gefühllosigkeit der beiden, die sich unterhielten, als wäre sie gar nicht anwesend, verspürte auf einmal den starken Drang, sich mit einer Ausrede davonzustehlen.

»Molly?«, sagte Caitlin in dem Moment und streckte

ihr die Spieluhr entgegen, »sieh nur, was Mum für mich besorgt hat!«

Molly nahm die Spieluhr und ermahnte sich, mit aller Selbstbeherrschung, die sie aufbrachte, dass ihre Mutter krank war. Vermutlich konnte sie keinen klaren Gedanken fassen, und Caitlin war zu sehr im Hochzeitsfieber, um sich über ihre, Mollys, Gefühle Gedanken zu machen.

Molly strich über den glänzenden Lackdeckel, ihre Unterlippe zitterte.

»Sehr hübsch«, sagte sie steif und reichte sie zurück. »Du Glückliche.«

Caitlin warf ihr einen sonderbaren Blick zu. »Was meist du mit ›du Glückliche‹? Die ist für dich!«

»Wie bitte?« Molly traute ihren Ohren nicht. »Für *mich*?«

Caitlin nickte. »Ein Geschenk von mir.«

»Aber … Mum hat sie doch für dich gekauft …«

Caitlin lachte. »Falsch! Mum hat sie für mich besorgt, als Geschenk für dich! Hat sie dir das nicht gesagt?«

»Nein.«

»O Molly, nein!«, keuchte ihre Mutter. »Du musst gedacht haben, dass sich die Geschichte wiederholt! Es tut mir so leid, Liebes. Ich habe alte Wunden aufgerissen. Wie gedankenlos von mir!«

Caitlin drückte Molly die Spieldose in die Hand. »Nimm sie. Danke für alles, was du für mich getan hast. Nicht nur an den letzten Tagen. Danke, dass du so eine tolle Schwester bist.«

Molly brachte kein Wort heraus, in ihr tobte das

reinste Gefühlschaos. Caitlin hatte es also doch nicht vergessen. Und ihr verziehen. Und alles wieder gutgemacht. Das war alles zu viel auf einmal.

»Jetzt sag doch was.« Caitlin grinste. »Sonst denke ich noch, du wärst ins Koma gefallen.«

Endlich strahlte Molly. »Ich fasse es nicht.« Sie klappte den Deckel auf. Eine winzige silberne Ballerina sprang heraus und drehte sich langsam auf einem Spiegelsockel, während ein unsichtbarer Mechanismus *Au claire de la lune* klimperte. »Oh, es ist ... ich liebe es. Vielen Dank!«

»Caitlin hat mich schon vor einer Weile gebeten, nach einer Spieldose für dich Ausschau zu halten, Liebes«, sagte ihre Mutter lächelnd.

»Wirklich?« Molly wandte sich ihrer Schwester zu. Die zuckte mit den Schultern und nickte.

»Aber ich habe einfach nicht die Richtige gefunden«, fuhr ihre Mutter fort. »Deshalb konnte ich mein Glück kaum fassen, als ich auf der Aktion diese hier entdeckte.«

Molly klappte den Deckel wieder zu und nickte. »Was für eine tolle, tolle Überraschung! Ihr zwei seid einfach die Besten.«

»Na, und ob!«, bestätigte Caitlin und sah dann zu ihrer Mutter. »Sollen wir dich allein lassen, damit du dich ein bisschen ausruhen kannst, Mum?« Molly merkte, dass Caitlin wie üblich das Kommando übernahm, aber es machte ihr nichts mehr aus.

»Auf keinen Fall. Ich will unbedingt alles über die geplante Hochzeit erfahren – bevor es dank mir Dussel schiefging.«

»Rede nicht so«, schimpfte Caitlin mit ihr. »Ich möchte jetzt nirgendwo anders sein als hier.« Sie kuschelte sich auf dem Bett an ihre Mutter. »Also gut, wo soll ich anfangen?«

»Erzähl uns, was für eine Verwirrung du in Venedig zurückgelassen hast«, sagte Molly und kuschelte sich auf der anderen Seite an ihre Mutter. »Ich stelle mir das totale Medienchaos vor und dass verzweifelte blonde Nachrichtensprecherinnen die eingeplante Sendezeit jetzt mit altem Bildmaterial von Francesco auf einer Yacht oder so füllen müssen.«

Caitlin kicherte. »Damit liegst du gar nicht so verkehrt. Das Letzte, was ich gesehen habe, war, wie eine Horde Sendewagen und Motorräder davonschoss, um irgendwen anderes zu finden, in dessen Privatsphäre sie herumstochern können.«

»Dieses Medienspektakel hätte ich schon gern miterlebt«, meinte ihre Mutter wehmütig. Molly warf ihr einen überraschten Blick zu, woraufhin Vanessa fortfuhr: »Warum denn nicht? Es passiert ja nicht alle Tage, dass eine meiner bezaubernden Töchter im Rampenlicht steht.«

»Aber Mum!«, schimpfte jetzt Molly. »Darum geht es doch nicht! Eine Hochzeit sollte etwas ganz Privates, Bedeutsames sein, nicht wahr, Caitlin? Caitlin?«

Caitlins Unterlippe zitterte. Sie kämpfte mit den Tränen. Sie zog ein Papiertuch aus der Tasche und schnäuzte sich. »Alles in Ordnung«, murmelte sie.

»Es muss so eine Riesenenttäuschung für dich sein«, sagte ihre Mutter und strich ihr übers Haar. »All die Planungen, alles komplett verhagelt. Dein großer Tag. Deine fünfzehn Minuten.«

»Aber das ist es ja«, schniefte Caitlin. »Es waren ja gar nicht meine Pläne.«

»Wie meinst du das?«, fragte Molly.

Caitlin winkte ab. »Es war Francescos Mutter. Sie wollte unbedingt eine Riesenhochzeit, mit allem Drum und Dran und viel Publicity. Ihr habt noch nie eine italienische Mama gesehen, die so stolz auf ihren Sohn ist.«

»Ich kann mir vorstellen«, lächelte ihre Mutter, »dass sie allen Grund dazu hat.«

Molly zwinkerte ihrer Mutter zu.

»Ich habe natürlich gern zugestimmt. Ich meine, es war ja alles nett gemeint, und sie haben mir das Gefühl gegeben, es wäre mein besonderer Tag. Sie haben sich solche Mühe gegeben, aber nie hat jemand mal innegehalten und mich gefragt, ob es auch das ist, was ich will.«

»Typisch«, murmelte Molly und schüttelte den Kopf. Sie hatte es gewusst. Francesco dachte nur an sich selbst.

»Sei nicht so!«, schalt Caitlin. »Ich habe mich ehrlich über alles gefreut, was sie gemacht haben. Es wäre eine wunderschöne Feier geworden. Aber es war nicht die Hochzeit, die ich mir erträumt habe.«

»Wie hätte die denn ausgesehen?«, fragte Molly.

Versonnenem schaute Caitlin aus dem Fenster. »Die Familie. Ein hübsches Kleid. Blumen. Das ist das Entscheidende.«

»Ein Bräutigam?«, zog Molly sie auf.

»Kleinigkeiten.« Caitlin grinste, aber gleich darauf wurde ihre Miene wieder bedrückt. »Ich liebe ihn so sehr«, jammerte sie und ließ den Kopf auf die Schulter ihrer Mutter sinken. »Ich mache mir nichts aus all dem Theater und der Torte und den Schaulustigen, die in Venedig über dem Zaun hängen, ich möchte einfach nur mit Francesco verheiratet sein.«

»O Liebling.« Ihre Mutter schloss sie in die Arme. »Das wirst du.«

Zum wiederholten Male richtete Caitlin sich auf und versuchte, sich zusammenzureißen. »Es ist wahrscheinlich Karma oder so was, egal. Ich war wegen der Hochzeit zu allen so widerlich, es war einfach zu stressig.« Sie sah Molly an. »Du hast wohl am meisten abbekommen, aber ehrlich gesagt, du machst dir keine Vorstellung davon, was es heißt, zu versuchen, dafür zu sorgen, dass sich die Träume von jemand anderem erfüllen.«

»Doch, habe ich. Das Kleid – du erinnerst dich?«

Caitlin wurde verlegen. »Ja …«

»Vergiss es.« Molly lächelte und rekelte sich. »Hört zu, ich werde für ein Weilchen auf mein Zimmer gehen, damit ihr beide Zeit habt, euch auf den neuesten Stand zu bringen. Und ich werde mir derweil stundenlang die Melodie dieser kleinen Spieldose anhören.« Sie schnappte sich die Dose, ein Stück Ciabatta, ein paar Feigen und eine Zeitschrift. Dann stand sie auf. »Bis später.«

Molly trottete hinauf in ihr Zimmer. Sie fühlte sich sonderbar leer und matt und musste immerzu daran denken, was Caitlin über Francesco gesagt hatte – seine liebevolle Reaktion auf die schlechten Nachrichten bezüglich ihrer Mutter, dieses ganz normale Verhalten seiner Familie, und der Gesichtsausdruck ihrer Schwester, wenn sie seinen Namen nannte.

Ich bin so eine Idiotin, dachte Molly, während sie die Zimmertür aufschloss. Und dann warf sie sich wieder einmal aufs Bett, um nachzudenken.

23. Kapitel

~~Stunden bis zur Hochzeit: 0~~
~~Kilometer bis zur Hochzeit~~

Molly war jedoch zu rastlos, um es lange in ihrem Zimmer auszuhalten. Schon nach wenigen Minuten stand sie wieder auf und ging die Treppe hinunter, um draußen ein bisschen spazieren zu gehen. Als sie jedoch vertraute Schritte hörte, die ihr entgegenkamen, blieb sie stehen.

»Pascal!«, rief sie. »Wie geht es dir?« Pascals Wangen waren vor Aufregung gerötet und er nahm zwei Stufen auf einmal zu ihr hinauf.

»Wie es mir geht?«, wiederholte er. »Phänomenal!«

»Wie ... schön«, antwortete Molly stockend und fragte sich, was in aller Welt geschehen war, das ihn in derart gute Laune versetzt hatte.

»Komm mit. Ich habe *Madame* von der Rezeption bereits gebeten, uns Eier Benedikt im Speiseraum zu servieren. Ich habe wunderbare Neuigkeiten.« Er hielt eine zusammengerollte Tageszeitung hoch. Als er fast bei ihr war, machte er kehrt und signalisierte ihr, ihm zu folgen.

»Pascal? Was ist denn los?« Molly lachte.

»Du hast doch Hunger, nicht wahr?«

»Ja.« Molly nickte eifrig. »Ich bin am Verhungern.«

»Dann komm.«

Molly hatte seit Tagen nicht mehr anständig gegessen. Und als sie sich das köstliche Frühstück schmecken ließ, das der Kellner für sie aufgetischt hatte, wurde ihr klar, dass Pascal es bemerkt haben musste.

Er dagegen war anscheinend zu aufgeregt zum Essen. Er saß ihr gegenüber und grinste von einem Ohr zum anderen.

»Schmeckt es?«, fragte er.

»Köstlich«, versicherte Molly mit vollem Mund. »Danke.«

»Bist du jetzt bereit, dir etwas ziemlich Großartiges anzusehen?«

»Wer wäre das nicht?« Molly tupfte sich den Mund mit der Serviette ab und lachte.

Pascal rollte sein Exemplar der *Le Monde* auseinander und legte sie ausgebreitet vor Molly auf den Tisch. *»Voilà!«*

Molly betrachtete das Foto auf der Titelseite. »Das gibt's doch nicht!«, stieß sie hervor. »Das ist ja er!« Die Aufnahme zeigte Delametri Chevalier am gestrigen Tag vor dem Auktionsgebäude, wie er den Finger drohend auf Pascal gerichtet hielt. Sein Gesicht war wutverzerrt.

»Mein lieber Arbeitgeber ist – wie würden die Engländer sagen – enttarnt!«, rief Pascal. »Die Geschichte steht in sämtlichen Tageszeitungen!«

»Du machst Witze!« Molly schlug die Hand vor den Mund. »Und was schreiben sie?«

Doch da klingelte Pascals Handy.

Er sah aufs Display. »Noch einer? Entschuldige bitte, da muss ich rangehen.«

Und während er davontänzelte, um zu telefonieren, las Molly den Bericht und versuchte ihn, so gut es ging, aus dem Französischen zu übersetzen.

In dem Artikel stand, Delametri sei ein Betrüger, der Pascals Entwürfe als seine eigenen ausgegeben habe. Molly quietschte vor Vergnügen. Weiter hinten war die Rede von einer »anonymen Quelle«:

»Eine verlässliche Quelle, die unsere Reporterin mit ›ma petite chère‹ ansprach und die seit über zwanzig Jahren mit dem Haus Chevalier verbunden ist, versicherte, dass Pascals Version der Geschichte absolut der Wahrheit entspreche.«

Annabelle, dachte Molly sofort. *So ein Schatz!*

»Pardon«, sagte Pascal, als er zu seinem Platz zurückkam. »Und, was meinst du?«

»Unglaublich!« Molly sprang auf und ging um den Tisch herum, um ihn zu umarmen. In seinem Gesicht spiegelte sich eine Mischung aus Begeisterung, Schrecken und noch etwas anderem – Erleichterung womöglich?

»Hat sich denn Delametri der Presse gegenüber schon irgendwie geäußert?«, fuhr sie fort.

Pascal schlug mit dem Handrücken auf die Zeitung. »Der? Nein.«

»Quelle surprise«, sagte Molly und verdrehte die Augen. »So eine Frechheit!«

»Genau diese Frechheit hat es ihm ermöglicht, so lange mit seinem Verhalten durchzukommen.« Pascal verzog missbilligend den Mund. »Ich wünschte, ich wäre schon vor Jahren stärker gewesen und hätte darauf bestanden, dass er die Wahrheit sagt, aber, ach, ich weiß auch nicht, ich habe mich ihm irgendwie verpflichtet gefühlt. Er hatte mir den Job gegeben, verfügte über Beziehungen, und ich dachte, uns beide würde etwas verbinden. Aber jetzt?« Traurig schüttelte er den Kopf. »Das ist für immer vorbei.«

»Wahrscheinlich auch gut so«, meinte Molly vorsichtig.

Pascals Handy, das in seiner Tasche steckte, klingelte schon wieder. Er sah Molly mit einem ungläubigen Lächeln an. »Das geht schon den ganzen Morgen so! Es sind Kunden, die wollen, dass ich weiter Stücke für sie entwerfe, und zwar unter *meinem eigenen* Namen. Ein Traum wird wahr!«

Er sprang auf. *»Madame Sophie! Cherie!«*, trällerte er und schoss wieder davon ins Foyer, um in Ruhe telefonieren zu können. Molly beobachtete, wie seine guten alten pariserischen Manieriertheiten zurückkehrten, während er die Dame am anderen Ende der Leitung bezauberte, als habe er sein Leben lang auf diesen Anruf gewartet. Auf gewisse Weise, dachte Molly, hatte er das auch.

Sich vielmals entschuldigend kehrte er einige Minuten später wieder zurück. Molly hatte gerade beschlossen, dass sie noch Platz für ein weiteres kleines Gebäckstück hatte.

»Und, was fängt der großartige Pascal Lafayette nun an?«, fragte Molly und fegte mit der freien Hand Krümel von der makellosen Tischdecke.

»Ist das nicht offensichtlich?« Er zuckte mit den Schultern. »Ich muss mein eigenes Label gründen.«

»Ich habe gehofft, dass du das sagst.« Molly lächelte. »Du bist ein Genie, Pascal. Es ist höchste Zeit, dass du ins Rampenlicht trittst und dich dieser Tatsache stellst.«

»Zu freundlich.« Mit einer galanten Kopfbewegung deutete er eine Verbeugung an. Dann fügte er mit albernem Grinsen hinzu: »Aber vielleicht hast du recht!«

»Es ist so schön, heute mal ein paar gute Nachrichten zu bekommen«, sagte Molly aus tiefstem Herzen.

Pascal ergriff ihre Hand, führte sie an die Lippen und hauchte einen Kuss darauf. »Mein Glück wird überschattet vom Kummer deiner Familie«, sagte er mit verschleiertem Blick.

»He, davon will ich nichts hören!«, rügte Molly ihn. »Das ist dein großer Augenblick, genieß ihn. Wir wissen alle, dass du mit uns fühlst, und das bedeutet uns viel, aber ehrlich, Pascal, du musst anfangen, Pläne für eine aufregende Zukunft zu schmieden!«

Pascal nickte. »Ich wollte immer schon ein eigenes Atelier. Vielleicht in einer kleinen Nebenstraße im Marais ...«

»Im wo?«

»Im Marais«, wiederholte er. »Das ist ein Stadtteil mitten in Paris, der mir sehr ans Herz gewachsen ist, voller wunderbarer Geschäfte und Restaurants und interessanter Menschen aus allen sozialen Schichten und allen Nationalitäten. Ich liebe diese Gegend. Sie ist anders als Delametris Adresse – hast du eine Vorstellung, wie viel er jedes Jahr an Miete zahlt?«

Molly schüttelte den Kopf.

»Du würdest staunen. Delametri behauptet, man

braucht so eine Adresse, um seinen Wert zu demonstrieren. Ich dagegen denke: Wenn man schöne Kleider entwirft, dann kommen die Leutet so oder so zu einem.«

»Das sehe ich auch so«, stimmte Molly leise zu. »Qualität spricht für sich selbst. Deine jedenfalls.«

»Vielen Dank.« Er sah sie prüfend an und setzte sich aufrecht, als wolle er ihr etwas Wichtiges mitteilen. »Was hältst du davon, nach Paris zu kommen und für mich zu arbeiten?«

»Klar, warum nicht?« Molly lachte und freute sich über seine gute Laune. Sie trank einen Schluck von dem frisch gepressten Orangensaft.

»Molly, das ist mein Ernst.«

Molly hätte den Saft fast wieder ausgespuckt und hörte auf zu lachen.

»Weißt du, was ich heute Morgen getan habe?«

Molly zuckte ratlos mit den Schultern.

»Ich habe dich gegoogelt.«

»Gegoogelt?«

Er nickte. »Du warst mit deinem Abschluss unter den Jahrgangsbesten, und ich habe Bilder von deinen Entwürfen für die Abschlussmodenschau gesehen. Ich habe sogar einen Auszug deiner Arbeit über Delametri gelesen.« Er zog die Augenbrauen hoch.

»Oh … das …« Molly wurde rot.

Er tätschelte ihre Hand. »Da steht nichts, was nicht gründlich recherchiert wäre, keine Sorge. Und deine Leidenschaft und Begeisterung für Mode steht außer Frage.«

»Ich weiß nicht, was ich sagen soll«, erwiderte Molly.

Sie war davon überzeugt, dass Pascal sich nur wie ein Gentleman verhielt und sein Angebot rein hypothetisch war, dass er lediglich ein wenig Sternenstaub auf ihren fürchterlichen Tag streute, mit Träumen von etwas, das bestenfalls in einigen Jahren eintreten würde.

»Es ist mein voller Ernst, Molly. Ich habe dich während der vergangenen beiden Tage sehr gut kennengelernt und weiß, dass dir Qualität wichtig ist. Nicht nur als Modeschöpferin, auch als Mensch. Du würdest Sonne in mein Atelier bringen. Also, kommst du?«

»Pascal, ich würde liebend gern«, antwortete sie und fühlte sich geschmeichelt wie bei einem ersten Date, bei dem Dinge gesagt wurden, die zwar nicht stimmten, die man jedoch gern hörte. »Aber ich werde das Gefühl nicht los, dass du nur nett zu mir sein willst.«

Pascal runzelte missbilligend die Stirn. »Meine liebe Molly, die Eier Benedikt waren nett gemeint, das räume ich ein, aber das? Das ist ein Jobangebot. Das ist nicht *nett.* Das ist Business.«

Molly wusste, dass Pascal seine Arbeit ernst nahm. Er würde ihr doch nicht bloß aus Nettigkeit keinen Job anbieten, oder? »Ich möchte dich nicht enttäuschen«, sagte sie mit zaghafter Stimme. »Aber ich habe Angst, dass genau das passieren wird.«

Pascal atmete laut aus und dachte angestrengt nach, bevor er antwortete. »Es gibt sicher eine Menge, das ich dir noch beibringen kann. Und ich bin sicher, dass du dabei auch Fehler machen wirst. Aber es gibt niemanden, den ich lieber an meiner Seite hätte, am Anfang dieses neuen … Abenteuers.«

Molly nahm ihr Glas mit dem Orangensaft in die Hand und stellte es wieder ab. »Meine Güte! Du meinst es wirklich ernst, Pascal … ich …«

»Wirst du für mich arbeiten, Molly Wright?«

Eine erdrückende Angst überkam sie. Angst … und Begeisterung. »Ja … Ja!« Mit Mühe dämpfte sie ihre Stimme. »Vielen Dank. Ich werde hart arbeiten, Pascal, wirklich, das werde ich …« Molly schluckte, um nicht vor Freude zu weinen. »Oh, habe ich schon Danke gesagt?«

»Gut. Das wäre also abgemacht.« Pascal lächelte. »Und ja, hast du.«

»Pascal … bist du sicher?« Molly bekam plötzlich Panik, dass er sein Angebot wieder rückgängig machen könnte.

»Absolut. Ich mag deinen Stil, Molly Wright, Star der Zukunft.«

»Nun ja«, stieß Molly hervor, »da diese Worte von dem Mann kommen, der die schönste Mode kreiert, die ich je gesehen habe, ist es das größte Kompliment, das ich im Leben bekommen habe. Nochmals vielen Dank.«

Mollys Kopf war so voll von all dem, was an diesem Tag passiert war, dass sie fürchtete, er könne platzen. Das hier war die Chance ihres Lebens!

»Wir werden Pläne machen«, lächelte Pascal, der offenbar Gedanken lesen konnte, »sobald sich dieses Hochzeitschaos deiner Schwester geklärt hat und die Konstitution deiner Mutter stabiler ist. Wir müssen nichts überstürzen.«

»Ich werde nach Paris ziehen müssen«, stieß Molly atemlos hervor und schüttelte den Kopf angesichts der herrlichen Absurdität dieser Äußerung.

Er nickte. »Wäre das schlimm?«

Sie schüttelte den Kopf. »Ganz im Gegenteil. Nichts wäre mir lieber.« Dann dachte sie an Simon. Sie wusste nicht, woher sein Bild plötzlich auftauchte, aber da war es, direkt vor ihrem inneren Auge. »Eine Sache«, sagte sie mit fester Stimme. »Fairer Handel und faire Produktionsbedingungen. Anständig bezahlte Arbeiter aus der Region. Kein Auslagerungen der Fertigung nach …« Sie verstummte und dachte an Yvonne. »Du kennst diese Orte, von denen ich rede.«

Er nickte. »Seit ein paar Jahren bestehe ich selbst darauf. Allerdings teilen nicht alle großen Modehäuser in Paris diese Ansicht.«

»Kaum vorstellbar, oder? Oh …« Ihr war noch etwas eingefallen.

»Ja?«

»Nachhaltigkeit, natürliche Stoffe – Ahimsa-Seide – du weißt schon, produziert ohne …«

»… dass die Seidenraupen getötet werden? Auch da bin ich dir voraus, aber ich vermute, nur einen winzigen Schritt.«

Molly befand sich in einem Gefühlsaufruhr. Sie wünschte, nicht so derangiert von der Reise zu sein. Sie konnte richtig gut aussehen, manchmal, wenn sie nicht gestresst und erschöpft war. So viele ihrer Kindheitsträume hatten sich darum gedreht, in Paris Mode zu entwerfen. Pascal hatte diese Träume gerade wahr werden lassen – und sie hatte Ränder unter den Augen, ihre Klamotten waren zerknittert, und um das Bild zu vervollständigen, klebten Krümel an ihrem Kinn.

Pascal muss gut darin sein, den inneren Wert eines Menschen zu erkennen, dachte sie. *Ja, das war der Mann, für den sie arbeiten wollte.*

Sie bedankte sich noch einmal überschwänglich bei ihm, stand vom Tisch auf und eilte die Treppe hinauf, um es ihrer Mutter zu erzählen.

24. Kapitel

Am nächsten Morgen wurde Molly viel zu früh vom Klingeln ihres Handys geweckt. Fluchend nahm sie es vom Nachttisch und stellte fest, dass sie die Nummer auf dem Display nicht kannte.

»Molly? Hier ist Francesco.«

Die tiefe Stimme mit dem starken Akzent klang erstaunlich herzlich.

»Oh, hallo«, sagte Molly und gab sich Mühe, nicht wie jemand zu klingen, der gerade erst aufgewacht war. »Tut mir leid wegen gestern, du weißt schon, die Hochzeit.«

»Danke«, sagte er. »Aber mein ganzes Mitgefühl gilt euch Damen. Was für ein schrecklicher Schlag für eure Familie. Meine Hochzeit hat da keine Priorität.«

Als Molly an ihre Mutter dachte, stiegen Tränen in ihr auf und es versetzte ihr einen Stich ins Herz. »Aber ich weiß doch«, ihre Stimme zitterte, »wie sehr sich Caitlin wünscht, mit dir verheiratet zu sein. So schnell wie möglich.«

Am andern Ende der Leitung herrschte plötzlich seltsames Schweigen. »Molly, ich brauche deine Hilfe«, sagte Francesco schließlich.

»Sicher«, antwortete Molly. »Du hast im schönen Venedig vermutlich jede Menge zu regeln.«

»Ich bin nicht in Venedig«, sagte er.

Wie bitte? »Ähm … und wo …?«

»Ich bin in einem Hotel, nicht weit von euch.«

»Oh!« Molly fragte sich, ob sie in all dem Durcheinander vielleicht irgendetwas nicht mitbekommen hatte. »Aber Caitlin ist …«

»Caitlin weiß es nicht.«

Molly setzte sich im Bett aufrecht.

»Würdest du bitte herkommen und dich mit mir treffen? Es ist ziemlich wichtig.«

»Natürlich.« Sie klang wesentlich lässiger, als sie sich fühlte. Molly schnappte sich Stift und Papier aus der Informationsmappe des Hotels auf ihrer Frisierkommode und notierte sich die Adresse.

»Kannst du bitte schnell kommen?« Francesco klang besorgt.

»Ich dusche nur kurz und dann mache ich mich auf den Weg«, antwortete Molly. »Ich bin momentan nicht gerade … perfekt frisiert«, konnte sie sich nicht verkneifen. Sie wollte den weltmännischen Francesco auf den Anblick einer Frau vorbereiten, die nicht erst zwei Stunden bei ihrem Stylisten verbrachte, bevor sie dem Tag ins Auge sah.

»Die Wright-Damen sind allesamt wunderschön.« Sie hörte die Zuneigung in seiner Stimme und merkte zu ihrer Überraschung, dass sie anfing, ihn zu mögen. *Was für ein Charmeur!* »Und bitte, sag Caitlin nichts.«

»Käme mir nicht im Traum in den Sinn«, versicherte Molly und legte auf. Dann ging sie unter die Dusche und hoffte aus ganzem Herzen, dass Francesco sie nicht darum bitten wollte, Caitlin zu sagen, die Hochzeit sei endgültig geplatzt.

*

Die Wegbeschreibung war hoffnungslos. Nur mit einem Stadtplan und ein paar hingekritzelten Straßennamen ausgerüstet sowie dem Wissen, dass das Hotel »oben auf einem Berg« lag, kurvte Molly mit dem Cinquecento durch das gnadenlose Straßennetz von Bologna. Bis sie sich schließlich am Stadtrand wiederfand, eine einspurige Straße hinauffuhr und einem ausgeblichenen, handgemalten Schild mit der Aufschrift »Hotel 2 km« folgte. Die Strecke kam ihr jedoch wesentlich länger vor. Die Straße war steil und holprig. Molly fragte sich, ob sie auf einen Hinterhalt zusteuerte.

Als sie gerade schon aufgeben und wieder umkehren wollte, passierte sie ein zweiflügliges hölzernes Tor und schlängelte sich über eine Zufahrt zu einem Gebäude hinauf, das aussah wie ein altes italienisches Bauernhaus, abgesehen von dem Holzschild über der Eingangstür: »Hotel Giulia, Familienbetrieb seit 1890.«

Das Haus wirkte so einladend, dass Molly lächeln musste. Die Mauern waren in Zartrosa gestrichen, perfekt abgestimmt auf die schiefen Dachziegel aus Terrakotta. Durch die von robusten Holzläden eingefassten Fenster drang sanfte Innenbeleuchtung, die Molly geradezu dazu aufforderte hereinzukommen und sich auszuruhen.

Sie parkte den Wagen vor dem Haus, stieg aus und klopfte sich den Staub ab. Verlegen wünschte sie, etwas Eleganteres anzuhaben als Jeans und Flipflops.

Das hatte sie nicht erwartet. Francesco Marino gehörte doch wohl zu der Sorte, die in Fünf-Sterne-Hotels mit Marmorbädern und gläsernen Aufzügen abstieg. Hier dagegen schien der hübsche Garten kurz davor, den Kampf gegen die umliegenden Grasflächen zu gewinnen und sich noch weiter auszubreiten. Schlanke Zypressen neigten sich im Wind, als wiesen sie in Richtung der weit entfernten Stadt.

Francesco war nirgendwo zu sehen. Aber es war eindeutig richtig – hier oben gab es wohl kaum zwei Hotels mit dem Namen Giulia.

Zaghaft ging sie auf die Eingangstür zu und trat ein.

»Hallo?«

Nichts. Im Eingangsbereich war es dunkel, doch im Kamin neben der Tür brannte ein einladendes Feuer und tauchte den Raum bis hinauf zu der hohen Holzbalkendecke in ein angenehmes Licht. In einiger Entfernung hörte Molly das Klappern von Töpfen, vermutlich aus der Küche. Prachtvolle, duftende Blumen waren kunstvoll in einer großen Vase auf einem alten Beistelltisch aus Eiche arrangiert, und auf dem aufgesplitterten Marmorboden waren wie nach dem Zufallsprinzip verschossene Läufer verteilt.

Es war wunderhübsch. Molly konnte keinen Anmeldetresen wie in ihrem Hotel in der Stadt entdecken, mit einer missbilligenden Matrone dahinter, die jeden Schritt der Gäste überwachte. Dies hier glich eher einem äußerst gemütlichen Privathaus.

Caitlin würde einen Ort wie diesen lieben, dachte Molly, während sie über ein tiefrotes Samtsofa strich und dabei

Acht gab, nicht die fuchsrote Katze zu stören, die zusammengerollt auf einem Kissen schlief. Dieser Ort war einfach und gemütlich, aber lebendig, und hatte das gewisse Etwas. Zusammengewürfelt und trotzdem harmonisch – genau das, was sie auch in ihren Entwürfen anstrebte. Und die Lage war schlichtweg atemberaubend.

Molly ging weiter bis zum Essbereich, betrachtete die mit weißen Leintüchern bedeckten Eichentische, die schimmernden Gläser und die Gartenblumen in altmodischen Milchkannen auf den Tischen. Irgendjemand hier hatte ein Händchen für Gestaltung. Während sie sich die schwarz-weißen Familienfotos an den Wänden ansah, hoffte sie, dass Francesco Caitlin eines Tages hierherbringen würde.

»Hallo?«, rief sie.

Noch immer nichts.

Allmählich wurde es seltsam. Francesco wusste doch, dass sie hierher unterwegs war. Verstohlen suchte Molly die Decken und Vorhänge nach versteckten Kameras ab. Eigentlich hielt sie Francesco zwar nicht für einen Spaßvogel, andererseits kannte sie ihn kaum, und möglich war alles.

Am Ende des Speisezimmers befand sich eine schwere Doppeltür. Vielleicht fand sie ja dahinter einen Hinweis? Molly ging darauf zu, blieb dann jedoch wieder stehen. Hatte an der Eingangstür nicht ein Schild gehangen? Irgendeine Mitteilung auf Italienisch? Nervös lief Molly zurück. Sie hatte ein starkes Déjà-vu-Erlebnis, als hätte sie das, was sie gleich entdecken würde, schon einmal gesehen.

Das Schild musste sich, als sie das Haus betreten hatte, etwas unterhalb ihres Blickfelds befunden haben. Außerdem war sie viel zu sehr damit beschäftigt gewesen, nach Francesco Ausschau zu halten und das Haus zu bewundern.

Aber da hing es:

Heute geschlossene Gesellschaft:
die Hochzeit von
Caitlin Wright und Francesco Marino

»Oh!«

Molly war so überwältigt, dass ihr eine Träne über die Wange lief. Sofort war ihr klar, was Francesco vorhatte. Und sie wusste auch, wo sie ihn finden würde.

Sie wischte sich mit dem Ärmel über die Augen und lief wieder hinein, quer durch den Essbereich bis zu der schweren Doppeltür. Lächelnd stieß sie die Tür auf.

Auf einer Trittleiter mitten im Zimmer balancierte ein großer, attraktiver Mann mit sonnengebräuntem Teint und versuchte, eine Girlande aus Gartenblumen um einen venezianischen Kronleuchter zu winden.

Francesco. Molly hatte Fotos von ihm gesehen, in Zeitschriften und auf Caitlins Handy. Aber in natura war er noch viel beeindruckender, als sie erwartet hatte. Wie ein jüngerer Hugh Jackman, der gleiche großgewachsene, muskulöse Körperbau, die gleichen lässigen Bewegungen … sie konnte verstehen, dass Caitlin sich in ihn verliebt hatte.

Molly wollte ihn gerade begrüßen, als sie des Raums

gewahr wurde: Sie befand sich in einem geräumigen, familiären Esszimmer. Ein langer Tisch im Refektoriums-Stil war mit weißem Leinen, gestärkten Stoffservietten und Silbebesteck gedeckt. Molly konnte nicht alles auf einmal in sich aufnehmen, sie sah jedoch Blumen in einer kleinen Schubkarre, Streifen selbstgemachter Wimpel in Form der britischen und der italienischen Flagge, und drüben in der Ecke stand ein Schokoladenbrunnen. Schokolade war Caitlins große Leidenschaft und Schwäche … abgesehen von dem attraktiven Mann auf der Leiter.

»Vorsicht!«, rief Molly, als die Leiter gefährlich zu kippeln begann, während Francesco versuchte, eine letzte Blätterranke um den Leuchter zu winden. »Kann ich helfen?«

»Molly!«

Francesco sprang von der Leiter, ohne sich die Mühe zu machen, die einzelnen Sprossen hinunterzusteigen, während Molly auf ihn zustürmte.

»Du bist gekommen.« Francesco keuchte und zog sie in seine Arme. »Danke, vielen Dank. Es tut so gut, dich endlich kennenzulernen. Caitlin hat mir so viel von dir erzählt.«

»Ich freue mich auch, dich endlich kennenzulernen«, erwiderte Molly, an seine Brust gedrückt, wodurch ihre Stimme sonderbar gedämpft klang.

»Entschuldige.« Verlegen gab Francesco sie frei.

Molly stolperte einen Schritt zurück und wusste nicht, was sie sagen sollte. Ihr war nur allzu bewusst, wie ramponiert sie aussehen musste mit den verweinten roten Augen und den zerknitterten Klamotten.

»Das mit deiner Mutter tut mir so leid«, sagte Francesco voller Mitgefühl. »Wie geht es ihr heute Morgen?«

»Unverändert, glaube ich«, antwortete Molly. »Aber danke.«

Er nickte und sie schwiegen. Molly beschloss, das Thema zu wechseln. Wenn sie über ihre Mutter sprachen, würde sie früher oder später wieder anfangen zu weinen, und sie wusste nicht, ob sie die Kraft dazu hatte.

Sie gestikulierte durch den Raum. »Was bedeutet das alles? Es ist wunderschön!«

»Findest du?« Ihr Lob schien ihn ehrlich zu freuen. »Glaubst du, dass es Caitlin gefallen wird?«

Molly war froh, dass sie ein Taschentuch in ihrem Ärmel stecken hatte. Diese verdammten Tränen brannten ihr schon wieder in den Augen.

»Sie wird es lieben«, flüsterte sie.

Francesco hatte so wenig gemein mit dem Süßholz raspelnden Medienmagnaten, für den sie ihn gehalten hatte, dass es schon fast lächerlich war. Einigermaßen verstrubbelt, in Jeans und legerem Hemd und dennoch auf diese aufreizend italienische Weise unangestrengt attraktiv, wischte er sich über die Stirn und lächelte sie an. Molly erinnerte sich, ihn einmal im Fernsehen gesehen zu haben, als gefeierte Persönlichkeit bei irgendeinem Medienevent in London, souverän lächelnd und von Prominenten umringt. Aber dieser Mann hier war etwas vollständig anderes.

»Jeder würde diesen traumhaften Ort lieben«, fügte sie hinzu. »Wie in aller Welt hast du ihn gefunden?«

Er fuhr sich mit der Hand durchs Haar und sagte: »Vor vielen Jahren hat ein alter Schulfreund von mir hier seine Hochzeit gefeiert. Ich weiß noch, wie glücklich die beiden waren, und mir ist klar geworden, wenn ich jemals die Chance hätte, zu bekommen, was die beiden hatten, wäre ich ein glücklicher Mann.«

»Mmm«, stimmte Molly zu. »Hier herrscht so eine freundliche Atmosphäre.«

»Nachdem ich den Schrecken wegen der Krankheit eurer Mutter überwunden hatte, habe ich mich gefragt, ob Caitlin vielleicht mit einer ruhigen, kleinen Hochzeit im Familienrahmen einverstanden wäre.«

Molly war sprachlos.

Francesco schien ihre ausbleibende Reaktion misszuverstehen. »Natürlich ist es völlig in Ordnung, wenn sie es nicht will«, fügte er rasch hinzu. »Ich möchte sie wirklich einfach nur heiraten!«

Seine Worte rührten Molly. »Sie hat heute Morgen so ziemlich das Gleiche gesagt«, murmelte sie. Ihr wurde immer klarer, dass sie diesen Mann völlig falsch eingeschätzt hatte.

»Gestern Abend habe ich mit Signor Loren – dem Inhaber – telefoniert und alles besprochen. Zu meiner großen Erleichterung war er sehr entgegenkommend. Also bin ich noch gestern Abend hergefahren, ohne Caitlin etwas davon zu sagen. Sie sollte sich nicht über noch mehr Dinge den Kopf zerbrechen müssen. Leider hat Signor Loren diese Woche kein Personal zur Verfügung, also arbeite ich hier seit fünf Uhr früh. Wie findest du die Blumen?« Er deutete mit dem Kopf auf den Schubkarren. »Ich habe nur die gepflückt, die ich besonders schön fand.«

In dem Moment fiel ein Stück Ranke vom Kronleuchter und landete vor Mollys Füßen. Sie hob es auf und drehte die Blätter zwischen den Fingern hin und her.

»Es ist absolut perfekt«, antwortete sie. Das war es wirklich. Das Arrangement konnte vielleicht noch ein wenig verbessert werden, aber die Blumen waren wunderschön.

»Nett, dass du das sagt.«

»Überhaupt nicht. Caitlin ist so unglücklich, weil die Hochzeit abgesagt wurde …«

»War ich auch«, warf Francesco ein. »Aber das hier soll nur ein Vorschlag sein. Wenn sie lieber warten möchte, bis es eurer Mutter besser geht und wir unsere große, öffentliche Hochzeit eben später feiern, dann machen wir das natürlich.«

Molly ließ noch einmal den Blick durch den so liebevoll hergerichteten Raum schweifen und wusste, dass sich Francesco keine Sorgen machen musste.

»Der Priester ist von Venedig unterwegs hierher. Sein Bruder lebt in der Gegend, und er hat sich über diesen Ausflug gefreut. Meine Eltern, meine Schwester und meine Großmutter ebenfalls – sie ist nicht mehr so gut auf den Beinen, aber dieses Ereignis will sie auf keinen Fall verpassen.«

»Ehrlich?«, rief Molly. »Ich dachte, ihr wärt alle so …«

Plötzlich hatten ihre Vorurteile gegenüber Francescos Familie eine schäbige Note bekommen. Was für eine dumme Kuh sie doch war, grundlos solche Schlussfolgerungen zu ziehen!

»Was?«, hakte Francesco nach. »Was hast du von uns gedacht?«

Sie sah ihn an. »Mondän«, sagte sie schließlich.

Er lachte auf. »Ehrlich? Nun, ich bemühe mich manchmal darum, aber es kommt irgendwie nicht unbefangen rüber.«

Molly war nicht sicher, ob sie ihm diese Selbstironie abkaufen sollte. »Francesco, darf ich ehrlich sein?«

»Natürlich.«

»Ich habe gedacht, du wärst so ein Jetset-Typ mit Jacht, umgeben von Supermodels, von denen du jede haben könntest. Und laut einiger Klatschmagazine auch hattest.«

Zu ihrer Überraschung lachte er nicht, tat ihre Worte aber auch nicht einfach ab.

»Danke für deine Offenheit«, sagte er nur.

»Tut mir leid«, stammelte Molly. Ihre »Offenheit« war anscheinend überholt. Sie wünschte, sie hätte die Klappe gehalten.

»Natürlich hatte ich vor Caitlin andere Freundinnen. Aber als ich sie traf …« Er suchte nach Worten. »Es kam mir so vor, als hätte alles, was ich je geleistet habe, alles Gute, was ich gemacht habe, mir diese Belohnung eingebracht.«

»Francesco, du musst dich nicht …«

»Hat sie dir jemals erzählt, was sie als Erstes zu mir gesagt hat?«

»Nein«, zögerte Molly und überlegte angestrengt.

Caitlin hatte ihr überhaupt nicht viel über diesen Mann erzählt. Lag das vielleicht daran, dass sie wusste, dass Mollys Vorurteile schon längst feststanden?

»Sie hat zu mir gesagt, dass ich sie an ihren Großvater erinnere.«

»Und das hat dich nicht gestört?«, fragte Molly. Aus seinem Gesichtsausdruck konnte sie nicht schließen, ob das der Fall war.

»Warum sollte es? Ich habe gehört, dass er um die Hand deiner Großmutter angehalten hat, nachdem er drei Tage und drei Nächte zu ihrem Haus marschiert war.«

»Das habe ich auch gehört.« Molly lächelte. »Echte Zuneigung, wie?«

»Ich erfuhr, dass er in seinem Dorf der einzige Mann mit einem Traktor war, aber statt einen Vorteil daraus zu ziehen, um reich zu werden, teilte er ihn mit den anderen Bauern, um sicherzustellen, dass niemand Hunger leiden musste.«

»Er war ein ganz besonderer Mensch.«

Francesco zuckte mit den Schultern. »Weißt du, warum Caitlin das zu mir gesagt hat?«

Molly schüttelte den Kopf.

»Alles, was ich getan habe, war eine winzige, unbedeutende Geste. Ich habe eine Auszeichnung, die eines meiner Unternehmen erhalten hatte, unter den anderen Wettbewerbern aufgeteilt. Nichts Besonderes. Ich dachte nur mal, die Ideen der anderen Firmen wären genauso gut, manche fand ich sogar besser als unsere. Aber wie auch immer, Caitlin sagte mir, sie bewundere, was ich getan hätte. Und ich habe auf der Stelle beschlossen, mein Leben damit zu verbringen, den Glauben dieser wunderschönen englischen Frau an mich Realität werden zu lassen.«

»Mann!«

»Ich liebe deine Schwester sehr«, flüsterte Francesco. Jetzt war er es, der Tränen in den Augen hatte.

Molly lächelte. »Ich weiß.«

Sie hätte es dabei belassen können, konnte jedoch nicht widerstehen, in frechem, neckendem Tonfall auf etwas hinzuweisen. »Du kennst Caitlin, Francesco. Sie kann manchmal ganz schön temperamentvoll sein.«

Er warf den Kopf zurück und lachte laut auf. »Du hast das also auch schon erlebt?«

»Ich bin die kleine Schwester – was denkst du denn?«

Francesco schenkte ihr ein mitfühlendes Lächeln.

»Wie wäre es, wenn du jetzt die Leiter festhältst und ich versuche, das Grünzeug zu befestigen?«

Molly war gut in solchen Dingen. In null Komma nichts hatte sie die Blumengirlande um das blaue Glas des Leuchters gewickelt und kunstvoll einzelne Triebe herausgezogen, sodass sie sich elegant nach unten rankten.

»Sehr schön«, meinte Francesco und bewunderte ihr Werk.

Molly sah sich im Zimmer um. Immer mehr Details fielen ihr auf. Auf der Rückseite der Menükarten klebten Fotos des glücklich lachenden Paars, in der Mitte des Tischs standen Glaskelche voller winziger Schokoladenherzen in Goldpapier.

»Hast du das alles allein gemacht?«

Er nickte. »Heute ist nur der Koch hier. Glaubst du, es wird ihr gefallen?«

»Davon bin ich überzeugt.« Molly stellte sich Caitlins Gesicht vor, wenn sie das hier sah, und wand sich vor Vergnügen.

Ein Ausdruck der Erleichterung breitete sich auf seinem attraktiven Gesicht aus.

Molly zeigte auf die Schubkarre mit Blumen, die neben der Tür zum Garten stand. »Soll ich dir damit behilflich sein?«

»Würdest du? Ich habe nämlich festgestellt, dass ich in diesen Dingen nicht sonderlich geschickt bin.«

»Kein Problem, wenn du magst, übernehme ich das.«

Sein dankbarer Blick verriet seine Zustimmung.

Molly ging zu der Schubkarre hinüber und sah die frisch geschnittenen Blumen durch. »Die duften ja umwerfend.«

Francesco hatte bereits ein halbes Dutzend Vasen mit Wasser gefüllt, und Molly begann sofort, Sträuße zusammenzustellen.

»Wann wirst du es Caitlin sagen?«

Francesco riss das Klebeband von einer Kiste Champagner. »Ich habe ein paar Mal mit Pascal telefoniert. Er will die Damen ablenken, damit er ihre Hochzeitskleidung einpacken kann und dann ein Taxi besorgt, um sie hierherzubringen.«

»O nein!«, entfuhr es Molly. »Mein Kleid ist auch noch im Hotel!«

»Daran hat mich Pascal bereits erinnert und versichert, dass er sich auch darum kümmern wird.«

»Puh«, stöhnte Molly, »andernfalls hätte ich mir aus einer der Tischdecken etwas zaubern müssen!«

»Du siehst toll aus!« Francesco lächelte und sagte es so aufrichtig, dass sie ihm fast geglaubt hätte.

»Klar doch! Dann wird also Pascal Caitlin von der Hochzeit erzählen?«

»Ich hoffe nicht, aber wenn er meint, es tun zu müssen, habe ich keine Einwände. Er will ihnen vorgaukeln, dass er einen Ausflug in die Berge organsiert hat, damit sie alle ein bisschen frische Luft tanken können. Caitlin hat mir gesagt, sie wolle einen ruhigen Tag mit ihrer Mutter verbringen. Über eine Neuorganisation der Hochzeit wolle sie sich erst Gedanken machen, wenn ihre Mutter wieder mehr bei Kräften ist. Falls sie immer noch so denkt, wenn sie hier ankommt, werden wir einfach einen netten Tag mit der Familie verbringen.«

Einen netten Tag mit der Familie. Molly wusste, dass ihre Familie Francesco Marino von nun an sehr gern darin aufnehmen würde.

Schweigend arbeiteten sie eine Weile vor sich hin. Molly arrangierte die Blumen in den Vasen, und Francesco rückte die Stühle zurecht und ordnete Besteck und Gläser mit viel Liebe zum Detail an.

»Es hat sich gerade angehört, als würdest du Pascal schon länger kennen – seid ihr zwei euch früher schon begegnet?«, fragte Molly.

»Nein, was die Vorbereitungen mit dem Hochzeitskleid anging, war Caitlin sehr verschwiegen. Aber es kommt mir so vor, als würde ich ihn kennen. Caitlin hat mir von ihm erzählt, bevor ich am Flughafen anrief.«

»Was meinst du damit – am Flughafen?«

Er legte eine Handvoll Teelöffel hin und sah sie überrascht an. »In Sion. Als er ein Problem mit der Polizei hatte. Ich habe mit den Wachleuten gesprochen, als sie ihn wegen seiner Panikattacke im Flugzeug dort festgehalten haben.«

Mollys Kinnlade klappte herunter. »Du?«

Verlegen zuckte er mit den Schultern. »Ja. Ich dachte, das wüsstest du.«

»Du hast ihn freibekommen?« Molly schlug sich mit der Hand vor die Stirn. »Das ist mir nie in den Sinn gekommen.« Sie war ja ein solcher Dummkopf gewesen.

»Ich war froh, etwas tun zu können, um der Familie zu helfen«, erklärte Francesco schlicht.

Molly war erstaunt. Wie viele Vorurteile von ihr würden heute wohl noch über den Jordan gehen? Sie fragte sich jedoch, wie viel Francesco wohl für Pascals Freilassung gezahlt hatte. Und meinte, ihn inzwischen gut genug kennengelernt zu haben, um ihn das zu fragen. »War es sehr teuer?«

Er runzelte die Stirn. »Wie meinst du das?«

»Ihn da rauszuholen.«

»Du glaubst, ich hätte sie bestochen?«, zischte er. »Molly! Wofür hältst du mich eigentlich?«

Molly erkannte auf der Stelle, dass sie einen fürchterlichen Fehler gemacht hatte »Es tut mir leid … ich habe bloß angenommen …« Bilder aus den Filmen *Der Pate* und *Goodfellas* liefen vor ihrem geistigen Auge ab.

Er schüttelte den Kopf. »Nein, ist schon gut. Ich fürchte, meine sogenannte ›Berühmtheit‹ war der Auslöser. Ich habe lediglich mit dem Polizeichef gesprochen und ihn höflich gefragt, ob er Pascal seiner Wege ziehen lassen kann, weil ich ihn für meine Hochzeit brauche. Ich sagte ihm, dass Pascal ein netter Kerl sei, und wenn er ihn gehen ließe, würde Pascal die Schweiz sofort verlassen und wäre damit nicht länger ein Schweizer Problem.«

Er hatte einfach ruhig und freundlich mit ihnen gesprochen. Das war alles. Nachdem sie es mit Mollys und Pascals Durchgedrehtheit zu tun gehabt hatten, musste dies für die Sicherheitsleute eine gewaltige Erleichterung gewesen sein. »Ich fühle mich schrecklich«, murmelte Molly. »Ich habe dich wirklich völlig falsch eingeschätzt. Es tut mir leid.«

»Vergiss es.« Er lächelte. »Jetzt haben wir uns ja kennengelernt.«

»Ja.« Molly lächelte ebenfalls, obwohl ihre Wangen noch immer vor Verlegenheit brannten. »Ich denke schon.«

In geselligem Schweigen arbeiteten sie, bis die Schubkarre schließlich leer war, die Vasen voll, der Champagner eiskalt, die Tische perfekt gedeckt und der Bräutigam erschöpft waren.

»Danke«, sagte er und küsste Molly die Hand. »Die Blumensträuße sind atemberaubend. Du hast das Auge einer Künstlerin.«

»Danke«, antwortete Molly. »Vermutlich unterscheidet sich Blumenbinden gar nicht so sehr von Modedesign. Aber es sieht wirklich gut aus«, stimmte sie zu. »Wird nett sein für Caitlin, etwas zu sehen, dass ich mal gut hinbekommen habe. Normalerweise assoziiert sie meinen Namen mit Katastrophen.«

»Caitlin?« Er sah sie überrascht an. »Sie ist sehr stolz auf dich.«

»Sicher doch«, prustete Molly.

»Aber ja! Sie hat mir so oft erzählt, dass du die Kreative von euch bist und wie toll deine Entwürfe sind! Ehrlich!«

Molly fragte sich, ob sich Caitlins Meinung über sie geändert hatte. »Tatsächlich? Warum hat sie dann …?«, begann Molly, besann sich jedoch eines Besseren und fuhr fort: »Ach, ist schon gut.«

»Nein, heraus mit der Sprache«, verlangte Francesco.

»Warum hat sie mich dann nicht ihr Hochzeitskleid entwerfen lassen? Tut mir leid, Francesco, aber das hat mich gekränkt.«

Francesco setzte sich auf einen der Stühle und sah Molly an. »Ich fürchte, das war meine Schuld.«

Jetzt war Molly irritiert.

»Na ja, insofern, als ich der Sohn meiner Mutter bin. Caitlin hatte ursprünglich dich bitten wollen, das Kleid zu entwerfen.«

Molly war wie vom Donner gerührt. Konnte das wahr sein? »Das hat sie gesagt?«

»Ja. Aber meine Mutter hat mir ihr geredet und sie überzeugt, dass es unerlässlich sei, bei dieser Hochzeit das Kleid einer Luxusmarke zu tragen …« Er brach ab und schüttelte den Kopf über seine eigenen Worte. »Ich weiß, es klingt schrecklich, aber meine Mutter hat darauf bestanden, dass ein so *prominentes* Kleid nur von jemandem mit einer Erfolgsbilanz entworfen werden sollte.« Er seufzte. »Ich glaube, meine Mutter hat es für mich getan, aber ohne mit mir darüber zu sprechen. Ich war wütend, dass sie sich eingemischt hat. Als ich es herausfand, habe ich sie zur Rede gestellt.«

»Ehrlich?«

Er nickte. »Sie ist nervös, Molly. Meine Familie war nicht immer reich, und meine Mutter meinte, die Welt müsse sehen, dass meine Braut das Kleid eines berühmten Modeschöpfers trägt.«

»Aha.« Das klang ganz einleuchtend.

»Sie bezieht ihr gesamtes Modewissen aus den Illustrierten beim Friseur, Gesprächen mit Freundinnen oder aus Fernsehsendungen. Von dort kennen sie und Caitlin all die berühmten Namen und kennen die Bilder von vielen sogenannten ›Promi-Hochzeiten‹.«

»Schon gut, ich habe verstanden«, sagte Molly, obwohl sich das gar nicht nach Caitlin anhörte.

»Caitlin ist sehr lieb zu meiner Mutter. Diese Hochzeit ist für meine ganze Familie eine große Sache. Ich glaube, meine Mutter will einfach nur, dass alles perfekt ist, verstehst du?«

Molly nickte. Mütter hatten ein Talent, sich im ungünstigsten Moment einzumischen. Das war ihre Lebensaufgabe.

»Allerdings hat Caitlin gestreikt, als meine Mutter darauf bestehen wollte, dass Chanel das Kleid entwirft.«

Molly stutzte. »Aber wieso das denn?«, fragte sie. »Um Gottes willen, *Chanel!*«

»Liegt das nicht auf der Hand?«

»Nein.«

»Weil sie wusste, dass Delametri Chevalier dein Lieblingsdesigner ist.«

Molly blieb der Mund offen stehen.

»Natürlich. Hast du nicht deine Abschlussarbeit über ihn geschrieben?«

Molly konnte es nicht fassen, dass sich Caitlin daran erinnert und sie auch noch Francesco davon erzählt hatte. Sie stöhnte auf und nickte. »Noch so eine Dummheit von mir. Aber doch, ich liebe die Sachen von Chevalier.«

»Deshalb hat Caitlin darauf bestanden, zu ihm zu gehen. Sie vertraut deinem Geschmack.«

Molly schüttelte den Kopf. »Das höre ich zum allerersten Mal.«

Francesco lächelte sie an. »Geschwister, wie?«

»Hast du welche?«

Er nickte. »Ciara. Sie lebt in Mailand. Und ihr Baby Mia ist das süßeste Kind, das ich je gesehen habe.«

»Hast du Caitlin gesagt, wie du darüber denkst?« Molly lächelte.

Er knuffte sie. »Wo denkst du hin?«

Molly zerbröselte ein trockenes Efeublatt zwischen den Fingern. »Ich war gekränkt, als sie mich nicht einbezogen hat. Es kam mir so vor, als wolle sie sich langsam, aber sicher von mir zurückziehen.«

»Aber nein, keinesfalls«, widersprach Francesco. »Da bin ich mir sicher.«

»Und dich kannte ich nicht. Und ich habe mir aufgrund oberflächlicher, blöder Informationen ein Bild von dir gemacht.«

»Das hast du getan, weil Caitlin dir wichtig ist«, antwortete er sanft. »Es ist immer gut, vorsichtig zu sein. So lange sind wir ja auch noch nicht zusammen, und irgendwie hat es sich nie ergeben, einmal nach Yorkshire zu fliegen, um dich kennenzulernen.«

»Das wäre echt schräg gewesen!« Molly grinste. »Du in meiner kleinen Wohnung.«

»Warum nicht?« Er sah sie eingehend an.

»Weil … du reich bist, und berühmt. Und meine Wohnung ist so … durchschnittlich, genauso wie meine Stadt.«

Francesco schmunzelte. »Mag sein, aber die Wright-Frauen sind alles andere als durchschnittlich.«

»Ist es deine Fernseherfahrung, die dich immer das Richtige sagen lässt?«, neckte sie ihn, bevor ihr klar wurde, dass ihre Worte als Seitenhieb auf seinen Ruf verstanden werden konnten. »Entschuldige … ich meinte …«

»Schon gut.« Er zuckte mit den Schultern. »Du hast eine Menge von Caitlin in dir.«

»Das nehme ich mal als Kompliment.« Sie spürte, dass sie rot wurde.

»Das solltest du auch.« Er blickte auf seine Armbanduhr. »Ist es in Ordnung, wenn ich jetzt verschwinde und mich umziehe? Oben gibt es ein Zimmer für dich, da kannst du dich umziehen, sobald Pascal dein Kleid gebracht hat … Obwohl ich ja finde, das du auch so sehr hübsch aussiehst.«

»In diesen schäbigen Jeans? Schönen Dank, Francesco, aber ich denke, du solltest jetzt aufhören.«

Er lächelte. »An der Rezeption liegt ein Schlüssel mit deinem Namen darauf.« Er wandte sich zum Gehen.

»Molly?«

»Ja?«

»Falls Pascal es ihr noch nicht gesagt hat, könntest du ihr dann alles erklären, sobald sie hier eintrifft? Ich fürchte, ich stehe das nervlich nicht durch.«

»Ich?« Molly war entsetzt. »Francesco, du kannst mir doch nicht so viel Verantwortung übertragen! Sie ist meine große Schwester!«

»Und sie liebt dich«, erinnerte Francesco sie. »Von wem sollte sie es lieber hören wollen?«

Er eilte in Richtung Treppe. Molly war aufgewühlt. Sie wollte auf keinen Fall diejenige sein, die Caitlin von Francescos Hochzeitsplänen erzählte – wenn Caitlin seine Idee nun nicht mochte? Sie hatte Molly schließlich immer als eine Art Mittäterin oder sogar Verräterin betrachtet!

Sie seufzte. Warum war das Leben nur so kompliziert? Und warum zur Hölle hatte Simon nicht zurückgerufen?

25. Kapitel

Molly nutzte die Zeit, bevor die anderen eintrafen, um sich den Garten anzusehen. Obwohl sie nach den Ereignissen der vergangenen drei Tage physisch und körperlich ausgelaugt war, fühlte sie sich beschwingter als seit Jahren.

Am Ende hielt Caitlin sie doch nicht für einen Tollpatsch! Molly hatte immer das Bild vor Augen, wie Caitlin das Gesicht verzog, wenn sie von ihrer kleinen Schwester erzählte. *Molly, der Trampel …*

Aber am besten war, dass sie endlich Francesco kennengelernt hatte. Was für ein netter Kerl! Sie konnte sich nicht erinnern, dass Reggie Caitlin gegenüber je so herzlich und offen gewesen wäre.

Sie sah, wie drinnen der Koch auf einem Beistelltisch im Esszimmer Brotkörbe arrangierte. Auf der anderen Seite der Haupteingangstür war ein gemütliches, aber elegantes Wohnzimmer für die Trauungszeremonie ausgeräumt und mit Stühlen bestückt worden.

Molly nagte an der Unterlippe. Und wenn Caitlin die Idee nun nicht gefiel? Wenn sie durch die Verzögerung kalte Füße bekommen hatte?

Dann ist sie eine Idiotin. Molly lächelte und wollte ins Haus zurückgehen.

Doch in diesem Augenblick hörte sie Motorgeräusche. Sie blickte die Auffahrt entlang und sah ein Taxi näherkommen, in dem vier Leute saßen.

Mollys Herz setzte einen Schlag lang aus. Sie waren da!

Wild winkend und grinsend lief Molly ihrer verblüfften Mutter und Schwester über die Rasenfläche entgegen.

»Ich dachte, du wärst einkaufen?«, rief Caitlin und stieg aus dem Taxi. Hinter ihr kam Pascal, der Molly zuzwinkerte.

»Nö.«

Molly half ihrer Mutter aus dem Wagen. Vanessa wirkte müde und geschwächt. »Ich habe mich schon gefragt, ob ich mir wegen dir Sorgen machen muss«, sagte sie.

»Mum, du konzentrierst dich bitte ganz auf dich selbst. Geht es dir gut?«

Pascal lehnte sich in das Fenster auf der Fahrerseite und flüsterte dem Taxifahrer etwas zu, der nickte und zog seine Zeitung hervor.

Caitlin deutete auf das Hotel. »Was für ein hübscher Ort«, sagte sie. »Ich möchte dich ja nicht verstimmen, aber was zum Teufel machst *du* hier?«

Molly dachte, ihr würde jeden Moment der Schädel springen vor gespannter Erwartung, aber sie hielt sich noch einen Moment zurück.

»Es ist toll, oder?«

Caitlin war bis zur Tür gegangen und betrachtete die zartrosa Stuckwände, die rankenden Pflanzen, die Terrakottagefäße und die einladend erleuchteten Fenster aus der Nähe.

»Irgendwann möchte ich mal länger an einem Ort wie diesem sein. Wenn Francesco es doch nur sehen könnte«, hauchte sie. »Vielleicht erzähle ich ihm davon, und wir kommen irgendwann einmal her.«

Molly platzte fast vor Vergnügen. »Er ist hier, Caitlin.«

Caitlin warf ihr einen vernichtenden Blick zu. »Francesco ist in Venedig, Molly. Er vertröstet die Hochzeitsgäste und redet vermutlich mit der Presse. Die Gerüchteküche kocht bestimmt gerade über. Bin gespannt, was sie schreiben, wer wen vor dem Altar hat stehen lassen. Ich wette, sie wetzen schon die Messer für das englische Mädchen, das nur auf Geld aus ist.« Sie seufzte und verschränkte die Arme.

Molly ging zu ihr und legte ihrer Schwester die Hände auf die Schultern. »Francesco ist hier. Er ist drinnen.«

Caitlin sah sie von der Seite an, das Gesicht voller Misstrauen. Und dann flackerte Hoffnung in ihren Augen auf.

»Er ist … hier?«

Molly nickte. »Er ist letzte Nacht hergefahren. Caitlin?«

»Ja?«, flüsterte ihre Schwester.

»Er hat die Hochzeit verlegt.«

»Wie bitte?«

»Du kannst ihn hier heiraten. Heute.« Molly war jetzt selbst ganz aufgeregt. »Wenn du möchtest.«

»Molly, lass den Quatsch!«, sagte Caitlin streng. »Das ist nicht im Entferntesten komisch.«

»Ach, komm schon, Caitlin!« Molly war verstimmt, weil Caitlins erste Reaktion darin bestand anzunehmen, dass Molly es nicht ernst meinte. »Glaubt du wirklich, ich würde mit so was Witze machen?«

»Ja«, schoss Caitlin zurück, doch nach einem Blick in Mollys Augen kam: »Nein?«

»Selbstverständlich mache ich keine Witze, Süße.« Molly fühlte mit ihrer Schwester. Sie spürte, dass Caitlin kaum zu hoffen wagte, dass es wirklich wahr sein könnte.

Molly zog sie in die Arme, löste sich dann wieder von ihr, behielt die Hände jedoch auf Caitlins Schultern. »Hör zu. Francesco hat mit Hochdruck daran gearbeitet, das hier zustande zu bringen.«

»Francesco ist hier?«, rief ihre Mutter. »Wie schön! Haben Sie das gehört, Pascal?«

»Ich muss gestehen, dass ich es bereits wusste«, räumte er ein. »Ich werde Ihnen alles später erklären.«

Caitlin hatte Tränen in den Augen. Sie wirbelte herum und sah in das zu einem Lächeln verzogene Gesicht ihrer Mutter. »Wir können hier heiraten? Heute?«

»Es sieht so aus, Liebes«, antwortete ihre Mutter.

Pascal hatte ein blau gepunktetes Taschentuch gezückt und tupfte sich damit die Augen. Mollys Mutter sank noch immer lächelnd auf den schmiedeeisernen Gartenstuhl neben der Eingangstür.

»O Mum!« Caitlin fiel ihrer Mutter um den Hals. Dann löste sie sich von ihr und ergriff Mollys Hand.

»Danke, Molly, für alles, was du getan hast.«

»He, wozu sind Schwestern denn da?« Molly grinste.

Und fügte nach kurzer Überlegung hinzu: »Beantworte das lieber nicht.«

Kichernd ging sie zu Pascal. »Danke«, flüsterte sie und ergriff seinen Arm.

»War mir ein Vergnügen«, antwortete Pascal.

Plötzlich schlug Caitlin die Hände vor den Mund. »Mein Kleid! Es ist ja noch im Hotel!« Sie sah von Molly zu Pascal und dann zu ihrer Mutter. Dann breitete sie die Arme aus und blickte an sich herunter. Sie trug einen weißen Baumwollrock und ein blassgelbes, schulterfreies Kaschmir-Top. »Manche Dinge laufen doch nie nach Plan, stimmt's? Ich stecke mir einfach ein paar von diesen traumhaften Blumen ins Haar und heirate so wie ich bin, oder?«

Pascal stemmte die Hände in die Hüften. »Nur über meine Leiche!«, rief er. »In diesem Aufzug heiraten, wenn sich Ihr prächtiges Hochzeitskleid im Kofferraum des Taxis dort drüben befindet?«

Caitlin schnappte nach Luft. »Sie haben nicht … es ist nicht … *niemals!*«

»Ich fürchte, ich war heute Morgen ein wenig unaufrichtig«, antwortete Pascal verlegen. »Es ist mir gelungen, die Hochzeitsgarderobe von Ihnen allen dreien zu entführen.«

»Du!« Molly zeigte lachend auf Pascal. »Du hast gesagt, du wolltest meinen Zimmerschlüssel, um zu prüfen, ob die Wände genauso dünn sind wie in deinem Zimmer!«

Pascals setzte eine Unschuldsmiene auf. »Das habe ich ja auch. Und ja, sie sind genauso dünn! Allerdings, das ist möglicherweise noch nicht alles, was ich getan habe …«

Ihre Mutter hatte geschaltet. »Nun, dann kann ich nur hoffen, dass Sie das richtige eingepackt haben«, schimpfte sie gespielt. »Ich habe nämlich zwei Kleider zur Wahl dabei.«

»Vertrauen Sie mir, ich habe alles mitgebracht«, versicherte ihr Pascal augenzwinkernd. »Sogar Ihre Zahnbürste!«

»Mein Kleid ist da drin?«, keuchte Caitlin und zeigte auf das Taxi als wäre es eine außerirdische Lebensform.

Pascal nickte.

»Ooooh!« Caitlins Freudenschrei war so schrill, dass sich die anderen die Ohren zuhalten mussten. »Ich muss es sehen! Zeigen Sie es mir!« Sie hüpfte auf und ab wie ein kleines Kind. Molly verspürte einen wehmütigen Stich. So hatte sie ihre große Schwester seit bestimmt fünfzehn Jahren nicht mehr herumhüpfen sehen.

»In einer Minute«, beharrte Molly. Zu ihrem Verdruss merkte sie, dass sie schon wieder den Tränen nah war.

»Zuerst muss ich dich etwas fragen.«

Caitlin starrte sie ungeduldig an. »Ja?«

»Caitlin Vanessa Wright, möchtest du hier und heute Francesco Marino heiraten? Ohne Paparazzi, mit wenigen Gästen und selbst gemachten Blumenarrangements?«

Caitlin und ihre Mutter begannen zu weinen.

Molly wartete und nagte an ihrer Unterlippe.

Schließlich nickte Caitlin. »Mehr als alles andere«, schniefte sie.

»Das genügt.« Molly kicherte. »Würdest du jetzt bitte

aufhören zu heulen, wenn du auf den Hochzeitsfotos nicht aussehen willst wie ein rotäugiger Pandabär? Die wir, wie ich gerade feststelle, mit meinem Handy werden machen müssen.«

»Gute Idee.« Caitlin schluckte und schnäuzte sich. »O Molly, ich kann es nicht erwarten, ihn zu sehen!«

»Das wirst du müssen. Bis du zum Altar schreitest.« Molly genoss ihre neue Macht. »Also gut.« Sie sah zu Pascal, der den Daumen hob und zum Taxi ging, um den Fahrer zu bezahlen und das Gepäck auszuladen. »Lasst uns eine Hochzeit feiern!«

Der Taxifahrer trug die Taschen ins Haus, während Molly und Pascal vorsichtig den Kleidersack mit dem kostbaren Inhalt aus dem Kofferraum hoben.

Caitlins Augen waren riesengroß. »Endlich! Ich kann nicht glauben, dass es die ganze Zeit da drin war. Man hätte doch annehmen sollen, dass ich seine Anwesenheit spüre, oder?«

Molly lachte. »Klar doch. Mum, dein Zimmerschlüssel ist an der Rezeption, und der Hotelinhaber hat dir bereits ein Bad eingelassen. Ab mit dir.«

»Das ist sehr nett, aber wenn es dir nichts ausmacht, gehe ich nirgendwo hin, sondern sehe zu, wie meine Tochter ihr Hochzeitskleid anprobiert.«

Caitlin umarmte sie. »Fühlst du dich dem gewachsen? Es könnte eine ganze Weile dauern …«

»Versuch nur, mich davon abzuhalten«, lautete die Antwort. »Ich nehme doch an, dass es in deinem Zimmer einen Stuhl gibt?«

»Natürlich, zumindest gehe ich davon aus …«

»Worauf warten wir dann? Mädels? Pascal – Sie haben lange auf diesen Moment gewartet. Haben Sie Nadel und Faden dabei?«

»*Mais oui.*« Er deutete eine Verbeugung an und Molly führte alle ins Haus.

»Ähm, Leute?« Caitlin war stehen geblieben.

Alle drehten sich zu ihr um.

»Was ist denn, Liebes?«, fragte ihre Mutter.

»Könnte ich um einen Gefallen bitten?«

»Schieß los, heute ist dein Tag, Prinzessin.« Molly achtete sorgfältig darauf, dass der Kleidersack nicht den Boden berührte. Es wäre nicht gut, es bis hierher geschafft zu haben, nur damit Caitlin jetzt mit ansehen musste, wie das Kleid über den Kies ins Hotel geschleift wurde.

»Ich möchte, dass du mir das Kleid anpasst, Molly.«

Vor Überraschung hätte Molly den Kleidersack beinahe fallenlassen.

»Pascal«, fuhr Caitlin fort, »was meinen Sie dazu? Sie sind den weiten Weg bis hierher gekommen, aber ich möchte, dass Molly bei mir ist und Anteil hat.«

Vorsichtig legte Pascal den Vorderteil des Kleidersacks über Mollys Schulter, ging zu Caitlin und küsste sie dreimal auf die Wangen.

»Meine liebe Dame, genau das habe ich auch vorschlagen wollen, ich fürchtete jedoch, Sie würden dann denken, ich wolle mich vor der Verantwortung drücken. Ich glaube, es ist die perfekte Entscheidung für einen perfekten Tag.«

»Sicher?« Caitlin blinzelte ihn an.

»Allerdings.« Er sah zu Molly und zog die Augenbrauen hoch. »Molly und ich arbeiten von nun an zusammen, von daher …«

»Ihr tut was?«, kreischte Caitlin.

Molly schenkte ihrer Schwester ein aufgeregtes Grinsen.

»Gut gemacht, Molly!« – »Das ist ja wunderbar!« Ihre Mutter und ihre Schwester schlangen die Arme um sie und bombardierten sie mit Fragen wie aus einem Schnellfeuergewehr. Molly konnte gar nicht mehr auseinanderhalten, wer was wissen wollte.

»Nicht jetzt«, flüsterte sie, »Wir haben zu tun.«

Endlich ließen sie von ihr ab. Pascal ging die Einfahrt hinauf zur Eingangstür. »Ich sollte mich anderweitig ein wenig nützlich machen und allen einen Schluck Champagner besorgen.«

Caitlin wandte sich zu Molly. »Also, Kindchen, fühlst du dich in der Lage, mir durch den wichtigsten Tag meines Lebens zu helfen?«

Molly stemmte die Hand in die Hüfte. »Wer weiß? Ich werd's mal versuchen.«

Dann umarmten sie sich und hüpften wie zwei kleine Kinder auf und ab, während Pascal und ihre Mutter glücklich zusahen.

Sie wurden unterbrochen von dem Geräusch sich auf dem Kiesweg nähernder Autos. Als sie sich umdrehten, sahen sie einen Konvoi die Auffahrt heraufkommen.

»Das ist Francescos Mutter!«, rief Caitlin aufgeregt. »Und sein Vater – warte, bis du ihn kennenlernst, Molly. Er ist ein echter Schatz! Oh, und da ist seine Schwester Ciara, ihr Baby Mia ist offiziell das süßeste Kind der Welt! Und da ist Ciaras Mann, er heißt Fabien und ist unheimlich nett. Und Francescos Großmutter! Sie ist ein bisschen brummig, aber unter der harten Schale steckt ein weicher Kern …«

Mollys Kopf rauchte förmlich angesichts all dieser neuen Verwandten.

»Ich hole jetzt den Champagner«, erklärte Pascal und verschwand nach drinnen.

*

Caitlin ließ nicht zu, dass der Reißverschluss des Kleidersacks geöffnet wurde, bevor sie geduscht und einen der flauschigen Hotelbademäntel angezogen hatte. Molly kam gerade von einem Ausflug in Francescos Zimmer zurück, wo sie ihn aus seiner quälenden Ungewissheit befreit hatte, indem sie ihm zu seiner Freude erklärte, dass die Hochzeit stattfand. Sie nahm den Kleidersack vom Haken hinter der Tür und legte ihn aufs Bett.

»Sollen wir?«, fragte sie.

Caitlin hatte die Hände vor den Mund geschlagen und nickte schnell.

Langsam zog Molly den Reißverschluss auf. Sie hätte nicht nervöser sein können, wenn sie das Kleid selbst entworfen hätte. Vielleicht war es in diesem Fall sogar ganz gut, dass dem nicht so war.

»O Schwesterherz …«, keuchte Molly, als sie den ersten sehnsüchtigen Blick darauf warf. Ihre Mutter kam eilig herbei, stellte sich neben sie und gemeinsam betrachteten sie ehrfurchtsvoll Caitlins Kleid.

Es war einfach umwerfend. Caitlin rührte sich vor Nervosität nicht vom Fleck. Molly und ihre Mutter hoben das Kleid vorsichtig aus dem Seidenpapier, und die drei Frauen sogen hörbar die Luft ein.

»Pascal hat sich selbst übertroffen«, flüsterte Molly.

Das Kleid war von beinahe erschreckender Schlichtheit, ein langes Etuikleid aus silbergrauem Satin mit schrägem Fadenverlauf und schmalen, mit winzigen Bergkristallen eingefassten Trägern. Der maßvolle Ausschnitt war mit weißen Seidenblüten handbestickt.

»Das ist Perfektion«, sagte ihre Mutter, während Molly das Kleid hochhielt, damit Caitlin es sich richtig ansehen konnte.

»Die Charles-Frederick-Worth-Linie.« Molly seufzte. »So pfiffig. Ich würde sie überall erkennen. Und Pascal hat sie wunderbar eingefangen.«

»Maiglöckchen!«, rief ihre Mutter und berührte mit zitternden Fingerspitzen die aufgestickten Blumen.

»Deine Lieblingsblumen, Mum«, flüsterte Caitlin. »Nicht wahr?«

Sie nickte.

Zaghaft und mit vors Gesicht geschlagenen Händen näherte sich Caitlin dem Kleid.

»Ich hätte nie gedacht, dass es so … so süß sein würde«, stotterte sie.

»Süß? *Süß?*«, schrie Molly in gespieltem Entsetzen. »Wie kannst du ein Modellkleid von Delametri, ich meine von Pascal Lafayette als süß bezeichnen? Ikonenhaft, ja. Atemberaubend, ja, Makellos, ja. Aber *süß*? Schande über dich!«

»Aber es ist *wirklich* süß!« Ihre Mutter lachte. »Kommt, schauen wir mal, ob es passt.«

Caitlin, frisch geduscht und geföhnt, ließ den Bademantel auf den Boden sinken, enthüllte hübsche weiße Spitzenunterwäsche und ein kesses Strumpfband, das Pascal in einer Schachtel für sie mitgebracht hatte.

»Mensch!« Molly lachte. »Das solltest du deiner Mutter nicht zeigen!«

Vanessa verpasste ihr einen freundschaftlichen Stoß.

»Wollen wir?« Nervös näherte sich Caitlin dem Kleid.

Molly holte zitternd Luft. »Lass mich erst diesen kleinen Knopf öffnen – oh, diese handgenähten Knopflöcher sind mustergültig!«

Caitlin stützte sich auf Molly, während sie vorsichtig in das Kleid stieg.

»Na los«, ermutigte Molly ihre Schwester. »Und schön vorsichtig, wir haben es hier mit kostbarer Ware zu tun.« Der Stoff fühlte sich wunderbar an. Selten hatte Molly einen so seidigen Satinstoff erlebt. »Wunderbar geschmeidig, nicht wahr?« Mit zitternden Händen zog sie das Kleid über Caitlins schlanken Körper und entwirrte die feinen Träger. »So fühlt sich nur richtig guter Stoff an; ich erinnere mich, verschiedene Arten im College gesehen …«

»Molly?«

»Ja, Caitlin?«

»Sei ein Schatz und halt die Klappe.«

Molly presste die Lippen zusammen. Caitlin zog sich die Träger über die Schultern, während Molly vorsichtig den kurzen, versteckten Reißverschluss an der Seite hochzog.

Ihre Mutter weinte. Mollys Hände zitterten und Caitlin schien um Fassung zu ringen, während sie sich zu dem bodentiefen Spiegel umdrehte.

Molly steckte ein paar Stellen ab und machte hier und da einige Stiche, damit sich das Kleid exakt den Konturen von Caitlins Körper anpasste. Aber Pascal hatte hervorragende Arbeit geleistet, und es gab nicht viel zu tun. Fünfzehn Minuten später trat Molly zurück und bewunderte ihr Werk.

»Du siehst umwerfend aus!«, sagte sie.

»Es sieht sogar noch besser aus als bei der letzten Anprobe«, hauchte Caitlin. »Und die ist erst zwei Wochen her.«

Ihre Mutter tupfte sich die Augen und hob den Daumen. Plötzlich mussten alle drei lachen.

»Ich hätte nie gedacht, dass ich so hübsch aussehen kann!«, flüsterte Caitlin. »Sieh nur, wie die Schleppe fällt …«

»Das kommt durch das Absteppen«, begann Molly. »Wenn man …«

Caitlin hob die Hand. »Jetzt die Details zu erfahren, könnte im Augenblick alles verderben.« Sie lachte. »Ich bilde mir lieber ein, es sei von Engeln mit der Hand genäht. Es sitzt perfekt – sieh nur! Meine Taille!« Sie drehte sich vor dem Spiegel hin und her. »Vielen Dank, Molly.«

»War mir ein Vergnügen.«

Die Schwestern sahen einander an. All die schlechten Gefühle waren längst verschwunden, und Molly wusste, dass sie nie wiederkehren würden.

»Weißt du was«, mischte sich jetzt ihre Mutter ein.

»Diese feinen Stickereien wären auf den Fotos der Paparazzi gar nicht zur Geltung gekommen.«

Caitlin sah sie verschmitzt an. »Du sagst es! Auch das hat mir nicht gefallen an dem Theater, das wir gestern aufführen sollten. Ich wollte so wenig Details wie möglich preisgeben.«

»Gute Arbeit«, sagte Molly noch einmal anerkennend. »Was ist mit Schuhen?«

Sie half Caitlin in elegante Satinpumps und ging dann zum Fenster, wo auf einem Tisch ein Bund pastellfarbener Gartenblumen lag. »Du kannst mich natürlich damit zum Teufel schicken, aber Francesco hat heute Morgen im Garten des Hotels Blumen gepflückt. Sie waren für die Tischdekoration gedacht.«

»Das hat er getan?«

Molly nickte. »Ich habe ein paar zurückbehalten und zu diesem wirren Strauß gebunden.«

»Der ist von dir?« Caitlin schwebte zu ihrer Schwester und ergriff den Strauß. »Aber der ist wunderschön!«

»Oh, bitte!«, sagte Molly. »Bestimmt hattest du dir für gestern ein verwerfendes Bouquet anfertigen lassen.«

»Ja, es war allerdings umwerfend. Francescos Mutter hat es ausgesucht, und es war in etwa so groß wie eine Waschmaschine.« Vanessa verschluckte sich vor Lachen fast. »Ich liebe diesen Strauß! Er ist genau richtig.«

Molly boxte in die Luft. Das knirschende Geräusch von Kies ließ sie aus dem Fenster schauen. »Das sind nur die Wagen, die wegfahren.«

Caitlin ging ebenfalls zum Fenster und sah hinaus. »Ich habe keine anderen Autos gehört, du?«

Molly zuckte mit den Schultern. »Nein. Ich schätze, das waren alle, Schwesterherz.«

»Eine Familienhochzeit!«, rief Caitlin. »Perfekt, perfekt, perfekt! Oh, ich liebe diesen Mann!«

»Wirklich? Wer hätte das gedacht«, zog Molly sie auf. Molly hatte sich gescheut, ihrer Schwester zu sagen, dass Francesco nur die engste Familie eingeladen hatte. Sie war sich nicht sicher gewesen, wie ihre Schwester darauf reagieren würde.

»Genau das habe ich mir immer gewünscht«, flüsterte Caitlin.

Sie wandte sich ihrer Mutter zu. »Du bist so still geworden, Mum. Wie fühlst du dich?«

Ihre Mutter lächelte. »Ganz gut. Ich denke nur nach.«

»Worüber?« Molly sah zu, wie Caitlin zum Bett ging und sich neben ihre Mutter setzte.

»Ich frage mich die ganze Zeit … ach, ist nicht so wichtig.«

Caitlin runzelte die Stirn und drängte ihre Mutter weiterzusprechen.

»Wie ist es für dich … dass dein Vater heute nicht hier ist?«

»Oh, er …« Caitlin saß einen Moment reglos da.

Molly hielt den Atem an. Ihr Vater hatte ihrer Mutter so viel Leid verursacht, war so distanziert und schwierig gewesen. Aber wie mochte Caitlin jetzt zumute sein? Sie hatte ihrem Vater einst sehr nah gestanden. Bei Molly rief der Gedanke an ihn keine starken Emotionen hervor. Es war lange her und sie war viel jünger als Caitlin gewesen, als er sie damals verließ. Zu ihren Hochzeitsfantasien hatte jedenfalls nie ein Vater gehört, der sie zum Altar führte. Es stimmte sie traurig, dass es so war, aber so fühlte sie nun einmal. Aber vielleicht empfand Caitlin ganz anders?

»Er ist schon lange nicht mehr bei uns, Mum. So ist es nun mal.« Caitlin schloss ihre Mutter fest in die Arme. »Ich bin nicht traurig, ehrlich. Und jetzt wollen wir wieder fröhlich sein, okay? Ich glaube, ich bin jetzt bereit, die Treppe hinunterzugehen und den Mann meiner Träume zu heiraten.«

»Gut gesprochen, Schwesterherz.« Molly grinste. »Ganz deiner Meinung. Lasst uns mit der Party beginnen!«

26. Kapitel

Molly und ihre Mutter zogen sich so schnell wie möglich für die Hochzeit um. Vanessa schien in Hochstimmung zu sein, niemand hätte erahnen können, wie krank sie war. Und es gab ja auch jene segensreichen Momente, in denen sogar Molly es vor lauter Aufregung vergaß.

Mollys schlichtes Etuikleid hatte die traumatische Reise in ihrem abgenutzten Koffer gut überstanden. Ein kurzes Darüberbügeln mit dem Bügeleisen genügte, damit es ordentlich aussah.

Molly betrachtete sich im Spiegel. Das Kleid aus feinem Wollkrepp war am Saum asymmetrisch geschnitten und endete knapp über dem Knie, sodass ihre durchaus nicht unattraktiven Beine zur Geltung kamen. Ihre Schuhe – blaugrüne Wildledersandaletten mit dünnem Stummelabsatz – hatten die Reise ebenfalls gut überstanden. Ihr Haar steckte sie im Nacken mit zwei silbernen Spangen hoch, die sie vor Jahren spottbillig auf dem Flohmarkt erstanden hatte. Zum Schluss trug sie einen Hauch Maskara auf.

Ihre Mutter hatte sich ebenfalls entschieden, es schlicht zu halten. Da sie mit einer eleganten venezianischen Hochzeit gerechnet hatte, hatte sie sich für ein dunkelrotes Seidenkleid im Stil der fünfziger Jahre mit einer gehäkelten Kaschmirjacke entschieden, hübsch und dezent.

Molly konnte den Blick nicht von ihrer Mutter wenden. »Du siehst toll aus, Mum!«, rief sie.

Ihre Mutter warf ihr einen Blick über die Schulter zu und zwinkerte. »Und ich bin noch nicht fertig! Du glaubst doch wohl nicht, dass ich ohne Hut am gesellschaftlichen Ereignis der Hochzeit meiner Tochter teilnehme!«

»Natürlich nicht!«, erwiderte Molly mit gespielter Entrüstung. »Allein der Gedanke!«

»Er ist in meinem Koffer. Würdest du ihn mir bitte geben?«

»In deinem Koffer?«, wiederholte Molly. »Woraus zum Henker ist der denn, dass er eine Reise in einem Koffer übersteht? Aus Beton?«

Sie lief zum Koffer ihrer Mutter und zog eine Tragetasche heraus. »Das gefällt mir gar nicht«, murmelte Molly. Zögernd griff sie in die Tüte, und zum Vorschein kam … ein Gewirr aus Stroh, Federn und Bändern, das einmal ein Hut gewesen sein mochte.

»Meine einzige Konzession an teuren Glamour.« Ihre Mutter seufzte. »Dieses Ding kostete ein Vermögen. Und schau es dir jetzt an – es sieht aus wie ein toter Fasan!«

»Tod durch Cinquecento.« Molly schnitt eine Grimasse. »Pech, Mum. Ich bin sicher, dass er umwerfend war – als er noch ein Hut war.«

»In den Mülleimer damit«, erklärte Vanessa bestimmt. »Denken wir nicht weiter darüber nach.«

Und so, fein gemacht und in Schale geworfen, begleite Molly ihre Mutter in das umgestaltete Wohnzimmer. Dort wurden sie der Reihe nach Francescos reizender Familie vorgestellt. Baby Mia – das tatsächlich superniedlich war – gurrte und gluckste und strahlte alle an.

Francescos Vater, Giuseppe, begann sofort zu rotieren, als ihm auffiel, wie schwach Caitlins Mutter wirkte. Er führte sie zu einem Sessel und kümmerte sich rührend darum, dass sie es bequem hatte. Sein Gesicht drückte Sorge und Mitgefühl aus, so, wie das seiner Frau Maria, Francescos zierlicher Mutter. Maria wirkte unruhig und verschlossen, doch als Mutter des Bräutigams hatte sie auch allen Grund, nervös zu sein, fand Molly. Francescos Großmutter, von Kopf bis Fuß in Witwen-Schwarz gekleidet, sprach kein Wort. Sie saß mit geschlossenen Augen da, umklammerte ihren Rosenkranz und betete tonlos.

»Sie ist glücklich«, versicherte ihnen Francescos Vater.

»Ich fände es furchtbar, wenn sie unglücklich wäre«, flüsterte Molly ihrer Mum zu und sie kicherten.

Sobald ihre Mutter bequem saß, eilte Molly zurück in den Empfangsbereich, um nach Caitlin zu sehen. Stattdessen stieß sie auf Francesco, der umwerfend aussah in seinem maßgeschneiderten Frack, dem weißen Hemd mit Kläppchenkragen und der eisvogelblauen Seidenkrawatte. Nervös ging er im Flur auf und ab, jeder Zentimeter der vollendete, ungeduldige Bräutigam.

»Wahnsinn!«, rief Molly. »Du siehst …«, ihr fielen zunächst nicht die richtigen Worte ein, »… absolut *angemessen* aus. Gut gemacht, Francesco.« Feierlich hielt sie ihm die Hand hin.

Francesco schlug ein und knallte die Hacken zusammen. »Ein Kompliment von einem Profi. Jetzt kann ich mich entspannen.«

Sie teilten ein verschmitztes Grinsen und Molly verspürte ein warmes Gefühl der Freude.

»Wie geht es ihr?«, fragte er.

»Caitlin? Gut, vertrau mir. Ich war gerade noch oben bei ihr.«

»Wird sie herunterkommen?« Seine Augen waren groß vor Sorge.

Molly fühlte mit ihm. »Aber ja«, versicherte sie nachdrücklich. »Wird sie. Und jetzt entschuldige mich. Ich gehe besser wieder rauf und übernehme meinen Job als Brautjungfer.«

Francesco ging ins Wohnzimmer und unterhielt sich mit seinen Eltern. Molly wollte gerade die Treppe nach oben gehen, als Caitlin auf dem Treppenabsatz auftauchte. Molly sah zu ihr hinauf, blieb stehen und stieß einen bewundernden Pfiff aus.

»Nicht übel«, sagte sie. »Du siehst hinreißend aus. Die vollkommenste Erscheinung in ganz Bologna – und das sagt jemand, der den Bräutigam gesehen hat. Das reinste Kopf-an-Kopf-Rennen, aber du hast gerade die Nase vorn! Wahnsinn!«

Caitlin verdrehte die Augen. »Danke!«

Molly musterte ihre Schwester aufmerksam und ging ihr die restlichen Stufen entgegen. »Alles in Ordnung?«

Caitlin nickte energisch.

»Weiche Knie?«

Wieder nickte Caitlin.

Molly umarmte sie und achtete sorgfältig darauf, nicht das dezente Make-up ihrer Schwester zu verwischen. »Nervös zu sein gehört dazu«, erklärte sie beruhigend. »Es wäre eher merkwürdig, wenn du nicht nervös wärst.«

»Ich habe niemanden, der mich zum Altar begleitet«, sagte Caitlin.

Daran hatte Molly nicht gedacht.

»Wenn du magst, kann ich das übernehmen«, schlug sie vor.

Caitlin lächelte sie an. »Ich wusste, dass du das sagen würdest, aber du hast schon einen Job. Ich habe immer gewusst, wer meine einzige Brautjungfer werden soll, und diesen Traum möchte ich nicht aufgeben, wenn du gestattest.«

»Das war die netteste Absage, die ich je bekommen habe«, gestand Molly.

»Außerdem kannst du hinter mir weniger Schaden anrichten als neben mir.«

»Das kommt mir schon bekannter vor!«

Caitlin atmete tief ein und langsam wieder aus. »Wie viel Zeit haben wir noch?«, fragte sie.

Molly sah auf ihre Armbanduhr. »Dreißig Minuten. Oh! Das hätte ich beinahe vergessen. Ich habe ein Geschenk für dich!«

»Ehrlich? Worauf wartest du dann?«

Arm in Arm gingen die Schwestern kichernd zurück in Mollys Zimmer. Deren Hände zitterten, als sie die kleine Samtschatulle überreichte, die sie auf der Auktion ersteigert hatte.

Als Caitlin den Deckel aufklappte und die zierlichen

Bernsteinohrringe sah, begann sie zu strahlen. »Ooh! Die sind wunderschön!« Sie fiel Molly um den Hals. »Du bist ein Schatz! Ich liebe sie!«

Caitlin ging hinüber zum Spiegel und zog ihre goldenen Ohrstecker aus. »Wir schauen mal, wie sie mir stehen, ja?« Vorsichtig legte sie die Bernsteinohrringe an und wandte sich Molly zu. »Und?«

»Ich würde sagen ...«, setzte Molly an, aber Caitlin drehte sich bereits wieder zum Spiegel um.

»Perfekt!«, rief sie und klatschte in die Hände.

»Bist du sicher? Du musst sie nicht heute tragen.«

»Wag nicht, es mir auszureden. Sie sind antik, nicht wahr? Etwas Altes, etwas Neues, etwas Geliehenes, etwas Blaues ... sie sind mein ›etwas Altes‹.«

Molly ging zu ihr und brachte einen der Träger von Caitlins Kleid in Ordnung. »Ich werde dieses Ding im Auge behalten. Das Entwirren von Trägern fällt eindeutig in den Aufgabenbereich einer Brautjungfer.« Dann segnete sie Caitlins Erscheinungsbild mit einem Nicken ab. »Du wirst das schon machen.«

Caitlin lächelte. Molly hatte ihre Schwester noch nie so glücklich gesehen. »Danke, Molly. Ehrlich.«

Molly sah zur Seite. Da war es wieder – dieser dumpfe Schmerz, alleine zu sein. Heute ging es zwar nicht um sie, aber es wäre schön gewesen, jemanden zu haben, mit dem sie dieses besondere Ereignis teilen konnte.

Caitlin schien Mollys Gedanken zu erraten. »Oh, du Ärmste, das muss hart für dich sein.«

»Sei nicht albern!«, erwiderte Molly, ein bisschen zu fröhlich. Aber sie wollte auf keinen Fall einen Schatten auf das Glück ihrer Schwester werfen. »Mir geht's gut!«

Caitlin streichelte Molly über die Wange. »Es tut mir leid, dass es mit dir und Reggie nicht funktioniert hat«, sagte sie leise.

Molly sah ihre Schwester überrascht an und überlegte, ob sie zugeben sollte, dass es nicht Reggie war, der sie beschäftigte. »Eigentlich ist es so …«

Es klopfte an der Tür. Molly und Caitlin sahen sich an.

»Mum?«, fragte Caitlin.

»Nein, sie sitzt bereits auf ihrem Platz.«

Caitlin schüttelte den Kopf. »Sag du bitte Francesco, dass er mich jetzt noch nicht sehen darf.«

»Ich kläre das.« Molly ging quer durch den Raum und legte den Kopf an die Tür. »Verschwinde!«, rief sie mit gespielter Strenge.

Keine Antwort.

Caitlin lachte. »Das ist seine Masche, wenn er etwas haben will«, flüsterte sie.«

»Ähm, tut mir leid, Francesco«, fuhr Molly fort, »aber du kannst nicht reinkommen. Bei solchen Sachen gibt es Regeln.«

Wieder keine Reaktion. Molly blickte zu Caitlin, die die Hände in die Hüften gestemmt hatte.

Molly versuchte es noch einmal. »Ich weiß, dass du noch da bist, Francesco. Aber falls du glaubst …«

»Molly?«

Die Stimme auf der anderen Seite der Tür war definitiv nicht die von Francesco.

Molly trat einen Schritt zurück.

Simon.

»Alles in Ordnung, Molly?«, fragte Caitlin. »Du bist plötzlich so blass.«

Das konnte nicht sein.

Wie in Trance ging Molly wieder zur Tür, öffnete sie einen Spalt und spähte hinaus in den Flur.

Dann schloss sie die Tür wieder, drehte sich langsam um und sah Caitlin an.

Simon.

»Molly?« Caitlin betrachtete ihre Schwester stirnrunzelnd. »Du machst mich wahnsinnig.« Sie stürmte zur Tür und machte sie selbst auf. »Wer ist da?«

Caitlin trat einen Schritt zur Seite, und Molly war zu überrascht, um etwas sagen zu können. Simon. Der gut aussehende, nette, fürsorgliche Simon. Sie hatte gedacht, ihn nie wiederzusehen. Aber da war er, stand vor der Tür des Hotelzimmers ihrer Schwester, mit seinen blauen Augen und den zerzaustem blonden Haar, genauso attraktiv wie bei ihrer ersten Begegnung im Flugzeug.

»Ha...allo Simon«, stammelte sie.

»Hallo Molly.«

Er trug einen Anzug. Und er sah umwerfend darin aus. Nicht, dass Molly viel Zeit gehabt hätte, ihn darin zu bewundern, denn er zog sie in seine Arme und küsste sie zärtlich auf den Mund.

Meine Güte, er küsste vielleicht gut! Molly gab sich ganz dem Augenblick hin und konnte endlich seinen Nacken streicheln, den sie von der Rückbank des Cinquecento aus so viele Stunden bewundert hatte – sehnsüchtig, wie sie jetzt erkannte. Molly presste sich fest an ihn, genoss die Nähe seines Körpers und die Wärme seines Atems.

»Möchtet ihr vielleicht, dass ich rausgehe?«, rief eine amüsierte Stimme nicht weit von ihnen.

Molly und Simon lösten sich von einander und sahen zu Caitlin. Der Nebel des Glücks, der durch Mollys Gehirn waberte, verzog sich, und sie erinnerte sich daran, dass ihre Schwester ebenfalls hier war. Wunderschön in ihrem Hochzeitskleid, die Hände in die Hüften gestemmt, stand sie da und musterte die beiden mit einem ironischen Blick. »Denn solltet ihr vorhaben, damit noch länger weiterzumachen, müsstet ihr bitte die Tür räumen. Ich habe heute nämlich noch etwas vor.«

»Simon«, war alles, was Molly über die Lippen brachte, während sie auf den Mann in ihren Armen zeigte.

»Gut zu wissen.«

»Tut mir leid«, sagte Simon. »Ich habe Sie gar nicht bemerkt.«

Caitlin stand mit offenem Mund da und spielte die Gekränkte.

Simon schlug sich vor die Stirn. »Das war wohl das Ungalanteste, was ich je in meinem Leben von mir gegeben habe, noch dazu vor einer Braut an ihrem Hochzeitstag.« Er streckte ihr die Hand entgegen. »Tut mir echt leid, Caitlin. Ich bin Simon. Meinen Glückwunsch! Sie sehen wunderschön aus.«

»Ihnen sei verziehen, aber nur ganz knapp«, antwortete Caitlin und drohte ihm neckend mit dem Zeigefinger, bevor sie ihn auf die Wange küsste. »Schön, Sie kennenzulernen. Wie ich sehe, kennt ihr beide euch recht gut. Sollten wir uns in Anbetracht dieser Tatsache nicht besser duzen, Simon? Was meinst du?«

»Herzlich gern«, erwiderte Simon.

»Caitlin …«, begann Molly, aber Caitlin unterbrach sie und schenkte ihr einen preisverdächtigen Ältere-Schwester-Blick.

»Du bist mir eine! Stilles Wasser sind tief! Wenn ich von Simon gewusst hätte, wäre er selbstverständlich zur Hochzeit eingeladen worden. Aber warte mal, was ist denn mit Reg …« Sie verstummte, zog eine hilflose Grimasse und warf Molly einen erschrockenen Blick zu.

»Das ist kompliziert«, murmelte Molly, ohne nachzudenken. »Oder eigentlich, nein, es ist überhaupt nicht kompliziert, sondern im Grunde ganz einfach.« Sie sah Simon in die Augen. »Reggie und ich waren lange zusammen, aber wir haben uns getrennt, in Paris, am Abend, bevor ich dir begegnet bin. Zwischen uns hat es schon länger nicht mehr gestimmt. Und wir waren nie verlobt.«

Simon brauchte ein paar Sekunden, um das sacken zu lassen. Dann nickte er. »In Ordnung«, sagte er nur.

»Und dann bin ich dir begegnet und es war …«

»Wie gesagt, es ist in Ordnung. Mich interessiert nicht, was früher oder noch vor Kurzem war. Ich möchte einfach nur mit dir zusammen sein.«

Erleichterung breitete sich in Molly aus. Sie reckte sich und küsste ihn zärtlich auf den Mund. Jetzt wusste er alles. Und er war immer noch da.

»Wo seid ihr beide euch denn begegnet?«, fragte Caitlin, aber Molly zeigte auf den Wecker auf dem Nachttisch und hob resignierend die Hände.

»Ein anderes Mal vielleicht?«, schlug sie vor. »Unten wartet ein unbedeutendes Ereignis auf uns.«

»Gutes Argument.« Caitlin ging zum Spiegel und kontrollierte ein letztes Mal ihr Make-up.

»Ich lasse euch jetzt lieber allein«, sagte Simon.

»Wie hast du uns eigentlich gefunden?«, fragte Molly, ohne auf seine Bemerkung einzugehen.

»Pascal«, antwortete Simon.

Dieser Mann!, dachte Molly. *Mein guter Geist.*

»Etwas Geliehenes!«, platzte Caitlin plötzlich zu Mollys und Simons Überraschung heraus. Verblüfft sahen sie die Braut an.

Dann fiel bei Molly der Groschen. »Aber natürlich! Du hast noch nichts Geliehenes, stimmt's? Hier, nimm mein Armband.« Sie fingerte am Verschluss des zierlichen, silbernen Armbands an ihrem Handgelenk herum. »Ich bin nicht sicher, ob es gut zum Kleid passt, aber du kannst es gern haben …«

»Das ist nicht das, woran ich gedacht habe«, sagte Caitlin, »trotzdem danke.«

Sie ging zu den beiden und legte Simon die Hand auf den Arm. »Würdest du mich zum Altar begleiten, Simon?«

Erschrocken sah Simon Molly an, die stolz und glücklich übers ganze Gesicht strahlte.

»Es ist nicht weit, ich werde dir nicht lange lästigfallen«, versicherte ihm Caitlin. »Und in ein paar Minuten gebe ich dich wieder an Molly zurück.«

»Es wäre mir eine Ehre«, sagte Simon, richtete sich kerzengerade auf und rückte seine Krawatte zurecht.

Molly nahm Caitlins Brautstrauß und reichte ihn ihr. Feierlich bot Simon Caitlin seinen Arm, und Caitlin hakte sich bei ihm ein. Molly öffnete den beiden die Tür, schnappte sich den kleinen Strauß, den sie für sich selbst gebunden hatte, und nahm ihren Platz hinter den beiden ein.

»Bereit?«, flüsterte sie.

Caitlin nickte, nur ein einziges Mal. Simon warf Molly einen kurzen Blick über die Schulter zu und lächelte. Molly meinte, vor Glück zu zerspringen.

Nur die Ruhe! Das war Caitlins Tag, und obwohl sich Mollys Welt soeben für immer verändert hatte – dessen war sie sicher –, war sie entschlossen, sich heute hundertprozentig auf ihre Schwester zu konzentrieren; zumindest, bis sie sicher verheiratet und an Francesco übergeben war, der nervös unten an der Treppe wartete.

Am oberen Treppenabsatz blieb Caitlin plötzlich stehen.

Molly war direkt hinter ihr und Simon. »Alles klar?«, fragte sie.

Caitlin nickte.

»Also?« Molly warf Simon einen besorgten Blick zu. Was war mit ihr los?

»Ich liebe dich, Schwesterherz«, sagte Caitlin. »Das wollte ich dir nur sagen.«

»Bring mich bloß nicht zum Heulen, nicht jetzt«, flüsterte Molly. »Aber ich liebe dich auch.«

Sie waren die Hälfte der Treppe bereits hinuntergeschritten, als Molly plötzlich eine Idee hatte.

»Halt!«, zischte sie.

Caitlin zuckte zusammen. Sie und Simon wirbelten herum.

»Was ist passiert?«, flüsterte Caitlin.

»Etwas Altes, etwas Neues, etwas Geliehenes … du hast nichts Blaues!«

Caitlin lächelte, beugte sich zu ihrer Schwester und flüsterte: »Molly, du hast dir wohl die Schleife an meinem Strumpfband nicht angesehen, wie?«

»Puh!« Molly grinste und begegnete Simons Blick.

»Ich kann wohl nur mutmaßen, wo sich dieses blaue Etwas befindet«, sagte dieser leicht errötend. Er deutete auf die Treppe. »Wollen wir?«

»Und ob«, erwiderte Molly lächelnd. Sie hatte für diese Hochzeit den Begleiter, den sie sich gewünscht hatte. Es könnte nicht besser sein.

27. Kapitel

Wenn Molly in Zukunft ehrlich zu sich selbst war, dann musste sie sagen, dass das Bewegendste an Caitlins Hochzeit nicht die Freude auf dem Gesicht ihrer Mutter war, als sie ihre älteste Tochter zum Altar schreiten sah, um den Mann ihrer Träume zu heiraten.

Es war auch nicht die Begeisterung, aus nächster Nähe zu erleben, wie ein umwerfendes Modellkleid von Pascal Lafayette (ehemals bekannt als Modellkleid von Delametri Chevalier) der Welt vorführte, wie solides Handwerk und raffiniertes künstlerisches Genie im Zusammenspiel etwas so scheinbar Einfaches wie zeitlose Schönheit erzeugten.

Es war auch nicht Simon, der seine Aufgabe so rührend ernst nahm, als er Caitlin durch den kurzen Gang zu dem freundlichen Priester geleitete.

Es war Francesco. Der Mann, den Molly bis zu diesem Tag mit an Verachtung grenzendem Misstrauen betrachtet hatte, war hingerissen vor Liebe und Bewunderung für seine Braut. Als sie auf ihn zukam, strahlte er übers ganze Gesicht, stand aufrecht da und schien vor Stolz fast zu platzten. Falls er sich wunderte, wer der Mann war, der seine Zukünftige zum Altar brachte, so zeigte er das keine Sekunde lang. Molly vermutete, dass er Simon gar nicht wahrnahm, weil er nur Augen für Caitlin hatte.

In dem Raum befanden sich nur ein Dutzend Menschen. In der ersten Reihe umklammerte Francescos Mutter Vanessas Hand, Taschentücher kamen zum Einsatz, sogar Francescos Vater vergoss eine Träne, und die Großmutter öffnete die Augen und unterbrach ihre Gebete.

So soll es sein, entschied Molly. Das ist das einzig Wahre.

Die Zeremonie war kurz, aber bewegend. Francesco musste dem Priester vor der Trauung Informationen über sich und Caitlin gegeben haben, denn er führte sie auf Italienisch und Englisch durch – obwohl der Einzige nicht Italienisch Sprechende im Raum, soweit sie wusste, Pascal war. Aber es war eine nette Geste. Als Caitlin und Francesco zu Mann und Frau erklärt wurden, gab es unter den Anwesende keinen Einzigen, der nicht zu Tränen gerührt war. Caitlin und Francesco schienen von einem Schimmer reinen Glücks umgeben, und als sich Francesco umdrehte, um Simon die Hand zu schütteln, war Molly über die Maßen glücklich.

Als die Trauung vorüber war, war es an der Zeit, dass alle für die Fotos nach draußen gingen. Caitlin und Francesco, überglücklich, endlich verheiratet zu sein, gingen durch den kurzen Gang zurück, und Molly wartete schüchtern darauf, dass Simon zu ihr kam.

Aber das tat er nicht. Stattdessen beugte er sich über ihre Mutter und fragte sie, wie es ihr ginge und ob er sie nach draußen begleiten solle. Molly war so gerührt, dass ihr die Worte fehlten.

»Excusez-moi!«, mischte sich Pascal ein und schob sich

zwischen Simon und ihre Mutter. »Aber diese Dame ist vergeben!«

Galant trat Simon zur Seite, damit Pascal Vanessa unter Einsatz seines wiedergefundenen Pariser Charmes beim Aufstehen helfen und sie nach draußen begleiten konnte.

»Molly?« Simon stand plötzlich neben ihr und sah sie auf eine Weise an, die sie dahinschmelzen ließ.

»Dann wollen wir mal.« Lächelnd hakte sie sich bei ihm ein.

Draußen schien die Sonne und es war so warm, dass der hübsche Garten der ideale Ort war, um sich hinzusetzen und zuzuschauen, wie das attraktive Hochzeitspaar von Francescos Familie fotografiert wurde.

Molly und Simon gingen in den entferntesten Winkel im Garten und setzten sich. Sie waren auf einmal ein wenig verlegen.

»Schöne Hochzeit«, murmelte Simon.

»Danke, dass du eingesprungen bist«, erwiderte Molly. »Es tut so gut, dich zu sehen.«

»Geht mir genauso.«

»Solltest du jetzt nicht mit deinen Freunden auf dem Filmfestival sein? Und bei Yvonne?«

Er nickte. »Vermutlich.«

»Und warum bist du es nicht?«

»Weil ich lieber hier sein wollte.«

Molly sah ihn fragend an.

»Also schön, ich habe es gestern zur Vorführung geschafft, und der Film kam ganz gut an.«

»Das ist ja großartig!«

»Na ja, eigentlich besser als ganz gut. Die Resonanz war hervorragend, und ich habe schon ein paar Termine mit Interessenten, um mein nächstes Projekt zu besprechen. Nachdem sie die Dokumentation über Yvonne gesehen haben, sind sie ganz scharf darauf, es mich auf meine Weise machenzulassen. Und die Finanzierung scheint auch kein Problem zu sein!«

»Das ist brillant! Du bist brillant!« Molly schlang die Arme um seinen Hals und drückte ihn. »Ich gratuliere!« Sie löste sich von ihm und sah ihn an. »Solltest du jetzt nicht mit der Mannschaft feiern, oder wie ihr das nennt?«

»Ich feiere hier, danke«, sagte er und sah ihr in die Augen. »Heute Abend gibt es noch mal so etwas wie eine Präsentation, aber Yvonne und die anderen werden hingehen. Sie können mir die Fotos schicken.«

Molly konnte kaum glauben, auf wie viel er verzichtete, um bei ihr zu sein. »Bist du sicher?«

Er nickte.

Aber Molly wusste, dass sie für ihn auf ebenso viel verzichten würde. Seit Simon wieder in ihr Leben getreten war, brannte Molly darauf, ihm eine Frage zu stellen. »Simon?«

»Ja?«

»Warum bist du zurückgekommen? Als du weggegangen bist, musst du gedacht haben, ich wäre untreu … jemand, der …«

Er zog sie in die Arme und lächelte sie an. »Ich habe mit deiner Mum geredet.«

»Echt?«

Er nickte.

»Ich habe von Venedig aus angerufen, um zu hören, wie es ihr geht. Das war vielleicht ein bisschen anmaßend, da ich sie ja erst seit zwei Tagen kenne, aber ich habe mir Sorgen um sie gemacht.«

Molly küsste ihn scheu auf die Lippen. »Das war nett von dir.«

»Jedenfalls hat sie mir erzählt, dass du nicht verlobt bist und dass ihr beide euch getrennt habt.« Er wandte den Blick ab und sah sie dann wieder an. »Da hätte ich wohl sagen sollen, ›tut mir leid, das zu hören‹, oder so etwas, aber in Wahrheit hat es mir kein bisschen leid getan.«

Molly wich seinem Blick aus. »Vier Jahre, Simon. So lange waren wir zusammen, und obwohl es schon lange nicht mehr zwischen uns gestimmt hat, fühle ich mich merkwürdig, dass ich mich …«

Er lächelte sie an. »Du musst ins kalte Wasser springen und den Satz beenden.«

Molly konnte ihn immer noch nicht ansehen, aber sie fuhr fort: »… so schnell in dich verliebt habe.«

Er rückte etwas näher. »Du willst dich wohl über die Enttäuschung hinwegtrösten?«, meinte er neckend.

»Nein!«, rief Molly. »Ganz und gar nicht!«

»Gut. Weil ich mich nämlich … auch in dich verliebt habe.«

Sie rückten noch dichter zusammen und küssten sich ein weiteres Mal.

»He!«, ertönte Caitlins Stimme über die Rasenfläche. »Kommt ihr beide mal her für Fotos? Oder wäre es euch lieber, wenn Francesco und ich uns von hinten anschleichen und euch beim Knutschen fotografieren?«

»Wir sind gleich da!«, rief Molly und ergriff Simons Hand. »Komm!«

»Bist du sicher?«, fragte Simon und folgte ihr. »Das sind doch Familienfotos.« Dann hatte er eine Idee. »Warum stelle ich mich nicht hinter die Linse und mache ein paar Bilder von euch allen?«

»Wie könnten wir den Mann weglassen, der meine Schwester zum Altar geführt hat?« Molly lachte.

Und so stellten sie sich alle zusammen auf die Wiese: Caitlin, Francesco, Molly, Simon, Francescos Familie, Molly und Caitlins Mum, und der Hotelinhaber machte die Fotos. Molly drückte sich an Simon und fragte sich, ob es wirklich erlaubt war, so unverschämt glücklich zu sein, immerhin war ihre Mutter schwer krank.

Vanessa schien zu ahnen, woran Molly in diesem Moment dachte. Sie ging zu ihr und legte je einen Arm um ihre beiden Töchter, die nebeneinanderstanden.

»Von jetzt an wird alles gut«, versicherte sie leise. »Das sagt mir mein Gefühl.«

Molly schluckte. Sie wollte die Fotos nicht mit einem verheulten Gesicht verderben. Sie sah Caitlin an, die offenbar ein ähnliches Problem hatte. Instinktiv schlossen sich die Schwestern in die Arme und erlaubten den Tränen zu fließen. Freude, vermischt mit Trauer.

»Wir sind alle zusammen.« Vanessa lächelte. »Und heute ist ein wundervoller Tag.«

Die anderen zogen sich zurück, damit die drei Frauen ungestört sein konnten.

Es dauerte lange, bis sie sich wieder gefangen hatten und zur Feiergesellschaft zurückkehrten.

»Tut mir leid«, sagte ihre Mutter, als sie Arm in Arm zurück ins Haus gingen.

»Red keinen Unsinnn, Mum«, schimpfte Caitlin. »Nach der Flennerei fühle ich mich um einiges besser«.

»Ich mich auch«, stimmte Molly zu. »Macht den Kopf frei.«

Sie nahmen ihre Plätze im Esszimmer ein. Weil sie keine große Gruppe waren, gab es keinen Haupttisch, sondern nur eine einzige große Familie um den langen Esstisch herum, den Francesco so liebevoll gedeckt hatte. Alle jubelten, als sich Caitlin auf ihren Platz neben Francesco setzte, und Molly bemerkte dankbar, dass neben ihr Platz für Simon geschaffen worden war.

Sie saß zwischen Simon und ihrer Mutter. Während Signor Loren, der Hotelbesitzer, den Gästen Champagner einschenkte, breitete sie die Serviette auf ihrem Schoß aus.

Francesco erhob sich, und seine Mutter klopfte mit der Gabel an ihr Glas.

Plötzlich herrschte erwartungsvolle Stille.

»Heute werden keine Reden gehalten«, sagte Francesco mit ruhiger Stimme. »Meine Frau …«

»Hurra!«, rief Pascal. Alle anderen stimmten mit ein und applaudierten.

»Vielen Dank. Meine Frau ist so wunderschön.« Mit feuchten Augen blickte er zu Caitlin hinunter. »Ich bin der glücklichste Mann auf der Welt. Caitlin?«

Caitlin sah zu ihm hoch. Sie strahlte vor Stolz und Liebe.

»Ich will nur eines sagen. Ich habe versprochen, in guten …«

Ihre emotionsgeladenen Worte wurden von einem Tumult draußen vor dem Esszimmer unterbrochen. Besorgt blickte Molly zur Tür. Eine männliche Stimme, die Molly vage bekannt vorkam, befand sich im Streit mit dem Hotelbesitzer und verlangte, hereingelassen zu werden.

»Ich muss mit ihm sprechen! Bitte, Signor, lassen Sie mich hinein!«

Die Worte mit starkem russischem Akzent ließen Pascal langsam aufstehen. Dann flog die Doppeltür auf. Sascha kam in seiner Steward-Uniform hereingestürmt und blickte sich suchend um.

Pascal strahlte, und Molly freute sich für ihn.

»Sascha, *mon cher«*, sagte Pascal ruhig und schaffte es irgendwie, den Gestus seiner Pariser Würde aufrechtzuerhalten. »Du bist spät dran.«

Francescos Familie wechselte ratlos Blicke.

»Wer ist das?«, flüsterte Mollys Mum.

»Psst, warte doch ab«, zischte Molly und zwinkerte ihr zu.

Für einen Moment herrschte Schweigen, dann lief Pascal los und warf sich in Saschas Arme. Molly stand auf und gab einen Jubelschrei von sich. Caitlin folgte ihrem Beispiel, während alle anderen vor Verblüffung wie erstarrt waren.

Besorgt setzte sich Molly wieder. Möglicherweise hatte Francescos Familie ja nur wenig Verständnis für das ungeladene Auftauchen dieses Fremden.

»Pascal? Sascha?«, rief Molly.

Die beiden Männer lösten sich voneinander und sahen sie an.

»Habt ihr etwa vergessen, wo ihr euch gerade befindet?«

Pascal wurde verlegen. *»Excusez-moi«*, stammelte er zerknirscht. »Ich habe mich vergessen …«

»Sascha, ist das Ihr Name?« Francescos Mutter war aufgestanden. Trotz ihrer zierlichen Statur strahlte sie Autorität aus.

»Ja«, antwortete Sascha. »Ich bitte um Verzeihung.«

»Sascha, Sie haben anscheinend noch keinen Champagner. Dem müssen wir Abhilfe schaffen!«

Nur Francescos Großmutter schien weiter unbeirrt mit ihrem Rosenkranz beschäftigt, während ein weiteres Gedeck für Sascha aufgelegt wurde und sich alle miteinander bekanntmachten.

Simon drückte Mollys Hand. »Und ich dachte, ihr zwei wärt Partner.«

»Du wirst es nicht glauben, aber in gewisser Weise sind wir das jetzt auch«, erwiderte Molly aufgeregt.

»Ihr seid was?« Simon sah sie verständnislos an.

»Na ja, nicht wirklich *Partner*, aber Pascal hat mich gebeten, nach Paris zu ziehen und für ihn zu arbeiten.«

»Wow!« Simon fuhr sich durch die Haare und musste diese Information offenbar erst einmal verdauen. »Und, machst du es?«, fragte er.

»Ja«, erwiderte Molly. »Mein Traum erfüllt sich.«

Er stieß die Luft aus und schüttelte den Kopf. »Ich hatte mich geistig gerade darauf eingestellt, *Yorkshire* in mein Leben einzubauen. Aber anscheinend muss ich meinen Kompass nach Paris ausrichten.«

»Geht das in Ordnung?«

Er lächelte. *»Oui.«*

»Du sprichst Französisch?« Molly war beeindruckt.

»Oui.«

»Kannst du auch noch etwas anderes als *›oui‹*?«

»Non«, antwortete er. »Aber ich werde lernen.«

Lachend beugte sie sich vor und küsste ihn. *»Bon.«*

Caitlin und Francesco waren aufgestanden und standen Arm in Arm an der Tür. Es sah beinahe so aus, als wollten sie gehen.

»Was ist denn jetzt los?«, fragte Molly und sah sich um. Die anderen schienen genauso überrascht zu sein.

»Meine liebe Familie«, verkündete Francesco. »Heute ist der glücklichste Tag unseres Lebens. Und nun werden wir, wie die Engländer es formulieren, gehen, wenn es am schönsten ist.«

Erstauntes Gemurmel erhob sich.

»Was?«, rief Molly. »Es ist erst Nachmittag!«

Trotzdem ging sie zu den beiden, um sie zu umarmen. »Warum so früh?«, flüsterte sie. »Macht ihr nicht das mit dem ersten Tanz?«

»Mum ist erledigt«, flüsterte Caitlin. »Ich möchte nicht, dass sie meint, mit uns feiern zu müssen. Und du kennst Mum. Sie würde es tun.«

Molly blickte auf ihre Mutter, die anscheinend in ein äußerst schwieriges Gespräch mit Francescos Großmutter vertieft war.

»Du hast recht. Daran hatte ich nicht gedacht. Mach dir keine Sorgen, ich kümmere mich darum, dass sie gleich nach oben geht und sich hinlegt.«

Molly fand, dass Caitlins Fürsorge überhaupt nicht zu

dem manischen Brautzilla-Verhalten der letzten paar Tage passte. Aber allmählich verstand Molly, unter welchem Druck ihre Schwester gestanden haben musste.

Caitlin streichelte Francescos Arm. »Ich habe noch mein ganzes Leben, um mit diesem Mann zu tanzen.«

Die Hochzeitsgesellschaft begleitete das Brautpaar vor das Hotel. Mollys Mutter hatte die Qual der Wahl, wer ihr einen stützenden Arm reichen durfte; Pascal, Sascha und Francescos Vater hofierten sie wie eine königliche Hoheit. Nach unzähligen Küssen, Umarmungen und Tränen sahen alle zu, wie Francesco die Tür einer glänzenden Limousine mit Chauffeur aufhielt, damit Caitlin einsteigen konnte.

Als sich Vanessa in den Wagen beugte, um ihre Tochter zum Abschied zu küssen, betupfte Caitlin sich die Augen mit einem Taschentuch. Dann fuhr der Wagen los und brachte das Brautpaar an einen »unbekannten Ort«. Caitlin hatte Molly jedoch anvertraut, dass sie nur zu einem anderen Hotel im Ort fuhren und am nächsten Morgen nach Mum sehen wollten.

»Ein perfekter Tag«, sagte Pascal, als er und Sascha sich winkend zu ihnen gesellten.

»Ein perfektes Kleid«, sagte Molly.

Pascal deutete eine Verbeugung an. »Zu gütig.«

Sie traten zur Seite, damit Francescos Vater Vanessa hineinhelfen konnte. Seine Frau bildete die Nachhut und wartete auf die Großmutter, die den Rosenkranz umklammerte, als hinge ihr Leben davon ab.

»Ich möchte nur noch in mein Bett.« Mollys Mum lächelte.

»Soll ich mitkommen und dir ein Bad einlassen?«, fragte Molly.

Ihre Mutter streichelte ihr über die Wange. »Nein, danke, Liebes. Ich bin sicher, dass du jetzt mit anderen Dingen beschäftigt bist.« Sie sah Molly mit wissendem Lächeln an.

»Ich gehe mal … die Aussicht bewundern«, sagte Simon, und spazierte davon, um die beiden einen Moment allein zu lassen.

Molly nagte an ihrer Unterlippe und nickte dann. »Kommst du denn bis morgen früh klar?«

»Allerdings wird sie das«, mischte sich Pascal ein, der mitgehört hatte. »Sascha und ich werden hier sein. Und falls deine Mum irgendetwas benötigt, braucht sie nur zu rufen.«

Molly umarmte die beiden und wischte sich eine Träne weg, als Pascal ihrer Mutter seinen Arm anbot.

Molly ging über den Rasen zu Simon, der die Stadt im Licht der Nachmittagssonne bewunderte.

»Bist du okay?«, fragte er, legte den Arm um Molly und zog sie an sich.

Molly nickte.

»Und jetzt? Soll ich mich verabschieden, damit du dich um deine Mum kümmern kannst? Oder soll ich in die Stadt fahren und etwas für sie besorgen?«

»Ich möchte, dass du mit mir nach Venedig fährst«, sagte Molly und folgte seinem Blick über die Stadt.

»Wie bitte?«

Molly sah zu ihm hoch und lächelte. »Ich möchte Yvonne und den Rest deines Teams kennenlernen. Ich möchte in deine Welt eintreten, so wie du in meine eingetreten bist.«

»Bist du … sicher?« Simon sah sie mit ungläubiger Freude an.

»Natürlich. Ich war mir noch nie sicherer. Obwohl ich stark bezweifle, dass ich mich in deiner Welt so souverän verhalte, wie du dich in meiner.«

»Das bleibt abzuwarten.« Simon lächelte. »Wir können in zwei Stunden in Venedig sein, und wenn wir morgen ganz früh zurückfahren, bis du rechtzeitig hier, um mit deiner Mutter zu frühstücken. Wie klingt das?«

»Perfekt!« Molly grinste. »Was sollte bei so einem Plan schon schiefgehen?«

»Genau!«, stimmte Simon zu, zog sie an sich und küsste sie. »Wir fahren auf direktem Weg. Keine Umwege, okay?«

Als Simon sie noch einmal küsste, langsam und zögernd, spürte Molly, wie sie vor Glück und Verlangen ganz willenlos wurde. Und als sie Simon noch enger an sich zog, wurde ihr etwas klar: Das Leben verläuft vielleicht nicht immer nach Plan, aber manchmal entpuppt sich das Unerwartete als das viel Bessere.